莫若以明：集虚室随笔

王中江 著

北京大学出版社

图书在版编目(CIP)数据

莫若以明:集虚室随笔/王中江著. —北京:北京大学出版社,2014.1
(写意文丛)
ISBN 978-7-301-23507-2

Ⅰ.①莫…　Ⅱ.①王…　Ⅲ.①随笔-作品集-中国-当代
Ⅳ.①I267.1

中国版本图书馆 CIP 数据核字(2013)第 280359 号

书　　　名：	莫若以明:集虚室随笔
著作责任者：	王中江　著
责 任 编 辑：	王晨玉
标 准 书 号：	ISBN 978-7-301-23507-2/B·1170
出 版 发 行：	北京大学出版社
地　　　址：	北京市海淀区成府路 205 号　100871
网　　　址：	http://www.pup.cn　新浪官方微博:@北京大学出版社
电 子 信 箱：	pkuwsz@126.com
电　　　话：	邮购部 62752015　发行部 62750672　出版部 62754962
	编辑部 62752025
印 　刷　 者：	三河市北燕印装有限公司
经 　销　 者：	新华书店
	650mm×980mm　16 开本　24.25 印张　348 千字
	2014 年 1 月第 1 版　2014 年 1 月第 1 次印刷
定　　　价：	49.00 元

未经许可,不得以任何方式复制或抄袭本书之部分或全部内容。
版权所有,侵权必究
举报电话: 010-62752024　电子信箱: fd@pup.pku.edu.cn

目 录

小 序 /1

明哲、文化和公共生活

哲学言说、公共生活和人类风险 /3
哲、明哲和哲学 /9
真的那么"单纯" /15
神秘体验 /19
雾失楼台 /21
思想形成人类的伟大 /24
"天下何物最大":道理、权力、制度 /26
自然灾害与制度和人事 /31
政治与伦理:井水与河水? /35
文化的可公度性与差异性 /41
文化上的事情 /46
情与义:可承受之重 /49
面对"海中巨怪" /52
默会与女性主义 /54
如何脱下"红舞鞋" /56
谁主沉浮:猫乎?鼠乎? /59
"共生":明智的选择 /63
公天下 /66

化解"公共领域"与"私人领域"的矛盾/68

古典:源头活水

古代思想的兴起及其流变/75
中国文化的终极关怀/99
"和"的原理和价值/101
"适度"的思想及适用范围的扩展
　　——从人间伦理到生态伦理/113
儒家精神/121
儒学的生命线/130
儒学的价值与我们时代的处境/135
创造性转化如何可能/140
"仁爱"与"天人"/147
"六经"早成/154
"易"与文王和孔子/157
从《论语与算盘》谈起/159
儒家:人文与教化/165
儒家"民意论"的本质/167
为"礼"说句公道话/171
"耳顺"和"耳聪"/174
儒家的普遍性与孟子的"正义观"/177
董仲舒的惊人之处/181
朱子的"吾生所学"/186
道家"公共理性"的奥妙/188
探寻老子学说的奥义/193
"道法自然"本义/203
难得"无为"/210
"清"与政治荣誉/212
"大器晚成"抑或"免成""无成"/215

新传统：成长和曲折

近代中国思维方式演变的一个思考/221
近代思想史中的诸问题/225
"自强主义思维"/233
一辆难以驾驭的马车
　　——评《民族主义与中国现代化》/237
面对近代中日的历史/242
"变法"的合理性论证及其反驳/245
"复制"历史"在劫"难逃/255
《公言报》"严复佚文说"异见/263
"经济""经济学"溯源/271
永不尘封的《新青年》/276
为什么是容忍：胡适的认知/296
"人类关怀"和"圣人人生观"
　　——从一个具体问题看《论道》与《道、自然与人》
　　之间的不同/302
张岱年先生的"天人新学"
　　——自然、人和价值/309
转变中的中国哲学范式的自我反思和期望/317
何种意义上的思想史
　　——境况、描述与解释/324

人和事：一往情深

哲学殿堂的故事/331
忆往期新：清华哲学系与"中国哲学"/339
从京都的"哲学之道"谈起/341
金岳霖素描/347
张岱年先生之境/349
哲人其萎：追思最后时日的张岱年先生/352
祭岱年张先生文/355

默以思道　淡泊宁静
　　——我所敬仰的张岱年先生/357
张岱年先生的"为学之道"
　　——"心知其意"和"虚心体会"/369
痛悼可敬可亲的朱先生/375
在"情"与"礼"之间/378
知心话/382

小　序

　　这本随笔集可以说是一个意外,但我乐意接受这个意外。
　　星转斗移,不时之中,我写出了零零星星的随笔小文,没想到将它们汇集起来,居然成册,还可统而览之。但给这种体裁的书起个什么名字好呢?
　　收入其中的随笔小文,或见景生情,随兴而发,或应约而为,一时急就,大都只言片语,小而无当,可谓"一鳞半爪";文字所及之处,有的说点道理,有的微发议论,评头论足,俨然又有"庄言"之感。其管窥小道,若有可观之处,未必不能致远。借用庄子的"莫若以明"称之,或无不可。有人说,"莫若以明"的意思是"莫若已(休)明",但这不是一个恰当的解释。"莫若以明",实即庄子的"以道观之",彼既非"以物观之""以俗观之",亦非"以差观之""以功观之""以趣观之"。"以明"者,"道观"也,天眼观、慧眼观也。此类之观,哲人心向往之,瘴寐求之。安置于此,也许是"大材小用"。有宋有明之哲人,喜以义理入诗,佳作蔚然可陈。程颢的《秋日偶成》,即有名的哲理诗之一:"闲来无事不从容,睡觉东窗日已红。万物静观皆自得,四时佳兴与人同。道通天地有形外,思入风云变态中。富贵不淫贫贱乐,男儿到此是豪雄。"作者心志超凡,意境高远,坦然达观,想必人人都乐赏之。莫言"皆自得",且不说"道通天地"和"豪雄",其"思入风云",亦颇倾我心。时代遽然变换,于此洪流、风云之间,乍思乍想,此亦为因缘际会之一隅。
　　身处务实之时代,期于务实,多见而少怪,若想务虚,难免少见而多怪。我喜欢庄子的"惟道集虚",称自己的书屋为"集虚室"。故于"莫若以明"外,再辅以"集虚室随笔"之称。至于其中是不是有"虚",甚而更有"集虚",不敢自以为然。我是山里的乡下人,曾住在山下的窑洞中,一直觉得自己的文明化程度低,愚钝不敏,跟不上城市和现代的生活,曾自号"山顶洞人",有时亦称"汝州山人"。出生在城里的人可以自豪,就像出生在现代的人可以自豪一样。有一则幽默说,两个小孩喜悦生逢其时。他俩在一块夸赞电灯的好处,说生活在现在的人是多么幸运,生活在过去的人是多么不幸。所以,"他们都死了"。一个小孩说。我不想装着不喜欢城市,虽然现在去山里和乡下找野趣、去过去找后现代的人多了起来。我已习惯了城里的生活,但我不认为过去村子里的生活、山里的生活都是白过的。随着年龄的增长,过去的事情,有的成了我的当代史,偶而会想到那时候生活中许多美好的东西,还想有机会写写那个时候的生活。若这也是务虚,我同样接受。

最后,对于欣然刊印此书的北京大学出版社,对于精心编辑此书付出了许多辛劳的田炜和王晨玉女士,我一并致以衷心的感谢。

2013 年 11 月 26 日

王中江

明哲、文化和公共生活

哲学言说、公共生活和人类风险

哲学一词常常在不同的意义上被哲学家们自鸣得意地加以使用,哲学知识一直"无公度"和"不确定"以至于似乎没有一个问题可以说是得到了最终的解决,哲学家往往好高骛远、不切实际并不遗余力地相互颠覆。这是连野心勃勃、傲慢自大的哲学家都得甘心承认的哲学的常态。谁要是出于这些理由而对哲学感到沮丧,对哲学家加以谴责,谁多半能够赢得人们的谅解和同情。

公平的方式是允许人用另一种立场为哲学的这种常态进行申辩。问题的关键是哲学知识的标准是自足的还是来源于自身之外。只有在与科学知识的相对确定性相比的情况下,哲学知识才会显得如此不确定;只有在与技术作用的直接性和可估量性对比之下,哲学的作用才会让人觉得如此大而无当。在科学被当作知识榜样的前提下,哲学的不确定性和不切实际性可能超过了任何一个领域,难怪会有哲学家一心一意想使哲学与科学结盟甚至于甘愿使哲学成为科学的仆从。结果如何呢?他们没有成功,却再次证明了哲学的"无公度"。我不是说他们的工作没有意义,我只是说他们想把哲学"科学化"的目标注定是达不到的。哲学不是科学和技术一类的知识,因此决不能用科学和技术的标准去衡量它。哲学知识的独特性,也许正在于它的不确定性;哲学之所以能够发挥作用,也许正是由于与不确定性相连的多样性和丰富多彩性能够满足不同人的不同精神需求。我们有必要先追问一下哲学知识为什么是"不确定"的,进而再看一看,哲学知识的不确定性对我们来说是否就是一种不幸。

哲学知识的不确定性取决于哲学真理的特性。每一种哲学体系都具有自身的"一贯之道",它是一个哲学家殚精竭虑、慎思明辨而获得的。哲学体系的"一贯之道",是哲学家在哲学上所提出的对于他的哲学体系具有根本性作用的新见和主见。哲学家用这一主见去推演和解释其他一系列问题,并构筑起他独特的哲学体系。由于哲学家的"主见"是有所不见的"见",他的哲学体系是"以偏概全"的体系,因此哲学家的"一贯之道",又可谓是一种"偏见"(这里我是完全在积极的意义上使用这个词的)。"偏见"照字面的意思,就是一偏之见。"偏见"是相对于"全见"而言的。在日常认知中,"偏见"实际成了不正确看法的代名词,是我们所欲克服的"成见"。但是,哲学偏见恰恰是哲学知识的基本特征,哲学本身可以说是各种不同"偏见"的总名。作为一个哲学体系一贯之道的偏见,它是对"整全世界"和我们的整全生活及生存从一个别出心裁的立场所做出的"整全"解释。但这种"整全性"实际上不可能是整全的,因为它不可能穷尽其他"整全解释"的可能。哲学家往往相信他的偏见就是全见,就是对整全世界所提供的一个统一的"圆满"解释。对于任何一位哲学家来说,哲学问题的"最终解决"都不是最终性的。毋宁说,哲学问题从来就没有所谓"最终性的解决"。哲学家所提供的各种哲学体系,只是对"整全世界"所作的不同旨趣的"深度"洞察、"高超"直觉和"美妙"体悟。说到底它不过是"各道其道"的不同"偏见",就是"天下多得一察焉以自好,譬如耳目鼻口,皆有所明,不能相通。犹百家众技也,皆有所长,时有所用"。哲学家的"道术"和智慧,只能是"不该不遍"。不是"道术将为天下裂",而是"道术"从来就没有完全"合"过。

当我们承认哲学问题没有最终性的"解决"时,我们也需要乐观地意识到,哲学问题也没有"最终性"的没有解决。因为我们总是在一种深度的洞察中获得了智慧。说哲学的真理、知识就是偏见,丝毫也不降低哲学的格调和尊严。通过对哲学知识特性的恰当定位反而能够更加有效地维护哲学的尊严。哲学的"偏见"相对于"全见"虽说是"偏",但它仍是哲学家深思熟虑的"所见"和"所得",是哲学家的"独得"和"独见"。"梦"是人人都熟悉的现象,但只有弗洛伊德(Sigmund Freud)才充分发现了梦的奥妙,建立了梦的哲学;"现象"是人人见到的"现象",但只有胡塞尔(Edmund Husserl)才率先建立起了"现象学";"解释"在日常生活中经常发生,但只有伽达默尔(Hans-Georg Gadamer)才建立起了"哲学解释学"。这只是俯拾即是的例子中的几个而已。所有的哲学偏见,其见不易,其得实难。这正是哲学家被称之为哲学家的理由,也是我们不把"哲学家"的称号轻易赋予一个人的理由。一个哲学家的"偏见",对于这个哲学家来说是"主见",对于信奉这种哲学的人来说,可谓是"成见"。哲学家各有其"偏见",自然也就各有其"主见";各有其信奉者,自然也就各有其不同的"成见"。比起其他知识体系来,哲学知识的这种不确定性,既是哲学知识的常态,也是哲学知识和智慧多样性的体现。我们没有统一的原创性的哲学体系,就像我们没有统一的原创性的小说作品那样。不同的原创性小说作品各有其不同的美感和诱惑,不同的原创性的哲学体系也各有其不同的智慧和魅力。

这就有了一个我们自以为能够说服我们自己的理由,它使我们在满腔热情地把哲学作为一项事业和天职而努力的时候,不因没有后盾而发生动摇。同时,我们也为"新哲学"的工作提供了一个支点,使哲学在常常受到质疑的情况下,继续成为寻找智慧和真理而智斗和苦斗的阵地。我们不必计较"新"这个字。坦率地讲,任何原创性的哲学从来就不"完全"是新的,如果按照怀特海(Alfred North Whitehead)所说的,西方后来的哲学不过都是柏拉图的注脚,那么至少西方哲学家所从事的就仅仅是一种述而不作的工作。然而,我们不可能原地不动,哪怕是"温故",我们也是会"知新"的,过往的哲学虽然不能以后来居上来衡量,但却可以用后来者"新"来看待。老实说,真正原创性的哲学从来也没有完全"旧过",后来的哲学家往往都要通过摧毁一种哲学体系来寻找根据地,但每一种原创性的哲学从来就没有完全地被摧毁过。避免自负和谨慎从事的"新哲学",既不是一种哲学体系的代称,也不是一个小团体的哲学思想的自述。它愿意响应康德"要有勇气运用你自己的理智"的召唤,它试图激励人们展开一种新的努力和一种新的探索,它希冀建立一个理智和精神自由畅游及驰骋的空间,它热情地提供一个立言、立说的广场以加入到让哲学获得生机和灵性的工作中去。我们忍受贫乏和庸俗的折磨已经良久,我们想克服贫乏和庸俗的期待也已经为时不短了。当创造和原创的悦耳声一步步沉沦为庸俗之调时,除了坚定和宁静的沉潜、沉思以使充满生命和活力的哲学学说自然涌现出来之外,我们已别无选择。作为一个具有悠久的文明体系和伟大哲学思想传统的国家,中国在我们的时代却还继续处于世界哲学思想和理论的边缘位置上,我们还能找到什么理由放弃自己的责任呢?

客观地讲,哲学遇到了许多挑战。哲学用什么来证明它的存在的合理性和正当性呢?哲学受到外界评价的影响是不能否定的,哲学这项职业让哲学家感到难堪的因素首先就来自外部世界。在经济、技术和实用性价值占主导地位的现代社会,哲学所受到的怀疑,达到了前所未有的程度。就像各种商品要在市场上展开竞争那样,分门别类被职业化的学科,也要在学术市场上为自己争取地盘。在这种竞争中,哲学似乎处于最为不利的地位。问题不只是它不能使人发财,还在于它不能向社会展示出显而易见的效果,"哲学家现在受到的责难是,他们将为公众生产什么产品?与其他知识领域的学者相比,哲学家可能更痛苦"。哲学家决非无自知之明,他也不是有意识地加以保留,他们没有轻易向人们许诺哲学具有"实用"的价值,即便是通过橄榄榨油器而发了财的泰勒斯(Thales)。许多哲学家的确都曾向人们许诺这门学问有用,甚至非常有用,如冯友兰相信它是"无用之大用"。哲学对于哲学家自己首先是有用的,肯定这一点,不是哲学家自欺欺人。金岳霖说:"世界上似乎有很多的哲学动物,我自己就是一个,就是把他们放在监牢里做苦工,他们脑子里仍然是满脑的哲学问题,对于这样的人,哲学是非常有用的。"如果有人怀疑哲学家这段自白的真诚,那么我们就只能说他确实对哲学家心存成见。

像其他学术领域一样哲学已经职业化和体制化很久了,哲学失去了昔日的雍容华贵,哲学家丧失了优雅和浪漫,从事哲学研究,不像过去那样是一种业余消闲。首先它是一项也要按钟点计算的工作,通过这项工作哲学家领取薪水,并获得生存的基本条件。亚里士多德所说的从事哲学的前提变成了从事哲学的结果。因此,从最低的限度来说,哲学供养着一批哲学家。假如哲学融入哲学家的生活中,成为他的兴趣和爱好的一部分,那么哲学对于哲学家来说意义就多了一层。但除了哲学家这一内部世界的人之外,哲学如何面对外部世界的人呢?我们也许可以说,哲学从来就是少数人的事,哲学本身就是自足的,他根本不需要通过外部世界的人来证明自己的正当性。西塞罗(Marcus

Tullius Cicero)就是这样说的:"真正的哲学是满足于少数评判者的,它有意地避免群众。因为对于群众,哲学是可厌的,可疑的。所以假如任何人想要攻击哲学,他是很能够得到群众赞许的。"但是,至少马克思的哲学,根本上就反对这一点。即便从事哲学研究是少数人的事,那也不必把哲学封闭起来孤芳自赏。把哲学完全限制为少数哲学家的事,把哲学的作用完全限制在哲学家身上,哲学的作用自然过于狭隘。哲学本身所经历的一系列分化过程,也使它整体上离社会生活似乎越来越远。从事哲学研究的人,越来越专家化,他们各自占据着一片狭小的天地,不仅对社会和大众显得陌生,而且他们彼此之间都相当陌生。

身处其中的我们不能袖手旁观哲学的尴尬局面,不能让哲学家愈来愈成为哲学的孤独爱好者,甚或让我们的社会感觉到哲学家是为社会增加负担或者是被救济的一批人。哲学需要对社会开放,他不能只是仰望苍穹,使自己变得不食人间烟火;哲学也需要俯视我们站立的脚下,让他再次成为建立意义世界和改变我们精神生活方式的重要担当者。哲学没有必要隐退在公共世界和公众生活之外。社会需要精神滋养和精神健康咨询,当我们的社会越来越像一项水泥和钢筋工程,越来越像是一架飞转的经济机器,越来越像是一座挤满了人的法庭或者精神病院时,如果哲学家不感觉到焦虑,那才是哲学家们真正的不幸。

哲学研究的充分细化和高度专业化不必完全逆转,但它必须通过整体性的问题思索而使哲学成为帮助我们化解人类越来越大生存风险的良师益友。现在人类空前紧密地被联系在了一起,他们在瞬时就能知道彼此所发生的一切,但他们彼此相互理解吗?国家、民族和个人之间的隔膜和互不信任难道因为彼此知道所发生的事而减少了吗?我们都要考虑我们各自国家、民族和个人的利益,因为我们不是天使;但我们必须同时考虑人类的共同利益,在不敌视我们生存其中的自然的意义上,我们需要实践我们从来没有真正实践的"人类主义"(相对于国家主义、民族主义和个人主义)。人类不同文明的彼此对话和理解几乎也成了陈词滥调,但彼此在这里有多少进展呢?我们往往陶醉于我们的技术进步和增长之中,而越来越忽略我们最固执的"人性"的缺陷或者正在加强和增加我们这方面的缺陷。没有限度的效率、彼此视为对手的生存竞争和不断膨胀的欲望,正在使人性失去平衡与和谐。自以为聪明的我们整体上却是"盲目的",我们虽然满意地达到了我们的每一个具体目标,但最后我们在整体上可能造成了最恶劣的后果,更可怕的是当我们意识到危险时却仍漫不经心。在人类面临愈来愈大生存风险的境况之下,我们确实需要静下来认真思考一下我们的世界正在发生的一切,这的确是生死攸关的。忧天的杞人如果还在的话,他就不单是忧天了,他肯定还要忧虑我们人类自身了。我们越来越疯狂的世俗化生活真的需要某种神圣性来加以调适了,我们需要"培养个性,消除野性,使人变得坚定;是在冲突的人生需求之间建立平衡,养成某种节操以便自我控制其他方面;是休养本性从而使受到滋养的本性变得有教养和有文化的内涵。价值观念必须自觉地接受,信仰必须自觉地皈依"①。我们迫切需要"人性美"。优雅而庄重的仪表,达观而开放的心灵,相互理解的宽容,同情万物的慈悲心肠,不是都需要哲学智慧来加以培养吗?

面对人类的巨大困境和目标,哲学的责任和使命,在我们的时代不是减轻了而是惊人地加重了。

我们没有终点,但我们必须有一个个新的开始。

愿新哲学启程吧!让我们都能够真正说出一个哲学主题而"默以思道"吧!

(原为《新哲学》第一辑"发刊辞",大象出版社,2003年)

---

① 金岳霖:《哲学与生活》,见《金岳霖集》,中国社会科学出版社,2000年,第206页。

哲、明哲和哲学

有一种似是而非的说法时不时地被提起，它的大意是，古代中国的学问中根本没有"哲学"这回事，有的只是"思想"或某某什么。理由是，"哲学"这个词是翻译过来的，它原本只是西洋生、西洋长的东西，用它去概括中国古代的一种学问，岂止是削足适履，简直就是汉话胡说。这样的推论困难殊多，有进一步辩明的必要。

"哲学"这个词是清末以来中国知识世界接受的众多外来词汇之一。与此相关，中国文化中固有的非常古老的词汇有"哲"、"明哲"、"哲人"和"哲王"等。这些词汇同哲学、哲学家等词汇具有一定的可比性。哲学作为"爱智"（philosophia）的希腊语，它同"明哲"有异曲同工之妙。日本明治思想家西周将"philosophy"译为"哲学"，颇传其神，将这个词运用到中国古代的一种学问上亦有画龙点睛之效。柏拉图的"哲学王"，同中国古典中的"哲王"也不是完全格格不入。按照中国传统特别是儒家的政治思维，最明智的人最适合于做王。这种意义上的王，也就是圣人和圣王。《国语·周语下》说："所以宣布哲人之令德，示民轨仪也。"孔子自称是"哲人"。《礼记·檀弓上》记载，孔子在逝世一周前的一个早上，很早起床，他一手拄着拐杖，一手背在腰后，来到了门外，他预感到他的时间不多了，感伤地唱道："泰山其颓乎！梁木其坏乎！哲人其萎乎！"急忙赶到这里看望老师的子贡同声相应道："泰山其颓，则吾将安仰？梁木其坏，哲人其萎，则吾将安放？夫子殆将病也。"七天之后，孔子病逝。这一年是公元前479年，鲁哀公十六年。说孔子是一位哲学家，比他自称是哲人来，也不是张冠李戴。说东西方的这些词汇有某种相似，不是说它们没有差异，而是差异没有大到能说它们没有任何相似之处,大到能说它们根本不能放在一起比较。孔子不是苏格拉底,老子也不是柏拉图。但他们都是哲人、哲学家,他们都是爱智和明哲的人。

按照许慎《说文解字》的解释,"哲"这个字从折从口,或者是作"悊",从折从心,意思是"知"。古文从三吉,写作"嚞"。刘翔根据金文的写法,认为"哲"字构形的初文,应当是从折从心,是一个会意兼形声字。"折"的本义是断草,跟"析"字的意义类似,引申为分析和判断。"折民惟刑"、"惟良折狱"(《尚书·周书·吕刑》)中的"折民"、"折狱",意思是"判断民众的案件"、"断案"。"哲"的本义是用心判断和分析,引申为知晓、明智,古代典籍一般写作"哲"。(参见《中国传统价值观诠释学》)《尔雅》释"哲"为"智"。"哲"亦引申为"明"和"彰明"。《尚书》中说的"浚哲文明"(《舜典》)、"明作哲"(《洪范》)等,即"以明为哲"。《诗·大雅·烝民》说:"既明且哲,以保其身。"合成词的"明哲",意为明智,以明为智,以智为明。《尚书·说命》说:"知之曰明哲。明哲实作则。""明哲作则",还有"圣作则",是说明智者能创立制度和规范。在金文中,一些"哲"的例子也用作"彰明"。如《师望鼎》说的"克明厥心,哲厥德",《梁其钟》说的"克哲厥德",其"哲厥德"即"明其德"。《叔家父簋》铭文中的"哲德不亡","哲德"即"明德"。儒家常说"明德"、"明明德",与"哲厥德"和"哲德"有相似之处。与"哲"字搭配组成的词汇,除了"明哲"、"哲德",还有"淑哲"、"渊哲"、"肃哲"、"哲人"、"哲圣"、"哲王"等。儒家"尚学"、"尚知",道家批评儒家的学和知,而主张根本性的"大智"和玄妙的智慧。墨家"尚贤",《墨子·尚贤》称引说:"求圣君哲人,以裨辅而身。"

从世界哲学的整体言之,"哲学"是一个"家族相似"的概念。与此类似,张岱年恰当地指出,"哲学"是一个"共名"。在此之下,西方哲学、中国哲学和印度哲学等都是它的一个"属",都是它的外延。"哲学"术语源于西方,但"哲学"不等于"西方哲学"。若不从"类"的观点看问题,即使在西方也照样会发生使用"哲学"概念的困境。如果从发生学上的"有没有"来思考问题,"哲学"一语起源于希腊就只能说只是希腊才有哲学,那之后的发展和变化就无法叫哲学。显然,西方哲学本身也是一个广义的概念,在其内部又是千差万别。从古希腊到中世纪,从近代再到现代,每个时期的哲学都有其不同于前后的一些特征;从欧陆法国、德国到岛国英国再到美国,不同的地域也有各自的形态,德法的理性主义传统相对于英美的经验主义传统,这是其中的一个不同。不能说只有哪一个时期的,哪一个地域的才是真正的哲学,其他的都不是。"哲学"在中国也是一个过程,它既有历史上的多样性,又有地域上的差别性,不能说只有哪一种才是,其他的都不是。

从"哲学"概念的界定看,有辞典类的定义,有教科书类的定义,更有哲学家的定义,很难把哪一种作为绝对的统一标准。若以哲学家的界定为标准,有多少哲学家就有多少种哲学,就有多少种哲学的定义。对于马克思来说,哲学不在于解释世界,而在于改造世界,在于成为变革社会的直接催化剂;对于罗素来说,哲学是介于宗教和科学之间的东西,它的中心内容,一是关于世界本性的理论,一是关于最佳生活方式的伦理学说或政治学说。对于石里克来说,哲学是服务于科学的;对于海德格尔来说,哲学本质上是超时间的,它是"对超乎寻常的东西作超乎寻常的发问",哲学没有工艺和技术那样的实用性,也不可能具有触发一种历史状态的直接性力量。现代中国哲学家对哲学也有各种不同的理解和解释。对于胡适来说,哲学是研究人生的切要问题,从根本上着想,寻一个根本的解决。对于金岳霖来说,哲学是一种游戏,当然是按哲学规则来进行的游戏,它是"生活中最严肃的活动之一,其他活动常常有其他打算。政治是人们追求权力的领域,财政和工业是人们追求财富的领域。爱国主义有时是经济的问题,慈善事业是某些人成名的唯一途径。科学和艺术,文学和哲学可能有混杂的背后动机。但是一个人在肮脏的小阁楼上做游戏,这十足地表达了一颗被抛入生活之流的心灵"。对于冯友兰来说,哲学是说出来的一个成见,它是对人类精神生活进行系统性的反思。不管哪一种再高明,以一种为标准,总有此是而彼非,彼是而此非的两难。

再往前追溯,奉行自强新政的张之洞,乐意接受西方率先发明的技术,不喜欢借鉴西方的政治文明,他兼管学部时讨厌的事情之一,就是看到奏折中有"新名词"。江庸《趋庭随笔》记载,每逢这时,他就"辄以笔抹之",并"书其上曰:'日本名词'",要人们不要使用,但后悟"名词"两字就是"新名词",他又改称"日本土话"。张之洞厌恶新名词,更厌恶其中的"哲学"这一名词,反对设立哲学学科,认为"哲学"是专门讲"民权"的。臣民有权了,君主就没有权了,这是"非圣无法"。清末学制改革,设有"经学科","文科"中也没有哲学学科。作为维新变法最大遗产的"京师大学堂"当然也没有哲学。对于张之洞的说法和做法,王国维当时进行了辩驳,认为哲学是中国的固有之学,"今姑舍诸子不论,独就六经与宋儒之说言之。夫六经与宋儒之说,非著于功令而当时所奉为正学者乎?"(《哲学辨惑》)北京大学文科哲学门,亦称"中国哲学门",始建于1914年,是我国的第一个哲学系。随着哲学的职业化,在狭义的"中国哲学"或中国哲学史这一专门之内,对中国古代这一门学问的研究成为其中的一项重要事务,贯通中国哲学的通史类著作也开始出现。比较早的,如谢无量的《中国哲学史》(上海中华书局,1916年)、胡适的《中国哲学史大纲》(上卷,商务印书馆,1919年)、钟泰的《中国哲学史》(商务印书馆,1929年)、冯友兰的《中国哲学史》(上卷,神州国光社,1931年)等。这些通史类的著作,都是撰写者根据自己对哲学的理解以及对中国传统中这一门学问的掌握和认识而写就的。如胡适不喜欢形而上学,他的哲学史强调人生问题,冯友兰则以西方哲学的形态为尺度来组织和梳理中国哲学的历史及其问题。与通史类不同,张岱年从概念和问题入手撰写的《中国哲学大纲》,开辟了中国哲学概念、范畴及其演变的体系化研究方式。在近代以来的中国哲学史研究中,有的侧重于从中西哲学之共同的方面来观察中国哲学,有的侧重于从两者的差异来展开。侧重其同者,强调中国哲学的悠久性和相类者;侧重其异者,则以其差异性彰显中国哲学的独特性和价值。不管如何,大家都对哲学和中国哲学作出了他们的判断,这既是以西化中,也是以中化西。即便他们讲的西学是用中学格义的西学,讲的中学是用西学格义的中学,他们的工作都构成了现代中国哲学的核心,既是对中国哲学的推进,也是对"哲学"这一概念的丰富,形成了近代以来中国哲学的新形态和新传统,有其不同以往的独特地位和意义。

要说汉话胡说,那可绝不是近代以来发生在中国人身上的故事。自从佛教从后汉传入中国之后,汉话就开始"胡说"了,而且还变成了本土化的"汉话"了，如觉悟、大千世界、究竟、心心相印、不可思议、报应、因缘、六根清净、菩萨心肠、解脱、天使、慈悲、法宝、在劫难逃，等等。再往前，汉话胡说在赵武灵王时就发生了，不过那时主要是"胡服骑射"。要说外来的东西污染了华夏本色，要算这个账，要纯化"华夏"之正，那就要从头算起，先清除东西南北的夷狄蛮貊，再从中国文化和"三教"中清除佛教，然后再清除近代以来整个"西学"。这真是异想天开，我不认为这是一种正确的思维。即使做到了，留下的就是纯正的过去？所有的传统都是解释过程，都是不断扩大和丰富的过程。关键是如何创造性地解释，而不是换一个名词。历史上，中国有东周子学、两汉经学、魏晋玄学、宋明理学（或道学）、清考据学、近代西学，对于这些不同阶段的思想形态，用一个什么词汇去涵盖更好。如果要用固有的，也非常多。"道术"是固有的，明哲、子学、义理、理学、玄学、道学等也都是固有的，谁比谁更好也是一个问题。关键不在这里，而在于能不能创造性地理解和不断转化这门学问，靠换一个名词带不来这种东西。

作为中国近代以来的学科用语，在人文学科中，有宗教学、历史学、考古学、文学、艺术学、教育学等；在社会科学中，有政治学、社会学、经济学、法学等。在自然科学中，有自然科学、物理学、化学、数学、地理学、生物学、心理学，等等。用这些词汇去观察中国历史，如果"哲学"不能用，其他的怎么就能够用，难道是因为有的词汇是中国原有的（如"物理"）。把哲学单挑出来拷问，难道是因为中国学问中的这一方面远远不如其他方面。这是思维混乱所导致的结果，一个术语在哪里发生和出现，不等于说那一类事物的个体都只能限于那个地方。指称文明、文化、思想和学术的各种术语，都是内涵和外延的统一体。它们的内涵是一个丰富过程，它们的外延也会变化。如果在空间上承认和接受一个世界史、世界文明史、世界文化史，为什么不能接受和承认一个世界哲学史。说"哲学"这种东西只有西方才有，那是不敢轻易说的。当一个专有名词所指只有一个个体时，说别的地方没有很容易；但说一类中的个体别的地方没有不容易，所有的地方都没有更不容易。一种动物是否真的灭绝，不是一下子就能证实的。表达文化、思想和哲学等此类更加抽象的东西，说别的地方完全没有就更难。名称不同，但它们可以有类似的内涵。差异再大,只要有这种类似的内涵,只要有"家族相似性",就可以用它们互相指称。

(曾以《"哲学"是一个"共名"》和《哲学的内涵是一个不断丰富的过程》之题目登载《中国社会科学版》,2012年12月3日、2012年12月10日)

真的那么"单纯"

汉语知识界围绕 being 的翻译,已经有许多讨论了,这可以从宋继杰博士主编的《Being 与西方哲学传统》一书中得到印证。出现在本辑中的三位作者,其中两位都是这场讨论的主要参与者,唐文明博士的加入,似乎有半路杀出个"程咬金"之感。这个问题仍有讨论的余地,人们甚至可以一直讨论下去而不必奢望有一个"终结性"的"解决",就像每一个哲学问题都没有终结性的解决一样,除非人们自动放弃了。

不用统计只须估计就可以知道,影响和造就了 20 世纪中国哲学的众多观念,基本上都是翻译过来的外来观念。"存在"一语只是其中之一,虽然它非常重要。翻译外来观念,好像是宿命,不仅伴随着对它在另一种语言母体中的认识和理解,也伴随着对自身语言中词汇的认识和理解,这也许就是"跨文化对话"中的"跨"的意思吧!

"外来观念"的"外来性"在发生论和起源论上是有意义的,但它一旦进入到另一个文化和语言系统中,它就开始了新的生命历程,这既是一个被接受的过程,也是一个被重新造就的过程。即便"存在"作为 Being 的译语确实存在着问题,但既成的事实是,它已经在 20 世纪中国哲学中留下了强烈的印记,它已经构成了中国哲学的一部分。我们现在关心和争论的是作为 being 译语的恰当性或适切性问题,即使最后大家接受了"是"作为 being 的译语,"存在"这一"译语"被停止使用,它在中国哲学中已有的经历和情调,也将是一个饶有兴致的"历史"问题。不过,很有可能是,"存在"作为中国哲学的术语仍然会具有它的活力和正当性。

令人尴尬的是,作为 being 译语的"存在",是日本人发明的,尽管古汉语中也有"存在"这个词。我们还没有掌握中国接受这个译语的细节,笼统地说,它是20世纪初中国开始通过日本接受西洋文化和哲学的一个产物。汉语知识界遇到的问题,也同样是日语知识界遇到的问题,虽然日语与汉语差异很大。不用"存在"而用"是",但所说的"是"在中、日(である)都是翻译的产物,这也许是它能适合"being"的主要原因。严复当时也许是苦于无法,就直接音译为"庀音"。其实现在也可以采用音译的方法,像"logic",虽然也有名学、论理学等意译之名,但大家接受了音译的"逻辑",使用起来好像也没有什么障碍。中国哲学现在使用的词汇,大部分都是日译转销到中国的,原因是这些日译词汇都是汉字,日语可以使用,汉语更可以使用。大量留日学人和留学生,他们很容易使用和理解这些词汇,并能迅速地把它们传播到大陆世界。这样的情形,令严复痛苦。严复直接从英语世界翻译出了大量西学术语,这一工作往往让他绞尽脑汁,他自道其良苦用心说:"一名之立,旬月踟蹰,我罪我知,是在明哲"①,但流传下来的很少。日译西方术语有它的优越性,这是王国维肯定的,因为它往往使用两个或两个以上的汉字来翻译,这使彼此之间能够起到互相补充和互相限定的作用,他特意举出"时间"和"空间",认为严复译为"时"和"空"不如前者。严复译语的一个重要特点,是沿用古典术语大多一字一词的传统,虽然翻译出来的术语和文字很古雅,但增加了理解和传播的难度。不过,严复译语也有他的优越性,有的译语相当合适,如日语多用"唯××论"来翻译西语中的"××ism","唯"这个字就不好,而严复则用"××宗"翻译"××ism"。"宗"取自中国佛教宗派之"宗",有韵味也能够使人产生联想,无奈人们还是选择了"主义"或"唯××论"的译法。

  文化翻译是一个移植的过程,也是一个被同化的过程,它改造着外来的文化,同时也在改造着自身的文化。中国古代的佛教翻译和解释就显示了文化翻译和交流的双向性。早期的佛教翻译和解释被称为"格义",即用中国固有哲学主要是老庄哲学的术语来翻译、量度和解释佛经中的名相,一般认为这种方法多有比附性,这也是它后来失去效用的主要原因。如果说理解和解释是一个深化和活用的过程,绝不是

---

① 严复:《天演论·译例言》,商务印书馆,1981年,第12页。

只追求"本义"和"原意",那么处在中国佛教早期阶段的汉魏佛教,比起之后的佛教来也许对佛经的理解程度低些,但汉魏佛教自有它的魅力,例如僧肇的理解和解释就非常有趣,后人无法取代。生活中的指鹿为马或张冠李戴很容易被识别,但术语的理解和文本的解释却没有这种简单的明确性,它从来就是一个不断翻新的过程。在古文字和古语中,我们如果有时要确定某一字、某一词的本义和引申意义,就非常困难。西方人理解和翻译中国哲学术语,比起中国人翻译西方哲学术语,可能具有更大的困难,他们即使很理解一个词的意思,但要找到一个合适的西语词汇也很难,于是有时干脆就"音译",以免纠缠不清。

  在经济学中,对人的自私自利性的假定,习以为常地使人疏离道德和伦理而心安理得。但这个假定如同假定人都是利他的一样,都是对人性和人的行为的部分抽象。为了让自私自利冠冕堂皇,亚当·斯密声称自私自利的个人经济行为,都不约而同地导向了社会利益。斯密相信,每个人都是出于自私自利的目的从事经济活动。他说:"不论是谁,不论他要与旁人作何种买卖,他首先就要这样提议:请给我我所要的东西吧,同时你也可以获得你所要的东西,这句话是交易的通义。"①但这个通义完全可以改成:请给别人所需要的东西吧,这样你才可以获得你所需要的东西。从消费者和提供消费者的关系说,提供消费者一定要考虑消费者的需要,也就是消费者的利益,而不能只考虑他自己的利益。人们会说他考虑别人的需要和利益仍然是为了自己的利益,但我们也可以说由于他实际上为别人提供了利益,他的利益才得到了保证,或者说他实际上首先有利于别人,他才能从别人那里获得回报。正当和合理的经济活动,都是互惠和互利的行为,你要想更多地利于自己,你就要更多地利于别人。经济活动中的不道德,其中之一就是违背这种互惠和互利的法则。

  试图通过效率本位甚至牺牲公平和正义的方式来保证经济的增长,就像是经济活动中的欺诈一样是短命的。当大多数人的利益不能得到保证时,他们就不愿继续合作,这不仅意味着经济活动的停止,而且也意味着社会的动荡和不安。传统社会中的起义,部分原因就来自

---

① 康芒斯:《制度经济学》上册,于树生译,商务印书馆,1994年,第194页。

大多数人丧失掉了利益;在现代社会中,工人往往通过大范围的罢工来表现。能够保证经济增长和社会安宁的有效途径是保证各个阶层的利益,这就需要制度上的安排。只有合乎正义的制度,才能把社会摩擦降低到最低点。反过来说,社会冲突和摩擦程度的大小,是衡量制度是否合理和正义的试金石。

(原为《新哲学》第五辑"编后卮言",大象出版社,2006年)

神秘体验

正如大家所看到的那样,这一辑共有四个专题,一个是有关海德格尔的伦理学的;一个是有关宗教和世俗化的;一个是有关神秘主义的;一个是有关经济人和道德的。其中前两个专题,主持人已经有所说明,我想就后两个专题说几句话。

相比于理性主义和经验主义,神秘主义既不属于通常的理性,也不属于通常的经验,或者说它面对的恰恰是通常的理性和经验都无法理解和解释的奇妙现象和独特事物。神秘主义思想和观念以不同的方式存在于不同地域的宗教和哲学传统中,如基督教、佛教、伊斯兰教、道教、瑜伽、道家、直觉主义等等,也有学者认为儒家哲学特别是孟子和宋明心学传统也具有神秘主义的层面。简单地说,神秘主义是以人类神秘体验和神秘意识为基点而形成的思想和观念。宗教领域的神秘体验和意识往往主要表现为个人同神的直接合一;哲学领域的神秘体验和意识一般体现为对最高实在的冥想、神会以及同万物合一。不管是同神的合一,还是同万物的合一,或是对最高实在不可思议及言传的冥想和神会,这些整体上的"主客合一"和瞬间超越,都称得上是神秘体验、超凡感受和超常意识。在现代宗教和哲学研究中,神秘主义虽非显眼但仍然是受到注意的一个维度。本辑围绕"神秘主义"进行讨论的三篇论文,其中王六二先生的《神秘主义的类型》,主要讨论了宗教领域的神秘主义及不同形态;李维亚·科恩(Livia Kohn)先生的《中国早期的神秘主义:一种评价》,从总体上说明了中国道家和道教的神秘主义;那薇女士的《游心于万物之初——道家的神秘主义》,更集中地梳理了道家的神秘主义。这三篇论文将把我们引向对东西方神秘主义传统的深度思考中。

"经济人"作为亚当·斯密经济学的一个基本假定,自始就引起了争论,迄今依然。争论的核心之一是,人是否像亚当·斯密假定的那样,纯粹是一个自私自利的经济动物。因为"经济人"不仅意味着人是一个利益的动物,而且意味着人是一个"自私自利"的利益动物。这样的假定事实上将一个多样性的人单一化和狭隘化了,它无法解释人的"利他"倾向,也无法说明人的行为的复杂动机。由于它没有同"人性"的其他界定相比较而使之"相对化",它就容易成为没有限制的普遍化人性概念。中国古代黄老学和韩非法家实际上早就在一般意义上将"趋利避害"和"自为"视之为人的本性("人情"),认为人的一切言行都是从"利害"关系出发的,这同孟子儒家假定或相信人的本性是仁爱大相径庭。亚当·斯密的经济人假定,为人类的经济活动寻找人性的基础;黄老学和韩非法家的"人情论",主要为法律的统治提供根据,他们都过滤掉了人的道德性和其他特性,因此其言说一直受到伦理主义和道德主义者的批评。但任何假定都是高度抽象的结果,它撇开了许多因素而将其中的一个因素放大,并反过来以此解释一类现象。"经济人"的假定,不过是许多学科中的假定之一。从它揭示了人的经济活动的基本动机来说,"经济人"确实反映了人性的一个方面。正因为如此,"经济人"又是一个无法被抛弃的假定,人们不仅通过修正它使之承载更多的意义,甚至还扩大了它的使用范围。本辑的一组文章,从不同角度认识、理解和转化"经济人"的假定,这将会使我们从更加开放的立场来看待经济与道德的关系。

本辑有关中国哲学的讨论,在大跨度之下展现了许多重要的问题和讨论,想必也一定会引起同道者们的关注。

(原为《新哲学》第八辑"编后厄言",大象出版社,2008年)

雾失楼台

在我们的时代,哲学遇到了许多挑战,其中首要的挑战来自于世俗化。世俗化的最大特点是注重实际和现实,也就是人们热衷于具体的和感性的世界,对抽象的事物和形而上学敬而远之;人们衡量事物的方式是当下的需求和利益,是直接性的有用和无用,而不是超越性的信念和价值。除了直接的实用性,其他都不用多管,这是世俗社会的基本信条。这也是中国从过去的"政治取向"走向"经济取向"而发生的变化。在政治取向之下,意识形态化的"哲学"神通广大,无所不能;但在世俗化取向之下,"哲学"又变得一无所能。大众总是要问,这有什么用,他们不能想象也不能容忍在实用之外还有非实用性的东西。

惠施与庄子是一对论敌,也是好朋友。惠施常用"无用"来评论庄子的"大道"之言,庄子理直气壮地嘲讽惠施的狭隘性,认为惠施"拙于用大"。庄子深刻地思考了"用"的意义,在他那里,"用"不再是固定之物,"用"完全随着我们的心灵境界而变化;常人只知"有用之用",而不知"无用之用";常人只知有神奇、有臭腐,而不知道"臭腐"可化为"神奇","神奇"也可化为"臭腐"。庄子追求精神超越,不为世俗之用所动,因为他知道世俗之用容易腐蚀人心。《庄子·天地篇》记载的由于担心产生"机心"而拒绝使用机械工具进行灌溉的那位丈人,相信"有机械者必有机事,有机事者必有机心。机心存于胸中则纯白不备。纯白不备则神生不定,神生不定者,道之所不载也"。道家一般被认为是抵制"技术文明"的,庄子歌颂这位丈人是其中的一个例子。我们不必抵制技术文明,但技术文明不是一切,

"工程"更不是在任何地方都是水到渠成,虽然我们总希望像加工土木那样加工"人心"。

哲学不必也不可能向世俗社会去证明它的"实用性",哲学被世俗视为"无用",不是贬低了哲学,而正是哲学的幸运。哲学一旦要去迎合世俗的需要,它就失去了应有的尊严和高贵。王国维曾这样为哲学和美术申辩说:"天下有最神圣、最尊贵而无与于当世之用者,哲学与美术是也。天下之人嚣然谓之曰'无用',无损于哲学、美术之价值也。至为此学者自忘其神圣之位置,而求以合当世之用,于是二者之价值失。夫哲学与美术之所志者,真理也。真理者,天下万世之真理,而非一时之真理也。其有发明此真理(哲学家),或以记号表之(美术)者,天下万世之功绩,而非一时之功绩也。唯其为天下万世之真理,故不能尽与一时一国之利益合,且有时不能相容,此即其神圣之所存也。"①因此,哲学面对的真正挑战是它自身如何达到超越。哲学必须毫不动摇地服从于它的天职,坚持不懈地扩展人类的心灵和理性,追求信念和永恒。哲学不能受制于世俗一时的利害,更不能为迎合世俗化的需要而煞费苦心,它必须抽身于世俗,享受孤独,远离媚世、媚俗的噪声。黑格尔告诉我们说:"愈彻底愈深邃地从事哲学研究,自身就愈孤寂,对外愈沉默。哲学界浅薄无聊的风气快要完结,而且很快就会迫使它自己进到深入钻研。但以谨严认真的态度从事一个本身伟大的而且自身满足的事业(Scache),只有经过长时间完成其发展的艰苦工作,并长期埋头沉浸于其中的任务,方可望有所成就。"②

人们常说中国人有一种"中庸"和"折中"的性格,他们不喜欢走极端,而是在彼此矛盾和冲突的事物中寻求一种平衡和调和。中国人的这种智慧在人事关系中的运用,称得上是驾轻就熟,得心应手。也许是小事清楚,大事糊涂,中国人不善于把中庸和折中的智慧运用到重大的国家政治事务中,在这个地带,"中庸"突然变得水土不服,一筹莫展。刘笑敢师兄曾写过一部书,书名叫做《两极化与分寸感——近代中国

---

① 《论哲学家与美术家之天职》,见《王国维文集》第三卷,中国文史出版社,1997年,第6页。

② 黑格尔:《小逻辑·第三版序言》,贺麟译,商务印书馆,1981年,第30页。

精英思潮的病态心理分析》(台北东大图书公司,1994年),照他的诊断,近代中国有一种近似病态的心理,就是朝着两极化的方向拼命地"走极端",失去了"分寸感"和中道理性。人们也许记忆犹新,近代以后中国在政治上的一个极端是追求革命、革命、再革命,在文化上的一个极端是要求破旧、破旧、再破旧;与此相对的极端是食古不化,守旧不渝,也就是鲁迅强调指出的中国改革的艰难。20世纪90年代,姜义华与余英时先生围绕"激进主义"与"保守主义"曾经有一个甚至带有伤感性的争论,两者对清末以来中国的激进主义与保守主义究竟何强何弱的判断大相径庭。这个很难作出量化的问题,一开始就容易把人引入歧途。实际上,如果把二者放在近代以来中国历史变迁的过程中去理解,就不会单纯地把问题归罪于一方。在近现代中国,激进与保守的两个极端恰恰是一对孪生子,二者互不相让,彼消此长。孙中山追求政治革命正是对慈禧一味坚持政治保守作出的反应;毛泽东的政治革命也与蒋介石拒绝政治改革互为因果。政治的艺术性,是善于在不同的倾向甚至是截然相反的倾向之间达成一种折衷性的谅解,政治作为一种"智慧",也是善于向"政敌"作出"妥协"。据称林肯曾经对他的政敌非常友好,这使一位官员感到不悦,这位官员认为林肯不该试图同他的敌人做朋友,而应该消灭他们,但林肯说当他们变成他的朋友时,正是"消灭"了他的敌人。邹说评论20世纪中国的一个重大政治事件,认为参与这场事件的双方都采取了要么是全赢要么是全输的二元极端立场,悲剧的根源就在这里。亚里士多德也早就揭示了中庸之道的政治智慧。未来中国政治面临着如何在保持经济改革的同时"主动"加入相辅相成的政治改革的巨大课题。要想摆脱激进与保守的两极性魔掌,那就必须要学会运用中庸的政治智慧。

(原为《新哲学》第四辑"编后卮言",大象出版社,2005年)

思想形成人类的伟大

一位哲学家曾经说过,思想形成人的伟大;同样,思想也形成民族的伟大。历史悠久的民族国家,其尊严和优异,往往都集中反映在它所创造的伟大思想体系之中。一个民族国家的伟大的思想体系,广泛地包括了它代代创立的理论、学说、观念、信念、信仰和价值等,它是人类文明和文化传统的精华、灵魂和智慧结晶。中国就是这样具有伟大思想传统的大地之一。

中华民族既古老而又年轻,既博大而又精深,忧患而乐观,百折而坚韧,自强而不息。面对各种挑战和挫折,他勇于担当和奋起;面临自然、社会和人类的种种课题,他勤于探索和追求。自古迄今,无数思想家、先贤明哲、文人学士,从孔夫子到孙中山再到毛泽东,层出不穷,薪火相传,富有创造力和想象力地创造了一系列思想理论、学说观念和价值信念。从先秦百家子学,到汉唐经学、玄学、道学、佛学;从宋明理学、心学、清代考据学,再到近代中西学融合等,宛如一条波澜壮阔的思想和智慧长河,奔腾不息,形成了中华民族伟大的思想体系和思想宝库。如果说伟大的民族常常以其所创造的思想体系而自豪,那么中华民族则为其自己所创造的丰富多彩的思想学说而深感骄傲。在雅斯贝尔斯(Karl Jaspers)所称道的"轴心时代"和思想突破中,中国作为古代世界文明少有的轴心之一巍然屹立,光芒四射。

任何一个伟大民族的进步和发展,都要不断地从伟大的文化传统中获得精神力量和生机,悠久的历史和精神传统会使民族和国家在历史的关头变得坚定和顽强,中国思想大系乃中国文化之结晶,它总汇中国自古以来所有的理论、学说、观念、价值和信仰,它能为中华民族不断提供精神之源和奋进之力;任何一个伟大民族都是富有创造力的民族,创造使它长盛不衰,生生不息。中国历史上的思想创造使民族国家辉煌,它在四邻开花结果,它使欧洲为之惊叹。中国思想大系是中华民族伟大创造力和智慧的集中体现,它使民族虚无主义不攻自破,它使西方中心主义自我瓦解,它让中国人充满自豪、自信和自强;任何一个伟大的民族都是在凝聚和团结中生存,在和谐和互助中前进,中国思想大系,复兴思想中国和文化中国,它能使全世界华夏子孙追本思源,凝聚协力,共同促进中华民族的强盛;任何一个伟大民族都是自我认同和自我确认的民族,它以自己悠久的文化根系和一脉相承性显示自己的独特性,中国思想大系在使中国走向世界和融入全球化的同时,也使中华民族以自身独特的思想文化传承和成就,彰显世界文化的多元性、思想的多样性和精神信仰的多极性,使世界不同的文明互相尊重、求同存异,共谋世界和平和共处;任何一个伟大民族,都是勇于开拓和不断创新的民族,中国思想大系亦为中国学术思想和文化开创之举,它能重新燃起中国思想文化的火炬,大大推动和光大中国学术。

  中华民族具有编纂大型类书、丛书等优秀传统,但迄今尚没有编纂"中国思想大系"之举。编纂"中国思想大系",主旨深远,意义重大。体裁之独特,取精之用宏,传世之久远,福泽之广被,浩瀚广博,蔚为大观。旧邦新命,继往开来,中国思想大系,诚系中华民族复兴之机运、国家昌盛之命脉,愿我国学界同担斯命,共襄斯举,合编斯文。

(原为"中国思想大系"编纂和研究拟写的计划书)

"天下何物最大":道理、权力、制度

宋人沈括在《梦溪笔谈·续笔谈》中记载:"太祖皇帝常问赵普曰:天下何物最大?普熟思未答间,再问如前,普对曰:道理最大。"宋太祖很满意这个答案。赵普官做到宰相,但据说他一生只读《论语》这一部书。这件事,太祖不能想象。他将信将疑地问赵普,赵普回答说这是真的:"臣平生所知,诚不出此,昔以其半辅太祖定天下,今欲以其半辅陛下致太平。"(罗大经:《鹤林玉露》卷七)赵普前后做过三次宰相,位高权重,若他真的以"道理"为"天下最大之物",他就不是迷信权力的人。要不,这是他使用的障眼法,权力使他腐化,他也腐化了道理。

罗素曾写过一部叫《权力论》(商务印书馆,1991年)的书。在这部书里,他说要求权力是人的强烈欲望之一。这种欲望若以组织的形式出现,它在领袖身上是公开的,在追随领袖的人身上是隐蔽的。人们心甘情愿地追随领袖,原因是他们把领袖的胜利也看成是自己的胜利,并通过领袖控制的集团来获得自己的权力。追求权力本身没有什么错,但要使权力结出善良的果实来,就需要权力以外的善良价值。罗素举出历史上的四位人物,说他们生前都没有什么权力,但他们比其他人都更有力量,这四位人物是释迦牟尼、耶稣、毕达哥拉斯和伽利略。他们"如果以追求权力为他们的主要目的,他们就不会有一个人能对人生产生如此重大的影响。"① 其实还有不少这一类的人物,比如孔子。

孔子强烈的入世倾向和入仕愿望,让人感觉他似乎是一位迷恋权力的人。实际上,孔子从不以权力为目的,权力只是他实现政治抱负的

---

① 罗素:《权力论》,吴友兰译,商务印书馆,1991年,第194页。

工具。如果这一工具同他的政治抱负冲突,他就义无反顾地放弃这种权力。他之所以毅然离开他的祖国、周游列国,就是因为鲁国的现实政治生活同他的抱负相冲突,他想在其他国家找到能实现他抱负的地方。几个世纪之后,司马迁去曲阜参观孔子的庙堂,迟迟不肯离去,他由衷地称道孔子说:"天下君王至于贤人众矣,当时则荣,没则已焉。孔子布衣,传十余世,学者宗之。自天子王侯,中国言六艺者折中于夫子,可谓至圣矣!"(《史记·孔子世家》)这是对孔子非常公正的评价。

  人们通常只看到儒家想入仕获得权力的一面,而无视儒家更看重权力以外的崇高的善良价值,因此,他们对儒家在政治上的挫折不加同情,还要嘲讽儒家人物的政治信念和操守。世俗者对儒家有这样的嘲讽是很自然的,《老子》第41章说:"上士闻道,勤而行之;中士闻道,若存若亡;下士闻道,大笑之。不笑不足以为道。"儒家如果单纯地追求权力,他们不会那样不走运,因为他们并不笨。但如果真是那样,儒家就不再是儒家了,孔子也不再是孔子了,罗素列出的那四位人物,也不再是那样的四位人物了。

  历史上,儒家被奉为正统的意识形态,但真正的儒者没有多少在官场上是亨通的,原因就在于这些儒者有比权力更为他们所关心的东西。朱熹是大学问家和大理学家,但他在政治上难有作为,因为他坚持要"格君心之非",喜欢给孝宗讲"格物致知"、"正心诚意",即使孝宗听得已经厌倦了。一次,当朱熹又要面见孝宗时,孝宗身边的要员就劝朱熹不要再讲"正心诚意"了。忠心耿耿的朱熹坚持说:"吾平生所学,惟此四字,岂可隐默以欺吾君乎?"对于阿谀奉承、投其所好的佞臣来说,皇帝想听什么他们就讲什么。机会主义者商鞅,为了赢得孝公的欢心,几次改变他进言的主题;正直的朱熹则是,即便君主不想听什么,他也要讲他想讲的。

  儒家注定是人文主义和道德价值的信奉者和传播者。他们有权位,就会以正直对抗更高的权势,如韩愈;无权位,他们也会以德抗势,如孟子、荀子(参看《儒效》)。明儒吕坤说:"公卿争议于朝,曰天子有命,则屏然不敢屈直矣;师儒相辩于学,曰孔子有言,则寂然不敢异同矣。故天地间惟理与势为最尊。虽然,理又尊之尊也。庙堂之上言理,则天子不得以势相夺,即相夺焉,而理则常伸于天下万世。故势者,帝王之权也;理者,圣人之权也。帝王无圣人之理,则其权有时而屈,然则理也者,又势之所恃以为存亡者也。以莫大之权,无僭窃之禁,此儒者之所不辞而敢于任斯道之南面也。"(《呻吟语》卷一《谈道》)吕坤以道理和真理为人世间最尊贵的东西,这是要为权力找到真正的用处。道理没有权力不便推行,但权力离开了道理,就像鱼离开了水,只是短暂的存在。权力只有服务于公共的利益和善良的价值,它的存在才是正当的。

一般认为韩非是权势实用主义者,并常将他同马基雅维里相提并论。韩非确实强调君主要有权术和权势,为他们如何控制权力提出了好多建议。但韩非绝不只是让君主拥有权力,他更让君主坚持统一的为了公众利益的公共的法律,他也认识到了"道理"的力量。《韩非子·解老》说:"夫缘道理以从事者,无不能成。无不能成者,大能成天子之势尊,而小易得卿相将军之赏禄。夫弃道理而妄举动者,虽上有天子诸侯之势尊,而下有猗顿、陶朱、卜祝之富,犹失其民人而亡其财资也。众人之轻弃道理而易妄举动者,不知其祸福之深大而道阔远若是也。"韩非说的"道理"是人间法则,也是自然法则。他认为养生都需要遵循这些法则,遑论其他:"是以圣人爱精神而贵处静。不爱精神不贵处静,此甚大于兕虎之害。夫兕虎有域,动静有时。避其域,省其时,则免其兕虎之害矣。民独知兕虎之有爪角也,而莫知万物之尽有爪角也,不免于万物之害。何以论之?时雨降集,旷野闲静,而以昏晨犯山川,则风露之爪角害之。事上不忠,轻犯禁令,则刑法之爪角害之。处乡不节,憎爱无度,则争斗之爪角害之。嗜欲无限,动静不节,则痤疽之爪角害之。好用其私智而弃道理,则网罗之爪角害之。兕虎有域,而万害有原,避其域,塞其原,则免于诸害矣。……动无死地,而谓之善摄生矣。"(《韩非子·解老》)

塞涅卡说:"服从真理,就能征服一切事物。"权力必须同道理结合,才会有生命力和价值;必须臣服于道理,才会结出好的果实来。人们容易只看到权力的力量,看不到道理的力量,甚者嘲笑道理、蔑视道理。智者可不这么做,《管子》认为,"道"更有用,无处不有道的作用:"道者,扶持众物,使得生育,而各终其性命者也。故或以治乡,或以治国,或以治天下。故曰:道之所言者一也,而用之者异。"(《管子·形势解》)"道者,一人用之,不闻有余。天下行之,不闻不足,此谓道矣。小取焉,则小得福,大取焉,则大得福。"(《管子·白心》)权力迷信者相信只有权力能保护自己,但古老的格训是"明哲保身"。

　　迷信权力的人,信奉权力哲学,视权力为天下最大之物。这样的人,权力使他腐化,他也使权力腐化。如何获得权力,成了这种人最大的目的,就像守财奴变成了金钱的奴隶那样。在权力的目的之下,其他一切都成了手段,包括道理和真理。可怕的是,权力主义者并不声称他是权力的爱好者,他公开说的是一些动听的道理。嘴上说大道理,内心里信奉的是权力最大。同目的正当、可以不择手段那种逻辑相比,这种逻辑是,用冠冕堂皇的道理去谋取权力。结果就是庄子一针见血批评的:"窃国者为诸侯,诸侯之门而仁义存焉。"(《庄子·胠箧》)被权力腐化了的人,他也让道理腐化和变质。道貌岸然者、伪君子,都是善于用道理来装饰自己的人。有人说,伪君子可能变成真君子,因为伪久了,好的东西在他身上也会变成第二自然。这种慢慢发生的事情,同放下屠刀、立地成佛那种很快发生的事情一样,不知有多少可靠性。

　　让道理臣服于权力甚至是邪恶的行为,使道理腐化,这样的例子比比皆是。历史上的盗窃大头目盗跖,传说追随他的走卒有九千多人,他们"横行天下,侵暴诸侯……所过之处,大国守城,小国入保,万民苦之。"(《庄子·盗跖》)盗跖的追随者问盗跖,盗窃是不是也有"道",盗跖说哪里没有道呢?他传授说:"夫妄意室中之藏,圣也;入先,勇也;出后,义也;知可否,知也;分均,仁也。五者不备而能成大盗者,天下未之有也。"(《庄子·胠箧》)道家用这个故事来讥笑儒家及其圣人。照道家的看法,儒家提倡的圣人贤智和道德,都被别有用心者利用了:"世俗之所谓知者,有不为大盗积者乎?所谓圣者,有不为大盗守者乎"、"善人不得圣人之道不立,跖不得圣人之道不行。"(《庄子·胠箧》)这就是为什么庄子会认为,圣人为人类带来的好处远远少于他们为人类带来的益处:"天下之善人少而不善人多,则圣人之利天下也少而害天下也多。"儒家没有办法避免他们的仁义理想不被别有用心者利用。为了避免这种利用,道家想出的办法是干脆取消这种东西,觉得这是釜底抽薪。但权力者若真要想利用,道家的一套也可以利用。

在政治生活中，道理不能约束权力，反过来又被权力所利用，这就需要诉诸另外的东西。自由民主的政治思维及其制度设计，千言万语就是为了约束和限制权力，防止权力的滥用。选举和投票只是自由民主的必要条件，约束和限制权力才是自由民主的充分条件。儒家的政治思维，没有想出好办法来避免权力和道理的腐化，他想的办法一直是用人文和教化改变人，让人都变成好人。他们认为，有了好人，他们就会好好地运用权力。其实，制度也能让人变成好人，它不是只用来惩罚已经有过错的人。荀子注重规范，但他仍轻视法律制度的重要性。道家的"无为而治"，规劝治者减少干预和控制，让社会大众自由选择和自行发展。黄老学的法律意识，主要是用制度奖励人的好行为，惩罚人的坏行为，对于限制和约束权力，它也没有想出好办法。自由民主是人类迄今找到的缺陷最少的制度，也是直到目前最能够有效约束和限制权力的制度。除此之外，迄今其他高调的好制度，都只不过自欺欺人。

自由和民主的真谛只是约束政治"权力"，让权力及其运用处在严格的约束和限制之中。只有约束了权力，才能避免权力的滥用，才能保证社会大众的"权利"。制度不能决定一切，但相对不坏的制度能产生最多的好结果。

自然灾害与制度和人事

罗素在《权威与个人》中指出:"在人类发展的整个时期,人类时常遭受两种苦难:由外部自然界施加的苦难,以及人类错误地彼此施加的苦难。"①他评估说,由于人类的进步,自然施加给人类的苦难大大减少了,但人类彼此施加的不幸却没有在同等程度上减少。因此,他关心的是如何减少来自人类自身这一方面的不幸。但我关心的是如何更进一步减轻自然施加给人类的灾害,而且着眼于制度和人为方面的原因。

有不少自然灾害,诸如地震、旱涝、海啸、飓风等所带来的灾害,人类还无法避免。但对于如何降低和减轻这些自然灾害的程度,人类却可以大有作为。但实际上我们做得如何呢?我们真的吸取了防灾不力的教训并为此承担责任了吗?

一般不难区分什么是自然灾害,是天灾,哪些是人为的灾害,是人祸。"自然灾害"意味它是由自然本身的活动及其现象造成的灾害,它不仅是"人为"产生的,又是人力难以抗拒的。不过,有时天灾与人祸是混合在一起的。按照我们达到的能力,自然施加给人类的一些灾害本来是可减轻的,甚至能够大大减轻,但由于制度和人事等方面的原因,我们实际上没有减轻。这一部分没有减轻的灾害,实际上可以说是"人为的灾害",即"人祸"。但一般在强调一种灾害是自然灾害时,容易让我们忽视人在自然灾害面前的责任,甚至为了逃避其中的责任,当局就会更加强调自然灾害的不可抗拒性,转移人们的视线,推卸应该承担的责任,把人祸的部分也看成是天灾的部分,这是非常不幸的。

---

① 罗素:《权威与个人》,储智勇译,商务印书馆,2010年,第98页。

谁都清楚,自然灾害来临之后,我们如何救灾,如何救助受难的人们,这里确实有做得好坏之分,比如说是不是及时,是不是方法正确和有效,是否控制了次生灾害,否则就是"人祸"。这个账不难算出来,这也是为什么2009年的台湾水灾,马英九政权受到台湾社会强烈批评的原因,结果"台湾当局"的行政院长不得不辞职,这是对应对灾害不力的责任追究。同时,公共舆论还追问当地的水利设施为什么不能起到作用,当初建造水利设施时,抵挡洪水的标准是多少。

地震带来的灾害是常见的自然灾害之一。虽然很遗憾,目前人类还不能事先预测地震的发生,但人类在预防、抵抗地震方面已有很多的经验,抗震建筑的设计和建造是其中最突出的成就,世界上有不少国家在这一方面水准很高,日本是其中之一,这就是为什么1995年关西大阪、神户等发生里氏7.3级的强烈地震,而造成的人员伤亡却是比较少的。如果没有人事的特别作用,同级别的地震发生了,其结果就远远不是这样了。可悲的是,贫困的国家没有这样的人事能力;更可悲的是,一些国家实际上具备了这样的能力,它们完全能够建造出抵御高强度地震的建筑,可实际上它们也不好好做。因此,如果地震来临,原本可以减轻程度的那一部分灾害的发生,就是人事不作为的结果,这是无法笼统地用自然灾害来推辞的责任。

在汶川大地震时,汶川县城的建筑几乎被夷为平地。人们自然也会追问,当初的这些建筑设计有没有防震的要求,防震的标准是多少。同济大学建筑和城市规划学院吴志强教授,在灾后考察汶川县城时发现,真正的现代建筑和古建筑都经受住了考验,那些假古代建筑和粗制滥造的建筑都不复存在了。吴教授说的后两种建筑都是人祸。据说,北京市建筑设计的抗震标准是八级。清华大学建筑学院的一位教授告诉我,实际上这个标准常常达不到,这不是因为没有能力、没有条件,而是因为建筑商偷工减料,极力压低成本。设想一下,如果北京真的有一天发生了大的地震,哪怕是七级,有多少建筑能够抵抗住,这是一个大疑问。

阿马蒂亚·森(Amartya Sen)讨论过一些地方产生饥荒的真正原因,他认为在现代社会中,饥荒在很大程度是人祸。森是1998年诺贝尔经济学奖获得者,在他的福利经济学研究中,其中一项是有关饥荒的研究。一般认为饥荒是由于粮食和食品短缺造成的,他不同意这种说法。他指出,在一些发生饥荒的国家中,实际上并不缺乏粮食和食品,这里的大商人囤积居奇,国家还在出口粮食。他承认,饥荒同粮食和食品缺乏有一定的关系,同自然灾害有一定的关系,但产生饥荒的真正原因,是社会、政治和经济等因素,剥夺了人们获得粮食和食品的权利。

作为这方面的个案,阿马蒂亚·森通过对孟加拉国、爱尔兰、中国、非洲撒哈拉以南国家过去发生的饥荒进行研究,发现这些国家发生的饥荒,主要是人为造成的而不是自然灾害的结果。例如,所谓中国的"三年自然灾害"(从1959年到1961年)造成了民众的大量死亡,虽然同自然灾害导致的粮食减产不无关系,但在很大程度上它同公共决策严重失误、官僚主义盛行和自上而下的浮夸、虚假风等有密切的关系。人们不反省人事的原因,反而统统归之于自然灾害,试图掩盖其中的人为性。更有一位官员李井泉还拿历史作幌子:"中国这么大,哪朝哪代不饿死人!"乍一听,冠冕堂皇,实际上,人事的责任被一笔勾销。

孟子早就对君主企图推诿责任提出过尖锐的警告:"狗彘食人食而不知检,涂有饿莩而不知发,人死,则曰:'非我也,岁也。'是何异于刺人而杀之,曰:'非我也,兵也'。王无罪岁,斯天下之民至也。"(《孟子·梁惠王上》)为什么会有公共决策的严重失误,它涉及制度的缺陷和个人权利被剥夺等一系列更深层的原因。在此,民主制度的意义和保障个人权利的价值就显示出来了。正如阿马蒂亚·森所认识到的那样,大饥荒不会饿死人,只有人祸才会饿死人。①

> 毫不奇怪,饥荒在世界历史上从来没有发生在有效运行的民主体制中。②

> 农作物歉收的发生并非独立于公共政策……即使农作物歉收了,饥荒也可以通过认真的再分配政策(包括创造就业)来抵御。③

---

① 阿马蒂亚·森:《以自由看待发展》,任赜、于真译,中国人民大学出版社,2002年,第16页。

② 同上书,第11页。

③ 同上书,第179页

事实上,从来没有任何重大饥荒曾经在一个民主国家中发生,不管它是多么贫困。①

自然造不出人间悲剧,只有人事才会造出。

---

① 阿马蒂亚·森:《以自由看待发展》,第42页。

政治与伦理:井水与河水?

一般来说,传统社会与现代社会并非是完全对立的两极,因为现代社会是从传统社会的经验中演变而来的,而且传统社会也能够为现代社会提供许多有益的资源,即使一般所说的欧洲黑暗的中世纪,也是欧洲近代一些重要事物的来源。但在传统社会和现代社会之间,确实又存在着许多不同。这些不同使人们有充足的理由把二者看成是两种不同的社会形态。如滕尼斯(Ferdinand Tönnies)从人类群体结合的不同类型——即一种是"共同体",一种是"社会",来看待传统社会与现代社会的异质性。"共同体"以群体成员本能性的合意、对习俗和惯例的适应或共同的记忆为基础,它带有很大的集体无意识的自然性、整体有机性和意志的完善统一性,它相应于人的"本质意志"。血缘共同体、地缘共同体和宗教共同体等,都是共同体的基本形式。而"社会"则是以个人的自觉意识和行为为基础的目的性联合体,它类似于一种机械的聚合和人工制品,社会中的成员是高度分离和自主的,它相应于人的"选择意志";如梅因(Henry Sumner Maine)从个人与群体的不同关系即"身份"与"契约"出发,来理解传统社会与现代社会的主要差别。根据这种说法,在传统社会中,人们不是被视为一个个人,而是被看成一个特定团体中的成员,人们的地位是依据他在团体中的"身份"(如贵族平民、父子、夫妻、主仆等)来确定;与此不同,在现代社会中,人们被视为一个具有独立资格的个人和享有民事权利的公民,个人同群体和他人的关系,是按照自由合意和自由选择的契约来确定。从历史动态观来说,从传统社会到现代社会的过程,就是一个"从身份社会到契约社会"的过程,或者是"从家族集团本位到个人本位"的过程。还有人们更为熟悉的说法,即从"民主与专制"、"法治与人治"的不同来区别传统社会与现代社会。这样,从传统社会到现代社会的过程,就是"从专制到民主"、"从人治到法治"的过程。不管是"早发型"现代国家,还是"后发型"现代国家,都经历过或正在经历着这种复杂的转型过程,并在开始之际会有严重的不适应性。如作为后发型的中国和日本,当最初遇到"民权"这一说法时,令其难以想象和无法容忍。明治初年,箕作麟祥把民法(droit civil)译为"民权",令看到这个新名词的太政官制度局的民法编纂成员大为惊讶,质问"庶民有权究竟是怎么回事",并引起了一场激烈的争论。晚清康有为和梁启超开始提倡民权和平等,遭到了许多保守人物的声讨,认为这是在提倡无父无君,是惑世乱国之言,如王先谦说:"康、梁所用以惑世者,民权耳,平等耳。试问权既下移,国谁与治?民可自主,君亦何为,是率天下而乱也。"苏舆说:"倡平等堕纲常也,伸民权无君上也。"张之洞说:"安得此召乱之言哉!民权之说,无一益而有百害。……谓之人人无自主之权则可,安得曰人人自主哉!"

　　从根本上来说,现代社会是以民主和法治为基础的社会,而传统社会则是以专制和人治为主要特征的社会。民主意味着公民进行统治,它以个人人格的独立为基础,具体体现为公民拥有广泛的权利、自由和公正的选举、民选政府、公民对政府的有效监督等。法治意味着用法进行统治,意味着法律具有至高无上的尊严和普遍的有效性、排除任何不受法律约束的特权,意味着人人在法律面前平等。法治与民主是统一的,它也以保障个人权利为旨趣。作为现代社会主要特征之一的市场经济,如果没有民主和法治的保障,就难以运行。说传统社会是专制统治和人治,不是说传统社会的庶民都是奴隶,也不是说传统社会没有法律可言。而只是说,在传统社会中,权利高度集中在少数人特别是君主的手中,而义务则主要由大多数人来承担;法律也是王法,王钦定法也高于法,法律没有至高的尊严,法律面前存在着许多特权;法律集中体现在惩罚性的刑法上,而不体现在以保障个人权利为主旨的民法上。传统社会具有泛伦理主义的倾向,这既表现在把许多伦理规范和礼教混同于法律,把出自个人内心要遵守的规范变成了强制性的规范,而且也表现在把理想的政治建立在统治者个人的道德基础之上,主张依靠贤人和道德榜样的人治,要求统治者承担一切政治责任,提倡民本和爱民如子。但是,统治者是否具有与统治者相应的道德品质,最终取决于他们是否能够达到道德自觉,而这并没有严格的保证。如果统治者具有开明性,也许就会有所谓恩赐庶民的仁政;统治者一旦失德或无德,很快就会陷入恶政。因此,人治和德治带有很大的偶然性和随意性。现代社会的民主和法治,摆脱了伦理中心主义,用严格的制度来保证社会政治秩序,不管为政者是否愿意他都要受到制度性的约束,而对于公民享受的权利为政者也不能侵犯。

但是,以民主与法治为根本的现代社会,仍然离不开人们的道德自律。特别是为政者,如果缺乏道德自律,他就不能真正做到廉政,不能做到尽职尽责,不能扮演好自己的公共角色,确立起自己的良好形象。作为中国传统文化主体的儒家或儒学,对此是否能够提供有益的资源呢?可以说,把传统文化特别是儒家文化同现代性"完全"对立起来的思维方式是不能成立的。这就涉及如何"活用"儒家思想资源的问题。一种常见的说法是,法治假定了人性恶,至少是像张灏所说的那样,是承认人的"幽暗性",即所说的"幽暗意识",这是法治秩序得以成立的根据和基础。但是,在中国传统文化中,儒家根本上相信人性善,相信人的良知和良能。基于对人性的这种乐观立场,儒家提倡道德治理,强烈追求建立一个依靠圣人、贤人和君子等道德榜样统治的道德理想国。如上所说,这种道德主义政治传统理想与现代的法治社会类型差异很大。但是,这决不意味着现代的政治治理,不需要政治伦理和道德的力量,也不意味着性善的预设也是现代政治的天然障碍物。恐怕谁都不会否认,法治既是一种客观化的秩序,同时也是人为的秩序。法是人制定的,是社会和人的创造物,法治更要靠人来实现。如果完全从人性恶出发设想法治,那不就等于说,人性恶的人或心存不良的人,能够制造出一个良好和正义的法律秩序。这怎么可能呢?除非假定在制定和实践法律时,人的恶性改变了。因此,从理论上说,建立和维护公正和正义的法治秩序,恰恰需要假定人性善,并由此可以期待公正的执法者和大多数守法的公民。儒家主张道德治理,并往往把人性设定为善,这反而为法治秩序提供了前提。当然,由于人性并不完全是善的,所以完全相信道德治理自然也会遇到困境。儒家道德治理的基本意义之一,是要求当政者具有优良的道德品性并以身作则,这一点原则上并没有错。在现代社会中,利益的分配和占有非常复杂,法治秩序无疑非常重要,但对当政者的道德要求实际上也非常高。一个当政者,不仅应是守法的人,而且也应该是道德的榜样。在这一点上,儒家思想也可以被激活。

在中国的现代化过程中,法治秩序的建立仍然是首要问题之一,这是毫无疑问的。但是,中国建立法治秩序为何那么困难呢?这不是一个孤立的问题。我们的道德秩序又如何呢?这一点不用多说。法治秩序与道德秩序之间一定存在着正比例的关联。中国传统文化被认为是泛道德主义文化,"泛"的意义既是指出发点上的以个人修身为本,又是指过程中的一系列道德要求。道德不是万能,不能用道德去解决一切问题。因此,在现代社会中,道德与知识、政治、经济等领域都走向分化和独自化。政治不再是道德的自然延长,经济不再是道德的实验室,知识也不是道德的世袭领地。但是,决不能由此认为,政治、经济与道德无关,道德不再是知识,大学教育只需传授知识即可,也不用管道德问题。有人就提出"经济学不讲道德",这个说法可以有两种理解,一是经济学不讨论道德问题;二是经济学反对道德。无论如何,这个说法都不能成立。经济学并非完全不讲道德,因为它与道德有关联。用于慈善事业的经济活动为什么不交税,这既是个道德问题,也是经济问题;社会福利和社会保障体系,既是经济问题也是道德问题。在政治领域中也一样,政治家需要智能,但同样也需要道德。作为近代政治学之祖的马基雅维里主义,至少还看到了道德对当政者的工具性意义。因此,我们必须重新估量道德在政治、经济等生活中的作用。1998年诺贝尔经济学奖得主阿马蒂亚·森为什么偏偏就写了《伦理学与经济学》,因为他相信经济学与伦理学有密切的联系。

韦伯是强烈肯定近代理性化和官僚化政治的人,他对政治与道德关系的看法,值得我们注意。对于韦伯来说,从事政治就是从事一种职业,但这是一项具有最高表现的职业。因此英译者在翻译韦伯所用德语职业(berufs)一词时使用了"calling"一词,意为受神感召而从事的事业,有一点"奉天承运"的情调。并不是所有从事政治事业的人,都视政治为天职。因此,以政治为业就有两种不同的方式,一是为政治而生存;一是靠政治生存。"'为'政治而生存的人,从内心里将政治作为他的生命。他或者是因拥有他所行使的权力而得到享受,或者是因为他意识到服务于一项'事业'而使生命具有意义,从而滋生出一种内心的平衡和自我感觉。……力求将政治作为固定**收入**来源者,是将政治作为职业,'靠'它吃饭,没有如此打算的人,则是为政治'而'活着。"① 近代专业官吏是各有所长、训练有素的专门劳动者。为了廉洁的考虑,发展出一种高度的身份荣誉意识。如果没有这种意识,腐败就会给这个团体造成致命威胁。在韦伯看来,激情、责任感和恰如其分的判断力,对于政治家具有决定性的意义。在政治领域中,致命的罪过有两种:缺乏客观性和无责任心。政治行为要获得内在的支持,对事业的奉献就是必不可少的。政治家的信仰可能并不相同,或者是民族的,或者是文化的、人道的、伦理的、社会的。但不管如何,一定要有某种信念。否则即使世界上最重大的外在政治成就,也免不了为万物皆空的神咒所吞噬。"政治作为一项'事业'的性质,如果完全不考虑它自身在人类行为的整体道德安排(die sittliche Gesamtökonomie)中的目标,政治能够完成什么使命? 也就是说,在伦理世界中,政治的家园在哪里呢?"② 因此,韦伯既反对政治与道德无关,也反对政治行为的道德与其他行为的道德无别。在韦伯看来,一切伦理取向的行为,都受两种原则中的一种支配:一个是"信念伦理",一个是"责任伦理"。

信念伦理不等于不负责,责任伦理也不等于毫无信念的机会主义。但这两个原则,有很大的不同,从信念出发的伦理行为,可以说是宗教意义上的"基督行公正,让上帝管结果";遵循责任伦理的行为,即必须顾及自己行为的后果。对韦伯来说,政治行为的伦理,主要是责任伦理,但又不能没有信念伦理。"能够深深打动人心的,是一个成熟的人(无论年龄大小),他意识到了对自己行为后果的责任,真正发自内心地感受着这一责任。然后他遵照责任伦理采取行动,在做到一定程度的时候,他说:'这就是我的立场,我只能如此。'这才是真正符合人性的、令人感动的表现。我们每一个人,只要精神尚未死亡,就必须明白,

---

① 韦伯:《学术与政治》,冯克利译,三联书店,1998年,第63页。
② 同上书,第103页。

我们都有可能在某时某刻走到这样一个位置上。就此而言,信念伦理和责任伦理便不是截然对立的,而是互为补充的,唯有将两者结合在一起,才构成一个真正的人——一个能够担当'政治使命'的人。"①

　　儒家的道德治理,古代也叫"德政"、"仁政"或"德化",现在多被称之为"人治",相对于法家的刑治。儒家德治经历了长期的历史演变,有复杂的内涵。概括起来,主要有十个方面相互联系的内容。一是把德治同天道、天命联系起来,就像所说的"皇天无亲,唯德是辅"、"奉天承运"那样;二是把民众视之为邦国的根本(即"民本");三是推崇理想的政治人格(如圣人、明君),叙列了以黄帝、尧、舜、禹、汤、文、武、周公为典型的德治人格谱系,宣扬三代盛世或黄金时代;四是提倡禅让,提倡任人唯贤;五是把德治主要建立在为政者的道德自觉和道德感化上,强调为政者的以身作则和勇于承担一切政治责任(如说"百姓有过,在予一人");六是提出了一系列为政者的道德规范,如宽、廉、信、惠、公、敬等;七是提出了以个人修身为基础的修养论和知行论;八是主张分配正义,均贫富;九是提倡王道,反对霸道,主张以理服人,反对征服和侵略;十是肯定诛伐恶政和暴君的革命行为的正义性。儒家道德治理这十个方面,不都是过时的东西,关键在于如何合理地选择和活用。

　　总之,现代社会政治秩序,整体上超越了中国传统的道德治理秩序,但另一方面,它同中国传统伦理道德秩序能够进行沟通,从中能够获得有益的资源。如诚信、廉洁、任人唯贤、政治责任感、公正、宽厚、仁智等。在中国现代化过程中,民主和法治秩序的扩展仍然是首要的目标。这是毫无疑问的。但是,民主和法治秩序的扩展不是孤立性的问题,它相应地要求政治伦理的重建。

---

①　韦伯:《学术与政治》,冯克利译,三联书店,1998年,第116页。

文化的可公度性与差异性

在检讨和反省文化普遍论和普世论的过程中,一种相反的文化特殊论、差异论和无公度倾向正在主导着我们的思维。这种倾向同样是不可取的,它会把我们带到另一种困境中。因为如果不承认文化中存在着普遍性,不承认可公度性,我们在文化对话中就无法达成一定程度的"共识",而且,尊重"差异"或"他者"的基础又在哪里,如果它只有特殊性,为什么它是可接受的。

一般而言,世界不同文明和文化传统都是普遍性和差异性的统一体,或者说是普遍性与特殊性的统一体,只挑出一方面来强调是不健全的。自从晚清东西文化和传统大规模接触之后,中国的思想家和知识人所从事的工作,就是探寻两者的差异性和相互的普世性,其中也有外国朋友加入到了这一行列,如罗素。他虽然称不上是中国学问和问题的专家,但作为旁观者,他在《中国问题》中对中国文化中的普遍价值的认识,也使读者领略到了中国文化的诱人之处和魅力。在共和国年代,冯友兰为了抵制历史文化的虚无主义和维护中国文化精神的基本价值而提出的"抽象继承性",也是基于相信传统文化中存在着一定的普遍性。我们现在对自我传统认同感的增加,也是为了在更高的程度上,更清楚地重新认识和发现中国文化中的恒久价值。但为了真正发现中国文化传统的意义和价值,我们需要更高级的反思和认知。一味地颂扬和为过去辩护,如认为"三纲"仍适用于当代社会,这如同过去对传统文化曾有过的简单批判那样不合时宜;又如,为了论证文化的特殊主义,就把儒家说成是特殊主义者,这实在不是儒家的真实面貌。

儒家承认事物的差异性和多样性,用孟子的话说是"物之不齐,物之情也"。儒家主张"和而不同",也以承认事物的差异性和多样性为前提。但儒家从来就不否认文化中的普遍性和普世性。这可以从两大方面说,一是儒家认识到了文化的普遍性和差异性、文化的多元性和共识的关系。《周易·系辞传下》说的"天下同归而殊途,一致而百虑",宋明道学家说的"理一分殊",既承认普遍性,也承认差异性,它们都恰当地处理了一与多、共识与多元、普遍与特殊的关系。一致和同归是"共识",这是普遍;"百虑"和"殊途"是多元和差异;"理一分殊"的关系同样。这种思维肯定了有"我们",肯定了我们有"共同的世界",同时也肯定了"他者",肯定了有他者的"不同世界"。这两个世界的关系,按《礼记·中庸》的说法,是"万物并育而不相害,道并行而不相悖"。儒家经典中虽然也有"非我族类,其心必异"(《左传·成公八年》)的族群界限意识,但儒家传统的一般思维,是以有无文明、文化和教化论来划分华夷。儒家的天下体系和秩序,就是以文化及其普遍性价值为基础来设想的。

在儒家人物中,孟子为了论证人类的共同性,认为每一类事物都是类似的:"故凡同类者,举相似也,何独至于人而疑之?圣人,与我同类者。故龙子曰:'不知足者为屦,我知其不为蒉也。'屦之相似,天下之足同也。"(《孟子·告子章句上》)荀子承认人与人之间有不同的地方,但他也肯定人们又有共同之处:"天下之人,唯各特意哉,然而有所共予也。言味者予易牙,言音者予师旷,言治者予三王。三王既以定法度,制礼乐而传之,有不用而改自作,何以异于变易牙之和,更师旷之律?唯各特意哉,然而有所予也。"(《荀子·大略篇》)荀子主张"法后王",是因为他认为"后王"同"先王"是一脉相承的,他将那些认为"古今异情"的人称为"妄人",提出了"古今一度"、"类不悖"的普遍性观念,认为用"一"和"类"就能够贯通"万"和"杂",说:"圣人者,以己度者也,故以人度人,以情度情,以类度类,以说度功,以道观尽,古今一度也,类不悖,虽久同理,故乡乎邪曲而不迷,观乎杂物而不惑。"(《荀子·非相》)又说:"以类行杂,以一行万,始则终,终则始"(《荀子·王制》),"以古持今,以一持万。"(《荀子·儒效》)这些显然都是普遍性思维。在《礼记·祭义》中,曾子以"孝"为普遍适用的价值,他有这样一番话:"夫孝,置之而塞乎天地,溥之而横乎四海,施诸后世而无朝夕,推而放诸东海而准,推而放诸西海而准,推而放诸南海而准,推而放诸北海而准。"陆九渊的"心同理同"的思维就更不用说了:"东海有圣人出焉,此心同也,此理同也。至西海、南海、北海有圣人出,亦莫不然。千百世之上有圣人出焉,此心同也,此理同也。至于千百世之下有圣人出,此心此理,亦无不同也。"(《宋史·儒林四》)据以上所说,儒家显然不是特殊主义者。

儒家传统和资源如何对当代的中国人和世界做出贡献,依赖于我们对它的深度观察和视点。在儒家思想和学说中,有一些内在的普遍性和普世的东西,这是不能否认的,其中之一,是它的仁爱精神。若尊重他人的愿望是一个普遍性的价值,那么儒家的"仁爱"精神就具有这样的内涵。"己所不欲,勿施于人"和"己欲立而立人,己欲达而达人",正好就体现了这一方面。仁爱本质上是普遍同情,它主张包容一切、关照一切。儒家始终把"反求诸己"和"不尤人"作为修身的中心,同样是尊重他人。儒家的"天人合一"和"万物一体"思想,有机主义和整体主义世界观,教导人类还要学会同万物相处,善待作为自然的他者。儒家"仁爱"中的孝亲层面,主要是指明了一个人实践仁爱的出发点和入手处,并不是把它狭隘为只是孝亲。

再如,儒家始终把人的尊严和价值放在人的道德自觉和人格境界上,从不以出身和身份来衡量人的优越性。儒家的人性论,主要是人性平等论,它为所有的人都赋予了共同的人性。人与圣人的差别只在于学与不学的问题。儒家没有印度的种姓意识,也没有古希腊的奴隶观念。儒家的"礼"虽然注重区分人类事务中的"差异性",其许多礼仪规定了"差别待遇"("别"),但不能说这是主张等级制和人类的不平等,在现代社会的许多礼仪活动中,人们所受的礼遇不是也很不一样吗?

儒家的"劳心"—"劳力"、"智"—"愚"、"贤"—"不肖"、"君子"—"小人"等之二分,用现代的平等观来衡量,似乎也是主张不平等,但儒家通常没有将这些东西身份化。在儒家看来,人与人之间之所以存在这些差异,主要是他们后天努力学习与不努力学习的结果,正如荀子所说:"我欲贱而贵,愚而智,贫而富,可乎?曰:其唯学乎。"(《荀子·儒效》)整体而论,儒家不认为人天生有贤与不肖、君子与小人、劳心与劳力之别。既然这些东西都是后天造成的,社会政治和经济地位的分配也应该依此来安排,这从孟子说的:"贤者在位,能者在职"(《孟子·公孙丑上》)、"尊贤使能,俊杰在位"和荀子说的"图德而定次"(《荀子·正论》)、"上贤禄天下,次贤禄一国,下贤禄田邑。"(《荀子·正论》)可以清楚地看出。这样的主张和倾向同现代社会所说的人的平等并没有根本上的矛盾。现代社会的平等观,也不认为人的智力和能力都是一样的,或者试图使之都一样,它只是主张所有的人都有享受平等教育的权利;现代的平等观也不要求所有人的社会地位和待遇都是一样的,它只是主张人要有公平的机会,人人都有自由选择职业和从事工作的权利并从中获得报酬。至于一个人实际上能够获得什么机会,能够从事什么职业和获得多少所得,这又是很不相同的。即使是高调的平等观,也无法使人都获得完全一样的机会和待遇。传统社会同现代社会相比,有很多不平等的东西,不管是观念上还是制度上,这是不容否认的,比如男女不平等,儒家在这一点上也有盲点。

总而言之,儒家的学说和思想,总体上倾向于普遍性和可公度性思维,而主要不是特殊性和差异性思维。《吕氏春秋·有始》的一段话可以代表儒家的这种思维:"天地万物,一人之身也,此之谓大同。众耳目鼻口也,众五谷寒暑也,此之谓众异。〔众异〕则万物备也。天斟万物,圣人览焉,以观其类。"

想用特殊论和差异论取代普遍论和普世论这一相反倾向的产生,是出于复杂的原因和动机。简单地说,一是为了抵制西方中心主义及其"普世价值"的话语霸权;二是受后现代主义及其解构主义的影响,反叛启蒙理性;三是各种"地方知识"的兴起。但这样做,犹如一个形象的比喻所说的那样,就是倒洗澡水连同盆子里的孩子也一起倒掉。不承认文化中有普遍性和普世性的价值,也就没有根据去肯定中国文化中的普遍性和普世性的东西,自然也没有根据去肯定社会领域的什么原理和共识了。在这种画地为牢之中,我们自己也失去了立足之地。为了避免这种困境,我们就要承认不同文化中存在着一定的可公度性和普世性的东西。

不同的文化和传统既是自身的、自我的,但同时又是开放的、包容的和彼此可以分享的。在全球化时代,不同的国家和族群、不同的传统已高度联系在一起了,想一味地把自己封闭和孤立起来的想法既不现实,也不可取。这就意味着在不同的文明传统和文化并存的前提下,我们更需要以理性和真诚的态度展开交往和深层的对话。我们要避免自我中心主义,克服话语霸权和形形色色的文化帝国主义,要承认差异,尊重"他者",倾听他者,相互理解;同时,我们也要善于从他者中获得启示,以相互补充;从多样性中寻找共识,以获得某种共同的前提和出发点。

最后,我想强调的是,文明和文化的交流和对话是人类心灵、精神、意义和价值的深层沟通和交流,在此我们既要拒绝生硬的普遍和普世主义思维,同时也要拒绝特殊和差异主义思维,要在这两者之间求得一个中庸,即承认差异、分歧和他者,同时又承认普遍性和共识,在"求同存异"和"求异存同"中达到一种平衡。

(部分内容曾以《儒家文化的"普遍性"与"差异性"》登载《中国社会科学报》,2012年12月31日)

文化上的事情

对外谋求和平与发展、对内坚持稳定与发展,实现民族和国家的全面伟大复兴,无疑是中国新世纪的根本目标。为了实现这一根本目标,我们不仅要确立中国社会、政治、经济和科技发展战略,而且也需要确立中国文化发展战略,即实现中国文化体系的创新。这不仅是全面复兴中国的一个重要目标,而且也有助于促进国际和平大格局和国内稳定有序的良好环境。

不同的社会群体,在其历史时空中,往往都会遇到两方面的问题,一是族群内与族群外的关系问题,这是在不同族群之间发生的空间上的横向的关系;二是族群历史发展过程中的先后问题,这是同一族群在历史上的纵向的关系。在 19 世纪 70 年代以前,中国一直是用"华夷"和"古今"这两对观念来理解和处理上述两种关系的。按照"华夷"文化观念,"华夏"之所以为华夏,在于它是"文明的",它是"礼乐教化"之邦,除此之外的群体之所以是"夷狄",在于它是"野蛮的"。产生这种观念的原因,一方面是由于中国古代文化和文明的先进性,另一方面则是由于对外部世界的无知。它所带有的"中国中心主义"和"封闭主义",则是一个问题的两个方面。按照"古今"文化观念,传统和历史经验,是现实社会所要效法和遵循的,它具有一种不证自明的合法性和正当性。它的有利之处是容易保持社会秩序的稳定性和连续性,而不利之处在于,进行变法和改革会异常困难。

从 20 世纪开始,处理内外、先后关系的中国历史上的"华夷"和"古今"文化观念,急速发生变化,"中国中心主义"转变成了"西方中心主义",并产生了"全盘西化论";相应地,文化传统主义,转化成了反传统主义,产生了民族文化虚无主义。传统的"华夷"、"古今"问题,也转变为"中国与世界"、"传统与现代"的重大问题。如何从文化上创造性地解决这两个重大问题,仍然是新世纪初摆在我们面前的重要课题。

19世纪以来,中国与世界特别是西方世界的关系,并不是融洽的,西方的扩张和强权,使中国多受欺凌和掠夺;因效法西方而迅速崛起的日本,也效法西方的扩张和强权来侵略中国。20世纪的两次世界大战,都根源于西方资本主义世界的内部冲突。因此,我们需要在肯定西方近代工业文明在为世界带来进步的同时,也必须反省西方文化和文明所带有的强烈的进攻和强权的劣质。但是,具有冷战思维方式的哈佛大学政治学教授亨廷顿,竟然把中国儒家文化看成是未来世界"文明冲突"的根源,而且在国际社会中还有所谓"中国威胁论"的论调。这就等于把中国看成是威胁世界和平的根源。如果让这种论点和论调继续在国际社会和文化中流传,不仅会引起国际社会和邻近国家对中国的误解,而且还会导致中国与世界的紧张关系,这些同中国谋求和平发展的根本愿望背道而驰。我们必须通过中国传统文化和价值与中国现代文化和价值的创造性结合,令人信服地论证中国永远是爱好和平和追求和平的国家,而绝不是国际冲突的根源。根据不仅在于作为中国文化主体的儒家文化,根本上是和平主义的;它所主张的民族主义,主要强调文化和价值的认同,是一种最为温和的民族主义,它从不支持强权和扩张。中国现代文化和价值,也从不提倡对抗,而是提倡对话,提倡尊重不同民族文化的多样性和差异性,提倡尊重国际文化的基本价值和理想,反对强权主义和扩张主义。这是中国文化战略之一。

中国是一个多民族的国家,从语言文字、生活风俗和习惯,到历史传统和宗教信仰都存在着很大的差别。如何既保持中国社会政治、国家的持续统一,保持文化价值和理想的统一,又能够保持各民族自身文化的特性,保持民族文化的多样性,建立起一个和谐的民族文化大家庭,建立起一种和谐的民族关系,以保持国家的永久统一和稳定,避免内乱。我们还必须通过文化和价值创新,解决现代社会产生的"人的精神生态危机",解决人的信仰问题,确立健全的人生观和价值观,使人成为温文尔雅的人,成为与社会和他人友好来往和相处的人。这是中国文化战略之二。

中国传统文化与现代化的关系,自20世纪以来也经历了复杂的演变。但至今仍不能说已经达到了良性互动,仍然存在着不健康的态度:即传统文化虚无主义与对传统文化的无批判性肯定以及与此相连的全盘西化和排他主义。这都不是解决传统与现代化关系的合理选择。要从文化的高度,创造性地解决传统与现代化的关系,一方面要激活传统,通过历史文化增加民族自豪感,使之成为现代化的有益资源,而又避免传统中的负面影响。另一方面又要大力吸取一切外来有益的文化,积极促进文化的全球化,以丰富和发展中国文化,同时又要避免一切有害和不健康的东西。这是中国文化战略之三。

最后是中国文化体系的全面复兴和振兴。中国是世界文明古国之一,曾经是世界历史上具有代表性的文化体系之一,历史上在儒家文化影响下,还形成了亚洲儒家文化圈。但是,我们还没有建立起影响世界的现代文化体系。在世界现代文化体系中,西方文化体系独领风骚。在哲学、文学、宗教学、历史学、政治学、经济学、法学等社科和人文的众多领域,他们都产生了许多具有原创性的大思想家和理论家,影响了全世界。中国近代以来,虽然也产生了一些有影响的思想家、理论家和学术文化大师,但为数不多,而且影响世界的就更少。思想、理论和文化会造就一个民族和国家的伟大,没有思想、理论和文化创新的民族和国家,永远不能成为世界一流国家。因此,未来的中国不仅要成为世界经济和科技大国,而且还要成为世界文化大国,成为思想和文化的最大输出国,影响世界,造福人类。使中国就像在历史上一样,重新点燃思想和文化的火炬。这是中国文化战略之四。

通过历史的和现实的宏观研究,确定起中国文化的四大战略,是新世纪摆在我们面前的迫切任务。由著名历史学家、马克思主义理论家侯外庐先生创办的历史研究所中国思想史研究室,人才济济、年富力强,他们希望联合相关学科的研究者,承担起这一重大的研究任务。

(原为2001年中国社会科学历史研究所的"中国文化战略研究"课题拟写)

情与义:可承受之重

今天我们欢聚一堂,在这里隆重地举行"和谐家庭与和谐社会暨真爱夫妻祝福庆典活动",请允许我代表中华孔子学会,祝贺庆典活动的举办,并衷心祝愿这一活动圆满成功!

我们的社会被称之为"现代社会",社会学家常常喜欢从许多方面描述现代社会不同于传统社会的一些明显特征。这些特征不只是一些特征,它们同时也是人类发展的标志。人们沉浸在进步的历史观中,不断讲述"世界成长的故事",欣赏和享受现代社会塑造的各种形象及提供的种种便利条件。"人性"确实被解放了,他们在自然欲求方面受过的压抑和物质生活方面遇到过的匮乏,现代社会都以加倍的方式提供了补偿;他们在精神上曾经受到过的禁锢,也因现代社会的平等教育、思想和新闻传播的自由而得到了满足。但是,人类希望现代社会所给予的东西是无穷无尽的,很快,人们便不满足于"人性"的解放了,而是赤裸裸地又走向了"性解放"。人类越来越强烈地希望去降低自己的"身份",他们不愿在精神和价值上,继续作为万物的尊贵者和高尚性的存在,他们拼命强调人类的"生物性"意义,并给它一个称号叫做"世俗化"。"神圣性"、"神圣感"和人类的尊严,变成了迂腐和不实用的同义语。人性没有随着我们物质生活条件的改善和提高而充实和丰富起来,反而不幸地堕落了,陷入到单调乏味的畸形状态之中。我们仍然还在引用的古训"仓廪实而知礼节,衣食足而知荣辱",只是在一定意义上才是正确的。事实上,我们的道德水准并没有因物质生活的进步而随之进步。家庭生活中冲突和矛盾的扩大,离婚率的提高,实际上根源于过分世俗化的生活和无限膨胀的个人欲望。

对于经济和价值观都处在急速转变之中的中国来说,家庭和婚姻关系同样受到了严重的挑战,可以观察到的一些情况表明,中国的家庭和婚姻状况增加了许多不稳定因素,离婚率早就开始呈上升趋势。家庭革命论者和性解放论者,可能把这看成是一种进步的趋势,以至于他们把喜欢"离婚"视之为光荣的行为,把守护永久婚姻关系的人称为时代的落后分子。但我们明确地宣布离婚率的上升不是一种健康的趋势。我们不需要留恋中国传统社会中父母包办婚姻的方式,因为自由恋爱确实有合乎人性的地方,但这绝不是鼓励人们无限制地挑选配偶,就像更换服装那样喜新厌旧。人们早就注意到,新一代年轻人的恋爱观已经发生了明显的变化。举一个例子,恋爱以"男女"彼此纯洁和神圣的爱情为基础,但新一代青年人在追求情侣的过程中,越来越少地使用"爱"这个词汇,而代之以"喜欢"。用"喜欢"来表述对情侣的情感,实际上是把爱情降低到了像喜欢物品那样的程度。很显然,我们可以没有任何障碍地说我喜欢一件物品,但没有人会轻易说我爱一件东西。效率和利益对我们的价值观影响太大了,它们渗透到我们生活中最不应该让其进入的地方。人们对恋爱的过程失去了耐心,他们追求闪电式的结合,以便迅速地拥有对方。他们不能忍受马拉松式的苦恋,更不愿等候他心爱的人最终来接受他。他们只希望结果,而宁愿抛弃过程。这不合乎哲学家的恋爱观。在这里我不说出这位哲学家的大名,这位哲学家因苦恋一位才貌双全的女性而终身未娶。他曾指导过一位后来成了著名学者的学生,当这位学生在恋爱中遇到了挫折,痛不欲生时,这位哲学家以慈父般的爱心劝告这位学生说:恋爱是一个过程。恋爱的结局,结婚或不结婚,只是恋爱全过程的一个阶段。恋爱幸福与否,应从恋爱的全过程来看,而不应该仅仅从恋爱的结局来衡量;恋爱是恋爱者精神和感情的升华。恋爱的对象,在一定程度上,是恋爱者的精神和感情的创造物,而不是真正的客观存在。因此,只要恋爱者的精神感情是高尚的、纯洁的,他(她)的恋爱就是幸福的。我们可以说,真正回味无穷的爱情,是马拉松式的苦恋,他追求的是彼此心灵的契合和心心相印,而不是貌合神离的结合。因为这样的结合,一开始就威胁着婚姻和家庭的安定与和谐。

我们相信,自由恋爱使许多彼此真心相爱的人走到了一起,他们休戚与共地建立起了美好的家庭。他们在物质生活上可能并不富裕,但他们彼此生活得非常幸福,夫妻恩爱。但是,经济条件的明显变化,有时竟成了破坏他们家庭和谐、造成家庭分裂的罪魁祸首。实际上,这不是物质条件的罪过,而是我们的人性不慎失去了自律和平稳,失去了责任心和彼此的承诺。他们不再珍惜美满的婚姻,也不想再享受家庭的温馨。他们反目成敌,忘记了彼此的恩情和恩爱,抛弃了良知和责任感。他们开始寻找刺激,就像染上了毒瘾一样,他们追求不断地占有。婚姻和家庭成了多余,"自由同居"变为时尚。

对于威胁婚姻和家庭的各种病症,我们不能袖手旁观,我们必须重建我们的恋爱观、婚姻观和家庭观,说到底就是要重建我们的道德理想和人生理想。"和谐家庭"是精心培养和呵护的产物,就像美丽的花园需要不断地浇灌和培育那样。我们需要持续不断地培养人们的家庭责任心和义务感,实际上,这也是在培养人们的社会责任感和义务感。社会的基本构成单位是家庭,家庭活动的中心人物是夫妻。儒家早就自觉意识到了"夫妇关系"的社会意义,《中庸》告诉我们说:"君子之道,造端乎夫妇;及其至也,察乎天地。"儒家始终把"夫妇和"看成整个社会和谐的一个重要环节,有关这一点,《韩诗外传》和《礼记》都有论述:"父子相成,夫妇相保;天下和平,国家安宁";"城郭沟池以为固,礼义以为纪。以正君臣,以笃父子,以睦兄弟,以和夫妇。"

我们不必好高骛远,只要我们牢记"家和万事兴"这一最普通的真理,我们就将受益无穷。

中华孔子学会将一如既往地与国际教育基金会一道,为建立"和谐家庭"与"和谐社会"而尽绵薄之力。

(原为国际教育基金会2005年举办的"和谐家庭与和谐社会暨真爱夫妻祝福庆典活动"拟写的致辞)

面对"海中巨怪"

面对权能和钱能的互相交换而形成的"海中巨怪"和社会,不甘沉沦的中国知识人,一直感到焦虑和不安并为找不到一种有效的良方而苦恼不已。就其巨大性和迫切性而言,中国面临着两大主题:一是如何建立起一个"最不坏的政治制度";二是如何建立起一个"最低限度的价值坐标"。虽然我们已经很明智地承认我们是有限的,我们对国家所面临的巨大课题和挑战束手无策,但我们仍然不愿意放弃期望和渴求。

老实说,被人们心悦诚服加以接受和享有的经验生活和实践理性,一向就是低调和朴实的,那些最动听的承诺从来就是华而不实。难怪发现了"卑弱"、"虚静"、"勇于不敢"和"无为"("不干涉"和"不胡作非为")等政治奥秘的老子,早就告知我们说"美言不信,信言不美"。只有"致命的自负",才会不断向人们宣示伟大的真理和价值并强迫人们接受;只有"美丽的谎言",才会教导人们说政治民主就是人民决定一切。自由和民主的全部奥秘仅仅在于对"权力的有效限制"。因为人天生就有一种独占和滥用权力的倾向,只要有"机会"而又不需付出什么代价,谁愿意违背权力上的"马太效应"。真理和价值的全部基础,则在于人们自觉自愿地认识和接受、并使之潜移默化地变成自身的一部分。即使是强迫人们接受一种最正确的真理和最美好的价值,那也是不可饶恕的,这与用高尚的爱去证明严酷暴力的正当、为止渴而饮鸩是同一逻辑。

在很长时期中,我们被教导以"大公无私",且不说我们要"大"的"公"是"谁"的"公","无"的"私"是"谁"的"私",我们能把"公""大到"让人"无私"吗？历史是最好的见证,黄宗羲已经敏锐地发现了"大公无私"的真实意义。本辑由数篇论文构成的"'公私'观念与社会史"专题,通过对中国哲学和思想中"公私"观念及其社会史关联的考察,展现了中国"公私"观念的演变、意义和特点。这一专题是与刘泽华和张荣明先生合作的产物,希望这一讨论能够引起大家的回应和更深层的思考。

  如果从主要方面把中国 20 世纪 80 年代与 90 年代的学术思想文化加以对比,我们也许可以说 80 年代是启蒙的时代,是以外部世界为标准来衡量传统和自我批判的时代,那么 90 年代则是化解启蒙情绪、复兴传统和自我肯定的时代。但是,谁要是试图用一个时代去否定另一个时代,我们不认为这是一个合理的选择。因为这两个时代都具有它的特殊意义,而且也各有其内在的困境。在其中扮演角色的是知识分子,要反省其中的问题,首先就需要知识分子进行自我反省。我们必须让学问真正成为我们愿意为之献身的天职,并在我们各自所从事的专业领域中获得突破。学术与急功近利从来就是死敌,迎合一时需要的媚俗、媚世之学"未生"即已"先死"。我们决不能忘记我们的作为社会良知的角色,我们需要关心我们生活其中的公共世界,揭露黑暗和污浊,捍卫公正和人道。无须讳言,在社会良知和道义担当方面,现代专业化知识分子越来越像"侏儒"。难怪被激怒的萨义德,严厉抗议知识分子的专业化,他甚至宁愿成为业余知识分子。本辑以"古代'士'阶层与公共生活"为主题对古代中国士阶层如何参与公共生活进行的研究,为我们提供了一个参照。

(原为《新哲学》第二辑"编后卮言",大象出版社,2004 年)

默会与女性主义

本辑有两个集中讨论的专题,一个是有关"默会知识"(tacit knowledge)的;另一个是有关"女性主义"(feminism)的。

以"主客"、"心物"关系为中心、以近代科学为典范的近代知识论,不仅因现代科学的变化而受到挑战,而且也因分析哲学和语言哲学的兴起而改弦易辙。"默会知识论"是重建知识论的一种努力,但它是与"语言"紧密联系在一起的知识论,是在语言哲学的基础上而产生的知识论,这也是为什么维特根斯坦会成为一些默会知识论者的思想源头。说到"默会知识"是一些什么知识,这在默会知识论者那里的所指并不完全一样,它可以是我们知道而尚未用语言表达出来的知识;可以是我们知道但不能用语言表达的知识;可以是我们实际上知道而我们却不知道我们知道的知识;也可以是我们知道但我们不能用任何方式表达的知识。我们知道而尚未用语言表达出来的知识,它是作为背景或预知的东西而存在的,"格式塔式的默会知识论"和"认识的局域主义论"所说的默会知识,实际上都是我们思想和行动的背景中被视为当然而未被言说的知识。我们知道而不能用语言表达的知识,是那些不能用语言完全传达而必须通过体验、实践和技艺才能获得的知识。不能用语言表达不等于不能用任何方式表达。我们实际上知道而又不知道自己知道的知识,这就像我们的仓库中存在着一种东西而我们一时遗忘了它的存在那样。我们知道而又不能用任何方式表达的知识,它是否还能够称得上知识恐怕是一个疑问。默会知识论关注的知识明显与语言、表达和言说相联系,它不再关注知识是否与客体相符合或一致,或主体何以能够反映客体。本辑"默会知识论"这一专题,从不同侧面讨论了"默会知识"的一些问题，由此我们可以了解默会知识论的基本问题、主张和看法，并帮助我们去进一步思考。传统社会差不多都是男权主义的社会，它程度不同地都有歧视女性的意识、观念和价值观，近代以来的社会虽然都以平等作为一种普世的价值并通过各种制度来实现人与人的平等，但因性别而产生的差异和不平等，实际上仍然存在着。"女性主义"可以是一种争取女性权利的运动，也可以是对"女性"作为人的一种性别和角色的哲学化的系统思考。本辑"女性主义"专题，讨论了"大陆女性主义"，也讨论了女性主义的认识论和方法论问题，它也许能够反映女性主义研究的最新进展。

有关中国哲学的反思和讨论，这一辑共有七篇论文，从古代到现代，时间跨度很大，对于不同时期的中国哲学研究者来说，也许可以各取所需。本辑继上辑之后，又推出了"殷福生（海光）英文佚文及中译（下）"，它包括了殷海光的两篇重要英文佚文及其中译，相信关注殷海光研究的朋友一定有如获至宝之感。

（原为《新哲学》第七辑"编后卮言"，大象出版社，2007年）

如何脱下"红舞鞋"

堂而皇之地把语言视为"工具",使理解和解释服务于"对象化"的目标,人类在不知不觉之中就与语言、理解和解释疏远了。如果语言、理解和解释是构成人类存在的基本方式,那么我们就需要在存在论的意义上重新回到人类久别的故乡。哲学解释学使我们意识到历史和传统如何构成了我们生活的一部分。这样,遥远的历史就不再遥远,悠久的传统也不再陌生。只要有人在,语言就无处不在,理解和解释就无时不在发生。语言是人类无形的家,理解和解释是人类心灵的桥。无形的家不时会带来有形的伤害,心灵的桥常常也会使心灵变得隔膜。人类的交往理性,在很大程度上就是语言沟通的理性,是互相理解和解释的理性。相见默默无言,也许是有言在先;彼此心照不宣,或者是早已莫逆。我们有时因一言而破涕为笑,也因一言而反目;有时因理解而谅解,也因误解而敌视。只要和谐的交往和沟通是我们的迫切愿望,我们就需要领悟语言、理解和解释之道,其实也就是领悟人类存在的真谛。

触目惊心的环境污染、生态失衡,令人类忧心忡忡,思以对策,环境伦理学和生态伦理学也应运而生。问题的复杂性超出了我们的想象。当人们将进步和发展作为头等大事来谋划,将经济的速度和效率作为根本目标来追求,将获得利润、利益和财富作为最大的动力,将欲望这一"潘多拉的匣子"被打开时,我们还有什么办法能让环境轻松,让生态复苏,让大地安静。我们居住的地球空间没有丝毫增大,但我们让地球变化的速度大大加快了。我们强迫稳定的环境空间跟得上飞速的时间之轮,就像我们不停地敲击仿佛是静态的乌龟,要它赶上永不睡觉的兔子那样。罗素早就不安地说:"机器生产对人的想象上的世界观最重要的影响就是使人类权能感百倍增长。……这个加速度一向非常大,因而使那些掌握近代技术所创造的力量的人产生一种崭新的看法。从前,山岳瀑布都是自然现象;而现在,碍事的山可以除掉,便利的瀑布也可以改造。从前,有沙漠有沃乡;而现在,只要人们认为值得做,可以叫沙漠像玫瑰一样开鲜花,而沃乡被科学精神不足的乐观主义者变成了沙漠。……在掌管事务的人们中间,或与掌管事务的人有接触的人们中间,滋生一种权能的新信念:首先是在人与自然的斗争中人的权能,其次是统治者们对被统治者的权能,他们尽力通过科学的宣传术,特别是通过教育,支配被统治者的信念和志向。结果是,固定性减小了;似乎没有一样改变办不到。大自然是原材料,人类当中未有力地参与统治的那部分人也是原材料。"[1]增长、增长,无限地增长;速度、速度,持续地加速度。我们无法停下来,就像穿上了魔法"红舞鞋";我们更不能走回头路,如同是过了河的卒子。人类控制自然,少数人又控制整个人类。"巨无霸"的企业超过了国家的能力,遍布世界各个角落,无孔不入。人类通过机器被生产出来的日子为时不远了;人性和他的能力,通过基因而随心所欲地被改变也不再是梦。如果人类的聪明真的被其聪明所误,他就只能与大地一起毁灭。"天作孽,犹可违;自作孽,不可活。"

有一种叫作"效率优先于平等"或者"效率优先于公正"的观念,在改革开放新时期的中国很有市场。这种观念把效率与公正(平等)放在一个天平上来衡量,坚持认为天平必须倾斜于效率一方,公正必须为效率让路。严格而言,与效率相对立的是无效率,与公正相对立的是不公正。效率与公正本不相妨,就像井水与河水虽非不相干,但确实可以不相犯。效率不是熊掌,公正也不是鱼,更不存在二者择其一或放在一起比论高下、优劣的问题。公正可以从三个意义上来理解:即人道意义上的公正、法律意义上的公正和经济意义上的公正。效率优先于人道和法律意义上的公正吗?或者说为了效率我们可以放弃人道公正和法律公正吗?经济意义上的公正,是说利益的获得和转移都是合法的,就像诺齐克所说的那样,也是说每个人的合法利益不能受到他人的侵犯

---

[1] 罗素:《西方哲学史》下卷,马元德译,商务印书馆,1982年,第274页。

和占有。据此,效率能够优先于个人的合法利益吗?如果效率优先于个人的合法利益,那么这又是谁的效率呢?这不就是要求一个人放弃个人的正当利益而为他人的效率做出牺牲吗?效率与"平均主义"不相容。但"平均主义"不是平等,也不是公正。公正既不要求拉平人的能力(实际上也办不到),也不要求让人人所得一样。而且在任何一个社会中都不可能有所谓完全"平均"的事实,差别只是程度问题,而不是有无问题。公正绝不是取消差别,它只是要求公正意义之下的差别。但在效率优先于公正的这种大旗之下,腐败不仅是事实,而且也应该腐败,因为腐败带来了效率;惨痛的代价不仅是伤痕,而且也应该有这种伤痕,因为恰恰是代价迎来了发展。仿佛是人生病,他就应该生病,因为生病对人的健康有好处。这种赤裸裸的"吃人"逻辑,与信奉"自然状态"狼群的假定和弱肉强食的社会达尔文主义,可谓是异曲同工。

中国人的精神生态困境,比起生存环境和自然生态的困境来,也许更为深刻。要问当今中国人信仰什么,也许最有力的回答是"金钱"和"财富",或者根本就不知道如何回答。从一定意义上说,这是一个走向多元化的时代,人们在精神世界和世俗世界中的自主性扩大了,人们有了更多的自由选择的余地。但作为凝聚和维系民族和国家共同体的精神和价值认同体系却失去根基。统一的意识形态愈来愈躯壳化,难以起到维系人心的作用。曾经被摧毁的宗教世界虽然得到了修复,但整体上并未走进大众的日常生活;传统特别是儒家的价值理性和信仰,虽然被人们呼吁,但主要仍停留在精英阶层之中,没有一种合适的形态和方式与大众结合起来。难怪无序和混乱加剧,虚假泛滥成灾,犯罪和罪恶充斥。如果调节和约束人类行为的三种方式——良知和道德自律、对超越性绝对(冥冥中的伟大力量)的敬畏和法律的规制都失效了,那么人们就可以无所畏惧、无法无天,这不就是无恶不作吗?

(原为《新哲学》第三辑"编后卮言",大象出版社,2004年)

谁主沉浮：猫乎？鼠乎？

根据事物的概念或固有本性去判断事物，其有效性，依赖于事物在一定时空中的某种不变性；一旦事物发生了变化，照用那种已有的概念或对事物所保持的印象去看待事物，往往就会失去效用，或者会有一种上当受骗感。日本著名政治学家丸山真男在日语中区分了"すること"与"であること"，前者指可变的、流动的事物或思想，后者指不变的、凝固的事物或思想。在中文中，我们也许可以用"做什么"与"是什么"来区分两者。存在主义哲学所说的"存在"与"本质"的关系，也可以借用。关注"做"，不是说要完全放弃对"事物"的概念认识，而只是说不要"老"停留在已有的概念或印象上，去判断事物，而要跟着事物的变化来观察事物。

对"猫"、"鼠"关系的印象及其改变，使我对这一道理有点体会。按照常识，在动物世界中，猫和鼠是一对天敌。俗话说的"猫哭耗子假慈悲"，意味着按照猫的本性，它根本不可能对耗子有真正的同情或恻隐之心。老鼠白天躲在洞里，不出头露面，一到晚上，它们就活跃起来，干它们想干的一切勾当。大吃大喝，挥霍浪费。凡老百姓讨厌的事，它们都喜欢干。这时，人们就会想到猫。猫凭着一双火眼金睛，凭着机灵和敏捷，一跃上去，就会把这作恶多端的祸害除掉，真是大快人心。老鼠专干坏事，而猫以抓鼠为专业。自然，在我们的意识中，鼠恶猫善，鼠害猫益。鼠是四害之一，猫变成了宠物。"过街老鼠，人人喊打"，说明老鼠没有市场，也说明人恶鼠极。但实际上，曾是四害之一的老鼠，现在似乎已升格到了四害之首。这说明老鼠恶性的增强，也说明老鼠能力的提高，本事的加大。鼠非昔日之鼠，岂可以旧眼光视之。它们大白天堂而皇之地在外面游行,甚至还敢开运动会。相对于鼠,猫却退化变质,见鼠如虎。过去用老鼠见猫来形容前者对后者的惧怕心理,但现在两者的关系却得颠倒过来,猫竟然怕上了老鼠。

很久以前,在报上看到过这样一则消息,说是科学家在做过核试验的地方考察,发现地上地下,其他一切生物都被致死于核辐射之下,但唯独地下的老鼠却安然无恙。这条消息,给我留下了极深的印象。有一阵子,电视上演美国动画片,主人公是名叫"汤姆"的猫和名叫"杰瑞"的老鼠。汤姆看起来很聪明,但杰瑞却更聪明。它们保持着互相敌对的角色,彼此给对方制造麻烦,一碰上面,就打得死去活来。但结果总是猫吃亏,杰瑞却春风得意。我觉得杰瑞很可爱,但同时又为汤姆惋惜。心想,何以把"正面"的猫,描写得老是不如"反面"的鼠呢?难道猫真的不如老鼠本事大吗?

我曾住在楼房的六层。听说老鼠能从楼下垂直地爬到楼的顶层,我不太相信。突然有一天,我发现,老鼠已经在我家安营扎寨了。我寻找它的来路,判断它可能是先从楼下爬到晾台上,然后从晾台上咬破洗手间窗户的纱窗闯了进来。证据之一是,纱窗被咬破了。聪明的老鼠,竟能沿着边缘安全进来,出入自如,这让我很吃惊。但我一时没有办法,夏天也不能老是关窗户。当然,有一只老鼠没有那么幸运,它从纱窗进来后,踩到一只高跟鞋,这是我爱人无意之中放在那里的,顺着惯性,与鞋一起落入到池水中。那高跟鞋,却像一叶扁舟漂在水上。老鼠也不敢冒险,就在那里苟且偷安。半夜里,我爱人发现了它,还被吓了一跳,把它结果掉,也算出了一点心头之气。这件事,似乎也不说明老鼠笨,只能说是它失手了。

还有一个经历,更令我和我的爱人感到吃惊。因为我们搬家到同一座楼房另一单元的五层之后,又意外地遇到了老鼠的"访问"。一开始,在这里觉得很安宁,心想不速之客老鼠,应该再也不会光顾了吧。但我们错了,老鼠又爬到了晾台上,这次它是咬破晾台门的纱布进来的。这只老鼠,不知是生病了,还是怀孕了,行动不便。它很容易就被我们围剿了。我们缝好纱布,夏天里不敢轻易开纱门,闭门以守,生怕别的老鼠来找它的一家子,我的小儿子有这样的预告。果真,一天晚上另一只老鼠爬到了晾台,在晾台门框的上下,疯狂地跑动,撕咬,但它想冲进来的目的没有得逞。到了第二天晚上半夜,我们突然被骚乱声惊醒,发现那只老鼠改变了它的进攻路线,它想从玻璃窗冲进来。在玻璃窗与墙壁之间的光滑角线上,它下上自如,如履平地。它还跑到最高一格的横玻璃窗边缘,拼命地往里钻。那横玻璃窗是往外掀开的,我们赶紧把它关上,才把它挡在了外面。我们猜想,打死的那只老鼠,可能是它的配偶,它很清楚它在我们家,要下决心找到它。要不,它怎么会如此发疯呢?这只老鼠的行动,连续了好几个晚上。最后我想了一个办法,用大头针和硬纸板制作了两个针板,分别放在窗户的两个墙角上。果然有效,那只老鼠一定是踩上被扎,吃了亏,之后就再也没有出现。这件事,让我觉得现在的老鼠真是"不得了"。

回过头来,看看猫的表现。它的繁殖能力弱,决定了它的数量比起老鼠越来越少,而且能力也每况愈下。记得在北大念研究生时,有一阵子,对"老鼠"问题感到头痛,思以对策。说来好笑,竟与日本朋友谈及此事。他告诉我,日本不害"鼠"病,猫太多,没事干,整天在大街上闲逛,无所事事。我们就异想天开,想出了引进日本猫到中国来,以对付不怕中国猫而日益猖獗的中国"老鼠"。当然这只是说说而已。中国的猫看来是越来越不争气了。据说,一市民在家里也发现了老鼠。主人正好养了一只猫,他想他的英雄现在终于有用武之地了。此时,猫正在睡大觉,主人把它弄醒后,它就在那里伸懒腰,一个劲地打哈欠。一看见老鼠,猫因为不知道是什么可怕的怪物,一下子就被吓晕了过去,几乎半死,躺在那里一动也不动。等主人明白过来,他就不敢再指望猫了,他只好自己来与老鼠作战了。可是躺在地上的猫,却碍手碍脚,因为打鼠怕伤着它。

这样,"投鼠忌器"这个成语,真的可以改成"投鼠忌猫"了。人们偏爱猫,它即使抓不到老鼠,也不必发愁会忍饥挨饿,反正有人养着。久而久之,猫就被娇生惯养。人把它当成宠物,敬如上宾,爱猫如子。久而久之,猫就丢掉了它的职责,荒废了自己的技能。有的见鼠胆战心惊,不知所措。有的怕斗不过老鼠,学得很识时务,化敌为友,与鼠握手言欢,一起戏耍。还有的,天天晚上叫曲,只知道谈情说爱,根本不知老鼠为何物,完全成了一个花花公子。由此猫的退化变质,亦不足为怪。在电视上,目睹过这样一幕,曾是兽中之王的猛虎,见了小白兔,也不敢去捕捉。据说,把动物园中养尊处优的老虎,放回到它们的老家森林中,它们已经不能再自食其力了。

如果你还停留在老观念上,认为"猫"、"鼠"不相容,犹如水火不相容一样。认为"猫"总是抓"鼠"的,这是它的家常便饭,那你就大错特错了。反正现在我心中的猫已不再是我当年心目中的猫了。它已变质为似猫非猫了。按照达尔文"优胜劣败,适者生存"的原则,我们敢说,凭着"老鼠"的适应性,"老鼠"不但不会"老",还会更年轻,更有生机。到那时,"老鼠"真可叫"少鼠"了。未来的世界或天下,绝不会是"猫"的,只能属于"少老鼠"了。

"猫"、"鼠"关系的演变,会使我们联想到腐败者、犯罪者同执法等部门的关系。它们都在遵循着进化发展的规律,在同步地可持续发展。如果说这是一个猫鼠在歌舞升平中同乐的时代,也不会让人大惊小怪吧。

"共生":明智的选择

"观念"往往比"生存现实"来得迟钝,但"理想性"的观念一旦出现,它一下子就跑到了现实的前头。在人类生存危机意识刺激下产生的"共生"观念,现在开始跃跃欲试地想引导时代。

"共生",显示出了一种值得去扩展的新的"生存状态"或"生存方式"。理念带有的"理想性",是我们渴望它的主要根源。但是,牢记以下一点非常重要,"共生"绝不是"乌托邦"理想,它不是"全面性"地为人类设计的"天堂",也不通过"目的正当,手段即正当"这种逻辑"强制"去推行它,它只是一种希望通过"个人"的自觉、通过交往和理解达到的"有限"观念。

人类的"共生"意识,不是现代才有,在不同的文化传统中都能找到。以中国传统为例,便有"万邦协和"、"己欲立而立人,己欲达而达人"、"万物一体"、"民胞物与"等说法。在传统或现代各种"乌托邦"设计中,似乎也都包含有对"共生性"的预设。我相信,传统中的"共生"意识,对我们思考现代课题的"共生"理念会有所帮助。但是,我不想夸大这一点。我们所面临的是一种以往任何时代都无法比拟的"生存风险境况"(有人干脆称现代社会为"风险社会"),"共生"从来没有显得如此重要,也从来没有像现在这样需要创新性的安排。

人类究竟发生了什么事,我们何以会如此"惊慌"和"忧虑不安"?稍微回顾一下20世纪:人类赖以生存的唯一的自然环境,恰恰由于人类自身的行为而被损害到了严重威胁人类生存的程度;在"种族主义"、"民族主义"旗号下发动的残杀或自相残杀的战争、暴行,使数以亿计的人失去了"生存权";人类制造了威力无比能反复毁灭自身的

"核武器",并且至今还没有形成严格的约束"机制";不同国家和地区的发展极不平衡,还有许多贫穷的国家和人口面临着生存危机;由"制度"和"天灾"所导致的各种恐惧和毁灭,更是屡见不鲜;大规模的"乌托邦工程"实验,所建起来的恰恰是与"天堂"根本不相容的"人间地狱";由于"全球化"所引致的"命运共同体",在使人类最大限度地共享资源的同时,增加了牵一发而动全身的"全球风险"效应。把问题集中在一起来看的确是惊人的。使我们感到苦恼的还有更深层次的问题,人类太具优越感以至于常常成为"自大狂"。根源于"人性"(包括先天的和后天的)深处的不良倾向和弱点,也许是一切问题的症结,但它们又是最难处理的。

正如莎士比亚在《哈姆雷特》中所说:"是生存还是毁灭,这是我们必须思考的问题。"而"共生"理念,提供了关怀人类自身命运的恰当方式。作为"共生"基本特性的"和谐"、"合作"或"兼容",并不排斥"多样性"和"差异性",也不排斥"竞争"。我想强调一下,我们现在的以经济市场为中心的"竞争"观念,大受进化论"生存斗争"的影响。真正讲来,"竞争"绝不是以"打败对方"为目的,目的是追求自己的投资成本能够获得最大的"回报"。为此所进行的"经济行为"根本上是一种"竞优"的过程,即不断"优化"自己的产品和服务,使之完善和更新。这样,包容着大量"不同质"和"差异"的"竞优",并不抗拒"和谐"。"和谐"本身也是在"多种异质"并存的前提之下所达到的兼容和融洽秩序的体现。大家都容易想到中国传统中的"和而不同"的观念。"共生"还有"互助"、"互动"和广泛意义上的"合作"等特性。可以这样说,"共生"是在人类所依托的"自然"能够持续地可承受之下,人类通过多样性方式达到和谐生存或存在的一种状态。

确立和认同"普世伦理或道德",是人类达到"共生"的价值基础。"世界人权公约"为此提供了基本的价值框架。这里遇到的一个根本问题是,"普世伦理"是否意味着抹掉"文化的差别性"。我不这样认为。"普世伦理"只是规定和提供了人类都要遵守和实践的基本价值,在这种基本价值之外,还存在着大量的地域性"文化"。各种带有差异性和特殊性的"文化",通过"文化对话",只会成为"普世伦理"的友好伙伴而不是"抗体"。

最后,我要强调的是,人类"共生"需要最大限度地扩展交往和理解,而这又需要不断地扩展人类的心灵的美德——智慧、审美和仁德,克服各种狭隘意识,如"受害感"、"怨恨"和"报复",从各种虚假意识所设置的"假想敌"中摆脱出来。

(原载《河南日报》2000年6月16日)

公天下

"公共哲学"大体上可以说是围绕公共领域和公共问题的哲学思考。但要严格界定何者是公共领域,何者属于公共的问题,好像也不那么简单。站在全球化和全人类的立场来看,事关人类整体利益、价值、前途和命运的各类事务和领域,应该都算是公共领域的广大范围,其问题自然也属于公共的问题。但如果按照宇宙共同体的理想,限于人类共同体的公共领域,就又显得狭隘了。《吕氏春秋·贵公》记载,荆国有一个人遗失了自己的弓箭,但他不去寻找,别人问他为什么不去寻找。他回答说:荆国人遗失了弓箭,荆国人得到,何必去寻找。孔子听后评论说:最好不限于荆国。老子闻后评论说:最好不限于人类。在《贵公》篇的作者看来,老子的"公"是"至公"。《贵公》篇主张的"公"不仅是天下之公,而且也是"天地之公",如说:"天下非一人之天下也,天下之天下也。阴阳之和,不长一类;甘露时雨,不私一物;万民之主,不阿一人。伯禽将行,请所以治鲁,周公曰:'利而勿利也。'……天地大矣,生而弗子,成而弗有,万物皆被其泽、得其利,而莫知其所由始,此三皇、五帝之德也。"以宇宙天地为共同体,宇宙天地即是万物的"公共领域"。由于人类开始日益关注自然万物、生态、环境,所以自然万物、生态和环境也成了人类的整个"公共领域";如果说宇宙之事即己分内事,己分内事即宇宙之事,那么公共领域与私人领域的区分也失去了意义。"公共领域"和"公共问题"一般主要限于政治范围,超出此范围则可以扩大为整个人类的相关事务。本辑有关"公共哲学"的研究,都选自日本学者。从这一有限的专题中,我们大致上可以对"公共哲学"和日本"公共哲学"的研究有一个初步的了解。

史华慈先生和冈田武彦先生是海外两位著名的汉学家,他们关于中国思想和哲学的研究,赢得了海内外学界的称道。史华慈先生通过东西跨文化的对话,寻找思想和价值的普遍性,为中国思想和哲学的研究带来了新的活力;冈田武彦先生合学问与修身养性和体验于一体,这在学问的专业化和技术化时代,不啻是空谷足音,促使我们思考学问与人生之间的关联。史华慈先生于1999年、冈田武彦先生于2004年逝世,本辑特设两个小专题,主要翻译了他们的论文,以此作为对这两位先生的纪念。

本辑也刊载了池田知久先生的大作。池田先生在道家哲学、新出土简帛的研究方面成就卓著,我们非常感谢他惠赐大作。本辑其他有关的研究,也值得读者关注。

继第二辑之后,本辑专门刊载了殷海光的佚文。佚文原为英文手稿,经整理和译者的校对分上下两次刊出,这次刊出上,同时刊出英文的中译。这里我要特别感谢杨贞德女士、贺照田君和诸位译者。

(原为《新哲学》第六辑"编后卮言",大象出版社,2006年)

化解"公共领域"与"私人领域"的矛盾

"公共领域与私人领域"既是一个诱人的理论话题,又是现代社会和谐成长需要认真对待的问题。站在中国现代化发展的角度来看,更需要迫切面对。如何处理"公共领域"与"私人领域"的关系,不仅意味着中国传统文化向现代性的转换,而且也意味着西方公共领域与私人领域观念在中国的移植和生长。

据认为,"公共领域"与"私人领域"的关系,在西方是从中世纪的广场文化中演变出来的。从西方广场文化来说,在中国传统社会中可能找不到对应者。从中国社会史来说,智者早就认识到庶民议政的价值。《国语·周语》载,周厉王虐政,国人"谤之",厉王就找了一个"巫"作为"监谤者",一旦发现有人批评,就杀之,"于是,国人莫敢言,道路以目"。厉王还得意地把这告诉召公,说"吾能弭谤矣",但明智的召公不满厉王的这种行为,就劝他开放言禁,理由是,"防民之口,甚于防川。川壅而溃,伤人必多,民亦如之。是故为川者决之使导,为民者宣之使言"。但厉王就是不听,邵公也就没有办法了。

郑国子产在这方面的明智,是我们所熟悉的。当时郑国有"乡校",实际上是教育场所,但它具有某种"公共"场所或空间的功能,人们可以在这里议论是非和政事之得失("以论执政")。有人提议毁掉它,但子产不同意,他说:"夫人朝夕退而游焉,以议执政之善否。其所善者,吾则行之;其所恶者,吾则改之,是吾师也。若之何毁之?"后来,孔子"闻是语",也称赞子产。孔子对庶民议政,说过这样的话,"天下有道,则庶人不议"。据此而论,如果"天下无道",庶民议政,不仅必然,而且也合理。

齐国时代的"稷下学宫",似乎也是一个"公共场所",也有一点广场文化的味道。但是,秦汉以后,"公共场所"或"庶议"根本上被统治者视为异己事物。对"聚群"和"聚众"更是忌讳,一直被视之为一伙人的别有用心,当然就更不愿意有其经常活动的言论时政的"空间"和"场所"。借助其他固定用途的场所或书院进行议政、非政,更是为当政者所不容。黄宗羲也设想把学校作为议政的"公共场所",但最终也只能是一种良好的愿望而已。在乡村社会,祠堂是议事的场所之一,但在此所议之事,基本被限制在"私人领域"中,准确地说,是同宗、同族之下所要处理的事,而不是超越此的"普遍的公共问题"。因此,似乎可以说,西方那种意义上的广场文化,在中国并不明显。由此,也可对"公共领域与私人领域"在中国没有得到健全的发展,提供一个说明。

从理论上说,中国传统哲学中一直讨论的"公"、"私"问题,在一定程度上,可以说与"公共领域"、"私人领域"观念相当。有关"公私"观念,日本学者有较多研究,沟口雄三在这方面有一定的代表性。我也写过一篇论文,题目是《中国哲学中的"公私之辨"》①,专门讨论这一问题。从总体上说,中国传统哲学从"天道"、"天理"出发,把"公"(公道、公事、公物等公域)与此连接起来,作为"至善"使之"独尊"。而对于与此相对立的"私"(私道、私事、私物等私域),则主张将其摒弃,或至少是要求大加抑制。宋明理学在这方面非常典型。孙中山讲的"天下为公",以及现在我们熟悉的"大公无私",都是这种逻辑和信念的延续。但是,"私"既然是"公"的相对之物,既然人都是作为特殊的个体而存在的,"私"就永远不能断掉,也不应该断掉。从明末清初到近代,就出现了一种与"公本位"相对抗的观念,即以"私"为本位,大力肯定"私"的合理性和正当性。但是,这种思维与"公本位"是类似的,仍不是健全的观念形态。

令我们头痛的问题是,对于我们一直强调的"公",现代许多思想家(如孙中山、梁启超、梁漱溟、费孝通等)都共同诊断说,我们所缺乏的恰恰是公共精神、团体精神(他们还找到了造成这种结果的原因),

---

① 载《中国研究》,1996年12月号。

盛行的是个人主义。但是,一些思想家从自由、民主和个人主义出发,认为中国传统所缺乏的恰是个人主义,甚至是自利主义。严复为"杨朱"辩护,看来也不是无病呻吟,这是非常有趣的。这似乎是一个不可克服的悖论。但是,照我们的考虑,我们是"公私"都不健全。首先是在理论上不健全;其次是在传统社会政治结构中,也没有形成健全的公私关系。

儒家形式上大讲"公",但有些其实是"私域"的东西,如血缘(父子)和私人伦理(朋友)这种东西过分膨胀,恰恰抑制了"公域"。君臣关系可以说是比较接近"公域"的东西,但在忠孝之间,儒家和实际政治,往往又使作为"公"的角色的"忠",让位于作为"私"的角色的"孝",并对此大加称道。"家"是一个私人领域,但儒家却把"齐家"当成治国之"公"的基础。这也是我们把"公"的"国"称之为"国家"——即"国"是放大了的"家"——的文化、心理根据。

其实,它们是两个领域,虽有互助之力,但主要是各自独立发展,谁也不是谁的基础或"根"。在此,可以稍微比较一下中日的"家"观念。与日本的"家"注重生产功能、创业功能相比,中国的"家"更注重血缘纽带。与此相关,日本传统的"家",处理遗产的方式,采用的是长子继承制,而不是中国的平分制。特别是在日本传统中,"养子"非常流行。所养之子,如果能以才干,在创家立业中大显身手,忠诚无二,赢得"父家长"的信赖,养子自然可以成为继承人。

与此有别,中国传统的"家"极重血脉的相承。在日本的"私家"中,容易外化出一种"忠公"的精神。事实上,在日本传统社会中,"忠"的伦理高于"孝"的伦理。因此,近代以后,日本的集团主义就比较发达。而"私"就不那么健全了。按沟口雄三的说法,与中国不同,日本为"私"留下了空间。的确,从理论上说,荻生徂徕(1666—1728,日本汉学家和儒者),早就针对理学的"存公灭私"提出过批评。他界定公私说:"众所同共,谓之公;己所独专,谓之私。君子之道,有与众共焉者,有独专焉者。"并强调说:"公私各有其所,虽君子岂无私哉?"理学、心学连人的心理意识中的"私"都要灭绝,但对徂徕来说,人心里即使有恶念,但实际上守礼,仍是君子。他举例说,见美色而好之,是人之情,没有什么不好。只是不能犯礼,妄戏他人之妇。但在实际上,包括日本近代的"私人领域",也不能说就健全了。

在我们看来,天下为公、大公无私只能作为一种长远理想(高限度)来看,不能作为一种"实际标准"来要求众人。否则,其实际的结果很可能只是"大私无公"、"天下为私"。对此,我们大概都会有痛苦的体验。根本问题是,社会的主体是一个一个的人,不是一个抽象的公民,每一个人都是一个主体,都是有个性的。那么究竟怎样在公共领域或者公共事物之外,保持各自的价值及其运转,是一个很大的问题。同时,在"公共领域"中活动的,恰恰也是"私人"。但在此,我们虽有私心,但不能表现"私心",私心只能在"私人领域"中表现。在公共领域中必须扮演"公"的角色,表现公心。私心在公共领域表现出来,就很麻烦了。中国现代化的困难,就是"私人领域"蔓延到"公共领域"中。用胡格韦尔特(Hoogvelt)在《发展社会学》(四川人民出版社,1987年)中的观点来说,在"公共领域"中,人扮演的是普通角色,而不是特殊角色。如"先来者优先服务",是对角色职责的普遍定义。如果角色者不是这样对待自己的角色,而是,"因为他是我的同伙,我必须尽力帮助他","因为他是我的亲戚,我一定要优先照顾他",这就是特殊角色,也就是我们所说的在"公共领域"中表现"私人领域"的东西。

"公共领域"和"私人领域"观念,在现代西方,被哈贝马斯和阿伦特所注重。但他们对"公共领域"的说法,似乎集中在政治领域中,并要求在此的合理发展,即通过商谈、协商解决公共政治问题。但从中国的实际需要来说,通过自由民主建置政治之"公",当然非常重要,但还不止于此。以自由、民主为核心的国家、法律、公物之"公",也都必须建置。只有这样,才能有合理的"公共领域",同时"私人领域"也才能合理地建立起来。

总之,我们过去过分强调整体主义的"公"。这种从"唯公"出发的文化现象看似公正,其实它最不利于公共领域利益的保护。在忽视、损害私人领域的同时,也是对公共领域的一种间接摧残。所以,将公共领域与私人领域调谐到一个有机的良性互动位置是一个迫在眉睫的问题。所谓的良性互动,就是指公共领域能实现对私人领域(如个人拥有的东西、价值、家庭、财产私人关系等)的保障,同时"私人领域"也不侵害"公共领域"。我们认为,一味地强调一切为公,一切归公就会形成恶性循环的结局。历史的事实表明,无论是以公为本位还是以私为本位,结果都是两损两伤。个人主义太强行不通,而完全的整体主义,不即要"私"的"公",肯定也是行不通的。

(原载《中国国情国力》,1994年4月,总第76期)

古典:源头活水

古代思想的兴起及其流变

中国古代的传统思想既源远流长,又丰富多彩,是具有高度原创性和独特性的思想系统。这里只能以凝缩的方式,扼要介绍一下中国古代传统思想的兴起、演变、派别、观念形态和价值信念等丰富内涵。

(一) 中国古代传统思想的兴起

中国古代早期的思想形态和特点可以用"宗教神学时代"来加以概括。① 这一时代的跨度相当大,它包括了从传说的"五帝"到夏、商、西周"三代"。在这一比较漫长的远古历史中,中国思想经历了发生、进化和积累的过程。一般来说,人类社会早期,往往都经历了宗教神学时代,人类的意识、观念常常就体现在对外在自然和祖先的崇拜中。就其基本倾向而言,中国古代思想的早期形态也表现为宗教神学。中国先民对自然的崇拜,从最初的图腾崇拜发展到多神教和一神教。甲骨文记载了中国先民的早期意识和观念,如其中就有作为先民最高信仰的宗教性符号"帝"和"天"。根据中国比较早的几部典籍——《尚书》、《诗经》、《左传》和《国语》等文献记载,"帝"和"天"是殷周时期社会共同体信仰和崇拜的最高神。根据《国语·楚语》的记载,神与人一开始就有严格的界限,神人之间的沟通,由专门的神职人员担任,所谓"在男曰巫,在女曰觋"的巫师扮演着神人交流的主要角色。但是,

---

① 孔德(Auguste Comte)根据"进步性",把人类历史划分为三大阶段,即"神学阶段"、"形而上学阶段"和"科学阶段"。

后来神与人之间丧失了严格的界限,"民神杂糅,不可方物",人人都可以自作主张地同神灵直接沟通,并接受启示和命令,导致了社会秩序和道德的混乱,作为部落首领并以克服社会危机为己任的颛顼,"乃命南正重司天以属神,命火正黎司地以属民,使复旧常,无相侵渎,是谓绝地天通"。亦即断绝了天神与地上的交通,把神与一般人完全隔开,使神人之间的沟通由专门的神职人员负责,并使自己成为最高的祭祀,完全掌握和垄断了事奉神的权力。但是,认为人类社会的初期是民神不通的状态未必可信,民神相通当是原始宗教的状态。也许正是随着社会共同体的日益扩大和对统一性的强烈愿望,民神不通才会成为迫切的要求而被提出来。

原始部落喜欢把自己看成是神的直系后裔,中国先民的祖先崇拜非常久远。他们把自己氏族中有名望的祖先奉若神明。被信奉的祖先神既是同一氏族的血统渊源又是其人格象征,它冥冥中担负着护佑本氏族繁荣和传衍的神圣职责。儒家所强调的"慎终追远"和"敬祖"观念,就根源于传统的祖先崇拜意识。

西周之后,中国先民在继续保持"天神"信仰的同时,开始注重"人事"和"德"的作用。对于取代商的周统治者来说,"天命"仍然是自己的合法性根源。但是,因"天"只保佑符合"天"的善良意志的统治者,并不是一切统治者的护身符,如《尚书·周书·召诰》载:"肆惟王其疾敬德,王其德之用,祈天永命。"《尚书·周书·蔡仲之命》载:"皇天无亲,惟德是辅。"因此,对于不同的统治者来说,"天命"就具有了不确定性。永获"神佑"和福祚的根本之道就是不要"作孽",要"自求多福"。① 这样,"人事"和"德"的作用,就具有了首要的意义。《礼记·表记》记载了殷周在处理神和人事关系上所显示的差异:"殷人尊神,率民以事神,先鬼而后礼;周人尊礼尚施,事鬼敬神而远之,近人而忠焉。"根据研究,周人的"德"观念,主要是对统治者的要求而不是教化庶民,是为政者所应具备的一系列优良品性,如"宽厚"、"公正"、"勤勉"、"诚敬"、"慎明"。如同《尚书·周书·泰誓上》所载的"民之所欲,天必从之"、《泰誓中》所载的"天听自我民听,天视自我民视"那样,

---

① 见《尚书·商书·太甲中》;《诗经·大雅·文王》。

由于"天"的意志来源于庶民的"意愿"和要求,因此,为政者"以德辅命",就体现在如何为庶民带来最大的福祉,也就是所说的"敬天保民"、"敬德保民"。为政者是政治行为的主体,他们也就是政治"责任"的承担者。《尚书·商书·汤诰》载:"万方有罪,在予一人;予一人有罪,无予尔万方。"《尚书·周书·泰誓中》载:"百姓有过,在予一人。"据此可以看出早期中国帝王勇于承担政治责任的伦理。

随着"人事"重要性的提高,在西周末和春秋之际,"天道"与"人道"开始分化,"自然"的天道观也慢慢胎动。在周时就已经出现的"五行"、"阴阳"观念有了更多的说明。周末一位名叫伯阳父的人,用"阴阳失序"解释地震现象。春秋初的周内史叔兴则用"阴阳"解释更多的自然现象,把"吉凶"的产生归结为人。郑国的子产明确区分"天道"与"人道"。在《左传》和《国语》中保留了不少自然天道观的内容,如《左传·哀公十一年》载:"盈必毁,天之道也。"《国语·越语》载:"天道皇皇,日月以为常。明者以为法,微者则是行。阳至而阴,阳至而阳。"在政治思想和道德观等方面,从周末到春秋初也都发生了变化。

春秋战国时代,亦即所说的诸子百家争鸣时期,中国思想和文化经历了一次伟大的"突破"。一批又一批思想家先后涌现并成为中国思想的象征或代表,如孔子、孟子、荀子、老子、庄子、墨子、韩非子、杨朱、惠施、公孙龙,等等。他们纷纷立说,成一家之言,使中国历史第一次享受了思想自由和争鸣的蜜果。司马迁的父亲司马谈把这些众多的学派概括为"六家",即阴阳家、儒家、墨家、名家、法家和道家。刘歆定为"十家",除司马谈所说的"六家"外,又加上了"纵横家"、"杂家"、"农家"和"小说家"。但从思想的角度来说,作为中国思想源头的仍是司马谈所概括的"六家",特别是其中的"儒"、"道"、"墨"、"法"这"四家"。

说到诸子的历史起源,刘歆有一个很著名的说法,叫做"诸子出于王官",即认为诸子最初都来源于国家的某一种"官职",他们具有某一方面的专门知识和技能。对于刘歆的这一说法,人们的意见不一。现代学人胡适不赞成,而冯友兰则基本上加以肯定。一般来说,刘歆的说法有某种道理,但整齐划一地把诸子都归属于某一种"王官",难免有牵强之处。诸子的起源,决非某种单纯的因素所致。以"礼崩乐坏"为特征的西周的衰败,直接促使诸子学派的产生。作为低级贵族的"士"不再具有固定的官职("士无世官"),诸侯各自为政,小国林立,客观上为他们的自由流动提供了可能。他们或转向民间,或被不同的国家所聘用,开始扮演起知识传播者和思想创造者的角色。《汉书·艺文志》从一个侧面指出了诸子产生的社会条件:"诸子十家,其可观者九家而已。皆起于王道既微,诸侯方政,时君时王,好恶殊方,是以九家之术蜂出并作,各引一端,以此驰说,取合诸侯。"

儒家学说的创始人是孔子。这位自称"述而不作"并以复兴"周礼"为历史使命和被认为是"知其不可为而为之"的人,曾担任过鲁国并不显赫的官职("司寇")。他提倡一种看来与时代趋势并不合拍的依靠贤人和道德榜样,而不是靠刑律和行政处罚进行统治的社会政治理想。他为实现他的理想曾周游了不少国家,但没有受到他所期待的那些国家当政者的欢迎。他于是转向了民间,把精力主要放在聚徒讲学、培养弟子和传播"学思"上。他开创了私人讲学之风和没有等级界限的教育原则。他曾整理过儒家最初也是最重要的六部经典("六经")——《诗》、《书》、《礼》、《乐》、《易》、《春秋》。他的言论集中在由他的弟子们所编写的从东汉开始也被奉为经典的《论语》一书中。孔子通过对传统思想的温和改革,提出了以"仁爱"、"义"、"礼"、"乐"、"德"、"正名"、"忠恕"和"孝"等为中心的伦理思想和政治思想。孔子特别强调"仁"和"礼",认为"仁"即是"爱人",提倡"己所不欲,勿施于人"的"忠恕"之道,要求"克己复礼"和"非礼勿视,非礼勿听,非礼勿言,非礼勿动"(《论语·颜渊》),孔子对"鬼神"采取了"敬而远之"的态度而不否认"天命"的存在。但他坚持个人不懈的道德修养和人格境界的自我提升。孔子教导弟子们的"志于道,据于德,依于仁,游于艺"(《论语·述而》)的人生之道,实际上也是他自己的实践目标。他所说的"十有五而志于学,三十而立,四十而不惑,五十而知天命,六十而耳顺,七十而从心所欲不逾矩"(《论语·为政》),就是他一生不断追求自我精神境界和自我实现的写照。具有乐观主义气质的孔子在不走运的时代中,却保持了快乐的情怀("乐而忘忧,不知老之将至"),并奠基了中国的"乐感文化"。孔子为后世留下了丰富的精神遗产,他提出的为政之道、道德训条、伦理格言、人生哲理,不断地被解释和阐发,在与社会政治的直接互动中成为中国思想和文化的主流,他也以"至圣先师"等尊称成为中国的教化先知和宗师。

孔子之后,他所创立的儒家学派迅速分化,从《韩非子·显学》篇所说的"儒分为八"可以看出早期儒家朝着多边延伸和扩展的情形。但能够承夫子之业而又能加发展并影响较大者则为"思孟学派"(以子思和孟子为代表)和"荀况学派"。因《子思》一书已佚,已往学术界难以多窥"思孟学派"中子思的思想,并对《汉书·艺文志》所记载的"《子思》二十三篇"的真实性产生怀疑。庆幸的是,1993年湖北荆门郭店楚简的发现改变了这一局面。这批被认为是公元前三百年左右随葬的战国竹简,其中保存了11种共14篇先秦儒家典籍,因其涉及诸如"禅让"、"性情"、"时命"、"五行"、"六德"、"忠信"等儒家重要思想和观念,使重新认识和改写先秦儒家思想史成为可能,被怀疑的《子思》一书的部分内容和思想也得以昭彰。尽管学术界对其中哪些篇目属于《子思》意见尚存分歧,但至少一部分可以肯定与《子思》有关。这样,作为从孔子到孟子中间桥梁的子思以及从"思孟学派"开始便很突出的"心性"问题之发展过程就得以明晰。孟子的思想保存在基本上不存争议的《孟子》一书中。思孟学派从德性论(主要是"性善论"和"心性论")、"仁政论"、"王道论"、"仁义论"和"良知论"等方面发展了孔子的思想。孟子曾游说诸侯并向他们直陈自己的政治见解而不管它是否合乎统治者的意愿。他坚持认为百姓有权直接罢黜腐败和专横的君主,并强调君臣之间的相互义务。孟子提出的"浩然之气"①的精神境界、"大丈夫"②的人格、"民贵"③的原则等,成为中国思想和文化的重要精神财富。荀子也是孔子思想的重要继承者,他从礼乐教化和制度性方面发展了孔子的学说,他是孟子思想的批评者。荀子特别注重"礼乐"教化,他提出了与孟子"性善论"相对立的"性恶论",主张通过

---

① 孟子对此解释是:"其为气也,至大至刚,以直养而无害,则塞于天地之间。其为气也,配义与道,无是馁也。是集义所生也,非义袭而取之也。"(《孟子·公孙丑上》)

② 《孟子·滕文公下》载:"居天下之广居,立天下之正位,行天下之大道。得志,与民由之;不得志,独行其道。富贵不能淫,贫贱不能移,威武不能屈。"

③ 《孟子·尽心下》载:"民为贵,社稷次之,君为轻。"

个人不懈的修养来改善人性,即"化性起伪";荀子肯定自然天道秩序,主张人在自然面前的自立性和"制天命而用之"的"天人相分"思想;他要求克服影响人客观认知的各种蒙蔽("解蔽"),以无成见和无偏见的虚心("虚一而静")这种客观方法去获得真知。荀子曾游学和活跃于齐国的稷下学宫,那里聚集了许多被齐国任命为"列大夫"的著名"天下贤士",而荀子曾三次成为"列大夫"的领袖人物("祭酒")。据载,两位著名的法家代表人物韩非和李斯出自他的门下,这是后来他受到批评的部分原因之一,因为这两个人物与儒家格格不入。附带指出,属于儒家典籍但作者和时代尚有疑问的《易传》、《大学》、《中庸》和包括了后两者的《礼记》,含有儒家相反相成的天道、宽容和自强不息的人道、治国平天下的治道和大同社会理想等重要思想和智慧。书中所提出的"一阴一阳之谓道"、"形而上者谓之道,形而下者谓之器"、"仁者见之谓之仁,智者见之谓之智"、"否极泰来"(以上出自《易传》)、"大道之行"、"天下为公""大同"、"大道既隐"、"天下为家"的"小康"、"乐者天地之和"、"礼者天地之序"(以上出自《礼记》中的《礼运》和《乐记》)、"天命之谓性"、"致中和"、"万物并育而不相害,道并行而不相悖"、"极高明而道中庸"(以上出自《中庸》)、"明德"、"亲民"、"止至善"(即所说的"三纲领")、"格物"、"致知"、"诚意"、"正心"、"修身"、"齐家"、"治国"、"平天下"(即所说的"八条目")、"慎独"(以上出自《大学》)等重要概念和命题,在中国传统思想的发展中都产生了很大的影响。

道家的创始人是曾担任过史官的老子,他的资历和学识都超过了孔子,孔子曾谦虚地向他请教过"礼",并称他像一条龙,《庄子·天下篇》把他夸奖为"古之博大真人"。有关老子其人虽然还存有疑问,但学术界基本上肯定了他存在的真实性,并相信他年长于孔子。老子的思想集中在《老子》(亦名《道德经》)一书中。这部书在世界上的译本的种类仅次于《圣经》,在中国也是被注解最多的著作之一,它是一部集"治国"和"治身"于一体的智慧宝鉴。其成书年代的争议和疑问因长沙马王堆帛书《老子》甲乙本和郭店楚简《老子》(甲乙丙三组)的出土而基本上得到解决。《道德经》晚于《庄子》的"晚出说",已被确凿的地下实物证据所推翻,而成书于春秋末战国初的"早期说"基本上可以得到确认。很明显,老子是儒家的反对派。在简本中,没有通行本和帛本中都有的"绝仁弃义"这一激烈文句,这说明儒道两家的对立在老孔之时也许不像后来那么尖锐。但简本中仍然有不满儒家"仁义"的话,这表明儒道两家一开始就是以"道不同不相为谋"的姿态而出现的。从老子所提出的"自然无为"的"治道"中,可以看得更为清楚。老子对统治者苛刻地对待自己百姓的"有为之治"的"恶政"进行了严厉的谴责。他认为如果掌握最多政治资源而能力又极其有限的统治者能够推行"无为而治"(即"不干涉"),因循老百姓的"自主性"和"自然",那么就能够实现"无为而无不为"的天下大治。这与儒家的积极干预政策形成了鲜明的对比。老子在欧洲近代才有的"不干涉主义"之前就认识到了自由放任主义的秘诀。他创立的以"玄之又玄"的"道"为核心的自然主义本体论哲学,具有扑朔迷离的隐晦性和多义性,使人们产生了持续不断的兴趣和为之进行不懈的注释性工作的动力。他提出并深刻反思的"德"、"有无"、"自然"、"玄"等范畴,在中国思想中深具再生性并不断被活化。老子反对常规思维,他主张收敛自我,强调"静态"、"返璞归真"、"柔弱"、"谦让"等智慧和价值。他可能从"处下不争"的柔性之水的伟大力量中获得了灵感。老子提出的修身存己的"人生之道",是与他的"治道"相关的另一思想核心。《老子》五千言,言简意赅,它的许多文句以其深湛的智慧和精义成为人们乐诵的格言。如"功遂身退"、"自知者明"、"自胜者强"、"柔弱胜刚强"、"大器晚成"、"轻诺必寡信"、"天网恢恢,疏而不漏"、"民不畏死,奈何以死惧之",等等。

　　老子之后,道家也朝着不同的方向演变。其中影响较大者,是以庄子、列子、杨朱为代表的"庄列学派"和以传说中的黄帝和老子为象征、以《管子》四篇和《黄老帛书》为主要文本的"黄老之学"。列子,亦即列御寇。《汉书·艺文志》著录"《列子》八篇",将其归于道家之中,称之"名圄寇。先庄子,庄子称之"。现存的题写晋代张湛作注的《列子》,自柳宗元怀疑其真实性之后,历代考辨《列子》真伪之学者屡见不鲜。20世纪初以来,学者大都把《列子》定为伪书,认为是晋人的伪托。当今学人通过考辨认为,《列子》并非"伪书",它整体上乃是一部先秦古书。根据史料及今人的考证,我们也倾向于把《列子》主要看成是记载列子及其弟子学说的先秦古籍,当然成书非一人一时所为,大致在战国中后期。其思想内容和文风与《庄子》接近,正如刘向所说"与庄周相类"。杨朱,亦称杨子、阳生。《史记》无传,《汉志》亦未作记载。但杨朱思想的核心是"贵己重生"和"纵情恣欲",是被孟子激烈批评的战国"显学"之一。《列子》中的《杨朱篇》,比较符合杨朱的观念,可以看成是先秦杨朱思想的实录而被编到了《列子》一书中。杨朱发展了老子修身养性的思想,形成了以"贵己"为中心的"个人主义",同庄子的思想具有内在的关联。《庄子》一书代表了庄子及其后学的共同思想,这一点基本上没有争议。争议主要体现为在由"内篇"(7)、"外篇"(15)和"杂篇"(11)共计三十三篇所构成的《庄子》一书中,哪些篇属于庄子本人的思想,哪些篇代表庄子后学的思想。结论性地说,就像传统观点所认定并得到了近人考辨的支持那样,"内篇"基本上是庄子本人的作品。其中的外杂篇,可能有个别篇目出自庄子后学之手,但基本上也是庄子本人的作品。庄子思想的主旨是倡导主体的自我逍遥、个人精神自由和无政府主义("无君论")。庄子对政治采取了极其冷淡的态度,他拒绝楚王高官厚禄式的聘请,而选择了不受约束的个人自由生活。庄子反对违背自然("天")的一切行为,主张回归自然,与自然合一。他对生死表达了一种完全超然的立场,要求打破万物的界限。庄子的思想充满了诗意和浪漫主义情调,他被誉为中国的存在主义者;同时他也是一位诙谐、调侃和幽默的大师,他对中国人的精神意识影响颇大。《庄子》一书具有很高的文学价值,它是用寓言、故事和生动的对话来表达丰富和深刻思想的典范。

"黄老之学"整体上是一种比较典型的政治学说。比起老子思想中"个人"修身体道这一"自我"内在世界的问题来,黄老之学更关心外在政治世界中的问题。与黄老之学直接相关的重大考古发现(以简帛为主要特征),把黄老之学的研究推向了一个新的高度。这些简帛主要有马王堆汉墓帛书《老子》乙本前的古佚书——《经法》、《十六经》、《称》和《道原》等四篇以及《老子》甲本后的古佚书《伊尹·九主》、河北定州出土的西汉《文子》残简和《太公》竹简等。这些发现证实了《汉志》著录道家部分古佚书的真实可靠性。黄老之学的主要特点:其一是本于黄老而融会他家(这是黄老之学的学术风格),即司马迁所说的

"其为术也,因阴阳之大顺,采儒墨之善,撮名法之要"(《史记·太史公自序》);其二是作为其思想核心的社会关怀和有关政治世界的"治道"和"治术"("君人南面之术"),即以"道德"和"自然无为"为形上之本、以"刑名法术"为形下之用的一套政治哲学。在这一点上,司马迁的概括也颇为准确:"道家无为,又曰无不为,其实易行,其辞难知。其术以虚无为本,以因循为用。无成势,无常形,故能究万物之情。不为物先,不为物后,故能为万物主。有法无法,因时为业;有度无度,因物与合。故曰:'圣人不朽,时变是守。虚者道之常也,因者君之纲'也。群臣并至,使各自明也。"(同上)

墨家是被称为第一个"钜子"的墨翟所创立的学派,早期思想集中在《墨子》一书中。墨家虽然也讲仁义,但在很大程度上它是儒家的对手。这是一个纪律高度严明、具有勇敢性、侠气和牺牲精神并能够进行战斗的团体。墨子在他的弟子中极具感召力和动员性,《淮南子·泰族训》载:"墨子服役者百八十人,皆可使赴火蹈刃,死不旋踵。"这也是一个"生不歌,死不服"、"以自苦为极"(《庄子·天下篇》)的苦行主义派别。墨家使人享受不到生活情趣的这种过高要求,至少是促使这个学派迅速衰落的原因之一。墨子提出了主要是针对儒家思想的一系列反命题。他反对儒家的"爱有差等说",而提倡一种以"普遍之爱"("兼相爱")和"互利"("交相利")为核心的大胆的伦理思想。① 墨子特别注重百姓和国家的物质利益和福祉,②强调"义"要体现在"利"上,注重行为的结果而不是行为的动机。他严厉谴责儒家的"厚葬久丧",也反对儒家所重视的"乐教"。对他来说,这都是没有生产性而又造成极大浪费的行为。因此,他被称为中国早期的功利主义者。墨子否定"天命",却肯定"鬼神"和能够赏善罚恶、具有善良意志的"天志";他还主张是非和价值标准的高度统一("尚同")。作为一个反对侵略战争的和平主义者,墨子不仅写出了《非攻》,而且以智慧和勇气三次阻止了楚国准备向宋国发动的战争。墨家的后期思想集中反映在

---

① 墨子主张"兼相爱,交相利",他提出的方法是:"视人之国若视其国,视人之家若视其家,视人之身若视其身。"(《墨子·兼爱中》)

② 《墨子·兼爱下》载:"仁人之事者,必务求兴天下之利,除天下之害。"

《墨经》中。后期墨家在科学上作出了重要贡献，它提出了堪比于古希腊的独特逻辑体系。汉代以后，墨家几成绝学，只有西晋人鲁胜为《墨经》作注。经过长久的无闻之后，从清代乾嘉考据学开始墨学逐渐得到复苏。

法家的先驱人物是春秋时期著名的政治家管仲、子产，在战国初它又得到了商鞅、申不害等人的继续提倡，韩非则是这一学派当之无愧的集大成者。法家学派不仅在理论上是儒家的对头，而且在实践上也是儒家强大的竞争对手。为法家提供了实践机会的齐国和三晋，恰恰因推行法家思想而成为那个时代的霸主和强国。法家适应了那个时代的需要，而儒家远远被抛在了后面。这也许正合了韩非对历史阶段所作的划分："上古竞于道德，中世逐于智谋，当今争于气力。"（《韩非子·五蠹》）不同于"厚古"的儒、道、墨三家，法家提倡因时制宜，主张相应于不同时代而采取适宜的制度和政策。即所说的"不期修古，不法常可，论世之事，因为之备"（同上）。

法家是极其现实主义的，他们的社会政治理想是"富国强兵"。在这一点上，法家毫不掩饰地站在了儒家"王道"的对立面——"霸道"一边。法家敌视儒家的"德治"，相信只有通过"严刑峻法"才能实现国家的富强。韩非是一位轻视道德的人，经过荀子"人性恶"的洗礼，他眼中所看到的人完全是一个自私自利的动物，认为人与人之间的关系也只有利害而已，软弱的道德无法克服阴暗的人性。韩非要求建立一种可预见和摆脱个人无常性的以"法"为尺度的客观秩序，通过公正的奖励和惩罚使人尽职尽责。韩非强调中央集权，他向君主奉上了稳固统治的一套"权术"，这使得他享有比马基雅维里更早的东方马基雅维里主义者的称号。在法家思想指导下，秦国迅速强大起来并建立起统一的中央集权国家。但它"严而少恩"的特性，又成了统一帝国的掘墓人。汉代以后，在"阳儒阴法"的形态下，法家扮演着不显眼的角色。

附带指出，战国末期在秦国当政的吕不韦，召集许多宾客集体编著的《吕氏春秋》，是综合儒、道、阴阳、名法等家思想而成，是对先秦诸子思想的一种总结，一般称之为杂家，但也有学者认为其主要倾向是道家。

(二) 中国古代传统思想的流变

春秋战国时代的诸子学派,奠定了中国古代传统思想的基因,在秦之后的中国历史中,它或被重新点燃,或被创造性地转化。相应于不同时期的历史和条件以及外来思想的影响,中国传统思想在秦以后经历了五次重大推演:一为两汉经学和神学;二为魏晋玄学(亦称之为"新道家");三为唐之三教并行及佛学大盛;四为作为三教合一集中体现的宋明理学(亦称"新儒家");五为清代考据学或朴学。由此而言,黑格尔所说的中国思想停滞的论断是不能成立的。

在"以吏为师"、独尊法家的秦帝国短暂存在之后,汉朝成为新的华夏"正统"。汉初是"黄老之学"的天下,它兴盛的时间虽然不长(前后只有70年),但它带来的政治效果("文景之治")却十分明显。汉初黄老之学获得政治实践的机会,可以说是对秦朝暴政和楚汉战事破坏所作出的直接反应。从汉初的政治人物来说,"溺儒冠"的刘邦显然不喜欢儒家,帮助刘邦打天下和坐天下的张良、陈平、曹参等,在不同程度上都受过黄老之学的熏染。《汉书》本传记载,陈平"少时家贫,好读书,治黄帝老子之术"。曹参担任齐相时,特地聘请治黄老之学的盖公作为其政治顾问,推行无为之治,使齐国大治。他任汉相之后,在帝国奉行"无扰"政策,因循萧何所定之法令,清静无为。这引起了惠帝的疑虑,曹参向惠帝解释说:"高帝与萧何定天下,法令既明,今陛下垂拱,参等守职,遵而勿失,不亦可乎?"(《汉书·萧何曹参传》)从而打消了惠帝的疑虑。在淮南王刘安推动下由他的宾客集体完成的《淮南子》(亦称《淮南鸿烈》),是融合了儒、道、法和阴阳等学派而以道家为主旨的汉初黄老学的代表性著作,这是一部以宇宙发生论为基础,广泛论列包括治国之道和修身之道在内的许多问题的综合性著作,虽然它显得有些庞杂。

但是,好大喜功的汉武帝,开始推行"有为"政治,他不仅大力扩展版图以谋求庞大的统一帝国,而且也寻求高度的思想统一。如果说汉初叔孙通帮助刘邦建立了儒家的礼仪制度,开始使儒家的政治功能有所复苏,那么董仲舒则促使汉武帝确立了儒家意识形态。它所产生的深远影响是,尽管汉以后朝代反复更替,但儒家意识形态的正统地位却一直没有变。董仲舒的建议("对策")是在回答汉武帝提问("册问")时提出的。在他看来,思想不统一,就不能保持政治上的统一,因此要禁止儒家之外的其他思想。《汉书·董仲舒传》:"春秋大一统者,天地之常经,古今之通谊也。今师异道,人异论,百家殊方,指意不同,是以上亡以持一统,法制数变,下不知所守。臣愚以为诸不在六艺之科、孔子之术者,皆绝其道,勿使并进。"汉武帝采纳了董仲舒这一通常称之为"罢黜百家,独尊儒术"的思想专制的建议。

对儒家的制度化推崇,促成了儒家经学的兴起。建元五年(前136年)官方所建置的最高学府"太学",设五经十四博士,为儒家经典的教学和传授提供了客观的条件。以公孙弘特别是董仲舒为代表的"公羊学"(推崇《春秋公羊传》)很快成为"显学"。"公羊学"相信,《春秋公羊传》中所说的"大一统"、"受天命为新王"、"君臣大义"等思想,都是孔子的"微言大义"。这些都极其适合汉武帝建立中央集权统治的需要。由于以董仲舒"公羊学"为中心所传授的经典文本是用当时通行的隶书写成的,所以研究和信奉这种"今文经"的经学被称之为"今文经学",以区别于经学的另一种类型——"古文经学"。据传,武帝时鲁共王在拆毁孔子的故宅时,意外地从墙壁中发现了用汉代之前的通用文字——篆书写成的一批经典,称之为"古文经",研究和尊奉这类经典的经学称之为"古文经学"。刘歆、许慎、马融、桓雄、扬雄、王充等都是古文经学的代表人物。东汉桓、灵之世,经学各家各说是己非彼,相互批评,莫衷一是。郑玄欲救其弊,以古文为主,兼采今文之学,汇通两派,集汉代经学之大成,以"郑学"而居尊位。何休作为今文之学家,穷毕生之力作《公羊解诂》,挑战郑学,为今文学张目。遂遭郑玄等人的猛烈回击而一蹶不振。

汉代的"今古文经学"及其对立,决不简单只是所据经典在书写字体上的差别,它既反映了研究儒家经典的两种不同的学术形态(在汉代之后被交替沿袭下来一直到清末),又体现了不同的思想方法和思想形态,还有因官方立场如何而决定其学术地位如何的一面。武帝时今文经学被立于学官,学术地位自然也高。而不立于学官的"古文经学"并不甘心,一直努力争取改善地位。东汉中叶以后,古文经学最终压倒了今文经学而在学术上取得了主导性地位。今古文经学之争也反映了汉代思想上的冲突。以董仲舒为代表的今文经学,把宇宙想象成一个有机的和具有意志性的实体,并把阴阳五行与具有人格性的天结合在一起,构造出了"天人同类"、"天人感应"的神学目的论体系。在董仲舒的"阴阳灾异"、"天谴"、"人副天数"、"天不变,道亦不变"等"天意论"之下,儒家的政治和伦理都蒙上了一层神秘的色彩。尽管董仲舒以出自天意的自然灾害和不祥之兆为主的"灾异论"在受到控告后开始收敛,但今文经学却与假借天神或圣言、编造各种隐语以预示吉凶的"谶纬"迷信合流,其结果是加速了它的衰落。以扬雄、桓谭和王充为代表的自然主义,在思想上对以董仲舒为代表的神学目的论进行了强有力的抵制和批判。特别是由王充所著以寻求是非衡久标准和"疾虚妄"为宗旨的《论衡》,把元气看成是万物的根源,认为万物皆是"天地合气"的自然结果,天地没有目的和意识,所谓"灾异谴告"、"天人感应"都是合自然的虚构。东汉末的王符和仲长统,坚持以元气为本的自然观,他们批判迷信和有神论,并提倡积极的社会观和历史观。顺便指出,在中国思想史上具有重要意义的佛教从西汉末开始传入中国,与道家有关但又不同的本土性宗教——道教,在东汉末出现,两者在汉代以后分别开始了它们的思想历程。

　　魏晋时代的思想形态是"玄学",一般把它看成是道家思想的复兴,因此也被称为"新道家"。但是,也有学者认为玄学是援道家入儒家,主要倾向是儒家性的。汉末的社会动乱和三国纷争,不仅使儒家伦理和"名教"走向躯壳化,而且使人们对繁琐的经学产生不满。政治危机也使儒学的统一性受到弱化,从而激发人们谋求新的思想方式。玄学所依据的经典"三玄",除了《周易》属于儒家经典外,《老子》和《庄子》都属于道家经典。作为名士的玄学家们,注重抽象性的名理,以远离事实和事务的"清谈"为务,崇尚"玄妙"和"雅远"。一般认为,魏晋玄学经历了"正始玄学"、"竹林玄学"和"元康玄学"三个主要阶段。正始玄学的代表人物是何晏和王弼,他们对《老子》和《周易》进行了创发性的解释,并以提出"以无为本"和"圣人体无"而成为玄学的开创者,被认为是玄学中的"贵无派"。竹林玄学以阮籍和嵇康为代表,他们是因情趣接近而走到一块的一个著名小团体——"竹林七贤"中的两人。阮籍和嵇康推崇庄子,以"越名教而任自然"这一激烈的命题向儒学的名教和礼法秩序提出了挑战,并以"非汤武而薄周孔"的勇敢之言藐视儒家圣人。元康玄学的主要人物是裴頠和郭象,他们反对"贵无论"和"越名教而任自然论",而主张"崇有"、"名教即自然"、"独化自足"和"性分",集中体现了儒道融合的倾向。郭象所注解的《庄子》也由此而闻名。一般认为,贯穿魏晋玄学的主要论题是"有无之辨"、"言意之辨"和"名教自然之辨"。由老子提出的"有无"范畴,在魏晋玄学中集中表现为何者为"根本"。提倡"贵无论"的王弼,把无形、无象、无名的"无"看成是最高的实在和万事万物的根本,把有形、有象、有名的"有"(具体到社会价值秩序就是礼教)看成是"末"和"子",并主张"崇本息末"、"存母守子";但是,对于"崇有论"的裴頠和郭象来说,"无"不能生"有",万物之"有",皆是"有"之自生。这就从根本上肯定了现实存在的合理性和正当性。"言意之辨"的中心是语言(或名)是否"能够"言说和表达玄理("道"或"无")。"贵无论"认定语言不能充分表达意理("言不尽意"),而"崇有论"则持相反看法,认为语言能够充分表达义理("言尽意")。玄学"自然与名教"之争,最能反映儒道两家在价值观上的两立性。"贵无派"虽然并不否定"名教",但他们视"名教"为"末",视"自然"为本,以"崇本举末"的方式解决名教与自然的关系。玄学中的激进派嵇康等,则视"自然与名教"不相容,要求超越儒家名教和礼法而顺任"自然"。但"崇有派"主张"名教即自然",认为因任自然即是因任名教。魏晋时代的政治异常混乱,它虽然为名士提供了追求自我性情和解放的一面,产生了所谓"魏晋风流"或"风度",但它也使名士们深感不安和焦虑。名士们在现实中所遭遇到的杀身之祸("多故"),促使他们思考切己的"生死"问题,因而形成了魏晋玄学中以往注意不够的"生死之辨"的主题。魏晋玄学对中国思想的重要贡献,是它注重辨名析理,从而推进了中国抽象思维的水准。

在东汉末兴起的道教,经过魏晋著名道士葛洪、寇谦之和陶弘景等人的发展已经具有了独自的形态(与道家有分有合);在西汉末传入的印度佛教,经过魏晋著名佛僧竺法护、道安、鸠摩罗什、慧远等用中国哲学概念解释佛教名相这种称之为"格义"的译经和传播过程,也为佛教理论和学说的中国重建作了准备。需要指出的是,随着佛教在中国的传播和盛行,在魏晋时期,也产生了对佛教的"因果报应论"、"三世轮回论"和"神不灭论"的批评。东晋著名的艺术家戴逵著《释疑论》,同主张"因果报应"的慧远进行辩论,他用有德而祸和无德而福的德福不对称性,否定因果报应;南朝天文学家和思想家何承天,相信精神不能离开形体而存在,提出了"形神相资"的观点。他用人们日常生活中熟悉的自然现象,断定因果报应没有根据,并对鬼神迷信进行了批判。南朝的范缜,是批评佛教"因果报应"和"神不灭论"最杰出的一位人物。面对佛教信徒萧子良和梁武帝萧衍发动的围攻,范缜坚持"偶然论"和"神灭论",他所著的《神灭论》,从"形神相即"、"形质神用"等方面,逻辑严密地论证了"神灭论",比较有力地批驳了"神不灭论"。

在唐代,儒、释、道三教形成了三足鼎立之势,也就是所说的"三教并存"的局面。在魏晋玄学中衰弱的儒学,面对道教、道家和佛学的压力,也不得不寻找复兴的契机。但是,最有思想活力并在自身中造就了许多思想宗派的则是佛教。在唐之前,用老庄玄学解释佛教义理的般若空宗十分流行,出现了"六家七宗";还有以《法华经》和《大乘止观法门》为主要经典、在浙江天台山由智𫖮所创立的"天台宗"。唐代盛行的佛教宗派,主要有以法藏为代表人物、以《华严经》和《金狮子章》为主要经典,以"法界缘起"、"四法界"、"六相圆融"和"十玄门"为主要思想的"华严宗";以玄奘为代表人物,以《成唯识论》为主要经典,以"八识"、"种子"、"四分"和"三自性"为主要观念的"法相唯识宗"(亦称"法相宗");以道绰和善导为代表,以《净土论》等为主要经典,以"观想"、"念佛"、"西方净土"为主要教义的"净土宗";以慧能为代表人物,以《坛经》为主要经典,以"见性成佛"、"顿悟"、"无念为宗"等为主要思想的"禅宗"。华严宗认为,事物有"总"、"别"、"同"、"异"、"成"、"坏"六种相状,构成了总体与部分相依相融的关系;华严宗把作为宇宙之总相的"法"的世界划分为"四法界",即作为万有的"事法界"、作为万有本性的"理法界"、作为万有与万有本性圆融无碍的"理事无碍法界"和作为万有之间圆融无碍的"事事无碍法界"。华严宗相信世界是一个无穷无尽、相互包含、相即相入的和谐之网。唯识宗的根本教义是把人的意识("识")看成是最真实的存在,否认客观世界("境")的真实性,认为"万法唯识"、"唯识无境"。这一宗派的理论虽然颇为精致,但也有繁琐之弊,因此在中国很快就消沉了下去。净土宗以追求"西方净土"、"阿弥陀佛极乐世界"为信仰,认为一个人只要坚持观想"极乐世界",口念"阿弥陀佛",最终都能够超脱生死轮回,往生西方净土。此派的理想十分诱人,且修行方法简便,因此得以广泛流行。禅宗自谓"不立文字"、"教外别传",相信人人皆有佛性(如说:"人即有南北,佛性即无南北。"[《坛经(三)》]),从"渐修说"一转而为"顿悟说",通过"棒喝"、"机锋"、"无念"等简捷法门,求得觉悟,直达佛性。一般把"禅宗"看成是印度佛教中国化的突出代表。李唐礼遇道家和道教,与其推崇他们的先祖作为教主的"李"姓老子有一定关系。与佛教有所融合的唐代道家和道教,虽然在思想的创造性上比不上佛教,但也出现了像成玄英这样有创新的人物。成玄英思想的核心可以称之为"重玄学",它把老子的"玄"解释为"非有非无"(否定),把"玄之又玄"("重玄")解释为"非非有非无"(否定之否定),建立了以"是非双遣"、"境智双绝"为主旨的"重玄学"。

  但是,唐代佛教,在唐初就受到了傅奕的激烈批评。他同佛教进行了一场辩论,在他看来,佛教是"妖幻之教",他破坏了社会政治秩序,造成了经济困难。吕才是唐初无神论的代表,其思想的根本在于反对寿夭、贵贱由命决定的"命定论"。唐中期以后,佛教受到了韩愈的强烈抵制,他为此付出了被贬谪的代价。韩愈著《原道》,反对佛、道二教,为儒家争正统,提出了"仁与义为定名,道与德为虚位"的命题,是唐代儒家的中坚人物。李翱在他的《复性书》中提出了"性善情恶"的人性论和"心寂不动"的"复性说",成为宋明理学的先声。柳宗元就屈原的《天问》作《天对》,并作《天说》,提出了以"元气"为万物之本的"元气一元论",反对"天人感应论"和"君权神授论"。刘禹锡著《天论》,提出了天人各有其能、各有其不能的"天人交相胜"、"还相用"的学说,刘禹锡还批判了"有神论"并从"理昧"的角度揭示了其思想根源。在唐末社会政治危机中,还出现了具有激进社会批判性的著作《无能子》(作者姓名不详)和《化书》(作者谭峭)。

  虽然在汉代就被独尊但在思想上一直比较沉闷的"儒学",在宋明则获得了历史性突破。宋明儒学一般称之为"理学"(也称"道学"),英译为 New-confucianism("新儒家"),意谓它是先秦孔子儒家的重新复兴。从形式上看,宋明"新儒家"对佛、道普遍采取了尖锐的拒斥态度,但就其思想本身而论,它实际上受到了佛、道的深远影响。宋明的"三教合一",主要是合到了"新儒家"上。宋明新儒家是由许多学派构成的儒学运动。按其学派的地域分布,主要有"濂学"(因代表人物周敦颐少居道州营道濂溪而名)、"洛学"(因代表人物程颢、程颐兄弟久在洛阳讲学故名)、"关学"(代表人物张载讲学于关中)、"闽学"(朱熹长期讲学于福建崇安、建阳)、"姚江学派"(代表人物王阳明家居浙江余姚)、"船山学派"(代表人物王夫之在明亡后隐居在湖南石船山)等。按照学派的主要特点和取向,国内学术界一般把宋明新儒家分为三大派别:一是由二程所开创、由朱熹集大成并成为宋明新儒家正统的"理学";二是为陆象山所开拓、为王阳明所光大并以"理学"的批评者和竞争者而出现的"心学";三是由张载和王夫之所代表的与"理学"既有关联又有不同的"气学"。程朱所代表的作为宋明新儒家主流的"理学",具有不同于汉唐儒学的新特点。它不以"五经"为中心,而是以"四书"为中心;它不注重对儒家经典的语言文字研究,而注重经典的义理,并坚持"道统论";它建立了庞大的思想体系,改变了以往儒学缺乏理论体系的形象。程朱"理学",把周濂溪《太极图书》中的"太极"和"理"结合起来作为万物"所以然"的终极根源,把"气"作为"理"落实过程中产生万物形质不可缺少的"物质"来源。程朱以"理先气后"、"理在事上"、"无极而太极"等本体论论题,引发了宋明新儒家的"理气之辨"和"道器之争"。程朱以他们的"理气论"为基础,建立起了"天地之性"与"气质之性"的人性论。"天地之性"直接来源于"天理",是纯粹的"善";"气质之性"则有清浊之不同。圣人禀清明之气,不遮蔽"天地之性",无私欲,故常善。众人常为混浊之气所蔽,产生种种私欲,故恶。为此,程朱提出了以"存天理,灭人欲"为目标的"修养论",集中体现为"格物致知论"或"格物穷理论",即通过认识天地万物和身心之理,达到与既是客观秩序又是价值的"天理"合一的最高境界。这样,在程朱理学那里,"知"也就具有了先于"行"的重要性("知先行后")。但是,由陆九渊首先发起的对抗"理学"的非主流性的"心学",把"理"内在化到主观的"心"中,认为"心即是理","心"是一切道德价值和秩序的基础,人只要"先立乎其大","发明本心",就可以成圣成贤。而繁琐的"格物致知"的方法,很容易把人引向歧途。朱熹与陆九渊在江西鹅湖展开了一次激烈的辩论。陆批评朱学"支离",朱回击陆学"空疏"。这次不欢而散的辩论,加深了"道问学"的理学同"尊德性"的心学之间的冲突。王阳明推进了"心学",主张"心外无理"、"心外无事"。据说,王阳明曾相信朱熹"格物致知"的方法而连续七天"格"竹子之理,结果"理"未明却得了一场大病。不懈摸索的他,终于在贵州龙场驿突然觉悟:"始知圣人之道,吾性自足,向之求理于事物者误也。"①"吾性自足",即"吾心"本具"良知",不待外求。治学修养,全部功夫就在"致良知"之中。由此,王阳明对"格物致知"也作出了不同于程朱理学的解释。"格物"不是接触"事物"而是"正心","致知"也不再是"穷理"而是直达"道德本源",即"致吾心之良知"。"致良知"的当下性,也使王阳明把"知行"直接统一起来,提出了与朱熹"知先行后说"不同的"知行合一说"。

"气学"主要经历了从张载到王夫之的发展过程。张载把"气"看成是宇宙的实体,并用"气"的聚、散解释万物的生成和灭亡。而"理"只是"气"运动变化的规律,不存在离开"气"的虚悬之"理"。在价值观上,张载提出了"民吾同胞,物吾与(同类)也"、"存,吾顺事;没,吾宁也"、"为天地立心,为生民立命,为往圣继绝学,为万世开太平"等具有超越性的精神境界和价值信念。王夫之是"气学"的集大成者。他对"理学"和"心学"进行了有力的批评,并在"理气"、"道器"、"知行"、"能所"、"理势"等重要观念上,提出了"理依于气"、"无其器则无其道"、"知行相资以为用"、"能必副其所"、"理势相成"等辩证统一的天道观和人道观,对宋明新儒家具有总结性的意义。王夫之的大量著述都是明亡后在隐居之中完成的,并且一直到清末才被出版和发生影响,但从他的思想深度和广度而言,他无疑是中国古代思想史中少有的大家之一。概括起来,宋明"新儒家"集中讨论了"理气"、"道器"、"太极"、"心"、"良知"、"性情"、"心物"、"格物致知"、"知行"等问题,这些问题最终都落实到造就一种理想的"圣人"人格,落实到如何把道德规范化为人的自觉意识和行为。理学把人的精神和情感世界都纳入到

---

① 《年谱》,《王阳明全集》下,上海古籍出版社,1995年,1228页。

了普遍性的"天理"和具体伦常规范的全面监控之下,严防"人欲"的抬头。这就使其自身带上了某种斯多葛主义或禁欲主义的特征。"心学"虽然把外在的客观规范和德性直接内在到人的"心"中,在增加人的道德自主性的同时,也强化了对"人欲"的防范,因此同样也具有某种禁欲主义的特性。

在许多意义上,理学和心学都遇到了异己性的批评。作为后期气学代表的王夫之,只是其中之一。南宋时期,广义上都属于"浙东学派"之一的"永康学派"的代表陈亮和"永嘉学派"的代表叶适,都不满朱熹理学和陆九渊心学的空谈性命和心性,主张"道不离事"、"天地之间者皆物",提倡"义利双行"、"道义功利不二"、"王霸并用",强调"事功",因此从一定意义上可以把他们称之为"功利主义"学派。宋元之际的黄震和邓牧,前者先是对理学有所承继后又不满,批评"人心道心"和"传心"之说,强调"日用常行之理";后者更带有"异端性",自谓"三教外人",曾隐居以明心志,批判现实政治,抨击暴君和酷吏,向往没有特权、人人谦恭和自食其力的理想社会。明代的王廷相、黄绾和吕坤,整体上也是反对理学。王廷相反对程朱的"理在气先",坚持"气一元论";黄绾先后与程朱和王守仁的思想决裂,批评宋儒为禅,认为人的自然"情""欲"不能被消灭,主张"义利"并重;吕坤相信"天地万物只是一气聚散",主张"道器"和"理气"的统一。"泰州学派"的王艮及其继承者何心隐,还有自成一家的李贽,被称为"王学后学"或"王学左派",他们明显都属于非主流学派,特别是何心隐和李贽,还带有强烈的叛逆性格。王艮可以说是一位平民性的哲学家,他认为"愚夫愚妇皆知所以为学",他的学生主要是普通百姓,如樵夫和农夫,因此所讲之学也就是"百姓日用之学";何心隐主张"人为天地之心",肯定人的欲望的合理性,但也反对纵欲,提倡"寡欲"。他提出了"无父无君非弑父弑君"的惊人之论,挑战君主专制主义。他设想了一种超越个人和家庭之上的以"师友"为中心的所谓"会"的理想社会;李贽提出了旨在重视人的"纯真性"的"童心说",强调人的个性和男女平等。李贽反对"生而知之",反对以圣人和孔子的是非为是非标准。作为"异端"思想家的何心隐和李贽,都受到了专制统治的迫害。明末清初思想家对理学和心学的批评被称为"反理学思潮",同时也被称为"启蒙思想"。上面谈到的王夫之是其中之一。还有黄宗羲、顾炎武、颜元和稍后的戴震等。黄宗羲以"私心私利"为人的本性,认为君主的作用就是设法满足"大家的"私利。但是君主却忘记了"大家的"私利,而只关心自己"一家一姓"的私利,反而成了天下的大害。激烈批判君主专制的思想家中值得一提的还有唐甄,他作出了"自秦以来,凡为帝王者皆贼也"(《潜书·室语》)的大胆结论,他从君主非神也是人的立场要求君主接近民众、破除君主的至尊;唐甄还提出了具有近代民主、自由萌芽色彩的政治思想,如平等特别是男女平等的要求。戴震肯定人的欲望的正当性,对理学"以理杀人"的禁欲主义作了有力的控诉。他尖锐地指出:"人死于法,犹有怜之者,死于理其谁怜之!"(《孟子字义疏证》卷上)

  在明清之际学风开始发生变化。人们既不满意"心学"的束书不观,也不满意"理学"偏离实际的空谈义理。作为替代物,一方面,关心社会现实的"经世致用"观念得到了复兴;另一方面,回到经典,即经以求道的实证性"经学"倾向也开始出现,成为乾嘉考据学的向导。明末清初以颜元和他的学生李塨合称的"颜李学派",特别注重具有实际功效和实际价值的实学和实践,反对空谈"性理"和对"义利"的割裂,强化了"经世致用"的学风;此外在明末清初,以基督教为中心的"西学"东渐中国,产生了基督教同中国传统宗教特别是儒教的关系问题,出现了像利玛窦那样融会基督教和儒教的杰出人物,伴随着基督教的传播,西方早期的科学和技术也传入了中国,为中国思想的发展提供了新的营养。但后来的"礼仪之争",导致了西学传播的中断。

  注重语言文字、文献、校勘等考证性研究的考据学,因其朴实无华被称为"朴学",因其是对汉代经学的回归也被称为"汉学"。考据学的学术贡献无疑是很大的,但清初其回到"经学"以求"经世致用"的实践目标被遗忘,考据学家们回到"经"不仅不是为了"经世",恰恰成了"逃世"的方式,虽然这与乾嘉文化专制主义("文字狱")直接相关。朴学在思想领域中显得贫乏。作为那个时代的思想家,戴震和章学诚具有重要的地位,戴震通过注解《孟子》,还有就是在其著作《原善》中,提出了"道"就是气化流行的宇宙观,并从"气化论"出发肯定人的自然性情的合理性。处于边缘性地位的章学诚提出了"六经皆史"的重要理论,把儒家经典的本质还原为历史和政治实践,相信"道不离器",注重为一般经学家所遗忘的"经世致用"目标。

时代很快推进到了作为近代历史开端的清末,中国遇到了一个巨大的异己力量——西方世界,并开始作出种种反应。中国古代思想特别是作为意识形态的儒家思想也在同西方思想的相遇中开始了自己的新历程。需要特别指出的是,儒学的现代形态有所谓"现代新儒家",这是近代以来特别是"五四"儒学危机之后试图复兴儒学的一种努力。自从80年代末以来,在海外新儒家影响下,国内现代新儒家研究也活跃起来,引起了人们对儒家思想和价值的再次关注,使儒家重获生机。不过,由于"现代新儒家"一方面还没有把握住社会实践生活的主题和另一方面具有难以同大众结合起来的学院特性,因此难以发挥出一些人所期待的那种作用。"现代新儒家"既要获得别开生面的发展,也需要进行自我反思。

以上我们以历史过程为脉络,对中国古代传统思想的变迁、学派和思想形态等作了概要性的展示。下面让我们集中起来对中国古代传统思想作一总结。

中国古代拥有一种天道与人道密不可分的世界观。当然它也有荀子所强调的"天人相分"思想以及驾驭自然的强烈要求。但它更多的是主张自然与人的和谐统一,这也就是一般所说的"天人合一观"。"天"不仅为人提供了生存的基础,它也是社会秩序、规范和价值的根源。对中国思想家来说,自然是一个有机的整体,万物彼此相生相依。在西方思想中,本质实而不现,现象现而不实。但在中国思想中,本质实亦现,现象现亦实,"体用一源,显微无间"。在自然生态和环境日益受到破坏的当今,中国思想中的"天人合一观"和"整体和谐观"应该给我们提供某种有益的启发。

中国传统思想具有自然主义的传统,他们多不相信鬼神世界的存在,认为"鬼即归"(人死为归),"神即伸"(神妙或微妙之变化);他们不"索隐行怪",虽然承认"命"(人的意志不可抵抗的必然性),但也强调人的主观努力。

中国传统思想对人性大都抱有一种乐观主义的态度,把人的本性设定为"善"("性善论"),相信人生来就具有道德良知、良能,人只要"扩而充之",就能展现出仁义礼智等善良品德。即便是"性恶论"的主张者,最终也仍然相信人能够"化性起伪",成圣成贤。他们对人性假设的出发点虽然不同,但理论结果则殊途同归,即认为理想的圣人人格与大众之间没有任何不可逾越的界限,而不像西方那样在理想的人格神上帝与大众之间设置不可逾越的鸿沟。

中国思想家希望把人都培养成君子、贤人、圣人,以使自己的国家成为君子国和圣人国。为此,他们提出了以仁、义、礼、智、信为核心的价值体系,注重伦理和道德教化,注重人性的修养,要求从个人"修身"开始,经过"齐家"和"治国",最终达到"平天下"。对人性的乐观主义假设使中国思想家注重以个人道德品性为基础的"德治"、"礼治"或广义的"人治",而轻视强制性的"法律"秩序。中国传统思想家一直主张"民为邦本",相信"得民心者得天下,失民心失天下",认为统治者必须顺应"民意",要勇于承担社会政治责任而不是推诿逃避。在中国思想家看来,只要统治者"以民为本",以德为本,以身作则,行王道而不是霸道,治天下就易如反掌。政治当然离不开人,也离不开人的德性,但政治绝不只是德性的实验室,它也是制度和规范的健身房。德性只有加上对统治者具有有效约束力的制度才能建立起合理的政治秩序。中国传统思想没能转变成现代政治,不仅根源于他们对德治的一贯偏爱,也出于他们对人性的过于乐观的态度而缺乏应有的"幽暗意识"。与对德治的信赖相连,中国思想家相信理想盛世——"大同"的存在。这是一个以"大道之行也,天下为公,选贤与能,讲信修睦"(《礼记·礼运》)为主要特性的理想社会,它不同于"大道既隐,天下为家。各亲其亲,各子其子,货力为己"的非理想的"小康"社会。(同上)由于儒家特别乐道"三代盛世",信而好古,他们还想象不出近代以来的进步史观,因此他们所向往的"大同"是曾经实现过的理想,未来只是重新复兴这种目标,"小康"则是退化之后的当下状态。尽管如此,"天下为公"的"大同"理想不断为中国思想家所推崇。

中国传统思想家还主张"无为而治",它的核心是说掌握着最高权力而又能力有限的统治者,只需作为统一的象征而存在,不需要积极地有为,只需顺应百姓的"自然",而不需要进行"统治"。这是世界思想史中最早发出的"不干涉主义"呼声;在中国传统思想中,还有激进的"无君论"思想,用现在的话说就是"无政府主义"。在不同的时代,也不时发出批判"君主"专制和"家天下",强调"公天下"的声音。

中国传统思想中有所谓"义利之辨"、"公私之辨",儒家往往注重"义"和"公"而忽视"利"和"私",但也有思想家如墨子和陈亮、叶适等则强调"功利"、"事功"。从明末开始,也有思想家像黄宗羲、顾炎武、戴震、陈确等,为"私"赋予一种存在的合理性。"义利"和"公私"是可以通过划界确定各自分位的而并非总是冲突的两种存在。只有在试图以一方完全抑制另一方的情况下,两者的冲突才会加剧而不能平息。

中国传统思想家反对财富独占和土地集中,提倡以"均贫富"("损有余而补不足")和"耕者有其田"为核心的经济安排和共同生活愿望。一般来说,他们希望富民,使人们过上丰衣足食的生活,但他们反对过度消费和奢侈;他们要求薄赋税,反对统治者的横征暴敛。

中国传统思想家从来不把"知行"、"言行"分开,他们要求"知行统一",强调"听其言,观其行",强调"言必信,行必果"。一个人失信于人则无以为人,一个国家失信于民则无以为国。

中国传统思想家一直主张"民为邦本",相信"得民心者得天下,失民心失天下",认为统治者必须顺应"民意",要勇于承担社会政治责任而不是推诿逃避。

中国传统思想中有所谓"华夷之辨",主张内中华外夷狄,但由于它主要是建立在"文化"和"文明"高低的基础之上,因此,它反对以夷乱华,也反对扩张和侵略,主张以文化怀柔远方,泽及四邻,"万邦协和",天下太平。

中国传统思想家强调永远向上的"自强不息"精神,也强调"厚德载物"的包容性。学术界多强调"儒道互补","互补"的内容有许多方面,其中有,儒家塑造了中国人的严肃认真的工作态度,道家则塑造了中国人的超然和达观;儒家使人知道"群体"和"社会"的重要,道家让人懂得"个体"和"个人"的价值。总之,主要是儒道两家合建了中国人的心灵结构。

中国古代传统思想就像历经沧桑而又坚韧自新的中华民族那

样,既古老又常新,通过创造性的转化,它将会不断地被激活和再现生机。

(原载《从文明起源到现代化——中国历史25讲》,人民出版社,2002年)

中国文化的终极关怀

　　由于中西文化分别都是一个复杂的系统,因而,在对二者的比较和对照中,就始终存在着一种以偏概全的危险,而这种危险更会因人们对一种文化的偏爱而加大。一直有一种说法,认为中国文化是"入世"的,是以"实用理性"为其特色的,对这一点的过分强调,竟鼓励人提出了中国文化传统没有"终极关怀"的大胆结论。

　　要回答中国文化传统有没有"终极关怀",当然首先涉及如何理解"终极关怀"。简单地说,"终极关怀"是人在世界中的一种最终或最后的关怀,或者说,它是指人对最高价值或超越性东西的热烈关切和执著追求。从这个意义上来说,显然,中国文化传统是有终极关怀的。中国古代较早的典籍《国语》和《左传》,都显示了这种关怀,即把精神"不朽"作为人的最高价值目标。据《国语·晋语八》所载,世俗中的世禄并不是"不朽"的价值,而通过"立言"传于后世,以教化来人,这才是"不朽"。《左传·襄公二十四年》更具体地提出了"三不朽"说,即人通过"立德"、"立功"和"立言",可以超越有限的肉体生命而获得永恒的"不朽"。在这三者之中,"立德"被视为最高的价值("太上")。

　　孔子奠定的儒学初始智慧及其之后的长久发展,一直都是把人的"道德境界"的不断提升,人格的自我完善,超凡脱俗,成为"圣人",作为人的"终极关怀"。在儒学看来,人不应停留在感性的满足上,把自己限制在有限的自我中,他应当追求超感性的精神价值,不断扩展自己,使自己具有发展人类共同善的崇高使命。张载的"为生民立命,为天地立心,为往圣继绝学,为万世开太平",范仲淹说的"先天下之忧而忧,后天下之乐而乐"等,就是对这种使命的最好揭示。儒家并非不通世俗生活的情理,他所强调的只是在世俗价值和道德价值(如仁与富、义与利)不能兼得的情形下,应优先考虑和关心道德价值,把道德价值作为最终的目标。儒家也不轻视人的生命,马厩失火,孔子问人不问马,这是人们都熟悉并喜欢援引的例子。但是,在人的生命价值与仁的价值不能两全的时候,孔子所预设的选择方式是,"无求生以害仁,有杀身以成仁"。不仅是儒家,道家也预设了"终极关怀"。道家把人与超越性的"道"、"自然"的亲和或合一作为人生的最终目标。

即便把终极关怀限定在宗教的意义上(即对彼岸世界至高"神"的关怀),限制在超越性的本体上(即对形而上绝对存在的关怀),也不能说中国文化传统没有终极关怀。中国文化并不等于儒学,在儒学之外的道教、佛教都是中国文化中强有力的部分。如果不只是注意官方意识形态,不是只注意上层士大夫和儒士的观念,而把目光投向广大的民间社会,就会发现道教、佛教,对中国人的生活和心灵所产生的强烈影响。在此,"彼岸"世界的预设,已扎根于中国人的观念中,成为他们的关切之一。中国人绝不是人类中先天性没有宗教心的"生灵"。

也许有人会说,中国人的宗教信仰仍是出于"功利的需要"或旨在对"现实作出安排",它也许过于实际,但如果说其宗教信仰与我们的人生没有实际上的关系,那就奇怪了。上帝的预设,如果对人没有"救赎"价值,其结果是不可想象的。强调儒学的非宗教性、入世性,不预设"来世"和彼岸世界,不通过外在"神灵"来达到救赎,这种说法,如果还算持之有故的话,那么认为儒学没有对超越性价值或超越实在的关心,可以说是一种误解。如韦伯说儒学"缺乏任何对超验价值与生命的思索"①就是一例。

事实上,儒学的天人观,儒学对个人与宇宙万物关系的看法,都体现了对超验和超越价值的思索。如所说的"穷理尽性以至命"、"知其性,则知天矣。存其心,养其性,所以事天也"、"存天理"、"民胞物与"、"仁者以天地万物为一体"等等,都是如此。只不过,在儒学那里,自我与非我、天与人、世俗事物与超越事物之间,并没设置极端的对立和紧张罢了。

---

① 马克斯·韦伯:《儒教与道教》,洪天富译,江苏人民出版社,1993年,第171页。

"和"的原理和价值

在我们的时代,全球化、资讯化(亦可称为"网络化")的趋向和潮流,第一次以最大规模和最便捷的方式将人类及其不同地域的族群联系在一起,这是人类彼此突破诸多隔膜和界限的结果,同时又是促进人类彼此更多、更深入接触的方式;与此同时,我们又面临着不同地域乃至不同文明之间的紧张和冲突,并由此而表现出期待不同文明之间的对话和相互理解的强烈愿望。人们越来越意识到,全球化和资讯化在使人类获得越来越广泛联系并共享资源和机会的过程中,也使人类遇到的风险和危机也成为整体性的和全球性的。事实上,由于人类一些越来越多类似的或共同的活动,反过来造成了人类自身生存环境的恶化和生态的失衡等一系列问题。谈论人类面临的这些问题已经变得司空见惯,为解决这些问题的各种途径和方式也都在尝试之中。哲学家们也没有袖手旁观,环境伦理学和生态伦理学等是他们试图通过改变人们对环境和生态的深层意识而作出的努力。征服自然的这种主导人类行动的人类自我中心主义,已经逐渐让位于人类如何同自然和万物和谐相处的宇宙中心主义。人类正在用文明对话、相互沟通和相互理解的方式来缓和、克服不同文明之间的隔阂和冲突。不同文明传统的研究者们,也有责任担当这方面的部分事务。我相信,这次"通过对话研究横向价值"的国际会议,就是这方面一个很好的例证。在这个非常适合的场合,我十分乐意以"和的原理和价值"为题,谈谈中国古典哲学中有关"和"的一些问题。这些年来,"和"的概念在我们所从事的中国哲学领域中已经有一些讨论了,"和谐"甚至变成了流行的文化符号和政治符号。大家一般注重的都是"和"的价值,而对其作为原理的基础性探讨则相对不够。我们现在要问的是,在中国古典哲学中,"和"是如何作为原理被思考和领悟的?中国哲学家对于"和"都贡献了什么样的重要见解和智慧呢?我打算从以下几个方面来谈谈我的一些看法。

(一)"差异"与"活力"
——作为"生成原理"的"和"

限于我们的所知,"和"的观念在中国也许比在其他地方受到的关注要多,这当然不是说,中国古典哲学中围绕"和"有许多"系统化"和"专门化"的讨论,就像专业化时代我们对任何问题都进行专门处理那样。在中国古典哲学中,没有人围绕"和"写过专门的论文,更别说是著作。如同其他许多概念那样,"和"在中国哲学中也是一个很古老的概念,许多中国哲学家都谈到过"和"。一位生活在公元前8世纪的周朝太史官史伯(他的生平事迹,我们所知甚少),是最早对"和"发表过高明见解的人。郑恒公忧虑周朝的衰落,他咨询史伯周朝衰落的原因,史伯从政治上作出解释的同时,又从自然观的高度给予说明。我们要提出的"和"的第一个意义,就是由他首先提出的。他有一个著名的论断,叫做"和实生物",意思是,调和不同的事物就能产生出新的事物。在这里,"和"是一个动词,这也正吻合史伯为"和"作出的一个明确界定:"以他平他谓之和。"按照这个界定,"和"就是用一些事物去平衡另外一些事物,这是事物结合的方式,也是新事物产生的方式。

我们现在说到"和",譬如说"和为贵",一般都指人与人之间的关系,然而"和"还有更高层次的意义,它是一种宇宙观,而且同"生"的概念密不可分。"生"是一个象形字,它的本义是草木从土中生出。中国的宇宙观一般称为"宇宙生成论",其中"生"是一个核心性的概念。人类出于对宇宙和自然的好奇及惊异,产生了解释宇宙和万物的强烈冲动,于是先后出现了不同的宇宙观,一种是"神话式"的,一种是"宗教式"的,一种是"哲学式"的。在中国传统的宇宙观中,神话式和宗教式的宇宙观相对比较薄弱,反而是哲学式的宇宙观则比较发达,而且这种宇宙观最重要的一个特质是,相信宇宙是通过自身的力量"生成"的。这种"生成性"的宇宙观,同古希腊哲学家相信宇宙万物是由某种最基本元素构成的宇宙观明显不同。中国的宇宙生成观,要到老子才算有了基本的模型。中国新出土文献《太一生水》和《恒先》,则是老子之后有关宇宙生成论的重要作品。单就宇宙生成论模式而论,两者都比老子所说的要细致和具体。在老子之前,人们已经意识到了万物的起源和人的起源问题,我们在更早期的文献(如《书》和《诗》等)中,可以看到"上天生出众物"("天生庶物")和"上天产生众民"("天生烝民")的说法。据此,不管是"众民"还是"众物",都是由上天产生出来的,就像草木从土中生出,人由父母生出一样。这里的"生",构成了中国宇宙观的基本内核。

抽象地看,"和实生物"这一论断是对万物起源的一种解释。中国三国时期的吴国,有一位著名的注释家韦昭(204—273),他对这句话的解释是,阴阳的相互调和产生了万物("阴阳和而万物生")。"阴阳"原是指太阳照射之下的阳面和阴面,引申为宇宙和世界中两种相反而又相互作用的力量,与"气"结合之后,演变为阴气和阳气两种不同的相互作用的气。如果说"和"就是"阴阳之气"的相互调和作用,并由此而产生了万物,那么"和实生物"就是对万物起源的一种普遍性的哲学解释。中国宇宙生成论中的"天地",广义上也被包括在万物之内,但由于它们的特殊性,两者往往又成为产生万物的母体,即所谓天地的聚合产生万物("天地合而万物生")。由此来说,"和实生物"的"生成论",可以是包括了天地在内的万物的生成和起源,也可以是不包括天地而只是解释了天地之间万物的生成。如果是前者,"和实生物"的论断,就称得上是一种宇宙生成论了,否则它说明的恐怕就只是天地之间万物之间的相互生成了。也许后者更接近于"和实生物"的意思。这样的意思我们可以在《庄子·田子方》篇中找到根据。其中说:"极阴寒冷,极阳炎热,寒冷出于天,炎热出于地,两者相互交通调和产生万物。"("至阴肃肃,至阳赫赫。肃肃出乎天,赫赫发乎地,两者交通成和而物生焉。")这里就将万物的产生看成是天地阴阳二气相互作用的结果。《管子·内业》篇对人的生命的解释也是如此:"大凡人的生命,是通过来自于天的精气和来自于地的形质这两者的聚合而产生的,两者和谐则造就生命,不和谐就不能造就生命。"("凡人之生也,天出其精,地出其形,合此以为人,和乃生,不和不生。")这里同样是用"天地"两种力量的聚合和调和来解释人的生命。主张自然与人事相分的观点也认为万物都通过和谐而得以产生的("万物各得其和以生")。(《荀子·天论》)

事实上,"和实生物"关注的正是万物的多样性和万物之间的相互作用和相互生成关系,特别是将这种关系作为统治者从事人间活动的指南。"和"之所以能够造就新的事物,一是因为它以事物的多样性为前提,这是它与"相同"("同")的根本性区别。史伯正是在与"相同"的区别上认识"调和"的。"同"是说"相同事物"的重复性累积。这种重复性累积在数量上对我们会有不同的意义,但不管如何累积它都不能产生出新的事物,譬如"用水掺水"最终还是水,这就是所谓"相同不能相生"("同则不继")。因此,"和"与"同"的不同,首先是多样性与单一性、差异性与同一性的不同。相信只有通过不同事物的结合才能产生出不同的新事物,也就是相信多元和差异本身就具有一种生成能力。以多元与差异为特征的"和",还意味着它是不同事物相互作用而达到的恰到好处的结合,或者说它是指不同事物的相辅相成而获得的新的事物和机能,即所谓"以他平他"。中国春秋时期齐国一位著名政治家晏婴,用美味的"羹"这一恰当例子说明,"和"是不同材料和元素的合理搭配和调和。汉语"和羹"一语,就出自于他。富有智慧的晏婴还用大臣分别向君主陈述相反的意见以成就和完善君主的意见,来说明"和"是不同事物之间的相互促成和相互成就。音乐是能够说明"和"的又一个很好的例子。"和"的本义就是"音乐的和声"。单一的声音无法构成和谐的音乐,音乐是由多样声音的巧妙结合而形成的。总而言之,作为万物相互生成的"和",它的第一个重要意思是认为宇宙和世界是一个"多样性"和"差异性"的存在;第二个重要意思是认为事物之间是相互作用和相辅相成的。这两者为我们现在所说的"多元价值观"和"文化差异性"提供了世界观的根据。

(二) 事物的秩序和状态：作为存在原理的"和"

尽管有时候我们喜欢整齐划一，但我们也不能将宇宙看成是由单一事物充满的世界；尽管有时候我们总想割断事物之间的联系，但我们也不能认为宇宙万物彼此是没有关系的。"和"的智慧不仅洞察到了万物的多样性以及万物之间相济相生的关系，而且也洞察到万物之间如何存在才是合理的，这就是作为万物存在原理的"和"。中国的宇宙观一般被称之为有机性的和整体性的。中国哲学家不假定柏拉图坚持的理念与现实、本质与现象的对立，也不假定莱布尼茨（Gottfried Wilhelm Leibniz）所说的彼此不进入对方窗子的封闭式的"单子"。既然"和"总是意味着事物的多样和关系，那么继而就要追问，事物以什么样的关系和状态存在才是合理的。"和"也提供了这一方面的说明。

作为事物存在原理的"和"，是说事物要以相互平衡及和谐的方式和状态而存在。正是由于事物的相互平衡、有序与和谐，才使万物得以生存和存在。如果事物之间失去了它的平衡性、有序性，就会引起各种自然的变故。公元前780年（周幽王二年），中国西周时期，在泾、渭、洛三条河流一带发生了一场大地震。这次地震严重破坏了那个地区的自然生态和环境，也给人们造成了精神上的恐慌。对于为什么会发生如此巨大的地震，人们有种种猜测。周朝的一位大夫伯阳父（亦作伯阳甫）则用"阴阳之气"的"失序"来解释这次大地震的发生，他还以此来预测周朝的命运。伯阳父解释说，天地之间运行的阴阳之气自身，具有一种和谐的秩序，由于人间不良活动的结果破坏它的平衡，结果就产生了地震。中国人很早就相信天与人之间有一种相互感应关系，有关这种关系的看法，在汉代被发展为一种很系统的"天人感应论"。按照天人感应论，人类行为和活动的好坏，在"天"那里会得到不同的反应。"天"以显示吉祥之物的方式鼓励和称赞人的善良行为，以显示不祥之物的方式警告和惩罚人的恶行。照伯阳父的解释，西周三川地区发生地震的直接原因是"阴阳之气"的失序，间接原因是由于人们的"乱行"造成的。现在我们已经清楚工业生产这种人类活动对自然秩序造成的巨大影响,但即使是生产力不高的农耕社会,人类的活动同样会对自然造成一定的影响,譬如大量地砍伐树木和捕捞,就会导致生态的失衡。在道家创始人老子看来,万物都包含着相反的"阴阳"之气两个方面("万物负阴以抱阳"),两者通过相互交感和相互平衡使事物得以生存和存在,整个宇宙也是以这种方式和状态存在的。

宇宙最高程度的"和",注释《周易》的《彖传·乾》称之为"太和","太"是"至高无上","太和"即"最高的和谐"。按照中国明末清初另一位著名哲学家王夫之的解释,在宇宙未经分化的太虚状态中,聚合着彼此浑然一体的阴阳之气,这是宇宙本来的最高和谐状态。万物产生之后,宇宙仍将保持着最高的和谐。这就是说,不管是宇宙产生之前还是产生之后,"太和"都是宇宙的一个常态。中国哲学家的通常看法是,天地、日月、星辰、四时,都是以固有的和谐秩序和节奏而运行的。中国汉代一位名叫公孙宏的人物,也相信世界的和谐状态是风调雨顺、五谷丰登、家畜肥壮、草木茂盛和山青水秀的美好状态("阴阳和,风雨时,甘露降,五谷登,六畜蕃,嘉禾兴,朱草生,山不童,泽不涸,此和之至也。"《汉书·公孙宏传》)按照中国的"生育式"宇宙观,"育"是指万物的共存和共生。儒家作品《礼记》中的重要的一篇《中庸》,其中一句名言说"万物并育而不相害,道并行而不相悖"。它的意思是,万物的发育和成长是和谐而不妨害的,事物的法则是同时普遍适用而不相冲突。唐代非常哲理化的佛教华严宗,是很有影响的宗派之一。这一宗派的教义认为,事物之间、事理之间都是圆融无碍的。这一教义同《中庸》的看法高度类似。许多哲学家和科学家都惊叹宇宙的秩序,追问是什么促成了宇宙的秩序。基督教传统给出的答案是,上帝创造了万物并保证万物的有序性,但中国哲学家相信宇宙和万物本来就是和谐有序的,他们还相信万物是一体的,大宇宙就是一种超级有机体。

中国在20世纪下半叶的一个时期里,曾经信奉"斗争"的哲学。按照这种哲学理解,事物充满了"对立"和"矛盾"。正是事物的对立和矛盾,促进了"事物"的变化和发展。而"和谐"和"平衡"都是要不得的消极性东西。但中国北宋哲学家张载认为,虽然事物的对立是存在的,同时对立产生了事物之间的怨恨和争斗,但怨恨最终要以"和顺"而化解。中国哲学家并不回避万物之间的对立,但他们不认为对立和斗争促进了事物的成长和发展,他们关心的是如何消除万物之间的冲突和对立,而使万物之间保持和谐的状态。照《中庸》的说法就是,如果促成事物的平衡、和谐,天地就能保持其秩序,万物就能变化和生长("致中和,天地位焉,万物育焉")。"太和"和万物的共生、共存正是中国哲学家追求的世界理想化状态。

(三)从"治国"到"平天下":作为人类相处方式的"和"

　　人类从来就是以各种不同的共同体和族群而存在和生活的。人类为什么选择共同体而生活,按照古希腊哲学家亚里士多德的说法,这是因为人生来就是政治性的动物。中国战国晚期的哲学家荀子认为,人作为万物之灵,不同于其他动物的一个主要特质是他能够"合群",当然我们也知道一些动物也是高度合群的。人类为什么能够"合群",在荀子看来并不是人的先天本性,而是人后天"习得"的"义"和"分位"的结果。不管是传统社会,还是现代社会,我们都有各种类型的人类共同体。现代社会的人类共同体类型中最有影响力的是民族国家共同体,在这种共同体之上则是由各个国家组成的国际性共同体。中国传统的政治理性,一直以天下和国家作为两种最大的人类共同体。国家是由一些人组成的共同体,天下则是由所有的人或所有的国家组成的共同体。对于中国哲学家们来说,"和谐"理念不仅是理想国家和天下的目标,而且也是建立理想国家和天下的方式。

　　在早期儒家的代表人物孟子看来,对于一个国家和统治者来说,无论风调雨顺的天时,还是优越的地理条件和丰富的自然资源,都比不上人民的齐心协力,即"人和"。按照儒家的政治理念,赢得民心和民意的统治者,就能够得到天下。"民心"之向背决定统治是否正当和合法,因为天意也来自于民意。中国哲学家一直教导政治家们说,治理国家乃至平定天下的根本之道,就是要在统治者与他的人民大众之间建立起良好的关系,即"与民和谐"。我们当然不能要求古人建立类似于"现代的"民主政治形态,但如果说民主政治主要以反映和体现"民意"为特征的话,那么中国古代哲学家始终要求政治统治要符合人民的愿望和要求。中国古代哲学家设想出来的办法是以理想的政治人格——"贤人"、"君子"和"圣人"等来保证"民意"的实现。孟子非常浪漫地设想,如何通过惩罚和选拔人才来充分地反映出人民的意愿和呼声。按照他的设想,选拔一个贤人不能只是听取身边大臣和一些大夫的意见,还要普遍征求国人的意见,最后再通过试用来证明确实是贤良的人才可以任用。同样,要诛杀一个人,也要普遍听取民意并如实查证最后再定加以刑。因此孟子"王道"政治的核心,可以说就是"民意政治"。齐国的一位君王坦率地告诉孟子说,他有一些个人方面的爱好,如喜好姿色、财富等,但孟子说如果他能与百姓一起共同来满足这些爱好又有什么不可以。孟子的整个政治思路,就是如何使统治者同他的人民建立和保持一种"和谐"的关系。

对儒家来说,夏、商、周"三代"的政治提供了善政和恶政正反两个方面的典型。腐朽的统治者同他的人民对立起来,他们用他们掌握的权力压制人民。如西周末期的幽王,为了禁止人民对政治的议论和批评,派人监视人们的言论,还得意地认为他能够消除人们对他的批评("弭谤"),但后来他被他的人民抛弃了。衡量一个社会的稳定性程度和治理的好坏,是看这个社会摩擦和冲突的大小。一个和谐的社会,也是最为稳定和安宁的社会。这当然不是消除了差异和多样的死气沉沉的稳定和安宁,而是充满了活力和创造性的和谐。在中国传统的政治构造中,"君臣关系"被看成是整个政治秩序的核心,理想的"君臣关系"是和谐而不是一味地赞同("和而不同")。齐国的政治家晏婴最早阐述了这种关系,这是他在政治实践中总结出来的。齐景公有一位名叫据的大臣常常附和景公,而晏婴则常常表达不同的意思和看法。齐景公对着晏婴感叹说只有据与他是"和顺"的。晏婴当即指出,据只是赞同他,而不是"和"于他。他举了君臣决策中的例子,当君主肯定一项决策而它又不完满时,他的大臣不是迎合君主的决定,而是提出否定性的意见,以发现这项决策的漏洞和问题进而使之更加完善。当君主否定一项决策时,他的大臣则提出相反的意见,以使君主的否决不会带来问题。晏婴告诉齐景公,通过相反的意见以成就决策这是"和"。也许是人性先天的弱点,人们一般都喜欢别人赞同自己的言行,庄子认为这是普通大众的习性,《庄子·在宥》篇说:"世俗之人,皆喜人之同乎己而恶人之异于己也。"一般称之为"党同而伐异"。人的这种心理容易被一些人利用以达到自己别有用心的目的。中国古代政治生活中的宠臣，往往都是善于投其所好的人，而真正的忠诚，则是提出相反忠告和不同的意见的人。这就容易理解，孔子为什么以选择"和"还是选择"同"来划分君子与小人（"君子和而不同，小人同而不和"）。

每一个族群和国家不仅要面对和处理自身内部的各种关系，而且还要面对和处理同其他族群和国家的关系。在同一政治共同体内部，"和"是处理君臣上下关系的最佳方式，也是共同体秩序所能达到的最好状态。同样，在不同的政治共同体之间，中国哲学家也以"和"为其之间关系的最高的原则。我们现在一般称之为"和平"和"和睦"的国际关系，在中国就具有悠久的起源。中国最古老的一部经书《尚书》，它的开篇《尧典》，就有"协和万邦"的说法，意思是让众多的族群和国家和谐、和睦地相处。在处理和理解内外族群的关系中，中国传统有"华夷之辨"的思维方式，但这个思维方式主要不是以种族区分内外关系，而是以文明与野蛮区分内外关系。按照这种区分，中国始终用"文明"的立场建立"天下秩序"，而不是诉诸武力和强权。它采取"安抚"和"柔和"的外交策略，"怀柔远人"被作为对待外部世界的一个基本原则。对于习惯于用"和"思考国际关系的中国来说，以"和亲"的方式谋求睦邻关系是自然的。像孟子那样，中国哲学家反对"霸道"和"征服"，在他们看来"以力服人"带来的只是表面上被迫的服从，只有"以德服人"才能赢得人们心悦诚服的接受。照《左传》的记载，《周书》谈论文王的品德时说，对于一个大国而言，武力对于维护自己的安全是需要的；而对于一个小国来说，使其感受到道德和正义的价值是必要的（"大国畏其力，小国怀其德"）。中国哲学家坚持用"和平"、"和睦"的原则处理国际关系，这样的原则在全球化时代的国际关系中，是更加需要的。国家之间不能完全避免冲突，但如果真正认识到"协和万邦"的价值和意义，国家之间不仅可以化解冲突，而且还能够建立起和睦相处的国际关系。

（四）"身体"和"心灵"的修炼：作为健全生活之道的"和"

相对于无限广大的"大宇宙"，"人身"常常被称为"小宇宙"，中国哲学家相信这是一个作为万物之灵和万物之贵的小宇宙，并一般将之简化为"身心"或"形神"两大部分。在中国哲学中，作为有机体的身体和作为有机体机能的精神，整体上被认为是统一的。人的身体和精神的运行、活动和存在依赖于人身整体的高度协调和统一。即使是人身其中一个部位出现了问题，注重整体和有机的中国医学也不会只是通过考虑哪个单一的局部来进行治疗。中国哲学家注重"身心双修"，以求身体、心灵的平和及安宁。

道家老子十分赞美"婴儿"的品德，婴儿纯真，身心处在一种最和谐的状态。为什么婴儿一直哭泣，他的嗓子也不会嘶哑，因为他的身体是最"柔和"的。老子崇尚"柔和"，他相信柔和比刚强更有活力和生命力。年轻人血气方刚，有好勇斗狠的倾向性，孔子认为这是他们要警惕的。荀子教导说，要用"柔和"来平衡自己的血气方刚之性，这是修炼自己身心的方法。在中国哲学家看来，"气"充满于宇宙之中，它不仅是万物生命的本质，也是维持万物生存的活力。人的生命也来源于"精气"，生命的持续和活力就是气的保持和平衡。"心平气和"是关于人的"身心"平衡的一个非常恰当的说法。在庄子看来，一个有"德"的人，就是身心达到了"和谐"的人（"夫德，和也。"《庄子·缮性》）。"修德"就是要养成人身的和谐（"德者，成和之修者。"《庄子·德充符》）。

老子要求人克服过分（"去甚"）和极端（"去泰"）的行为，过一种"节制"和"适度"的生活。在他看来，人如果过度奢靡，就会损害他的身体的机能和身心的平衡。他提醒人们说，目不暇接的华丽色彩，震耳欲聋的激昂旋律，应有尽有的美味佳肴，竞奔追逐的射击，令人垂涎三尺的财物珠宝等，都会损害人的身心健康（"五色令人目盲；五音令人耳聋；五味令人口爽；驰骋畋猎，令人心发狂；难得之货，令人行妨。"《老子》十二章）人们喜欢和追求美好的事物，但美好之物也是长着"爪牙"的，也会伤害人。在老子看来，合理的养生之道，就是善于使用美好的事物,避免因过度使用而产生有害的结果。老子追问说,为什么自然天赋长寿的人反而不能长寿呢?这是因为他们享有的生活物品太丰厚了,远远超出了实际的需要。鲁哀公曾咨询孔子说,是仁爱的人长寿呢,还是有智慧的人长寿?孔子没有直接回答他的问题,他先是讲述了因咎由自取而死于非命的三种情形:一是无节制的生活;二是触犯刑律;三是自不量力的争斗。但仁人志士都是长寿的,因为他们都能够选择合理的生活和行为方式。《孔子家语·五仪》记载孔子的回答说,一些人不按时起居,饮食没有节制,过度地工作或休息,疾病就会杀害他们;处于下位的人冒犯君王,贪得无厌,刑罚就会杀害他们;以少数侵犯多数,以弱小侮辱强大,不控制自己的情绪,自不量力,兵士就会杀害他们。但明智之士和贤人善于节制自己,按照正义的原则而行动,懂得调节自己的情绪,不伤害自己的身心,他们享受天年是很自然的("人有三死而非其命也,己自取也。夫寝处不时,饮食不节,逸劳过度者,疾共杀之。居下位而上干其君,嗜欲无厌而求不止者,刑共杀之。以少犯众,以弱侮强,忿怒不类,动不量力,兵共杀之。此三者死非命也,人自取之。若夫智士仁人,将身有节,动静以义,喜怒以时,无害其性,虽得寿焉,不亦宜乎!")按照孔子的看法,合理的生活,就是身心和谐和平衡的生活。

为了达到了身心的和谐和平衡,中国哲学发展出了一套修身养性的修炼方法。一些哲学家注重精神的修炼,他们称之为"心术"("养心的方法")。在儒家那里,"养心"主要体现为道德上的自我充实和自我完善。《大学》说,财富可以滋润房屋,道德可以滋润身心,心灵广大人就会发福("富润屋,德润身,心广体胖")。在道家那里,养心主要体现为精神上的自由和超然。如庄子提倡的逍遥自在和净化自我的心斋。但也有一些哲学家注重人的形体的修炼,以至于发展出了道教徒追求肉体成仙和不死的信仰。道教徒相信,通过形体的不懈修炼,可以使人体达到一种最好的状态并永远保持下去。不管如何,对中国哲学家来说,安顿身心的最好方式就是过一种适度和平衡的生活。现代社会不仅造成了生态的失衡,而且也造成了人的心灵和精神的失衡。人的许多心理疾病就是现代生活不平衡、不和谐的产物。中国哲学家的"身心"和谐学说对于医治现代人的精神和心理缺陷应该也有所启示。

最后让我们引用刘向《说苑·敬慎》记载的一段话来结束本文的讨论:"桓公曰:'金刚则折,革刚则裂;人君刚则国家灭,人臣刚则交友绝。'夫刚则不和,不和则不可用。是故四马不和,取道不长;父子不和,其世破亡;兄弟不和,不能久同;夫妻不和,家室大凶。易曰:'二人同心,其利断金。'由不刚也。"

(原载《河南社会科学》2010年第5期)

"适度"的思想及适用范围的扩展
——从人间伦理到生态伦理

在相距遥远的中西方的历史发展的早期,或者说在雅斯贝尔斯所称的"轴心时代",先哲们不约而同地都提出了以"中"为中心的高度近似的"适中""适度"的德性伦理,为我们提供了不同文明之间具有可公度甚至是心同理同的适切例子。

我们先从文化翻译的侧面看一下中西译介"中庸"的简要情况。亚里士多德加以系统发挥的作为其伦理学关键词的"中"(mean)观念,中文一般译为"中庸"和"中道"。出自严复之孙严群之手并被认为是国内第一部系统研究亚里士多德伦理学的著作——《亚里士多德的伦理思想》,都是用"中庸"来翻译和理解亚里士多德的"mean"的;20世纪50年代出版的周辅成先生主编的《西方伦理学名著选辑》,90年代出版的苗力田先生翻译的《尼各马可伦理学》,则都采用了"中道"的译名。作为中国传统哲学的术语,"中道"虽然没有"中庸"影响大,但二者在意义上的接近使二者的互换成为可能,这就使"中庸"和"中道"在翻译和理解亚里士多德的"中"观念上,都具有正当性并各具特色。但是,在把中文的"中庸"译成英文时,问题就似乎更具复杂性。辜鸿铭曾译为"central harmony",即"中心的和谐"。与此不同,詹姆斯·莱格译为"doctrine of mean";E. R. 休斯译为"mean-in-action"。类似于辜鸿铭,休斯把"中"也理解为"central",因此他的译语的意思就成为"生活中功能的中心"。此外,埃兹拉·庞德则译为"持守中道"和"永不晃动的枢纽"。①

以上译法的微妙差异,集中体现为"中间"和"中心"之异。照许慎的解释,"中"的本义是"内",它与外相对。与这种位置和空间意义上的"中"相关,"中"还有"中间"的意思。现代汉语所使用的"中",一是指一个范围的内部;二是指与四周的距离相等。与"中"的意思相联系,"中间"的主要意思,一是指内,二是指中心,三是指事物两端之间或事物之间的位置。"中心"一是指与四周距离相等的位置;二是指事物的主要部分和主导性因素。由于"中间"的意思中包括有"中心"的意思,所以用"中心"去理解"中间"并非无根据。但把"中间性"转换成"中心性"(central),在整体上就偏离了"中庸"之"中"即"事物两端之间"或"事物之间"的基本意义。"中庸"更深层次的意义,恰恰也是从这一基本意义引申出来的。因此,把"中庸"或"中道"的"中",译成"中心"则不够恰当。

对照中西的"中道观"和"适度"思想,以下几个方面是可以明确确认和强调的。一是双方都有一个启示性的源头,它肇始和铺垫了未来。希腊诗人潘季里特(公元前6世纪)在一首祈祷诗中说出了关于中道和适度的经典性名言:"无过不及,庸言致祥。生息斯邦,乐此中行。"毕达哥拉斯认为"中庸"是一切事情的最佳境界,他在《金言》中所说的一句金言就是"一切事情,中庸是最好的";梭伦在肯定"自由"和"强迫"的正当性时,对之所加的限制是自由不可"太多","强迫"也不应"过分";德谟克里特意识到这两个极端和过度,都不是有益的选择("从一个极端到另一个极端的动摇不定的灵魂,是既不稳定,又不愉快的";"当人过度时,最适意的东西也变成了最不适意的东西")。由此来看,古希腊人有"凡事不要过度"的名言和亚里士多德何以推重和广演"中道"和"适度",就不难理解了。在中国,中道和适度的思想也有很早的起源。《尚书·洪范》有"皇极",传统释"皇"为"太"和"大";释"极"为"中","皇极"就意味着"大中"之道。《正义》说:"施政教,治下民,当使大得其中,无有邪僻";"凡行不迂僻则谓之中"。《洪范》

---

① 有关这一点请参阅杜维明的《论儒学的宗教性——对〈中庸〉的现代诠释》,见《杜维明文集》第三卷,武汉出版社,2002年,第388—391页。

更有"无偏无陂,遵王之义;……无偏无党,王道荡荡;无党无偏,王道平平"的名言,《正义》亦从"中道"加以理解,说此句是"更言大中之体"、"若其行必得中,则天下归其中矣"。即使是《洪范》篇有后来甚至是春秋战国时代加入的内容,但由于《左传·襄公三年》有引用《商书》中"无偏无党,王道荡荡"之文字,故可证其来久远。《尚书·大禹谟》有"允执厥中",这里的"中"所讲的就是"中道"。《大禹谟》被认为是伪古文《尚书》的部分,如果这种判断成立,"执中"的思想自然就要往后推。但有趣的是,《论语·尧曰》载:"尧曰:'咨!尔舜!天之历数在尔躬,允执其中!四海困穷,天禄永终。'"把这句话与《大禹谟》所说的"天之历数在汝躬"和"允执厥中"相比,所看到的类似值得玩味。即使说《大禹谟》是晚出,《论语》所记载的"执中"的思想恐怕也有很早的起源。

二是亚里士多德和孔子儒家都以"中间"或"中"为根本来建立自己的"中道观"和"适度"思想。"中间"或"中"原是表示具体可指的空间及东西所处的位置。"中间"或"中"要通过尺度来加以衡量,因此它一开始就与量度分不开。"中道观"和"适度"把这种具体的"中间"和"中"转化为衡量和判断人处事待物是否合理和正当的抽象尺度和原则。符合"中间"或"中"是合理的和正当的,否则就是不合理和不正当的。不符合"中间"或"中"的情况,又以与之相对立的"两极"(或两端)而分为两种情况:其中"一极"是"过度",另"一极"是"不及"。"中间"或"中"与"两极"彼此互为前提,三者构成了处事待物的三种方式,其中的"中"是最好的,而过度和不及虽然彼此也相反,但都是不好的。这是亚里士多德所强调的,如他这样说:"凡行为共有三种倾向;其中两种是过恶,即过度和不及;另一种是德性,即遵守中道。三者互相反对。其间,两过恶是两极端,它们彼此相反,但它们又都和中道的或适度的倾向相反。"[①]同样,这也是儒家所主张的,如孔子称赞舜时说的"执其两端,用其中于民",其"两端"和"中"就构成了三种不同的方式。又如孔子评价子张和子夏,说他们一个是"过",一个是"不及","过"如同"不及"都不理想,只有"不过"又"及"的"中"才是理想的。

---

① 周辅成编:《西方伦理学名著选辑》上卷,商务印书馆,1987年,第301页。

再如孔子所说的"不得中行而与之,必也狂狷乎?狂者进取,狷者有所不为也"(《论语·子路》),其中的"中行"是最好的,而作为两极的"狂"和"狷"都失之于偏。一般来说,在二元对立的价值结构中,善恶、好坏、美丑等这些截然相反的两极,虽然它们有程度上不同的"比较级",如比较好、比较坏,是处在善恶之间,但它们却不是相对于两极的"中间"。在二元结构中,其中的一元是最好的,越朝向这一元则越接近于理想,但在三元结构中,"中间"则是最好的状态,越接近"中间"则越理想。中西"适度"思想都不约而同地建立在三元对立结构中。

三是亚氏和以孔子为代表的儒家从与两极相对的"执中"中,更进一步走向了一般性的"适度"和"适当"的观念,这也正是一般所说的"恰到好处"、"恰如其分"的意思,如宋玉描写的美人,增之一分则太长,减之一分则太短,就是说不高不低、不瘦不胖,达到了一种最美的境界。亚里士多德说:"若是在适当的时间和机会,对于适当的人和对象,持适当的态度去处理,才是中道,亦即最好的中道。"①这里所说的"中道",强调的就是"适当",它不再拘泥于往往带有一定机械性的"中间",而是在时空等多重关系中达到了"正好"的境界。亚氏谈论消闲和娱乐的中道说:"消闲和娱乐是一种交往,这里显然存在着过度、中道和不及。把玩笑开得太过分就变成为戏弄,而一点玩笑也不开的人实属呆板。对那些玩笑开得有分寸的人,这种中间品质称为圆通或机智。它所以为机智,因为有触景生情、见机行事的本领。……它所以为圆通,因为不论说什么、听什么都合乎分寸,都中人意。"②合乎"分寸",就是"适度",就是不令人难堪,使人身心都感到愉悦。《中庸》说的"喜怒哀乐之未发之谓中,发而皆中节谓之和",把"中"与"和"并列起来,"中"在这里是指人的自然情感在天然状态下的不偏不倚和适中,"和"是指自然情感在表现出来时都合乎"节度",用朱熹的解释就是"应物之处,无少差谬,而无适不然"。孔子注重"礼"的"和谐"("和为贵")和恰当,反对教条化地一味讲究形式和格式,强调君子对于天下的事务

---

① 周辅成编:《西方伦理学名著选辑》上卷,商务印书馆,1987年,第297页。
② 亚里士多德:《尼各马可伦理学》,苗力田译,中国社会科学出版社,1990年,第85页。

如何去做,没有"具体的"一成不变的规定,如何"适宜"和"适当"("义")就应该如何去做。《论语·里仁》记载:"君子之于天下也,无适也,无莫也,义之与比。"这是要求人们根据各种不同的情况来作出恰当的判断和安排。孟子称孔子是"圣之时"(还有孔子所说的"君子之中庸也,君子而时中"),称"可以仕则仕,可以止则止,可以久则久,可以速则速"(《孟子·公孙丑上》),这里所说的"时"和"可以",也是强调"适时"和"可行"。史伯和晏婴以及孔子所说的"和而不同"、"质胜则文野,文胜则质史,文质彬彬,然后君子",重点也在于主张不同因素的合理调和及互补,以求达到一种恰到好处的"平衡"。朱熹也这样来解释"中道":"所谓中道者,乃即事物自有个恰好底道理,不偏不倚,无过不及。"(《答张敏夫》)与"适度"和"适当"相反的是一般所说的"过度"、"过分"、"极端"、"偏激"、"偏颇"等,所谓"尺有所短、寸有所长",所谓"竭泽而渔",所谓"贪得无厌"、"得寸进尺"等,都超过了应有的限度。据此,作为从"中间"或"中道"状态衍化出来的"适度"和"适当",反而有了一个相反的对立面即"过度"和"过分"。"过度"的"度"和"过分"的"分",就肯定有一个恰当或恰好的限度和分际,越过了就是"过"。如"过火",就是没有掌握好恰当的火候。《老子》二十九章讲"夫物或行或随,或歔或吹,或强或羸,或载或隳",认为"甚爱必大费,多藏必厚亡",主张"去甚,去奢,去泰",孟子讲"仲尼不为已甚者",这里的"甚",都是指"过度"和"过分"。在此,"中道"已经不限于一种三元结构中,它可以是多种因素和条件之下达到的和谐、平衡和恰到好处的"适度"。

四是亚氏和以孔子为代表的儒家的中道观,都有比较宽泛的适用范围,但中心则是指人的德性和品质。正如人们所知的那样,亚氏的中道观也是一种政治观。按照这种政治观,最好的政体只有以能够"顺从理性的指导"的"中产阶级"为中心才能组织起来,因为处在极富和极贫两个极端的阶级都不能"顺从理性的指导"。但亚氏"中道观"所说的那些合乎中道的东西,主要还是指伦理和道德方面:"事物有过度、不及和中间。德性的本性就是恰得中间。德性作为相对于我们的中间性、中道,是一种决定着对行为和情感的选择的品质,受到理性的规定。并非全部行为和情感都可能有个中间性。德性就是中道,是最高的善和极端的正确。"①如勇敢、节制、乐施、慷慨、温厚、公道、荣誉、大方等,在亚氏那里,都是合乎中道的美德和善良的品质。儒家的中道观,所指涉的范围当然也不限于伦理道德,它也是为政的原则和处事的合理方式,但主要指一种德性,正如孔子所说:"中庸之为德也,其至矣乎!民鲜久矣。"(《论语·雍也》)"中道"作为一种"德性",在亚氏那里,是后天修养的结果,而不是人的先天自然本性:"人们自然具有的是接受德性的能力,先以潜能的形式被随身携带,后以现实活动的方式被展示出来。"②孔子所说的"性相近,习相远",这里的"性"也不可简单地理解为先天的善良本性,它与亚氏所说的潜能(或潜在的"才质")类似,这种才质提供了为善的可能,但它并不等于现实的"善";"习相远"也与亚氏所说的后天的习惯和实践类似。

整体上说,亚氏和孔子儒家以"中道"为核心的"适度"思想,是人间伦理,是主要适应于社会生活而被阐发的,但现在我们应该扩展它的应用范围,把它推广到生态伦理之中。现在人们已经比较强烈地意识到了资源枯竭、生态失衡和环境破坏等严重危机。一般认为西方立足于"人类中心主义"和"自我中心主义"之上的"主客"二分和分裂,是造成这种危机的深层原因。科学和知识一方面增加了我们控制和驾驭自然的信心和力量,另一方面也使我们相信自然就像是自己手中的玩物那样可以任意摆布。人类在从自然中获得巨大力量的同时,也把在自己之中潜伏的无限欲望刺激了起来。

问题越来越受到人们的关注。西方在"自然与人"的关系问题上所发生的深刻变化之一,就是建立起了"环境伦理学"和"生态伦理学"。中国的学者们也加入到"环境伦理"和"生态伦理"的讨论之中。中国哲学的研究者开始从中国传统中寻找关于"生态"及"环境"的思想和智慧。人们强烈地意识到不能再蛮横和粗暴地对待"自然"和处置"自然",需要"尊重自然",需要尊重自然的"权利",需要承担起对"自然"的"义务"。这就把"权利"和"义务"这种原本属于人类社会的

---

① 亚里士多德:《尼各马可伦理学》,苗力田译,中国社会科学出版社,1990年,第32页。

② 同上书,第25页。

观念扩展到了"自然"之中,"自然"不再是一个被动的客体,它同时也获得了主体的意义。

有人认为,人类对环境和生态的尊重和保护,说到底仍然是人类出于自身的安全和生存的考虑,"自然"最终也仍是我们功利性和手段性意义上的对象。有这种看法并不奇怪,因为我们已经非常习惯于"人类中心主义"的思维方式。从人类的立场出发,保护和尊重"自然",当然也是尊重和保护人类自身;但从自然的立场出发,尊重自然确实就是尊重自然,就是肯定自然的自身的内在"价值"和"目的"。人类不能只站在"人类的立场"上来考虑问题,就像个人不能总是站在"自我的立场"上来考虑问题一样。

有一些观念也需要改变。例如,从达尔文的动物世界的"生存竞争"再到市场经济中的"市场竞争","竞争"的思想和价值观,对近代以来的人类文明影响是非常大的。它不仅使人与人之间具有了强烈的竞争感,而且也使人与自然变成了一种生存竞争关系。现在我们需要从"生存竞争"的观念中走出来,实现人与自然的"和谐"及"合一",与自然"共生"、"共存"。再如,世俗化之下的"消费文化",以自然资源和能源的大量开发和使用为条件,但存在于"自然"中的资源和能源却不是无限的。我们的"消费文化"如果继续要求无限的消费,自然最终将倾家荡产,人类也将无以生存。这就要求我们建立一种与自然的可承受性相适应的合理和健康的"消费观念"。要求有限消费实际上就是要求节制人类的无限欲望。这不是主张对人的生理"自然"进行压制,而是反对"放纵"人的生理自然。现在我们往往注意的是人与外部自然和生态的关系,而忽视了人与自身生理性"自然"的关系。

问题集中在如何调节我们的自然欲望,如何建立合理的消费观念,说到底即如何化解人类与自然的冲突,如何使人类与自然共生共存。我们需要引入新的观念,"适度"就是其中之一。如果说近代以来人类对自然的行动往往表现为不知收敛的"过度"和"过分",那么克服过度和过分行为的最恰当方式就是"中道"和"适度"。因为对自然的"过度"和"过分"行为,显然不能用另一个极端即"不及"和"不足"所代替,否则人类的基本生活条件和需求,就得不到应有的保证和满足。现代文明对自然类似于竭泽而渔和杀鸡取卵式的掠夺,迫切需要我们把"适度"的人间伦理扩展为为生态伦理。根据"适度"生态伦理,人类要节制对自然的过度开发行为,使自然本身得到休养生息;人类的消费观念应该从高消费走向"适度消费",人类的自然欲望的满足,应该从纵欲走向"适欲"。可以相信,"中道"(或"中庸")和"适度"对于人类处理与生态和环境的关系来说,是非常适用的。

总之,如果我们不想继续受到自然和生态的报应,我们就必须承担起对自然和生态的义务,对我们的行为有所节制,"适度"地开发和利用自然资源。人类如果能够以"适度"的美德对待自然,那么他就能够维持自然及生态的良性循环和平衡,自然和生态也能够承受起人类可持续发展的愿望。

(原载《孔子研究》2005年第3期)

儒家精神

有一个总括中国古代思想、学说和信仰的文化符号,叫做"三教九流"。"九流"是指先秦诸子——儒家、道家、墨家、法家、名家、阴阳家、纵横家、农家和杂家等九种学派;"三教"是指儒教、道教和佛教三种教义和信仰。作为先秦诸子之一的儒家,在汉代以后逐渐成为国家政治意识形态,并获得了正统世界观和价值观的地位。这里我将在广义的儒家概念之下,对其早期源流、价值信仰和基本精神等作一总括性的说明。

(一) 兴起及谱系

在儒家兴起之前,"儒"作为一种"术士"起源很早。照《说文解字》的注释,"儒"的本义为"柔",是"术士"之称。段玉裁注引郑玄《目录》,称"儒"通"濡",意思是用先王之道来"濡其身"。"儒者"作为术士,最初大概是担任教育和礼仪职务一类的人,他们掌握有礼、乐、射、御、书、数等方面的知识和技能。《汉书·艺文志》认为儒家是从过去的司徒之官产生出来的,其职责是帮助君王遵循阴阳秩序、阐明教化。按照《尚书·舜典》的记载,舜曾任命契为司徒,让他恭敬地传播"父义"、"母慈"、"兄友"、"弟恭"和"子孝"等五种伦理道德("教敷五教")。《孟子·滕文公上》记载说,圣人忧虑人类无道而沦为禽兽,任命"契为司徒,教以人伦"。据此,司徒原为掌管教化之官,可以说他是儒家这一阶层的前身。

儒家兴起于东周时代,他的创立者是三岁不幸丧父的孔子。孔子为儒家奠定了许多根本性的东西,这些东西后来对儒家的发展一直起着引导性的作用。孔子谦虚地自称他是"述而不作",他的目标是复兴周代的礼乐传统,扭转日益衰败的政治生活。为此,他曾在他的祖国——鲁国从事政治实践。在很短时间内,他就为鲁国带来了清明的政治生活。这引起了邻国——齐国的不安,齐国则采取贿赂鲁定公的不良手段。孔子力谏无果,他只好放弃他在鲁国的政治生涯。孔子伟大的地方之一,是他从来不把权力当成目的,权力只是他实现政治理念的手段。当权力同他的政治理想不相容时,他就毅然放弃权力。他选择周游列国以获得从政的机会,同样是为了实现他的政治抱负。在这一过程中,他遭遇了许多挫折,很大原因是他对现实采取了不妥协的立场。如他曾打算到晋国去,到了黄河南岸,听说晋国的执政者赵简子杀害了贤明的窦鸣犊、舜华,他非常失望,当即就放弃了去晋国的愿望。

孔子对中国文化和世界文化的永久贡献,是他的人文主义和他对伦理道德价值的自觉。在天人之间,孔子一方面敬畏天和天命,保持着超验的信仰;另一方面又坚持人的道德主体性,相信人都能够实现天赋予他的使命,成就自己的人格。孔子的另一部分永久贡献是在教育、古代文化(特别是礼乐)传承、典籍的整理和传授方面。他是中国第一位私人教育家,他奉行不别贵贱("有教无类")的平民主义教育理念,广泛地接收愿意跟随他学习的年轻学子。有的是父子一同求学于他的门下,如曾氏父子。在三千多名庞大的弟子队伍中,著名的就有七十多人。除了教授弟子们掌握礼、乐、射、御、书、数六种基本技能之外,孔子向他的弟子们主要传授的是"六经"(《诗》、《书》、《礼》、《乐》、《易》、《春秋》)的真理。这"六部"经典大都非常悠久,不能说是出自孔子之手,但孔子作了编纂和整理方面的工作,并同弟子们一起学习和传承"六部"典籍。《汉书·艺文志》说儒家"游文于六艺之中",就是指此。《庄子·天下》篇记载的"其在于《诗》、《书》、《礼》、《乐》者,邹鲁之士、缙绅先生多能明之",其中"邹鲁之士"、"缙绅先生",主要就是儒家人士。

孔子之后,他创立的儒家学说首先被他的弟子们传承了下来。他的那些著名弟子们根据自己的兴趣和爱好,从不同方面发展了他的学说和教义。《韩非子·显学》记载"儒分为八"(子张、子思、颜氏、孟氏、漆雕氏、仲梁氏、孙氏和乐正氏），但这仍只是孔子之后儒家分化的一部分。如曾子发展了孔子的"孝"的观念，传世《礼记》中的一篇《大学》，传统认为它是出自曾子之手，但在八个支派的儒学中并没有曾子。《礼记》这部书保存了大量有关孔子后学的记载，过去一直受到怀疑。新出土郭店战国楚简和上博简文献，就有《礼记》中的《缁衣》篇，更多的则是未曾传世的千古佚文，这不仅证实了《礼记》的早出，也证明了孔门后学在儒家发展史上的重要地位。继此之后的孟、荀，是先秦发展孔子思想的两个大家。《史记·儒林传》称他们"咸遵夫子之业而润色之，以学显于当世"。孟子建立了"人性善"的心性之学，提出了大丈夫人格和浩然之气的精神境界论，倡导以满足人民基本生活条件为目标的仁政学说等。荀子批评孟子的人性善说，认为人先天具有恶的倾向，善是人后天通过学习和修养的结果，强调礼乐和师长在"化性起伪"中的重要作用。在很大程度上，荀子把"天"自然化了，认为天与人各有不同的职能和作用，人必须发挥自己的能动性完成自己的职责和使命。

从汉代开始，儒家逐渐从秦帝国的阴影下走出来，并获得了一定的社会空间。到了汉武帝，在"罢黜百家，表彰五经"这一总旗号之下，儒家被确立为官方哲学。一般认为董仲舒是这一政策的倡导者。自此以后，儒家就获得了正统意识形态的地位，对社会政治生活产生了广泛而深远的影响。儒家在此后的每个时代都有新的发展，产生了各种各样新的学说和思想形态。从汉唐经学到宋明新儒家，从乾嘉考据学到晚清今文经学，儒家不断自我更新，其丰富多彩的形式和内容构成了中国文化的主流。一直到20世纪初期，体制化形态的儒家才被终止，在经历了"新文化运动"的激烈挑战之后，儒家又在多元文化中尝试开辟一条新的发展道路。

（二）经典传统

儒家在每一个时代的展开和转化，整体上都是通过不断创造性地诠释经典来进行的。早期儒家的形成就源于经典，它对后来的儒家一直具有强烈的示范作用。儒家信奉的这些经典，最初被定为"六经"，其中的

《乐》后来失传。大体上,汉代诠释和传承的主要是"五经",后增加了《论语》和《孝经》,称"七经"。唐代有"三礼"、"三传"之分,加上《诗》、《书》和《易》,称"九经"。宋代在"九经"的基础之上,增加《论语》、《孝经》、《孟子》和《尔雅》,称"十三经"。无数的儒家人物在这些经典中穷其一生的精力,无数的新思想和新观念都被认为是经典的固有之义。

汉唐儒家经学,整体上是以"五经"为中心的注疏之学。汉代的经学主要表现为今古文经学及其争论。今文经学的代表人物是董仲舒、何休等;古文经学的代表人物是刘歆和刘向父子、许慎、贾逵、马融等。郑玄以古文经学为主,兼容今文学,称"郑学"。魏晋经学主要代表人物为王肃,他融合今古文经学,称为"王学",但后来失传。魏晋哲学的主要形态是玄学。玄学家何晏、王弼等借用道家的某些思想资源,侧重于从义理上解释儒家经典。南北朝时期,经学有"南学"和"北学"之分。唐代在经学上采取了统一化和标准化的路线,以适应政治和思想上的统一及科举考试的需要。孔颖达受唐太宗之命主编了《五经正义》,即《周易正义》、《尚书正义》、《毛诗正义》、《礼记正义》和《春秋左传正义》等。每一部经都选择过去有代表性的一种注释,再加上"疏解"("疏")。经学的统一化制约了儒学的发展。从唐代中晚期开始,不仅有啖助的春秋学兴起,韩愈也为唐代儒学的复兴扮演了"护教"的角色。他们都为儒学注入了新的活力,成为宋明新儒家的先声。

宋明新儒家把汉唐以"五经"中心的经学转变为以"四书"为中心的经学,把汉唐的注疏之学转变为义理之学,在哲学上造成了众多不同的理论形态,最主要的是以程朱为代表的"理学"、以陆王为代表的"心学"和以张载、王夫之和戴震等为代表的"气学"。对外,宋明新儒家把佛、老看成是他们的主要论敌但又受其影响;对内,他们各自又以儒家正统者自居并互相诘难。

清代考据学家诉诸"道在经中"和"经世致用"来批评宋明新儒家,说他们空疏和脱离实际。他们把经典的哲学诠释学扭转为经典的训诂学和考证学。这种学风和方法被看成是"汉学"的复兴,它是对"宋学"的反动。之后的常州学派又批评考据学,而致力于春秋公羊学,并在晚清成为思潮。为了应对西学的挑战和复兴儒学的生命,儒家又以现代新儒家的形态展现出来。

（三）伦理和仁爱价值

儒家根本上把人类看做是伦理和道德性的存在，因此，在它的思想体系中，有关伦理价值和道德规范的内容占据了大部分，以至于人们说它是以伦理教化为中心的学派。儒家将人与人的关系化约为君臣、父子、夫妇、兄弟和朋友"五种"。规范这五种关系的伦理是，父子有亲、君臣有义、夫妇有别、兄弟有悌和朋友有信。单就君臣、父子两伦而言，儒家一般主张君臣、父子的双向义务，但更多的是强调臣对于君的"忠"和子对于父的"孝"。按照现代观念，这两种伦理的前者属于公共领域，后者属于私人领域。但对儒家来说，这两者不能截然划分。儒家期待的大众，既是一个良民，又是一位孝子（即"忠孝两全"），后者往往又被看成是前者的出发点。儒家更为抽象和普遍的伦理道德价值，是称之为"五常"的"仁、义、礼、智、信"，这是汉代人概括出来的。与之比较接近的概括，是此前孟子提出的作为"四端之心"的"仁义礼智"，还有就是新出土文献中作为"五行"的"仁义礼智圣"。儒家的德目显然不限于这些，"诚"、"直"、"勇"、"刚"、"宽"、"恭"、"敬"、"廉"、"让"、"惠"等，都是儒家所倡导的伦理道德价值。

在儒家众多的伦理道德目标中，"仁"称得上是最具代表性的普遍价值。《吕氏春秋·不二》篇把孔子的教义概括为"贵仁"，《汉书·艺文志》称儒家"留意于仁义之际"，可谓深中肯綮。"仁"字的本义，一般解释为"相人偶"，说它是人与人相遇之际而发生的爱心。实际上，"仁爱"根本上是来源于人的"同情心"。在郭店楚简中，"仁"字的构形是"从身从心"，即"悬"，这为重新思考"仁"的本义提供了新的可能。按照身心之仁的构形，它原本是说一个人将对自身生命的情怀，引申为对他人的悲欢离合的同情心。《礼记·表记》中记载孔子的话说："中心惨怛，爱人之仁也。"这句话的意思是，发自内心地对他人的忧伤和痛悼之同情心，就是爱人之仁。孔颖达说"中心惨怛"是出于人的天性的仁；朱熹认为只要是人，他对别人"自然便有恻怛慈爱之意"。"同情心"的最典型说法是孟子所称道的"恻隐之心"。孟子设想的场景很恰当地说明了人的同情心：一个人突然发现一个无知的小孩有坠入深井的危险,他油然产生了"怵惕恻隐之心"。"怵惕恻隐之心",即恐惧和伤痛的同情心,照朱熹的注释,"恻是伤之切"、"隐是痛之深"。在孟子那里,"恻隐之心"亦即"不忍人之心",它是人内心忍受不了别人的不幸遭遇而自发涌现出的强烈关爱情感,是"自发的"没有任何功利考虑的一种纯真的情感。

同墨家的"兼爱"和基督教的"博爱"相比,儒家的"仁"因与"孝"紧密相关,常常被认为是"有差等"的"爱",不如前两者普遍。这样的认识是不确切的。"孝"确实是儒家之"仁"的一个重要构成部分,它的真正内涵是,孝敬他身边的父母是仁爱的起点和入手处,一个连自己的父母都不能孝敬的人,很难设想他能去爱一般的陌生人。朱熹等就是在这种意义上去理解"孝"为"仁之本"的说法。简帛《五行》篇说的"爱父,其继爱人,仁也",也是这个意思。郭店竹简《语丛(三)》还有"爱亲则其方爱人"的说法。儒家崇尚的仁爱价值是普遍的,它要求的是人类的共同之爱。这种共同之爱的核心是以根源于自我的同情心为动力,以"己所不欲,勿施于人"的"恕道"为根本原则。人们批评儒家"恕道",说它是一种消极原则,不像基督教的己所欲、施于人那样积极。其实,儒家也有己之所欲、施之于人的仁爱立场。儒家提出的"己欲立而立人,己欲达而达人"的仁爱主张,更是从自我实现的愿望出发进而去成就他人。儒家的"仁爱"伦理,既是尊重他人,同时又是成就他人,这是对人类不同共同体都适用的普世价值。

(四) 德治信念

在社会政治生活中,儒家有一种强烈的"德治"信念,也称之为"德政"和"仁政"。按照这种信念,理想的社会政治秩序,主要是靠有德者譬如贤人、君子乃至最高的圣人依据一系列软性的美德来治理,而不是靠硬性的、强制性的法律和政令来形成。对儒家来说,法律和政令充其量是不得已而用之的辅助性手段。儒家相信,只要为政者是以身作则的有德者,他们就能感化社会的大众使其心悦诚服地从善如流。这是基于统治者人格魅力的示范性政治。事实上,在儒家传统中,"德"首先是对从政者的要求。这一过程的起点具体表现为从政者的"修身"

或"内圣",进而去齐家、治国和平天下,即一般所说的"修齐治平"和"内圣外王"。这是儒家把自我与社会和政治紧密结合在一起的一贯性的政治思维和信念。

儒家的"德治"有悠久的源头和复杂的历史演变,也有广泛的内涵。概括起来,一是儒家把德治同天道、天命联系起来,就像所说的"皇天无亲,唯德是辅"那样;二是儒家把民众视为邦国的根本(即"民本");三是儒家推崇理想的政治人格(如圣人),叙列了以尧、舜、禹、汤、文、武、周公等为典型的德治人格谱系,宣扬三代盛世或黄金时代;四是儒家提倡禅让,提倡任人唯贤;五是儒家强调为政者要勇于承担一切政治责任(如说"百姓有过,在予一人");六是儒家提出了一系列为政者的道德规范,如宽、廉、信、惠、公、敬等;七是儒家提出了以个人修身为基础的修养论和知行论;八是儒家主张分配正义,均贫富;九是儒家提倡王道,反对霸道,主张以理服人,反对征服和侵略;十是儒家肯定诛伐恶政、暴君的革命行为的正义性。

一种很常见的说法是,现代社会政治生活以民主和法治为基本特征,儒家的"德治"(或所谓人治、礼治)与民主和法治不相容,因而只具有消极的意义。这是很表面的看法。儒家德治同法治和民主并非天然不相容。若说"民意"是民主政治的基础,那么在儒家那里,比"民本论"更基础的政治思维就是"民意论"。在儒家看来,作为政治合法性根源的"天意",原本是来自"民意",正如"天视自我民视,天听自我民听"、"民之所欲,天必从之"所说的那样。圣王和治者作为天之子遵从"天意",说到底就是遵从"民意"。"法治"也不意味着社会政治生活不需要道德,不需要好人。人们很难设想没有道德的人能制订出一部好的法律,也很难设想一群无德的人能秉公执法。现代社会政治生活对政治人物的道德要求也是很高的。儒家对法律的看法确实有些消极,但它的"为政以德"原则上不能说是错的。

(五)适度及协和

如何处理事物及其关系,儒家有两个著名的既是方法又是美德的原则,一个叫"中庸",一个叫"和而不同"。在古希腊,亚里士多德有类似于"中庸"的概念(mean),也译为"中道"。儒家的"中庸"不能机械地从"中间"去理解,它的精义是适度地、恰到好处地去处事待物。与此对立的情况则是过分和不及,两者都指极端和片面的方式。孔子批评的"狂者"和"狷者"中,"狂者"是冒进,"狷者"是畏缩不前,只有不同于两者的"中行"才是最好的行为方式。又如,关于"文"和"质"的关系,孔子认为"质胜文则野,文胜质则史",只有"文质彬彬"才是恰到好处。朱熹解释"中道"说:"所谓中道者,乃即事物自有个恰好底道理,不偏不倚,无过与不及。"(《答张敏夫》)

儒家的"和而不同"是把多样性、差异性的协调、平衡、和谐视为处理事物的最好方法和境界。这可以体现在人与自然和万物的关系上,体现在人与社会、族群与族群的关系上,也可以体现在一个人的身心关系上。《周易·乾·彖》把协和的最高境界称之为"太和"。"太"是"至高无上","太和"即"最高的和谐"。《中庸》认为,促成事物平衡、和谐,天地就能保持其秩序,万物就能变化和生长("致中和,天地位焉,万物育焉")。《中庸》还相信"万物并育而不相害,道并行而不相悖"。中国最古老的一部经书《尚书》,它的开篇《尧典》,就有"协和万邦"的说法,倡导众多族群和国家的协调及和睦相处。对儒家来说,"协和"不仅是建立理想国家和天下的目标,而且也是建立理想国家和天下的方式。在孟子看来,对于一个国家和统治者来说,风调雨顺的天时,优越的地理条件和丰富的自然资源,都比不上人民的齐心协力,即"人和"。儒家注重个人的身心平衡,并发展出了一套修身养性的修炼方法("心术")。儒家的"养心"主要体现为道德上的自我充实和自我完善。《礼记·大学》篇说,财富可以滋润房屋,道德可以滋润身心,心灵广大人就会安泰舒适("富润屋,德润身,心广体胖")。

(六)天人的"分"与"合"

面临全球性的生态危机,儒家的"天人合一"受到高度关注,相应地,"天人相分"则被忽视。完整地看,儒家的"天人关系"实则包括两个层面,一个是"天人相分",另一个是"天人合一"。天人的"相分"与"合一",看起来是相反的,不过在儒家那里却是兼容的。

儒家的"天人相分"指的是人与天和万物的区分,它既有荀子说的天人各有不同的作用和职能的意义,也有简帛文献《穷达以时》所说的成事在人、谋事在天(天命)的意义,但主要是指人类具有不同于自然和万物的灵性、德性。儒家常常把"人"作为"万物"之"秀者"、"灵者"和"贵者"加以赞颂,要求"人"最大限度地发挥他的独特本性,完成天赋予他的使命。对儒家来说,人类或人之所以为人的本质是人的"道德性"。儒家的"人禽之辨"、"人物之辨"主要就是强调"人"不同于其他的物,也不同于其他的动物,人是有意识、有目的道德性存在。儒家的人格理想论、尽心、尽性论和修养论等,目的都是让人按照他的真正本质而存在。这种把人与万物区分开的意识和要求,有时让人产生一种人类优越感和中心感,但这都属于儒家的"人类认同"意识,它不是为了让人征服客观自然和充分占有外物,而是让人知道他作为人的道德使命和道德价值。

儒家的"天人合一",是将人类统一到天地和万物之中的一体意识。儒家决不宣扬个人中心主义和人类中心主义,它拥有人与自然统一、人与万物合一的"天人合一观"和"有机宇宙观",并具有强烈的同情万物、包容万物的"万物一体"境界。在以人为贵的同时,儒家又谦虚地把人类"同化"到了"万物"之中,把人"化"为万物之"一"的存在。从根源上说,人类是天创生的("天生人"),人类的本性来源于"天命";从本质上说,人类与万物具有统一性;从活动上说,人类要在社会实践中实现天地赋予给自己的美德("与天地合其德"),完成自己的使命和责任。儒家的"天人合一观",同时也是"万物一体观"。张载《西铭》有"天地之塞,吾其体;天地之帅,吾其性"的说法,也有"民吾同胞,物吾与也"的著名论断。按照张载的意思,自我与他人都是兄弟同胞关系,我与万物是同类。一个人如果能无限地扩充和发挥他自己的心性,他就能够"体天下之物"。"圣人"能够尽性,他就"视天下无一物非我"。我与万物一体、万物相互一体的"体",既可以理解为万物各个"个体"的相互介入和彼此拥有,又可以说是世界共同体或宇宙大家庭中的息息相关的存在。

(原载《寻根》2011年第5期)

儒学的生命线

　　每一个产生过重大影响的文化传统都有可能对人类未来的整体命运以及它所在的那个变化着的社会环境做出负责任的回应。这样的立场建立在两个前提之上,一是文化传统并不是只具有历史的意义,不是过去发生也随之成为过去或者最多是保留在"博物馆"中不能触摸的昔日遗物。反传统论者往往不仅这样认识,而且也这样期待。"五四"新文化运动中的某些人士似乎很公允地认为,孔子和他创立的儒家适应了当时或过去的需要,在历史上扮演了应有的角色,但在现时代,孔子之道已经变得过时而无用,这就把儒家封存在过去的时间堡垒中使之与现代更与未来断绝关系。这种幼稚和草率的反传统逻辑,常常又是在看似动听而又美妙的进步和解放的旗帜下展开的。这里批评的当然是整体性的反传统立场和文化上的激进主义,而不是拒绝对传统进行深度的反思和积极的转化。二是由不同文化传统所构成的各个地域的文明并不内在地意味着彼此互不相容,甚至是互相冲突,就像所谓的"文明的冲突"那样。各个地域的传统文化和文明,存在着差异和不同是不言而喻的,但它意味的是文明的多样性和丰富性,意味的是我们有机会欣赏到不同文明的独特风景。借用怀特海阐述"人的差异"的话来说:"人类需要邻人们具有足够的相似处以便互相理解,具有足够的相异处以便引起注意,具有足够的伟大处以便引起羡慕。我们不能希望人们具有一切的美德。甚至当人们有奇特到令人纳罕的地方,我们也应当感到满意。"① 不同地域文化传统的缔造者和传承者,他们悲天

---

① A. N. 怀特海:《科学与近代世界》,何钦译,商务印书馆,1989 年,第 198 页。

悯人,动心忍性,以不同的途径共同追求人类的完善和福祉,使文明具有了"心同理同"的"相通性"和"普世性"。我们需要记住"理一分殊"的道理,记住多样性中的普遍和贯穿着普遍性的多样,这样就不再为各个文明传统彼此之间的关系而纠缠不休;我们需要以心灵的开放和宽容,通过文明对话促成彼此的互相认识和充分理解。

儒学作为具有悠久历史的中国文化传统(甚至是东亚文化传统),曾经是带有统治性的正统世界观和价值观的承担者和保证者,但在从体制中走出来的过程中,它的历史命运带有扑朔迷离的不确定性,有人称之为"游魂",以至于在当今世界儒学地位仍漂泊不定。与完全怀疑和否定儒学的激进立场相对立的无保留地信奉儒学的保守立场,同样不可接受。因为它在表面上维护儒学的宣称之下,使儒学失去了自我转化和适应的活力。儒学一旦被孤立和封闭起来,它的生命就将终结,就像被密封的木乃伊一旦遇到空气就要解体一样。这就要求我们拒绝出于任何动机和愿望的儒学原教旨主义。儒学需要一种高度的开放精神,甚至是一如既往的同化精神。在人类联系日益密切的条件下,儒学更需要兼容差异性和多样性,文明的"和谐"恰恰要以差异性和多样性的并存为前提,这是儒学"和而不同"智慧的深邃内涵,也是儒学"万物相育而不相害,道并行而不相悖"信念的精义。儒学需要向所有重大的文化传统敞开,儒学必须参与到整个人类文明的对话和互相渗透之中,这不仅使儒学有机会从其他的文明传统中获得教益来丰富和充实自己,而且也使其他文明传统因能够欣赏和分享到儒学的魅力和价值而自身得到完善。这基于这样一种原则,即我们在分享不同文明的美妙之处时,我们同时也获得了攻玉的它山之石。

儒学相信普遍的理性和价值,"天下同归而殊途,一致而百虑"揭示的就是,人类能够拥有共同的理性和理想,这就是为什么儒学一般被称为文化主义或人文教化主义。我们不必再用传统的"华夷之辨"模式来作为衡量人类"文野之别"的标准,不过它的一个基本意义仍然值得注意,即它主要不是政治上的,更不是种族上的,而是"文化"上的。儒家坚持认为文化和文明是普遍适用和有效的,人类应该朝向文明化和人文化的方向坚定地迈进。

儒学的传统和智慧不需要也不能在狭隘的意义上被界定，不需要也不能被固定在某一方面，"君子不器"可以用来说明儒学体系本身的广泛性，我们应当从各个方面充分地展现儒学。正如人们已经能够坦然面对一个多元的上帝那样，我们为何要为"多元性的儒学"或"多元性的孔子"而感到不安。一个时期中，人们为了维护孔子的形象或者是"纯化孔子"，提出"真孔"与"假孔"之分，但这种区分只是在极其有限的意义上才是必要的，我们最好还是不要采取这种区分。这里没有任何公然鼓励人们随意塑造孔子和儒学形象的意图，实际上我们坚持的是严肃地面对孔子及其儒学的态度。廉价式的维护和宣称，除了形成一时的"市场假象"外，对儒学的创造性转化没有任何意义。多元性的儒学和多元性的孔子形象的出现，只能是创造性的产物，如果我们不能以耐心和顽强的意志持久地凝视和思考儒家，我们就不能有这种奢侈的期望。

在为人类将来命运的考虑上，儒学究竟能够给予何种有力的回应和贡献，取决于我们是否能够对儒学做出原创性的构思。哈贝马斯有一个说法可以帮助我们理解这里的问题："哲学应当促成一种'有意识'的生活，它在反思的自我理解中得以澄明，并在一种非严格意义上得以'把握'。就此而言，哲学思想的使命始终都在于对传统做出响应，也就是说，要通过对尚能使现代性的子女们深信不疑的东西的不断深入细致的观察来掌握高级文化中发展起来的宗教学的神圣知识和宇宙学的世俗知识。在康德之后'形而上学'是否还有可能的争论背后，隐藏着的实际上是围绕通过批判能够领会的那些古老真理的存在时间和有效范围所展开的争论，以及有关古老真理在被批判领会过程中发生意义转化的方式方法的争论。"（哈贝马斯：《康德之后的形而上学》）用儒家的话来说，就是"极高明而道中庸"和"尊德性而道问学"。在排除分裂传统与现代性的幼稚做法之后，问题的关键就转到了如何转化和活用儒学资源上。如把儒学与现代性对立起来的方式之一，是认为儒学的道德政治信念与现代性法治不相容。因为人们相信现代性的法治假定了人性恶，至少就像张灏所说的那样，是承认人的"幽暗性"（"幽暗意识"），这是法治秩序得以建立的前提。儒学根本上相信人性善，相信人的良知和良能。基于对人性的这种乐观立场，儒家提倡道德治理,竭力追求建立一个依靠圣人、贤人和君子等道德榜样统治的道德理想国。然而,除非假定法治是现代政治的唯一条件,不需要政治伦理和道德的力量,否则儒学的性善信念就不是现代政治的天然障碍物。法治既是一种客观化的秩序,同样也是一种人为的秩序。法既是人制定的,是社会和人的创造物,法治更要需要通过人来实施。如果完全从人性恶出发来设想法治,那就等于说人性恶的人或心存不良的人,能够创造出一个良好的和正义的法律秩序。从理论上说,建立和维护公正和正义的法治秩序,恰恰也需要假定人性善,并由此可以期待公正的执法者和大多数守法的公民。儒家主张道德治理,把人性设定为善,同样可以为法治秩序的有效性提供根据。儒学的道德治理的基本意义之一,是要求当政者具有优良的道德品性并以身作则,这一点原则上并没有错。在现代社会中,法治秩序无疑非常重要,但对当政者的道德要求实际上也非常高。一个合格的当政者,不仅应是守法的人,而且也应该是有德的人。要认识和理解儒学的道德政治,我们就需要把握儒学有关这方面的一系列彼此联系的复杂论题。从整体上说,儒学是一种"贯通性"的世界观和价值观体系,它不预设森严的"天人"二元论,更不从原子论和机械论去想象宇宙和世界的秩序,世界在他那里从来都不是分裂的,更不是冲突的。儒学中的个人,只是在道德意义上被无限制地扩大,儒家式的个人超越和自我实现,恰恰是在家庭、族群、社会共同体和宇宙万物等一系列现实层面上连续展开的,它不是遁世的洁身自好,也不是入世的随波逐流,更不是来世的异想天开。按照儒家的贯通性理路,神圣即在凡俗,天道自在人心,实然亦是应然,生生即是和谐。为了回应人类面临的自然世界和精神世界的失衡,我们需要把儒学"天人合一"和"万物一体"的信念理论化和体系化。

  作为历史的儒学,它是一个巨大的学问世界;作为世界观和意义承载者的儒学,它又是一个复杂的理性、价值和信仰体系。我们不假定历史与意义、学问与价值之间的天然分界线。儒学研究的全方位开放,同时就意味着多元性的儒学的诞生。

  作为中华孔子学会的创会会长张岱年先生,一直有创立学会刊物的愿望。《中国儒学》的问世,既可以告慰于先生,又可以说是在儒学研究世界中开辟了一个新园地。现在没有什么能够比我们与海内外同仁一道耕耘好这个园地更强烈的愿望了。

（原为《中国儒学》创刊的"刊首语"，载《中国儒学》第一辑，商务印书馆，2009年）

儒学的价值与我们时代的处境

"我心目中的孔子"这个主题很好,我想只要对中国文化特别是对儒学有所了解的人,都会有自己"心目中的孔子"。大家心目中孔子的形象越多,越说明孔子思想和学说的丰富性。也就是说,孔子的形象是多元的,不是单一的。我们可以称之为"多元的孔子观"。

我想强调的是,孔子是人类历史上最早对人类的精神生活和伦理生活作出最了不起思考的人士之一,并提出了普遍的伦理价值和人类生活的信念。他是一位从平凡中走向卓越的人类的精神导师。1988年1月,75位诺贝尔奖获得者应法国总统密特朗邀请,在巴黎研讨人类在新世纪如何生存的对策。同年1月24日,澳大利亚《堪培拉时报》刊发来自巴黎的一篇报道——《诺贝尔奖获得者说要汲取孔子的智慧》,这篇报道开头就说:"诺贝尔奖获得者建议,人类要生存下去,就必须回到25个世纪以前,去汲取孔子的智慧。"事实上,这里的说法出自1970年诺贝尔物理学奖获得者瑞典的汉内斯·阿尔文博士(Dr. Hannes Alfven)。英国著名历史学家汤因比也曾说过:"孔子和儒家的仁爱学说,是解决现代社会伦理问题所急需的。"1993年,世界上的一些宗教人士和组织发表了《全球伦理——世界宗教议会宣言》,这个宣言将孔子的伦理教诲"己所不欲,勿施于人"作为全球伦理的最基本的"共识",现在它也常常被称为"道德金律"。我们需要思考是,在世纪之交,或者面对人类新的世纪,人们为什么对儒家和儒学会产生如此的反应。

我想到的是,一是因为人类遇到了不少重大的棘手问题,如环境问题、生态问题、国际冲突、全球风险、不公正等等。这些问题需要我们以高度的智慧来应对。有些问题和处境是一个社会特有的,有的是国际性的,是整个人类要面对的。我们现在已经清楚地知道,人类面对的最大的整体性问题,是人类的生存环境和生态状况恶化了,而且还在继续恶化;我们也同样知道,这是我们人类自身活动造成的。除了人与自然之间产生的紧张和冲突之外,在世界一些地区,还存在着国际紧张和冲突,这更是人类自身的原因造成的。

第二是因为,现在人类越来越意识到不同文明之间对话的重要性,这一方面是基于不同文明之间需要相互理解和彼此尊重;另一方面是也基于人类要从每一个文明中寻找人类的重要价值和智慧,以帮助我们解决人类所面临的共同问题。

面对这些问题,孔子及儒家的伦理和智慧能为我们作出什么贡献呢?这取决于我们如何理解儒学,或者说我们从什么立场上观察儒学。如果将"过去"与"现在"看成是彼此对立的两极,我们就不能期望从传统中获得启示。实际上,这样的立场在中国曾经是非常普遍的,现在还仍有一定的市场。

但更有影响力的趋势是,人们已不把过去同现在对立起来了,谈论儒家对我们时代的意义和价值,也变得比较普遍了。这种变化说明,我们对自身文化的认同和自觉意识大大增加了。当然,我们也不能设想儒学能够应对我们所遇到的各种问题,这样的期望太高了。站在一个比较客观和同情的立场上,儒学对我们建立当代的伦理价值和个人的精神生活方式,肯定是有一定作用的。

儒学是一个非常巨大和丰富的体系,它最初由孔子创立,并经历了不断的发展。在时间上,它的历史非常悠久,内容非常广博;在空间上,它的影响很广泛,"东亚文化圈"在很大程度也就是"儒家文化圈",特别是在它的影响下产生了朝鲜儒学和日本儒学。

我们现在是一个网络的时代,彼此之间进行着大量的信息交换。儒家一直是将世界,即人与自然、人与人,社会与社会、国家与国家、个人的身心,都看成是具有高度关联性的"网络"。儒家关心的问题,就是如何解决和安排我们所面临的各种复杂关系,使我们有一种最好的秩序和状态。为此,儒家提出了各种主张。

可举出的第一点是儒家的"仁爱"价值,这是大家都常常强调的。

孔子在不同的场合和地点,对什么是"仁"有不同的说法,但其中一个说法最为根本,孔子的弟子樊迟请教孔子什么是"仁",孔子回答说,"仁就是爱人"。"仁爱"是儒家为人类贡献的最普遍的伦理和价值。

在儒家那里,"仁爱"是基于人类的一种重要情感——"同情心",用孟子的话说就是"恻隐之心"。新出土的郭店儒家重要文献中,"仁"字都写成上"身"下"心",这样的构造更能反映出"仁"的内在价值,它是说每人对自身的"痛痒"都会有亲身感受并会关心自己的痛痒,由此产生出对他人"痛痒"的关心和同情心。这样来理解"仁",正好可以与孔子对"仁"的另外一个重要说法对应起来:"夫仁者,己欲立而立人,己欲达而达人。能近取譬,可谓仁之方也已。"(《论语·雍也》)这句话的意思是,一个人自己要有所建立,他就要使他人也有所建立;他自己要在事业上发达,他也要使他人在事业上发达。简单说,仁就是既要成就自己,也要成就别人。孔子论"仁",特别注重"推己及人",这就是"恕道",即对他人的同情心,即"设身处地",这就是孔子所说的"己所不欲,勿施于人"的真实意思。

儒家"仁爱"常常受到批评的地方之一,是说它提倡的爱是有差别的,即远近亲疏之别,它不够普遍和一视同仁。如何看待这个问题呢?孔子的"仁"与亲情有关,与孝有关,这说明孔子关心亲情之仁,这种关心合乎人的自然情感倾向。另一方面,儒家强调仁与孝的关系,要求人首先做到亲情之间的仁爱,这是推己及人的一个出发点,即孔子说的"能近取譬,可谓仁之方也已"。以此为基础,就可以不断地扩大仁,不仅推己及人,而且也推己及物,最后走向"万物一体之仁"。这样来看,儒家的仁同样是普遍的仁爱,它能够成为"全球伦理"和整个人类的价值。

第二点是儒家的"义"的伦理,用现在的话说就是"正义"和"公正"。任何一个社会和群体要维持一种合理的秩序及和谐的状态,都要解决人类的基本生存问题,满足人的基本生活需要。儒家非常关心"民生"问题。儒家有一个著名的说法叫做"正德"、"利用"和"厚生"。其中的利用和厚生,就是关注我们的生活需要。孔子不反对利益,也主张发展经济。在他看来,国家和政治的目的,就是为人民造就福利和福祉。孟子主张建立一种合理的经济制度,并要求统治者采取切实的经济政策以保证人们稳定的经济生活。大家知道《论语与算盘》这本书，它是日本近代著名企业家涩泽荣一所著。在这本书里，作者一再强调，孔子是不反对人们致富的，他反对的只是见利忘义。北宋著名宰相赵普说，"半部"论语可以治理天下。涩泽荣一是以《论语》来经营他的众多企业的。他说《论语》是远在天边，近在咫尺。一个稳定的社会，就是要将社会的摩擦和冲突降低到最低的社会。这就要合理地分配利益，让大家都获得机会和利益。这就是儒家坚持的"正义"和"公平"原则。

第三点是儒家的"中庸"智慧和价值。"中庸"也称之为"中道"和"中和"。西方古希腊特别是最著名的哲学家亚里士多德，很好地阐述过"中道"的意义和价值，他的伦理学甚至可以称为"中道伦理学"。孔子将"中庸"作为一个非常重要的"道德"原则，这是为什么？它的深奥之处是什么？中庸不是"机械式"地站在"中间"进行"打折扣"的一个概念，也没有放弃原则的意思，更不是教导我们做一个"乡愿式"的好好先生。它的核心是如何以最好的方式处理事物的各种关系，如人们的利益关系、人们的言行和交往关系。我想对它的最好解释应该是"适度"，用更通俗的话说就是"恰到好处"。这也正符合孔子对"中庸"的一个更具体说明，既无"过"也没有"不及"。"过"是"过度"，"不及"就是没有达到应有的"度"。"过"和"不及"都不合乎"中庸"。我们的言行，往往都很难做到适度，或者恰到好处。实际上，现在我们人类的许多问题都出在"过度"上，我们"过度"地改造自然，使自然不能承受；我们过度地消费，过多地汲取能量，影响了我们的身体健康。

第四点是儒家的"和"的智慧和价值。"和"我们现在多称之为"和谐"。"和"的核心和魅力是什么，用我们现在的话说就是"多样性的统一和融合"。"和"首先的意思是"多样性"和"差异性"，这是我们要记住的。孔子说"和而不同"，"同"是"单一性"，是不断的重复，因此是没有生命力和活力。正是由于"和"是多样性和差异性，"和"就能够"产生"新的事物。正是由于"和"是差异和多，它就有了一个如何处理各种因素、各种关系的问题。万物的理想状态，人类共同体的理想状态是什么，儒家说是"万物并育而不相害，道并行而不相悖"，但事物和每个个体，在表现自己的时候，如果都没有限制，都只顾自己的话，就会产生冲突。"和"就是主张万物和每个人、不同的国家和民族在自我表现的时候,都要有所限制和约束,以达到一种调和与平衡的状态。在经济领域我们强调自由竞争,但那是一个有规则的竞争。规则就是限制,就是不能只考虑自己的利益而侵害他人的利益。儒家的"和"就是在人与自然、人与人、人与社会,不同民族和不同国家之间建立一种共生、共存的理想关系。

(原为中央电视台栏目《我们》第一期"我心目中的孔子"拟写)

创造性转化如何可能

问:您曾翻译"日本企业之父"涩泽荣一的《论语与算盘》一书,可以说对儒家文化与日本企业经营之间的关系有了一个比较直观的认识。那么在您看来,企业家师法《论语》,具体将有怎样的别样收获?

答:首先我想说的是,我非常高兴就一些问题谈谈我的看法。

日本在近代工商业的发展过程中遇到过两个突出的问题,一个是官本位和轻视工商的传统意识;二是商人经商缺乏伦理和道德上的自觉。涩泽荣一原来走的是仕途之路,而且晋升到了大藏省(财政部)大丞(类似于副部长)的职位,但后来他毅然辞职投身于工商界,为日本经济的发展做出了非凡的贡献,被誉为"日本近代化之父"。

涩泽荣一从事工商业的目的非常清楚,一是要以自己的选择改变日本人轻视工商的意识;二是要以自己的行为改变经商者缺乏道德的风气。在这两方面,涩泽都从《论语》中找到了经典根据。他引用《论语》中孔子的话,认为孔子从来都不轻视经商,孔子反对的只是"为富不仁"和"为利不义"的做法。孔子为经商树立的标准是"富而仁"、"利而义"。涩泽坚持遵循孔子的教诲去从事工商业,他不仅发展出了巨大的事业,而且也赢得了日本人的广泛敬重。《论语与算盘》是根据他的一系列演讲汇编而成的书,在这部作品中我们看到了他在经营活动中是如何活用《论语》的,这是近代东方社会用《论语》来指导自己经营活动的一个典范。

中国有"半部《论语》治天下"的说法,按照涩泽的例子,我们也可以说"半部《论语》富天下"。《论语》是一部内容非常广泛的书,企业家学习《论语》既可以用来指导自己的经营实践,也可以帮助建立一种健全的人生观,这也是为什么我翻译这部书时为它加上了一个副标题——"人生·道德·财富"。

问:在儒商文化研究圈子里,有这么一种声音——"商人道德决定中国未来"。在您看来,何谓真正意义上的儒商?儒商将在未来中国舞台扮演何种角色?

答:在现代社会中,工商业的地位非常重要,人们的日常生活都要同它们打交道。从事工商业者的道德如何,直接决定了他们生产的产品的质量如何和销售信誉如何,也决定了人们消费的安全程度。真正的"儒商"在经营过程中当然要有术,但更要有"道"。"道"是指根本性的商业伦理和道德,是商业信誉和社会责任感。中国企业界的现状是,技术和经营管理水准比原来已经有了很大的进步,但在经营之道、经营之德的实践和社会责任的承担上仍然进步缓慢。总体上,我们的儒商是太少了,这不仅制约了中国的经济发展,而且在社会伦理上起不到示范效应,这也是中国的慈善事业得不到发展的根本原因之一。

问:冯友兰先生提出了人生的四种境界,其中最高境界为"天地境界"。可否与我们分享您对这一人生最高境界的理解与认识?

答:在现代中国哲学中,冯友兰是少有的体系化哲学家之一,他说他是接着程朱理学讲的,他把自己的哲学称为"新理学"。在他的"新理学"中,除了他的真际实在论、正负方法论、文化类型观等重要内容之外,还有就是他提出了人生的"四种境界说"。他依据人们对事物、世界的觉悟和了解程度,把人的"境界"依次区分为"自然境界"、"功利境界"、"道德境界"和"天地境界"。最低的"自然境界"是人在无意识中同自然的合一和内心具有的纯朴和天真;其次的功利境界是人从目的和功用上看待事物而获得的境界;第三的道德境界是人在社会中尽伦行义而达到的境界;最高的"天地境界"(transcendental sphere)是带有宗教性和神秘性的超越性境界。

对这一境界,冯友兰又具体分为四层:知天、事天、同天和乐天。这些说法比较抽象,不好理解。总体上这是人对超越性的"天"达到的最高的觉悟和了解,我理解为"终极性的彻悟或洞察"("知天")、"终极性的使命感和天职"("事天")、"终极性的乐观情怀"("乐天")和"终极性的同情心和仁爱精神"("同天")。在天地境界中,人不仅自觉达到了与天的"合一",成为"天民",并具有"天职"和"天位","参天地之化育",而且他还拥有了"太极"、"宇宙"和"天"。这样,原本作为"宇宙"和"天"的一部分的人,在精神和意义上又变得无限了。

问:在物欲横流、经济至上的现代社会,人们来去匆匆,却往往忽视对人生真谛的认知与探求。基于此,许多良知学者提出要建设人类的心灵家园。您认为该如何建设?

答:当人类的"自然欲望"被充分释放出来的时候,它造成了两重危机:一是为了充分占有自然资源而对环境和自然生态的破坏,二是对人类自身的精神生态和心灵的严重腐蚀。整体上,这是人类现代文明导致的结果,但在发展中国家,这种情况更为突出,我们国家同样遇到了这种问题。原因是,我们有关人和社会发展的概念非常片面。在改革开放之前,我们以革命为中心,这个时期的人都被"政治化"了,成了"政治人";改革开放之后,由于我们在经济上太落后了,为了迅速发展经济,我们主张"以经济为中心",人自然就容易变成"经济人"。人除了拼命挣钱和拼命消费外,似乎就没有别的事情了,这且不论是不是不择手段的问题。人的精神生活、意义和信仰,是在自身的文化传统和宗教中得到实现的,但这两方面我们似乎处于真空状态。

在很大程度上,中国追求的"现代化"是畸形的,它不是全面发展的概念。具体到人,当然也不可能得到健全的发展。解决这个问题,首先是取消"以经济为中心"的主张,不再把经济指标作为衡量国家发展的最高指标;其次是把中国人的精神生活和信仰问题提高到战略性的高度,通过各种方法以保证人的精神生活和信仰生活的实现,如儒教的重建和佛、道的革新。

问:今天,社会上有一种呼声非常强烈,就是学者要走出书斋,承担起启迪大众、关注国运民生的社会责任。而哲学是诸学问之本,哲学家的思考或许更具整体性与理性。作为一位哲学家,您认为当代学者当如何实现学问的经世致用?

答:我想从古代中国的情形说起。在中国传统社会中,士大夫是学者型的官僚或官僚型的学者,他们同时肩负着学者和行动者的双重角色。他们在学习有闲暇时去从事公共事务,在从事公共事务有闲暇时去从事学习。孔子的弟子子夏提出的这种生活方式,在古代中国士大夫身上得到了一定的体现,但要同时做好这两件事是不容易的。王阳明可能是把两者都做得比较好的例子,而董仲舒和朱熹在事功方面就远远不如他们在学问上的贡献。

在现代社会分工非常精细、学术领域非常专门化的情况下,做一个综合性的学者、通人或文人就不现实,要让他们同时在广泛的公共事务、公共性领域中也扮演一个好的角色那就更难了。因此,我们必须清楚地意识到作为人文和社会领域的各位学者,他们的首要职责是做好一个学者,就像科学家首先是从事科学发现那样。考古学者需要到田野进行调查,但如果让从事文献学、历史学等古典学研究的人都走出书斋,就像是让科学家走出实验室那样不切实际。对于传统儒家"经世致用"的概念,或者所谓承担社会责任的概念,要有新的认识,这不是否认学者的社会关怀,而是一个学者如何去关怀才是合适的问题。学者如果不做学问和研究,那他就不能被称为学者了。学者首先要做一个真正的学者,在此前提下他再去对社会的某些方面施加一些好的影响。

在现代哲学研究领域中,要做一位综合性的哲学家同样不容易,实际上现在从事哲学的人也都是各种各样的"专家",这在全世界都一样,很难想象再出现过去那种全能式的哲学家了。因此,当今的哲学家大体上也要在各自的领域中,在哲学共同体之中,通过一些公共空间向大众发表自己对某些重大问题的看法。在近代中国变法、革命、新文化运动中同时发挥多重作用的哲学家,是一个特定时代的产物。

我不排除哲学家要有超出自己专业之外的公共关怀,但这种关怀在现代如何实现是一个新的课题。所谓"公共知识分子",最终可能也是在公共领域中就某些方面发表自己的看法的群体。

问:有人认为,未来中国的主流文化当是儒家思想、马克思主义和西方文化三者的结合。那么在您看来,儒家思想将在中国主流文化的构建中居于何种位置?为什么?

答:对未来作预测,有时候说的不是将来的趋势可能怎样,而是我们期待将来应该怎样。就前者而言,我实在不是一个好的预言者;就后者来说,我的整体期待是,中国文化的未来发展要采取"综合创新"的道路,它既是对中国古老传统的创造性转化,也是对外来一切文化的选择和吸取,目的是创造出一种21世纪的中国新型文化。它是中国人对人类面对的问题、对中国面对的问题的创造性回应。作为产物,它既不是传统的,也不是外来的。由于儒家文化在中国历史上的特殊地位,其历史资源和精神遗产最为丰厚,因此,它在构建中国未来的文化中也将会发挥更大的作用,关键是我们要对其进行创造性的转化。

答:您如何看待文明对话在多元文明并存的今天所发挥的作用?文明对话当注意什么问题?

答:在全球化时代,人类所有的国家和族群已被高度联系在一起了,任何想把自己封闭和孤立起来的想法既不现实,也不可取。这就意味着在不同的文明传统和文化并存的前提下,我们需要学会"交往"。作为这种交往的基本方式之一的"文明对话",它是人类内在的、深层的"心灵"、"精神"、意义和价值的交往。每一个文明和文化的传承者和创造者都会有文化上的自我认同,这就要求在文明对话中,避免自我中心主义,克服"话语霸权"和"文化帝国主义",要承认差异,尊重"他者",倾听他者,相互理解。同时,我们也要从"他者"中获得启示,以相互补充;并从多样性中寻找"共识",以作为共同的原则。

问:有的学者提出了"重建中国儒教"的构想,他们认为必须全方位复兴儒教,才可以应对西方的文明挑战。您赞同这个观点吗?为什么?

答:在否定了传统与现代不相容的浅薄看法之后,如何让传统在现代生活中焕发出活力和作用仍然不是一个简单的问题。在文化价值和信仰多元的现代,对中国文化的认同和重建也是一个开放的课题。从这种意义上说,我不赞成任何试图用儒家、儒学或儒教来包揽一切的主张,这是对儒家抱有的过高期望和要求,对于儒家的进一步发展来说并不是好事。儒家在古代中国具有国家意识形态甚至是国家宗教的地位,如果"重建儒教"是这种意义,我不赞成。

我在公开或私下等不同场合,曾主张把"儒教"发展成为一种现代的"新宗教",它不是"国家性的宗教",而是人们可以自由信仰的具有民众性、社会性的宗教。要使"新的宗教性儒教"成为中国人持久信仰的健全性宗教,必须采取民间性、社会性(摆脱传统意义上的政治性和国家性)的方式。

一些研究儒家的人士,还抱有新文化运动以来的教条式的宗教观,把宗教完全看成是负面的存在,通过把儒家与宗教区别开以表彰儒家。但要知道,在整个人类文明中,健全的宗教和信仰是人类精神性和价值性的根源,这也就是为什么另有许多儒家的研究者反而积极地推动儒家的"宗教化"。儒家要同中国社会、同大家的生活和精神密切地结合起来,不能再靠政治的力量,而要靠社会的力量,要以此为基础来建立体制性的"新儒教"。

儒教在历史上即使不是宗教、不是国教,也不能被当成是现代中国能不能建立"新儒教"的根据。历史上没有的,我们现在可以有;历史上已经有,我们可以把它改造成适合现代需要的;儒家有没有最高的"神",也不是判断它能否成为宗教的唯一标准。新儒教的根本意义是终极关怀,是意义和价值信仰。把孔子作为教主,是对孔子的精神和人格的认同。孔子的教义根本上是"人文教"和"人道教",这样来理解儒教的现代地位就够了。香港的汤恩佳先生一直为此在全球进行呼吁。事实上,在海外,作为宗教性的孔教、儒教已经被正当化和合法化了。健全的新儒教的建立,首先可以帮助中国人过一种好的宗教生活,它同时也能帮助中国人增强文化认同感。

问:中华孔子学会当如何承担起复兴儒学的历史使命?文化的生命力在于创新与应用。请王先生介绍一下中华孔子学会为延续儒学生命的努力。

答:请先让我简单介绍一下中华孔子学会的历史。中华孔子学会的前身是1985年成立于孔庙的"中华孔子研究所"。从1989年起,研究所改为"中华孔子学会",成为一个全国性的社团组织。作为中国改革开放新时期较早成立的民间机构之一,它是"一个以研究孔子、儒学及中华传统文化思想为主的民间学术团体",第一任会长是张岱年先生,现任会长是汤一介先生。

多年以来,中华孔子学会一直致力于两方面的工作,一是对孔子的学说及其儒学传统展开深入和系统的研究,以充分展现儒学的精神和活力。为此我们举办了各种主题的学术讨论会,如近几年召开的围绕董仲舒、朱熹等儒学代表人物的会议,围绕"儒学与社会责任"、"孔子与中国人文"等主题的会议。学会主办的《中国儒学》集刊已经出版到第六辑,就是这一方面工作的体现;二是对儒学展开普及和传播的工作。

在这一方面,我们跟一些基础教育机构、文化公司合作设立了"中华孔子教育基地"、"中国孔子学会国学教育基地",开展儒家经典的学习和诵读活动;另外,我们还同出版社合作出版了儒家经典的普及读本等。

我们希望跟全国其他的儒学机构、研究者和热心人士一道,通过各种努力来复兴儒学、转化儒学,让儒学成为整个人类的价值根源之一和精神生活的重要组成部分。

最后,谢谢你提出的问题,希望我的回答能引起大家的兴趣。

(原为答《儒风大家》杂志社记者问,主要内容载《儒风大家》2011年第10期)

"仁爱"与"天人"

在关于儒家仁爱精神和学说的讨论中,我们常常对一般所说的两个方面的"限制"感到困惑,一个是将儒家的"仁爱"同"孝"和"礼"结合在一起产生了"爱有差等"的差异意识,它不像墨家的"兼爱"和基督教的"博爱"那么普遍和一视同仁;另一个是儒家将人看成是万物之灵和天下最为可贵的存在,这种人类的优越感产生了"人禽之辨"和"人物之辨"意识,这使儒家具有了人类中心主义的特点而不像道家特别是庄子那样是倾向于宇宙中心主义。按照第一个说法,儒家"仁爱"的"人类"普遍性程度不够;按照第二个说法,儒家的"仁爱"缺乏"崇高性"和"终极性"。前者一直使儒家"仁爱"的普世性受到怀疑;后者则使儒家的"仁爱"面对生态危机难以作出积极的回应。这两种看法,都不符合儒家对仁的思考和认识。在此,我们希望讨论一下儒家的仁爱意识同儒家对"天人关系"认知的关系。

儒家是将"仁爱"精神置于它的天人关系之下来思考的。儒家的"天人关系"具有两个层面,一个层面是"天人相分";另一个层面是"天人合一"。天人"相分"与"合一",看起来是相反的,但在儒家那里却是可以相容的。儒家的"仁爱"意识也因其天人观是两个层面而分为两个层面。第一个层面,儒家的"仁"是基于将人从万物之中分离出来的这种"天人相分"观念之下的"人类"之爱;第二个层面,儒家的"仁"是基于将人类统一到万物之中的这种"天人合一"观念之下的万物一体的宇宙万物之爱。鉴于人类赖以生存的地球出现了生态危机,儒家的"天人合一"便受到了我们的高度关注和讨论,儒家的"天人相分"遭到忽视而且常常从荀子和西方近代哲学所说的人对自然的改造意义上来理解。但儒家的"天人相分"不限于此,甚至也不限于新出土简帛文献《穷达以时》所说人的行为结果和天命相分的立场。孟子谈到事物的多样性时说的"夫物之不齐,物之情也"(《孟子·滕文公上》),意思是说各种("类")事物皆是不同的(不是说一类事物的各个个体是不同的),这是事物的真实情况。每一种或每一类事物都有各自的本性,这就使事物具有了各不相同的多种多样性("不齐")。但同一种类的事物则是相同的,孟子称之为"类似性"。

许多儒者都一再宣称,人是万物之灵,人是天下最尊贵的存在。在郭店竹简《五行》篇中,人类以其"知其好仁义"的本性同草木、禽兽相分别:"循草木之性,则有生焉,而无好恶。循禽兽之性,则有好恶焉,而无礼义焉。循人之性,则巍然知其好仁义也。"批评《五行》的荀子,又在其影响下以人有"义"而同水火、草本和禽兽等物相区分:"水火有气而无生,草木有生而无知,禽兽有知而无义,人有气,有生,有知,亦且有义,故最为天下贵也。"(《荀子·王制》)根据孟子的说法,人同禽兽的相异之处虽然并不很多,但人不能将自己混同于禽兽。孔子面对隐士的批评而给予的回答,同样是以"人类"的"类性"而同动物、鸟兽加以区分:"鸟兽不可与同群!吾非斯人之徒与而谁与?天下有道,丘不与易也。"(《论语·微子》)对儒家来说,人类或人之所以为人的本质是人的"道德性"。儒家的"人禽之辨"、"人物之辨"或者广义的"天人之分",主要是立足于"人"不同于其他自然物,他是有意识、有目的的道德性存在,而"仁爱"就是其中最重要的道德价值。总而言之,儒家常常把"人"作为"万物"之"秀者"、"灵者"和"贵者"加以赞颂,要求"人"最大限度地发挥他的独特本性,完成天赋予他的使命。儒家的人格理想论、尽心尽性论和修养论等,目的都是让人按照他的真正本质而存在。这种把人与万物区分开的意识和要求,有时让儒家产生一种人类优越感和中心感,①但这都属于儒家的"人类认同"意识,是把人类与万物区分开的界限意识。② 这种"天人之分"不是为了让人征服客观自

---

① 孟子的"人禽之辨",主要是强调人要保持人之所以为人的本质,当然也确有贬低禽兽的意思。

② 孔子说:"鸟兽不可与同群,吾非斯人之徒与而谁与?"(《论语·微子》)

然,让其充分占有外物,而是让人知道他作为人的道德使命和道德价值。

在"天人之分"之下的儒家"仁爱"精神,首先是人类之爱。"仁爱"是一个压缩性的说法。在儒家传统中一般是以"仁"而言,与"爱"结合在一起的"爱人"是"仁"的基本内涵。许多例子表明,儒家是以"爱人"界定"仁"的,这是儒家之"仁"的最一般意义。正如我们所熟悉的那样,儒家特别是仁的学说创立者孔子,又将"仁"同血缘亲情中子女对父母的"孝"以及人与人之间区别长幼、上下、尊卑等差异的"礼"结合在一起,说"孝悌"是"仁之本",说"克己复礼"为"仁"。这样的说法和意识,使儒家的仁爱精神看起来有了因人而异的"等差"和"差异"的烙印。但我们需要指出的是,儒家的仁爱与孝结合在一起,同时又存在着仁爱的实践从什么地方开始的问题。正如姚新中氏解释的那样,孔子说的"孝悌"是"仁之本"的"本",是指实践仁的起始点,而不是指仁的本质。

人类为什么能够仁爱,为什么能够爱人,儒家是如何说明的,它提供了什么样的根据呢?过去一般都从《说文解字》对"仁"字的解释出发进行推测和引申。按照《说文解字》的解释,"仁"字的构造是"从人二",意思是"亲",段玉裁、阮元推测说,在人与人、你和我接触之中就会彼此产生相亲相爱之情。① 但现在能够断定的是,"从人二"的"仁"字不是"仁"字的雏形。在郭店竹简中,"仁"字都写作"息"。根据其他学者和我自己的研究,这个上身下心的"息"字,其本义是"心里存着自己",或者是自己对自己的关心和关爱。"息"字这种"爱自己"的原意同它"爱人"看起来是不相容的,但这恰恰就是"息"字的奥妙之处。正是因为我们知道"爱自己"才能走向"爱人"、"爱他人",这就是儒家所说的"同情心"的作用。大家知道孟子以"恻隐之心"为"仁爱"的发端,也知道"恻隐之心"就是我们现在所说的"同情心"。先于孟子,孔子已经将仁看成是"同情心"的表现,《礼记·表记》记载:"子言之:仁有数,义有长短小大。中心憯怛,爱人之仁也。"《中庸》有"仁者,人也"

---

① 段玉裁:《说文解字注》,上海古籍出版社,1988年,第365页;阮元:《〈论语〉论仁论》,《揅经室集》,中华书局,1993年,第176页。

的说法,朱熹《四书章句》的解释是:"人,指人身而言,具此生理,自然便有恻怛慈爱之意。"

一般所谓"同情心"是指一个人对他人的同情,是指自己对他人的遭遇、处境和状况(主要是别人不幸的痛苦或者幸运的欢乐)在自己心灵和感情上产生的一种感应和共鸣。对此,韩非子解释老子的"上仁"有一个很恰当的说明:"仁者,谓其中心欣然爱人也;其喜人之有福,而恶人之有祸也;生心之所不能已也,非求其报也。"(《韩非子·解老》)但"同情心"之所以能够发生,正是以人自己对自己身心的痛痒、喜怒、哀乐的体验、关心和爱为基础的。由于自己对自己的痛痒、喜怒、哀乐的亲身感受,当他人出现与自己类似的感受和体验时,人就会设身处地产生"同情心",也就是"仁爱之心"。一个身心都麻木的人,是不可能产生爱人之同情心的。《孔子家语·三恕》记载,孔子分别向子路、子贡和颜回问到智和仁。这三位弟子有不同的回答,我们看一下这段话:"子路见于孔子,孔子曰:'智者若何? 仁者若何?'子路对曰:'智者使人知己,仁者使人爱己。'子曰:'可谓士矣。'子路出,子贡入,问亦如之。子贡对曰:'智者知人,仁者爱人。'子曰:'可谓士矣。'子贡出,颜回入,问亦如之。对曰:'智者自知,仁者自爱。'子曰:'可谓君子矣。'"孔子最欣赏的是颜回的回答,而颜回所理解的"仁"正是"自爱"。"自爱"的一种可能解释是,一个人只有自尊、自爱、自重才能获得他人的尊重和爱戴。与"同情心"结合在一起考虑,一个知道自爱的人,就会知道他人也需要爱护。

儒家的人类之仁爱发端于"同情心",而"同情心"则是根源于人的"自爱",这从儒家的"仁爱"是立足于"推己及人"也能够得到进一步的求证。孔子说的"己欲立而立人,己欲达而达人"、"己所不欲,勿施于人"被认为是儒家"仁爱"的实质,或者被看成是道德上的"黄金律"和儒家伦理最具有普世性的东西。按照孔子的说法,作为爱人之仁表现的"立人"、"达人"、"勿施于人",都是从"己欲立"、"己欲达"和"己不欲"之中推移的结果,就如同"同情心"是自己情感的"移情"一样,这里的关键是"推己"。因为人人都知道对自己关心和爱护,都知道自己的喜怒哀乐之情感,用这种好心肠和情感去对待别人就是"仁爱"。《韩诗外传》卷三的说法,对此是一个很好的注解:"昔者不出户而知天下,不窥牖而见天道,非目能视乎千里之前,非耳能闻乎千里之外,以己之情量之也。己恶饥寒焉,则知天下之欲衣食也;己恶劳苦焉,则知天下之欲安佚也;己恶衰乏焉,则知天下之欲富足也。知此三者,圣王之所以不降席而匡天下。故君子之道,忠恕而已矣。"习惯上说的"爱人如己",之所以被认为是非常高尚的道德境界,就是因为人人知道爱自己,而且爱的程度既高且深,如果将这种情感推移到他人身上,其爱人之心也就既高且深。孔子所说的"仁爱"是"恕道","恕"就是用自己的心去推想别人的心。孔子只说出了"己所不欲,勿施于人"这一面,后来的儒家又说出了"己所欲,施于人"的另一面。①

在个人中心主义之下,不可能有"四海之内皆兄弟"的想法;在人类中心主义之下,不可能有"万物一体"的意识。儒家"天人之分"虽然表现出"人类主义"的特征,但这种人类主义的核心是以人为道德的存在,它没有走向与天地和万物对立的人类中心主义,相反在将人类放在宇宙、天地和万物之中去考虑的时候,儒家的"天人之分"就很容易转化为"天人合一"。在以人为万物之贵的同时,儒家又谦虚地把人类"同化"到了"万物"之中,把人"化"为万物之"一"的存在。儒家决不宣扬占有和征服性的个人中心或人类中心,相反它拥有人与自然统一、人与万物合一的"天人合一观"和"有机宇宙观",表现出同情万物、包容万物的"万物一体"境界。对这一点,金岳霖先生有一个很好的分析,他说:"作为动物,人是不同于某些客体的;作为人,他又不同于某些动物;作为自我,他又不同于他人。但如果他认识到被认为是自我的东西是渗透于其他的人、其他的动物和其他的客体的时候,他就不会因为自己的特殊自我而异常兴奋。这一认识会引导他看到他自己与世界及其世界中的每一事物都是紧密相连的,他会因此而获得普遍同情。"②

相比于墨家的兼爱、基督教的博爱,儒家"仁爱"精神超出了"人类"的界限,它被扩展到宇宙、天地和万物之中,这就是儒家在"天人合一"意识之下的"成物"、"爱物"和"万物一体之仁"。《中庸》说:"唯天

---

① 早者如孔安国在《论语》注中则说:"己所欲,而施之于人。"
② 金岳霖:《道、自然与人》,三联书店,2005 年,第 161 页。

下至诚,为能尽其性;能尽其性,则能尽人之性;能尽人之性,则能尽物之性;能尽物之性,则可以赞天地之化育;可以赞天地之化育,则可以与天地参矣ới"《中庸》有"成物"这一重要观念,它是相对于"成己"提出的。"成己"被界定为"仁","成物"被看成是"知"。直接来说,"成物"是"成就事物",不同于"成己"的仁,但究其实,"成物"也可以说是对"物"的仁,它与"成己"之仁一样,都是"性之德"。荀子心目中理想的君王,不只是建立起人间礼乐圆融、包容共存的政治秩序,而且还要让万物各得其宜,如说:"君者,善群也,群道当则万物皆得其宜,六畜皆得其长,群生皆得其命。"(《荀子·王制》)在孟子的"亲民"、"仁民"和"爱物"三个层次中,虽然看起来"民"是"仁爱"的对象,但从"亲亲"是仁、爱物也是仁爱来说,这三个层次并没有严格的界限,这是"爱"的对象包括"物"的一个明确例子。《庄子·天地》说"爱人利物谓之仁",认为利于物的成长和保存也是仁,这当是来自儒家的思想。在现代急功近利和实用主义价值观念的主宰下,人们忽视物质的整体关系和能源的良性转化和循环,为了"成物"而造成了对他物的严重毁坏(如河流被工业废水污染),为了造就一些物却以破坏许多物(如森林的过度砍伐)为代价;在产品迅速更新换代和消费主义价值观念主宰下,"新物"以加速度的方式取代"旧物",好端端的"旧物"都被遗弃、毁掉。这不仅造成了物质的浪费,也是对"物"的不仁不爱。爱物就是不能损坏物,要爱惜物,让物各得其用,各得其"尽用"。

在初期儒家中,还看不到明确的"万物一体"的说法。根据《庄子·天下》的记载,惠施较早使用"一体"之语,不过这不是直接说"万物"的"一体",而是说"天地一体"("泛爱万物,天地一体也"),但与"万物一体"的意思接近,尤其是把"天地一体"与"泛爱万物"相提并论而主张"万物之爱",儒家"万物一体之仁"的说法与此未必没有关系。《吕氏春秋·情欲》中所说的"人与天地也同,万物之形虽异,其情一体也",十分清楚地表达了"万物一体"的思想。《孟子·尽心上》说的"万物皆备于我",《孟子·公孙丑上》说的"夫志,气之帅也;气,体之充也",主要是指"主体性"的自我与万物及气的关系,不过其中也蕴涵了自我与万物和气相统一的含义,或者我与万物一体的含义。"万物一体之仁"多为宋明新儒家所阐发。张载基于自我来自天地之气和本性(更具体地说是"气质之性"和"天地之性"),提出了"民吾同胞,物吾与也"的著名论断。按照这个论断,自我与他人的关系都变成了血缘性的兄弟同胞关系,自我与他人同类的人类意识就化为人类与万物的同类意识。在张载看来,人如果能无限地扩充和发挥自己的心性,他就能够"体天下之物"。程颢解释"万物一体"说:"所以谓万物一体者,皆有此理,只为从那里来。……放这身来,都在万物中一例看,大小大快活。"①"学者须识先仁。仁者,浑然与物同体。"②对宋明新儒家来说,"万物一体"既是基于万物的共同根源和整体的统一③,又是基于人类心灵对万物的整体体认。如王阳明说:"夫圣人之心以天地为一体。"(《拔本塞源论》)又说:"大人者,以天地万物为一体者也。"(《大学问》)一个人达到了与万物为一体的精神境界,他就打破了自我与万物之间的隔离,就会将自己的爱转化为对万物的仁爱。在地球生态系统受到严重破坏和万物失去平衡的现代,儒家的"万物一体之仁",对于思考我们的文明和价值观所存在的问题,无疑能够提供重要的参照。按照儒家的仁爱精神,不仅人类之间没有陌生人,而且万物之间也没有陌生物。站在这种世界观、价值观上去观察世界和宇宙的时候,我们就会同情地面对一切,最大限度地让万物相亲相爱,和谐共生、共存。

---

① 《河南程氏遗书》卷第二上,《二程集》第一册,中华书局,1981年,第33—34页。
② 同上书,第16页。
③ 如王阳明说:"盖天地万物与人原是一体,其发窍之最精处是人心一点灵明,风雨露霜、禽兽草木、山川木石,与人原是一体。"(《传习录下》)

"六经"早成

中国古代学问在20世纪中国发生了两次巨大的转变,一是因西方学术和方法的输入而使中国古代学问走向学科化和专门化,并造就出了现代的学术形态,如考古、历史、文学、哲学、宗教等等;二是因地下新文献的出土和发现而产生了新的古代学问,如20世纪初开始兴起的甲骨学、敦煌学和70年代以后走向规模化的简帛学。

20世纪90年代以来,随着郭店楚简和上博简的陆续发现和公布,学术界对新出土文献给古代中国学术史、文字学、文献学、思想史和哲学史带来的具体影响都从不同方面进行了探讨,尽管在评估这些影响方面大家的看法不尽相同,甚至出现了过低或过高的倾向,但无论如何大家都确实承认新出土简帛文献给中国学术史、思想史、哲学史等许多方面带来了新的变化。根据我们的研究,这里仅就新出土简帛文献为我们带来的关于古代思想世界的一个新知——儒学经典文明早成做一梳理。

古代不同地域的伟大文明有一个共同的特征,就是建立经典并通过经典来引导人类的精神生活和文明的不断创造,在这一方面儒家所代表的文化传统是非常突出的。按照《史记》的记载,儒家的"六经"——《诗》、《书》、《礼》、《乐》、《易》、《春秋》,基本上都是通过孔子之手删削、整理和编纂而定型的。实际上,儒家信奉的"六经"特别是《书》、《易》、《诗》、《礼》等,此前已经有很长时间的变迁、积累、学习和传播过程。按照《国语·楚语上》的记载,楚庄王曾就教育太子箴之事咨询过申叔时(申公),申叔时提出的教育内容,其中有"教之《诗》"、"教之《礼》"和"教之《乐》",说"教之《春秋》,而为之耸善而抑恶焉,以戒劝其心"、"教之《诗》,而为之导广显德,以耀明其志"、"教之

《礼》,使知上下之则"、"教之《乐》,以疏其会合而镇其浮"。庄王在位时间是公元前613年至公元前591年,太子箴共王公元前590年即位,孔子在40年之后的公元前551年诞生,这说明在孔子之前,《春秋》、《诗》、《礼》和《乐》,都是教育的基本典籍,经过孔子的"传述"工作,"六经"开始成为儒家的经典和象征。孔子作为通常所说的中国第一个创办私人教育的教育家,"以《诗》、《书》、《礼》、《乐》教"而拥有大量弟子,其中"身通六艺者七十有二人",儒家早期的子书中充满着"《诗》云"、"《书》曰"之固定引用模式,孔子晚年也喜好《易》,其思想与"易传"具有密切的关系。《左传·僖公二十七年》记载了《诗》、《书》之教,而且开始概括每部经典所代表的意义:"说《礼》、《乐》而敦《诗》、《书》。《诗》、《书》,义之府也;《礼》、《乐》,德之则也;德、义,利之本也。"根据《礼记·经解》,儒家"六经"的具体所指已经明确,而且每部经典的意义都得到了归结,与"经"相对的经典的解释方式("解")也出现了:"孔子曰:入其国,其教可知也。其为人也,温柔敦厚,《诗》教也;疏通知远,《书》教也;广博易良,《乐》教也;絜静精微,《易》教也;恭俭庄敬,《礼》教也;属辞比事,《春秋》教也。……其为人也,温柔敦厚而不愚,则深于《诗》者也;疏通知远而不诬,则深于《书》者也;广博易良而不奢,则深于《乐》者也;絜静精微而不贼,则深于《易》者也;恭俭庄敬而不烦,则深于《礼》者也;属辞比事而不乱,则深于《春秋》者也。"《庄子·天道》记载,孔子往见老子求"西藏书于周室",其中说到"十二经",其具体所指不明,但应该包括有"六经"。"六经"之名在战国时已经确立,《庄子·天运》记载:"孔子谓老聃曰:'丘治《诗》、《书》、《礼》、《乐》、《易》、《春秋》六经,自以为久矣,孰知其故矣,以奸者七十二君,论先王之道而明周、召之迹,一君无所钩用。甚矣!夫人之难说也?道之难明邪?'老子曰:"幸矣,子之不遇治世之君!夫六经,先王之陈迹也,岂其所以迹哉!今子之所言,犹迹也。夫迹,履之所出,而迹岂履哉!"《庄子·天下》也记载了这"六部"经典,并很独到地概括了每一"经"的意旨:"其在于《诗》、《书》、《礼》、《乐》者,邹鲁之士、缙绅先生多能明之。《诗》以道志,《书》以道事,《礼》以道行,《乐》以道和,《易》以道阴阳,《春秋》以道名分。其数散于天下而设于中国者,百家之学时或称而道之。"《庄子·天下》概括的是六部经各自的意义,据此可以推测第一句列举的"经",在《乐》后面还当有《易》和《春秋》。

但是,近一个世纪以来,海内外的中国学研究,怀疑、不承认儒家"六经"及解释学在先秦已经产生,将儒家"六经"的定型及其经典解释学推移到汉代,抽空了早期儒家学说和思想的经典基础和"传述"传统。新出土文献证明,这种"晚出说"是不能成立的。郭店楚简儒家文献《性自命出》,列举了四部经典,并对其特征作了归纳:"《诗》、《书》、《礼》、《乐》,其始出皆生于人。《诗》有为为之也;《书》有为言之也;《礼》、《乐》有为举之也。""有为为之"和"有为言之"的说法,已见于《礼记·檀公上》("然则夫子有为言之也")和《礼记·曾子问》("昔者鲁公伯禽有为为之也"),正如裘锡圭先生所正确地指出的那样,《性自命出》的"有为",同《礼记》两篇用的"有为"意思一致,"为"读去声,"有为"是说"有特定目的"或有特别的用意。《性自命出》说四种经典都是为了特定目的而创作,《诗》是"有为为之",《书》是"有为言之",《礼》《乐》是"有为举之"。在郭店竹简《语丛》(一)中,我们也看到了它对"六经"意旨的概括:"《易》,所以会天道人道"、"《诗》,所以会古今之诗也者"、"《春秋》,所以会古今之事也"、"《礼》,交之行述也"、"《书》,□□□□者也";郭店竹简《六德》中有"观诸《诗》、《书》则亦在矣,观诸《礼》、《乐》则亦在矣,观诸《易》、《春秋》则亦在矣"的说法;郭店竹简《缁衣》中已经以"《诗》云"的句式大量引用《诗》,以之作为其言论和思想的根据。这说明儒家的六部经典,当时已经编定并被广泛学习、阅读和传诵,并对其各部经典的义旨、特质进行解释和阐述。上博简《易》的发现,证明了《易》在当时已经定型并作为经典流传。马王堆帛书也证明了孔子晚年喜爱并研究《易》的真实性。孔子对《易》的浓厚兴趣,不在占筮本身,而是通过占筮和卦爻辞推阐德义。《易》本是占筮之书,它以占卦的方式预测人类行为的吉凶,但春秋时期强调吉凶由人说,也就是说吉凶不是来自外在的客观命运,最终是由人的德性和德行来决定。孔子不重"占筮"预测吉凶而重视其德义,扩展了这一传统,这正是《荀子·大略》所说的"善为易者不占"的意义。这促使我们重新看待作为解释《易》的"易传"("十翼"),同孔子和孔门后学的密切关系。

(原载《光明日报》2010年3月3日)

"易"与文王和孔子

在金秋 10 月这一洋溢着收获的美好季节里,我们聚集在古老而又充满着朝气的安阳市共同见证首届"羑里论坛"隆重开幕这一盛事,其喜悦和兴奋之情溢于言表。我谨代表中华孔子学会向大家的光临表示热烈的欢迎和衷心的感谢!

人们可能会问,我们为什么要在安阳设立"羑里论坛"。对于这一问题我们可以从许多方面来说明。我们首先想到的是安阳悠久而又深厚的文化底蕴,它是中国最古老的帝都之一。盘庚迁都虽然是一个迫不得已的事情,但商代历史的新篇章确实是从迁殷之后开始的。在中国历史上,迁都的事情后来屡有发生,但常常都没有这样的幸运。不管如何,迁都选择的新的都址,无疑要有许多诱人之处。盘庚选择安阳作为新的首都,他一定是为这个地方天时、地利和人和所吸引。从奄商到殷商,这一历史事件造就了安阳的历史文化。闻名世界的甲骨文是迄今发现的中国最古老的文字,已发现的四千多个单字和释读出来的两千多字,表明甲骨文是已成体系的中国古文字,它提供了殷商时期中国文化的大量信息,由此建立起来的甲骨学是 20 世纪以来世界性的中国古代学问之一。

发生在安阳的另一个古老的故事,是文王被拘禁在羑里时对《易》学的钻研和推演,这一点人们耳熟能详。羑里以龙山文化和殷周文化的遗址而闻名,这里又有世界上遗存的最早的国家监狱。在人类创造的文明中,监狱本身不是一个坏事物,它是要那些对他人带来伤害的人为自己的行为负责。不幸的是,监狱有时被用来惩罚好人,文王就是其中之一。邪恶的纣王听信谗言,对他实施了迫害。文王被拘禁八年后得到释放。在现代社会中,这样的例子似乎更多,我们会想到曼德拉,他因反对种族主义而被拘禁了二十多年。

  历史有时是在反讽中被创造的,不幸和苦难有造就伟人的功效,司马迁曾列举过这些人,其中就有文王。文王不幸的牢狱生活,造就了他的另一番人格,造就了他对《易》学的发明,造就了安阳的"易都"。《周易·系辞传》记载说:"《易》之兴也,其当殷之末世,周之盛德邪?当文王与纣之事邪?是故其辞危。危者使平,易者使倾。其道甚大,百物不废。惧以终始,其要无咎,此之谓易之道也。"《汉书·艺文志》更从大历史观中观察文王演周易之事:"《易》曰:宓戏氏仰观象于天,俯观法于地,观鸟兽之文与地之宜,近取诸身,远取诸物,于是始作八卦,以通神明之德,以类万物之情。至于殷周之际,纣在上位虐天暴物,文王以诸侯顺命而行道,天人之占可得而效,于是重《易》六爻,作上下篇。孔氏为之《彖》、《象》、《系辞》、《文言》、《序卦》之属十篇。故曰:《易》道深矣,人更三圣,世历三古。及秦燔书,而易为筮卜之事,传者不绝。"

  文王在监狱里钻研《易》学的细节,我们一无所知,但可以说,正是在此,他奠定了自己在《易》学中的里程碑地位。真正热爱正义事业的人,即使把他们关进监狱里,他们也不会放弃。如果不强迫人劳动,监狱是一个让人冷静思考的地方。金岳霖说,一个热爱哲学的人,他在监狱里满脑子仍是哲学问题,他说他自己就是其中的一位。对于浮躁的现代中国人来说,体验一下监狱生活也许是有益的。

  按照司马迁的说法,孔子在陈、蔡的不幸遭遇,促使他创作了《春秋》。但我们好奇的是,孔子晚年对《易》产生浓厚的兴趣,同他的人生经历是不是也有关系,虽然目前我们还没有这方面的线索。依据帛书《要》篇的记载,孔子意识到他对《易》的兴趣,可能会引起后人的疑虑,因此,他强调说:"吾求其德而已。吾与史巫同涂而殊归者也。"在用《易》激励自己的道德意志上,孔子继承了文王的路线。今天,我们更需要这条路线。最后,我希望这次会议能够帮助我们加深对孔子《易》学的研究。

(原为 2011 年首届"羑里论坛——孔子与周易"写的致辞)

从《论语与算盘》谈起

在 19 世纪之前日本一直受到中国的影响,但从 19 世纪末开始这一局面迅速发生逆转,中国越来越多地受到日本的影响。这种影响可分为两个时期,第一个时期是从清末到民国初期,这一时期日本对中国的影响,是借鉴日本的强盛和通过日本这一桥梁学习西学;第二个时期是从 20 世纪 80 年代开始的中国改革开放新时期,这一时期日本对中国的影响集中表现在技术和经济层面,如在十几年中日本的电器成了中国人的最爱。文化"软实力"的影响没有技术和经济方面强烈,但某种程度上也在起着作用,我想以我翻译涩泽荣一的《论语与算盘》(中国青年出版社,1996 年)为例来谈谈这方面的影响。

走向"经济之路"与"伦理真空"

当中国从 20 世纪 80 年代开始从计划经济转向市场经济的时候,它实际上是展开了一场全新的试验。市场经济不仅需要一整套与之相适应、相配合的制度,特别是法律规范,而且也需要一套新的价值观和伦理道德基础。

从贫穷革命的价值观转变为富裕光荣的价值观并不难,难的是大家如何走向富裕之路。这当中非常重要的一点是,如何把经济、市场与伦理和道德结合起来。但我们遇到了严重的困境,这种困境之一是,误认为"经济"与伦理和道德是彼此不相干的,有人甚至提出了"经济学不讲道德"这种容易引起混乱的论题;另一个困境是,市场经济所需要的伦理差不多变成了真空,因为以斗争为中心的革命道德不能用于市场经济,传统的儒家道德又被认为是阻碍经济和利益发展的过时之物,这正是20世纪80年代强烈反传统的表现之一。结果,市场经济同伦理道德之间就出现了严重的脱节和分裂。这是理论上的,更是实践上的。规范经济活动和市场的法律不健全,伦理道德又不能起到应有的作用,中国市场经济充斥着为了利益而不择手段的现象,自然不难理解。

就像现代中国人广泛接受西方近代科学时以遗憾和相见恨晚的心态追问中国为什么不能产生近代科学那样,当资本、富裕和市场经济成为新时期中国人的新理念时,中国人也以悔意同样开始追问为什么中国没有自发地诞生资本主义,虽然有人一直坚持认为明清之际中国已经有了资本主义的萌芽。实际上,20世纪初,韦伯已以"新教伦理"与"资本主义精神"的论题回答了这个问题(中译本《新教伦理与资本主义精神》,1987年由三联书店出版)。当"经济"被看成是整个社会具有决定性作用的东西时,韦伯则从宗教改革产生的"新教伦理"这一侧面来揭示西方资本主义诞生的奥秘。韦伯的基本立论是,西方近代资本主义经济生活的精神同新教的惩忿禁欲、天职(职业)、勤奋、忠诚等伦理之间存在着相应关系,而其他文明如中国(韦伯:《儒教与道教》,江苏人民出版社,1993年)、印度(韦伯:《印度的宗教:印度教与佛教》,广西师范大学出版社,2006年)等,由于缺少这种伦理而没有产生出资本主义精神。对"韦伯论式"中"儒教"与中国经济生活的关系,中国有两种不同的反应,一种是质疑韦伯的看法,并从东亚受儒教影响的一些资本主义国家和地区——如日本、韩国、新加坡以及我国台湾地区来论证儒教对资本主义和经济的发展起着类似于新教伦理的作用;与之相反的另一种反应是,认为儒教与资本主义精神或者广义的经济生活精神是相抵触的,并诘问作为儒教大本营的中国为什么在经济生活上严重滞后了。

"士魂商才"与《论语》

日本在从传统社会向近代化的转变中,对曾经是日本精神传统之一的儒教也经历了以启蒙理性进行批判到创造性转化的两重立场,启蒙思想家福泽谕吉代表了前者,实业家涩泽荣一则代表了后者。涩泽荣一原本走的是仕途,且已经升任为财政部的高级官员,但他不顾朋友们的劝阻,果断辞别政界,投身于实业和商业之中。他回忆说:"明治六年(1873),我辞去官职开始从事多年来所希望的实业,从此,就同《论语》有了特别的关系。这是由于我开始成为商人的时候,心里突然感到,从此之后,我必须以锱铢必较的方式来处世,在这样的情况下,应该抱一种什么态度呢?我想起了之前学过的《论语》。《论语》所讲的是修身待人的普通道理,是一种缺点最少的处世箴言。但能不能用在经商方面呢?我觉得,遵循《论语》的箴言进行商业活动,能够生财致富。"(第10页)

在涩泽看来,日本作为近代文明国家需要具有强大的物质和经济力量,为此就必须改变日本传统社会轻视商业的官本位价值观、改变"无商不奸"、"为富不仁"的劣根性。如何才能做到这一点呢?他根据日本过去提出的"和魂汉才",提出了"士魂商才",探寻日本武士精神同商业才智的结合,认为孔子的《论语》是培养武士精神的根基,商业才智也必须以道德为根本。人们一般不会把《论语》与算盘相提并论,这两者看上去似乎风马牛不相及,但涩泽坚信,"算盘要靠《论语》来拨动;同时《论语》也要靠算盘才能从事真正的致富活动。"(第3页)他认为,孔子决不轻视财富和利益,孔子说的"富而可求也,虽执鞭之士,吾亦为之。如不可求,从吾所好"(《论语·述而》)最能说明这一点。后儒视财富与正义为不相容,主张"正其谊不谋其利,明其道不计其功",这是对孔子的误解。孔子要反对的只是"为富不仁"、"见利忘义"等卑劣行为和做法。涩泽一直强调,《论语》与算盘是完全一致的,商业与道德必须统一起来。真正的生财之道,真正的商业精神,就是为富而仁、为利而义。任何商业和经营,如果不以仁义和道德为基础,都将是短命的。在涩泽的眼里,《论语》不啻是一部商业圣典。涩泽以他自己的实践和巨大成功,亲证了《论语》与算盘、商业与道德的神奇结合,亲证了东方资本主义与儒教之间的相应关系。他被誉为"日本近代化之父"、"日本近代实业界之父"。在日本,把《论语》同算盘和经商结合起来,当然不限于涩泽荣一,但涩泽荣一是其中的典型代表。

竞相翻译《论语与算盘》

中国改革开放新时期遇到的最大问题之一，就是一些人为了追求财富和利益而失德丧伦。市场经济是以诚信和法律为基础的经济，交易如果没有诚信，而法律又不健全，市场就会变得不可预期，人们的经营状况可想而知。如何解决这一问题，除了改革政治和健全法律之外，就是在于培养人们的经济伦理和商业道德。正是为了解决中国市场经济的失德失范，寻求伦理、道德与市场和经济的结合，涩泽荣一的《论语与算盘》就进入到了中国人的视野中。

以北京大学与东京大学联合培养博士的身份，1986年年底我到了日本东京大学。在日本学习期间，我从图书馆借出并复印了这本书，这是1988年3月回国时我从日本带回的文献之一。回国后，我并没有很快翻译这部书，一直到1993年我才着手翻译此书。1996年，中国青年出版社出版了此书（据日本国书刊行会1985年版译出），也了却了我的一个心愿。

在此书的《译者序》中，我重点介绍了内容之后，强调此书"对健全地发展中国的市场经济，改变现在的无道德状态大有裨益"。我为此书加的副标题是"人生·道德·财富"，并且为了帮助读者理解，加了许多注释。我希望通过此书在中国传播涩泽荣一的"仁富合一"、"义利合一"、"德财合一"的经营理念，以使其对中国市场经济的健康发展起到一定的促进作用。知识界谈到"经济伦理"和经营理念时，常常会说到《论语与算盘》，它同我们提出的"儒商"观念有一定的关系。人们逐渐认识到商业道德和经济伦理的重要性，国内不时召开有关儒商的学术和实践讨论会，也开始产生了一些把儒家伦理道德与自己的经营和致富结合起来的企业家。2007年年初，我翻译的《论语与算盘》由江西人民出版社重刊（2007年1月）。

我的译本出版不久，我得知此前已经有了宋文、永庆先生的译本，这一译本1994年由九州图书出版社出版。我想他翻译此书应该同我一样，抱有类似的愿望，即建立中国的"经济伦理"。

2007年7月，中国言实出版社出版了戴璐璐的译本，题名为《右手

论语 左手算盘》。杨叔子先生推荐此书说:"《论语》就是企业的基础,一个人最大的义就是对国家对民族最大的利!"

2009年8月,李建忠的《论语与算盘》译本,由武汉出版社出版。这个译本的正封上印有"现代儒商第一读本"、"日本企业之父的商务圣经,现代儒商必备的经营理念"、"义利合一+士魂商才:儒商精神和人格的基石"等引人注目的口号。

可以毫不夸张地说,涩泽荣一的《论语与算盘》这本小书,伴随着中国市场经济的大进程。这也正印证着一个真理,虚心向他者学习总会有福的。

《论语与算盘》带来的助力

改革开放新时期,中国经济、社会、价值观等各方面的转型和发展,整体上是"合力"作用的结果,其中的每一个分力哪怕是小的分力,都有其积极的意义,就像所有的小河、小溪都加强了大河的洪流那样。说起来,《论语与算盘》不过是一部小书,但它伴随着当代中国的变迁和进程,是对当代中国产生了一定影响的一部书。

当代中国发展的焦点是经济的发展,如何建立现代商业、企业,首先需要的是商才和合理的经营。所有的商业和经营活动都需要精打细算,以最小的成本获得最大的利润,这是韦伯所说的经济的"合理性"。涩泽荣一用"算盘"形象地概括这一点。他强调一个国家要富强必须发展商业和财富,这一点非常适用中国改革新时期的发展目标;他强调"商才"和经营智慧在经济发展中的作用,使经济还处在逐步上升阶段的中国人越来越认识到,商业和企业越发展,经营者的知识、管理水准就越重要,他就越需要提高自己。涩泽荣一的提倡,强化了中国人的"商才"观念。

《论语与算盘》给予中国人的最大影响,是它在中国经济伦理和商业道德的建立过程中起到了类似于"现身说法"的作用。当代中国经济发展中遇到的最大问题之一,就是不少商业和企业在经营中充斥着为了利益不择手段、见利忘义、富而不仁的"失德"现象。涩泽荣一信守孔子"义利合一"和"富仁合一"的理念,结合自己的经营经验和实践,反复强调真正长远的商业利益,都要以"仁义"为原则;一位真正的企业家,需要把自己的经营和商业活动建立在伦理和道德的基础之上。在涩泽看来,经营的"商才"非常重要,但"商道"更是经营和企业的灵魂。这是《论语与算盘》这部书的精义,它促进了中国"儒商"和"商道"观念的发展。

　　上世纪80年代的中国,还有强烈的反传统特别是反儒家的倾向,这种倾向整体上把儒家看成是"现代化"的障碍。当代中国文化的发展,经历了从这种简单的反传统中走出来、重新认识传统和儒家价值的过程。一位外国人,试图重新评价孔子和《论语》,从孔子那里、《论语》那里找到了商业和经营之道,这对作为儒家故土的中国来说,具有明显的示范性。《论语与算盘》成了我们认识传统和儒家重要精神资源和价值的媒介之一,对于我们认同传统和儒家,对于我们把现代与传统良好地结合,它确实起到了一定的潜移默化的作用。

(原载《博览群书》,2010年第7期)

儒家:人文与教化

今天我们汇聚在美丽和久负盛名的中南大学,召开第二届"孔子与中国人文高端学术论坛"——"儒家人文主义与教育、教化和教养"学术讨论会,我谨代表中华孔子学会,首先向光临我们这次会议的各位贵宾表示衷心的感谢。

"孔子与中国人文高端学术论坛"是由中华孔子学会和长沙诺贝尔摇篮教育集团共同设立的,每年举办一次,今年是第二届。我们非常荣幸这次能够同中南大学政治学与行政管理学院合作,在这里举行这次盛会。我们会议的合作者长沙诺贝尔摇篮教育集团董事长谢庆先生,因为要出席国家召开的教育方面的表彰大会而无法参加这次会议,他们派出几位代表参加我们的会议,我们向他们表示欢迎。

我们这次会议的主题是"儒家人文主义与教育、教化和教养学术讨论会",正如各位所知道的那样,这是一个很广的话题,我们可以从许多方面展开讨论。从世界教育史上来看,可能还没有任何一个学派像儒学那样同教育具有那么密切的关系,像儒家那样建立了那么悠久的教育传统和体系。我们确实可以说,孔子是世界教育史上最伟大的教育家,是人类最伟大的精神导师之一。有那么多的学生追随他,说明他有非凡的感召力。孔子周游天下的时候,他和他的弟子们建立起了更加紧密的关系,他们既是一个流动的生活团体,也是一个流动性的学习团体,他们走到哪里,就把哪里变成一所临时的学校。上课的地点虽不断变化,但他们始终不忘学习。我的一个疑问是,他们是如何维持生活的,他们当时的生活条件来源于哪里。

儒家的教育和教化思想非常丰富,研究中国教育史的对此已经有非常多的讨论了。简单地说,儒家的教育是人文主义教育,儒家的教育理念首先是教授我们如何做一个善良的人。《孟子·滕文公上》:"设为庠序学校以教之;庠者养也,校者教也,序者射也;夏曰校,殷曰序,周曰庠,学则三代共之,皆所以明人伦也。人伦明于上,小民亲于下。有王者起,必来取法,是为王者师也。"

我想说的是,儒家教育理念主要包括哪些内容。根据早期儒家文献,我们大体可以知道儒家教育理念的内容。我举两个材料。一个材料是《论语·述而》的记载:"子以四教:文,行,忠,信。"这"四教"指的大体是,文化教育、言行教育、忠诚和信用教育。另一个材料是《孔子家语·弟子行》的记载:卫国一位将军文子向子贡请教孔子的弟子中谁是最贤能的,他概括了孔子的教育理念的要点。他说:"吾闻孔子之施教也,先之以《诗》、《书》,而道之以孝悌,说之以仁义,观之以礼乐,然后成之以文德。盖入室升堂者,七十有余人,其孰为贤?"按照文子的概括,孔子施教的主要内容包括三项:以《诗》、《书》为主要内容的经典教育、以孝悌、仁义为主要内容的道德教育,还有就是礼乐教育。

对其中的每一项,我们都可以展开来说。如经典教育,是儒家人文主义教育的核心之一,它是在孔子那里被体系化的。

另外,儒家的教育理念是广义的,它除了一般的初级教育和高级教育外,还包括来自国家的经常性的"公众教育"。由于其始终坚持"道之以德,齐之以礼",儒家把人的教育变成了一种经常性的公共事务。

预祝大会圆满成功!

(原为在2009年中华孔子学会与中南大学等主办的第二届"孔子与中国人文高端学术论坛——儒家人文主义与教育、教化和教养"学术讨论会上的致辞)

儒家"民意论"的本质

儒家的政道和治道是一个非常广泛的概念,它有着众多的要素和复杂的结构。对这些要素及结构的认知和掌握仍远远不够,在熟悉的地方之外,还有陌生的地带和未知数需要探明。比如,儒家的"民本论"、"民贵论"是我们熟悉的话题,这一话题常常又是在它同"民主"是相容还是对立的视角上展开的。金耀基教授曾写过一部《中国民本思想史》,其他的讨论更是屡见不鲜。但儒家还有一个"民意论"或"民心论",它是儒家如何看待和对待"公众"的另一个侧面,其内涵尚待进一步揭示。列文森(J. R. Levenson)在《儒教中国及其现代命运》中,对儒家民意论的解释有很强的表面性,我指的是他把民意与天意二元化,他所说的"天"无条件地佑护君王,把君王的权力绝对化,无视公众的利益;我指的还有,他以历史进步主义为背景,将民主过于理想化,丑化传统政治文化和生活,断定民意与民主完全不相容。必须承认,相比于传统王权政治,现代民主政治自有它的许多优越性。以此来衡量,儒家的民意论自有它的缺陷,如它最缺乏的是如何保证民意实现的制度设计。但这样的批评同样适用于欧洲古代政治,单靠自然法和"上帝法"不能保证对权力的有效约束。若说历史是一个过程,不同时代的制度和生活都有它的正当性,这样的批评又没有多大意义,就如同你说古代没有飞机和电脑是缺陷一样。但进步主义的历史观,常常使人乐意做出这种批评。有一个一味赞美进步的笑话,说两个小孩在一起欢欣鼓舞地称道今人使用电灯多么幸运,古人没有使用电灯是多么不幸,于是一个小孩推论说,所以他们都死了。

传统政治观念和生活并非一无是处,这也适用于儒家的"民意论"。在民主政治生活中,"民意"往往是衡量执政者被认可程度的晴雨表,无视"民意"就有政治风险。从一开始,儒家就注重"民意"。儒家的"民意论"首先是一个政治理念,它考虑的是政治的内在目的和正当根源问题。"得民心者得天下"这句话,在直观上有手段("得民心")与目的("得天下")表层关系外,还有更深层次的政治合法性来源的内涵。只要是政治,就必须考虑"公共性"原则,社会大众凭什么心甘情愿接受违背他们意愿的治理者。在中国的过去,帝国的臣民们通常采取了极大的忍受和忍耐,但他们对暴君的忍受是有限度的,在无救和无望的情况下,他们就走到了看似极端的另一面,他们诉诸反抗权("自然法"或"天意"意义上的),进行彻底的反抗和颠覆,甚至抱着"时日害丧,予及女偕亡"(《书·汤誓》;《孟子·梁惠王上》亦引)这种同归于尽的悲情。

儒家的"名分"观念有维持社会政治秩序的作用,但它以这一秩序合乎道和正义("有道")为前提,如果执政者失去了道和正义("无道"),儒家就主张以反抗和革命来建立新秩序。在这一点上,孟子最有代表性,这也是朱元璋下令节选《孟子》(《孟子节文》)的原因之一。朱氏十分厌恶孟子提倡的"民贵君轻"、君臣对等及其臣民具有革命权利的思想。按照孟子的政治思维,对于丧失正义性的暴君,臣民完全有权利推翻他。儒家之所以颂扬"汤武革命",就是因为它相信这两种革命具有顺应"天"("天意")与响应"人"("民意")的双重正当性根源("顺乎天而应乎人"——《易·革·彖辞》)。这样的政治思维,已融入到中国人的意识中。对于一方面说的天理、天道,另一方面说的民心、民意和民情,治者均应遵循不违。直到晚清中英交涉时,这一逻辑也被用上了。如,为了禁止鸦片之害,林则徐诉诸了四种正当性根据,其中两种是"天理"和"人情",另外两种是"国法"和"事势"。中英《南京条约》签订之后,为了同百姓一起抵制英人进入广州城,广州的绅士们诉诸的最高根据也是这两方面:"作事贵循乎天理,尤贵洽于民心。天视自我民视,天听自我民听,以民心之向背,可验天心之从违。……盖顺民心即以顺天心,顺天者昌,逆天者亡。"①

儒家的天意与民意是协同的。列文森孤立地看待儒家的"天意"与"民意",他没有认识到这两方面是相互认定的。儒家思想中具有宗教性、根源性的"天",创造了万物,孕育了万物,其中包括创造了人类,孕育了人类。这是儒家思想中最一般意义上的"天物关系"、"天人关系"。儒家超越的内在性,是指天为人类赋予了良好的品性。"圣王"是人间社会中能够完美体现内在品性的典范,因而也就成为"天之骄子"。按照儒家的经典,天不仅生民,而且还为之"立君"。儒家为圣王、君王赋予了"天命"("天子")的合法性,固然有强化其政治权威的作用,但这只有在君王的治理奉行了天意的意义上才是成立的。"天"不是不分是非善恶一劳永逸地护佑君王。如,纣王借助了天命的护身符而又不奉行天的意志,他误以为不管他如何做天都会护佑他,不会剥夺他的权位,但他完全错了。周部族清楚地认识到了"天命靡常"的道理,他们相信天只是辅助有德的执政者("皇天无亲,惟德是辅")。否则,天赋予的,它还会剥夺。

按照儒家的经典传统,天不是封闭的系统,它是向万民开放的,甚至于它本身并没有自己的意志和意愿,它的命令和意愿原本是来自于民意。如《孟子·万章上》引《太誓》说:"天视自我民视,天听自我民听。"天意既然来自民意,民有什么愿望,天就会答应和服从。《左传·襄公三十一年》引《太誓》说:"民之所欲,天必从之。"天意来自民意,君王奉行天意,自然也是顺应民意;顺应民意,也是顺应天意。君王如何奉行民意,孟子的教导是:"得其心有道:所欲与之聚之,所恶勿施尔也。"(《孟子·离娄上》)在如何选拔贤人和判断刑杀上,孟子提出了带有浪漫性的做法:"左右皆曰贤,未可也?诸大夫皆曰贤,未可也;国人皆曰贤,然后察之;见贤焉,然后用之。左右皆曰不可,勿听;诸大夫皆曰不可,勿听;国人皆曰不可,然后察之;见不可焉,然后去之。左右皆曰可杀,勿听;诸大夫皆曰可杀,勿听;国人皆曰可杀,然后察之;见可杀焉,然后杀之。故曰:'国人杀之也'。如此,然后可以为民父母。"(《孟子·梁惠王下》)这是一种类似于"全民公决式"的民主,旨在充分反映

---

① 齐思和等整理:《筹办夷务始末(道光朝)》[六],中华书局,1964年,第3182页。

"民意"。

儒家的"民意论"虽然没有设计出相应的约束权力的民主制度,但它的原则确实具有一定的民主精神,说它同民主不相容是没有道理的,把中国历史上专制政治的一些现实归咎于它则似是而非,殊不知,儒家的思维和学说本质上是反抗专制的。

(曾以《儒家"民意论"的真意》为题登载《中国社会科学报》,2012年12月17日)

为"礼"说句公道话

以"礼"为中心的儒家"礼学体系"在百余年的中国知识界一直处于比较难堪和尴尬的位置上。在"传统与现代"二元对立的僵硬模式中,"礼教"(或"名教")曾被作为儒家学说中与"现代"最不相容的过时之物受到激烈的抨击,人们一说到"礼"就会联想到约束、控制、禁欲、等级和权势等一些消极事物。即使传统与现代被认为是彼此互动的转化关系,人们似乎也无可奈何地感到儒家的"礼"特别是体现为复杂的仪式和礼节的那些东西,与我们现代生活的距离实在太远了,除了作为历史的兴趣,我们很难想象儒家的"礼"与现代生活如何建立起一种有血有肉的联系,何况本来以陶冶人的性情为宗旨的儒家的"音乐"与"礼"一样,同样面临着在现代社会无法转化的共同命运。

坦率而言,与古代社会结构和制度联系在一起的复杂性的礼仪和礼节,在现代社会和生活中确实无法派上用场了,在男权中心主义之下对女性的片面约束之"礼",别说是当代的女权主义者,就是生活在现代社会中的男性可能也觉得很难为情。但是,这不意味着儒家"礼学"的生命和资源整体上已经枯竭。事实上,普遍意义上的儒家之"礼",是对社会和人的生活的一种内在要求。人是社会性的动物(用荀子的话说就是"能群"),人与人需要交往和处理相互之间的关系,群体的构成从家庭到社会到国家都需要秩序和发挥各自的机能,"礼"的根本出发点就是处理人与人的相互关系或者解决儒家所说的最基本的"五种"人际关系。

儒家的"礼"不是只从"世俗"的意义上看才是正当的,从"天道"和"天义"上看它也是合理的,因为对儒家来说,"世俗化"的礼与"天礼"是相合的。由此来说,问题就变成了如何以有效的方式掌握"礼"的精髓和它高尚的品格。芬格莱特(Herbert Fingarette)富有启示性的研究①,在一定程度上改变了人们对"礼"的枯燥无味感。芬格莱特在"礼"中发现了人的内在生命情调,"礼"不是单纯的外在表现和形式上的要求,它是人类冲动的完美实现,是人与人之间动态关系具体的人性化形式。这就可以理解他为什么将人界定为一种礼仪性的存在(a ceremonial being)。儒家一直坚持"礼"的"文"与"质"之间的协调和均衡,坚持"礼"尚乎"情",并不机械地主张"礼"的形式越多越好,以免使人们陷入纯形式上的操作而丧失真情实感。

儒家之"礼"的广泛涵盖性和应用范围,为来自不同国度的观察者提供了宽阔的余地。贝淡宁教授的《为弱势者而设计的礼:从荀子到现代社会》和安靖如教授的《敬、礼与完美在现代的政治哲学》,使我们看到儒家之"礼"是如何构建合理的社会政治秩序的,以及这种构建在现代社会和政治哲学中所能显出的光亮和前景。当然他们的入手处不同,贝淡宁教授是从讨论一位具体人物即荀子的"礼"开始的,他归纳出了荀子之礼的一些基本层面,并提出了荀子的礼是为弱势设计的这一新颖而又有挑战性的观点;安靖如教授是从讨论张灏、墨子刻和陈素芬的说法切入的。张灏认为西方"民主"依赖于一种对人性的悲观性观点,他称之为"幽暗意识",中国传统则成了一个与之相反的事例。沿着这条思路,墨子刻断定儒家的人性善乐观主义、成圣成贤的人格完美主义和基于此的乌托邦主义,使限制人的"制度性"设计变得困难,以至于不能产生出"民主"模式;陈素芬进一步在儒家与西方的张力之中摸索建设儒家民主。这三位研究者对儒家提出的这种挑战,安靖如教授是将其作为一种机遇加以回应的,他是在儒家的"礼"和与之紧密联系的"敬"这一大话题之下作出论证的。在他看来,"敬"与"民主"不是不相容的,民主需要"敬"的支持;"礼"是能够在多种层面上操作的,不管是国家的,还是地方性的;礼是以"精神"来参与的,它帮助我们,指导我们的感情,而不是让我们被动地接受外在的形式。安靖如教

---

① 劳格莱特:《孔子:即凡而圣》(Confucius: The Secular as Sacred),彭国翔、张华译,江苏人民出版社,2002年。

授就如何转化儒家礼学强调说:"敬、礼和完美不仅仅对于儒家政治哲学来说是重要的,他们对于整个政治哲学都是很重要的。事实上,儒学的相关性是双面的,一方面,我们可以向一个完全特定的、引人注目的当代儒家政治哲学的方向努力。这是一项艰巨的任务,但幸运的是一些思想家已经把这个任务承担起来。另一方面,我们也可以从事与儒学相关的政治哲学课题,而不管最终的理论是否可称为'儒学'。"儒家的"礼"包含着被合理化的等级和差异秩序,毋宁说"礼"本来就是以"差异待遇"和等级性而著称的,这与现代社会津津乐道的"平等"看起来反差很大。在人人都可以追求和实践圣人人格上,荀子从来没有为人设置任何"不平等"的障碍;在以"养"为"礼"的核心、坚持"人人都得其养"的意义上,荀子坚持"礼"要保证人人都能获得生存的基本条件或者是获得"生存权"。物质条件和财富相对于人类的无穷欲望来说,从来都是匮乏的。匮乏就会产生争夺,并引起混乱。"礼"的作用就是为了避免争夺和混乱,避免产生法家式的"弱肉强食"局面,这是贝淡宁教授所说的"礼"是为弱势而设立的意义。但"礼"又安排了差异性,这就能够让社会实际上所不能避免的差异得到一个正当的安排,哪怕只是物质的分配。如果扩大到其他方面,"礼"就是要求人人各安其分,各安其职。贝淡宁教授总结说:"在我看来,荀子的作品真正的(道德)价值在于,他展示了礼——不仅是仪规(laws)和口头的劝告——是如何在推进那些最有可能苦于'一切人反对一切人的战争'的人们的利益上起作用的。而且,荀子哲学的真正聪明之处在于他提出了一个机制,这个机制似乎能够被设计得使那些在'一切人反对一切人的战争'中受益的人同样受益。"我们不一定赞成两位教授在细节上的看法甚至是他们的倾向,但他们思考和观察"礼"的维度至少能够给我们提供启发和激励。

(原作为《求是学刊》"本期视点:'礼'的传统与当代政治哲学"的"特约主持人"而作)

"耳顺"和"耳聪"

人们常常爱以"耳聪"和"目明"称赞年事已高的长老。"耳"和"目"两者分别被挑出来,说明它们作为人的一种自然功能能够体现一个人的整体良好状态。在一般情况下,"耳"和"目"是人们认识和了解外部世界的两个重要感官,二者互相补充不多不少直通"智慧"之门。一部分从事专业或技能的人会与耳或目具有一种特别的关系,譬如说音乐是听觉艺术,绘画是视觉艺术。就大多数人而言,他一生中得益于"耳听"和"目视"的东西究竟何者居多,是不容易衡量的。而且这也要看他是否能够善于运用他的耳目。在视而不见和听而不闻之间、在"看不惯"和"听不进"之间,听而不闻和"听不进"有时对人产生的不良影响可能更大。中国古代有一个很崇高的字,这就是大家都知道的在过去写作"圣"的字,它的一个最基本意义就是人们都希望的"聪明"的"聪"。据说,"圣"源于与他息息相关的"聲"和"聽",原意为从耳闻的具体事物中通晓其根本(所谓"闻声知情"、"声入心通")。我们的先师孔子谦虚地坦称他不是一个生而知之的人,而是一个从十五岁开始以学问为志向的学而知之的人,在经历了三十岁的"自立"、四十岁的"不惑"和五十岁的"知天命"等阶段后,到了六十岁他才达到一种他称之为"耳顺"的境界。什么叫做"耳顺"呢?中国古代有影响的经典解释家把它注解为"闻其言而知其微旨"并无所违逆或"所闻皆通"。可以把这个解释概括为"闻而知之",他与通过听而获得"聪明"和"智慧"的"圣"巧妙地相呼应。也许是这个"顺"字与"耳"字联系到一起让人感到不顺或费解,有人富有想象力地把"而耳顺"推测为"而已顺",说人到了六十岁达到了"顺天命"之境。我们善于怀疑的胡适之博士，提出了一个更为新颖的解释，说是到了六十岁能够容忍"逆耳"之言，听"逆言"而不觉得"逆耳"。这是一个合乎常识并且具有启发性的解释。

不知道是不是人类的基因在作怪，人类常常喜欢听好听的话，一听到拂耳之言就容易产生不悦甚至愠怒之感。一个人特别是身居要职的人要能够心悦诚服地倾听逆耳之良言并从中获得智慧就需要一种容忍和大度的雅量，这往往依赖于人们的心性修养和对其人性缺陷的克制。要不然，就会给那些善于运用花言巧语和投其所好的人提供可乘之机，并伤害那些直言不讳的忠诚之士。我们的历史上有所谓明君与昏君、忠臣与佞臣之分。明君与忠臣、昏君与佞臣常常是互为因果，而明君与佞臣、昏君与忠臣自然是互不相容。开明的君主因忠臣而开明，并因其开明而亲近他的忠臣、远离其佞臣；昏庸的君主因佞臣而昏庸，并因其昏庸而宠幸他的佞臣、残害他的忠臣。这一类的故事很多，听文王与姜太公、越王与范蠡、唐太宗与魏征的故事，人们肃然起敬，但听到纣王与恶来、微子和比干的故事，听到厉王与荣夷公、召公的故事，听到楚怀王与上官大夫、屈原的故事，听到宋高宗与秦桧、岳飞的故事，人们就会对纣王、恶来、厉王、荣夷公、怀王、高宗痛恨有加，并为微子、比干、召公、屈原和岳飞深感悲伤。决定故事不同结局的重要因素，就是君王能不能听进去他的忠臣的逆耳之言，或者喜不喜欢听佞臣的逸言媚语。如厉王听信与他一样好利的宠臣荣夷公，对他的忠臣芮良夫和召公的进谏无动于衷。他使用巫师监听"诽谤"他的人并加以诛杀。他还得意地告诉召公说，他能消除"诽谤"他的人，使他们"不敢"言语。在帝国的政治制度和观念中，大臣们向皇帝进行"诤谏"是受到鼓励并被允许的。在关键时刻，为了使皇帝的决断正确而不导致严重后果，那些非常具有道德勇气和正义感的大臣甚至采取当面触死的方式以感动皇帝（"尸谏"）。在个别情况下，如果君主事先就某事严禁进谏，那么具有幽默感的官员也会采取婉转和巧妙的变通方式（所谓"讽谏"）以使君主改变他的固执态度，这样做而成功的事例也不少。《史记·滑稽列传》中有这样的记载，淳于髡讽谏齐威王而使齐威王一鸣惊人、"罢长夜之饮"，优孟讽谏楚庄王而使楚庄王终止为其宠爱的病死的肥马举行隆重丧礼。人们也知道司马相如以辞赋"寄寓讽谏"的故事。

中国古代哲人和贤士拥有如何倾听和采纳"不同"见解进行正确决断的洞见。聪明的子产提出，在君主决策时需要运用使众异之物"济和"而不是使单一因素"一同"的智慧，大臣有责任对君主的"可否"提出相反的"否可"以使之完备。我们的哲学家孟子为齐宣王提出的选贤和判杀方式，甚至天真地要求其听取从身边之人一直延伸到国中所有之人的意见。人们往往容易看重实际的财物而忽略"良言"的价值，但其实良言有时比财宝更珍贵。古人有一个在今天看来也许是极端的说法，叫做"君子送人以言，小人送人以财"。佛经中有一个故事，说一个被派往国外购买珍宝的人，惊奇地发现市场上有一个人出售智慧，他就用五百两金购买了这个人的二十字箴言（"长虑谛思惟，不当卒行怒。今日虽不用，会当有用时"），并因此避免了伤害他亲爱的妻子和母亲的悲剧发生，他惊呼便宜至极。《天尊经》借用这个故事晓谕说"一言之助，胜于千金之益"。在理智上，人们大概愿意接受"兼听则明，偏信则暗"、"忠言逆耳利于行"和"千人之诺诺，不如一士之谔谔"等古老的真理，或者乐于信服伟大哲学家老子早就告诫的"美言不信，信言不美"的哲理。但在行为上，人们又容易背离这些训言，不愿意或听不进去"逆耳"之良言而犯下严重的过失。这说明能听进去并接受"逆耳"之"信言"并由此变得聪明，的确是一件不容易的事，更何况还要"逆言"而"顺听"，虽逆而已不觉其逆。孔子到六十岁能达到这种"耳顺"的"听德"和"雅量"，看来他觉悟的时间仍不算晚。

（原载《光明日报》2003年5月6日）

儒家的普遍性与孟子的"正义观"

儒家不仅说他们所想的是普遍的,而且到处声称他们的普遍性。陆九渊的说法我们都很容易想到,即全世界都"心同理同"。在先秦的文本中,我们也能找出许多类似的观念,如《周易·系辞传下》中的"天下同归而殊途,一致而百虑",《礼记·中庸》中的"万物并育而不相害,道并行而不相悖"等说法就很典型。虽然孟子讲过"夫物之不齐,物之情也",但他强调的是人类的共同性,即我们拥有共同的人性和良知,这是大家都很熟悉的。荀子也强调普遍性,如他说人类有"共予":"天下之人,唯各特意哉,然而有所共予也。"(《荀子·大略》)荀子还认为"理"是超越时间限制的普遍性的法则:"圣人者,以己度者也,故以人度人,以情度情,以类度类,以说度功,以道观尽,古今一度也,类不悖,虽久同理,故乡乎邪曲而不迷,观乎杂物而不惑。"(《荀子·非相》)总体上,儒家坚持的是普遍主义立场,有人认为儒家是特殊主义者,这实在是对儒家的误解。一片广阔的大陆,怎么会产生出一个非常狭隘的概念?这是不可能的。在这么广大的地域,儒家产生出文化的普遍性概念,这是很自然的。问题是,在近代社会转型的时候,文化普遍性逐渐地被解构。19 世纪以来的中国社会变革这一过程,从根本上讲就是这样一个普遍性体系慢慢被取代的过程。天下性的中国,成了万国之一的中国,这是非常明显的。

过去,中国从来不会把自己看成万国之一,因为它是天下的中心。据此,不会产生万国之一的国家。成为万国之一这个转变,是从晚清开始的。到了新文化运动时期,中国古代的文明变成什么呢?变成不是文明了,而是野蛮的东西,就是我们发展了几千年的悠久的文明,最后被认为是一个野蛮的东西,这是非常苦涩的经历。现在说儒家是特殊的文化,同样否定儒家的价值,这是非常讽刺性的事物。

这样的话,现在我们重新回过来看中国古代文明、思想,儒家还能带给我们什么?我关心的是,我们近代以来认识的西方的普遍性,同中国古代的普遍性究竟如何去结合?如果完全是矛盾的不相容的,那除了冲突还会有什么。现在我们再去讲儒家普遍性的时候,要考虑它如何跟"现代性"结合起来,以此重建一个儒家的普遍性。

如果我们结合孟子,说孟子有一个天下主义、天下体系的话,其中他的"王道"即正义观念是否具有普遍性就非常关键。其中至少有如下要素值得强调一下。

第一点是孟子具有强烈的革命思想。大家读《孟子》一书,会有一个明显的感受,这就是他认为对于暴政,人民可能通过革命的方式推翻它。大家都知道孟子赞扬汤武推翻殷纣的革命。作为臣民的商汤王、周文王和武王讨伐桀和纣是不是正当的?在孟子看来,它当然是正当的。人民不能忍受暴政时,他可以去革命。为什么《孟子》一书在明代被删改,受到批判或者受到排斥?原因之一就是孟子在这里主张一种很强烈的革命思想。这种革命思想建立在什么基础之上?这就是反抗权。在孟子看来,如果一个政治秩序已无可救药,人民已经不能再忍受了,我们是可以通过革命来建立一个新秩序。这个思想对中国的农民起义有深远的影响。反抗权是和革命思想联系在一起的。认为人民实际上有反抗权,就是说你统治阶层、支配阶层不能有恃无恐。

第二点是孟子主张国际社会的人道主义干预。《孟子》里边有干涉主义的概念。从春秋到战国,大家知道,越是到后来,天下的强权主义就越兴盛。春秋时不同国家之间,还传承有礼乐方面的交往理性,到战国的时候基本上是强权起作用。但孟子不主张强权主义,他主张国际干预。如齐国征伐了燕国,但要问燕国应不应该被征伐?就是现在我们说的应不应该去征伐利比亚,要不要去征伐阿富汗这样的问题。孟子是怎么回答的?大家都知道这个例子。孟子就说,燕国人民欢迎你的话,你完全可以那样做。为什么呢?因为人们要避水火。你去帮助他们,他们是非常欢迎的。《孟子》里面有好几个地方讲到这个问题。如说商汤去征伐的时候,去一个地方晚了,那里的人民还抱怨,说你为什么不赶快来征伐我们？这个故事说明，对于深受暴政压迫的人民，国际社会人道主义干预是非常正当的。这个问题，现在叫主权与人权的关系。按照孟子的想法，主权的正当性要以人权为基础。国际干预是为了保障人权，在此基础上也要恢复它的主权。齐国征伐燕国后，它担心其他国家去攻打自己。在这种情况下如何做，孟子说那你这样吧，赶紧帮助它立一个新的君主，把占领的地方全归还给他，然后撤出去。

不管如何，孟子那时候就提出了一种国际干预的理念，这个思想在现在有没有意义？有意义在什么地方？我们在什么意义上可以去听孟子，或者在什么意义上说孟子讲得也是有道理的？这是我们现在在国际政治里面常常遇到的问题即什么样的干预是可以的，什么样的干预是不可以的？国际法在什么样意义上是必须遵守的？在什么意义上，人道主义是可以去救助的？孟子为我们提供了思考的资源。

第三点是孟子的民享、民有概念，是孟子讲的人民的生命权、生存权和经济权问题。这是什么意思？孟子设置了一个具体的经济制度、经济扶植制度，以保证人民的这些权利。如《孟子》要求当政者要人民在凶年免于死亡。我们往往把自然灾害看成是不可抗拒的，说那是自然施加给我们的，我们无能为力。这就回避了当政者的责任。自然灾害和人为之间，其实有高度紧密的关系，就是人事的能力、人事的作用，与自然灾害破坏程度的大小成反比例的关系。我们可以减少和降低这个自然灾害程度。地震是自然灾害，但是你对这个地震的预防能力越高，你的受害程度就越小。孟子承认凶年是自然灾害发生之年，但人民仍然可以避免死亡，如果当政者在防灾和救灾方面做得好的话。

第四点是孟子主张的民意概念。儒家经典认为政治是否合乎民意是衡量政治合法性的基础。韩非子批评儒家的民心论，认为以此不能形成有效的统治，不过儒家的想法就是指政治统治一定要合乎民意，这个民意同时也就是天意。在现在的政治生活里面，为什么要做民意调查？就是因为不定期的各种各样的调查，它虽然有被操纵的可能性，但在一定意义上还是能掌握社会大众关心什么，他们希望什么。民意不仅在于通过选举来显示，而且也要在具体社会政治生活过程中显示，这对社会平衡地稳定地发展，是时时刻刻起作用的。

第五点是贤能主义。刚才大家谈到贤能主义,如贝淡宁教授讲的贤能主义。儒家常常被批评,现在也被批评,说儒家带有很强的等级性。但儒家说人性是平等的,你的社会地位、社会的经济分配如何体现平等呢,用什么样的标准最合适？在这一点上,孟子的主张是贤者在位,能者在职。很简单,就是贤能的人,有能力的人要在位。所以要尊贤选能。这个观念是等级制吗？当然不是。这是一个尚贤、尚能的观念。如果说这是个等级制,这是一个差别待遇,那它合理不合理？现在社会跟这个观念之间有什么关系？现在社会按照什么进行分配呢？是否原则上也是以人的贤能为基础的？如果是这样,孟子讲的思想,仍然可以说是有普遍性的。你总不能说一个人能力很差,他人格也不好,他应该就高位,让有能力的人,有贤能的人处下位。这是儒家不能赞成的。他从不会说小德服从大德,小能服从大能。

从以上意义上讲,如果要建立一个新的天下体系的话,孟子的思想还是有普遍性的。干春松教授的书里面讲到了早期王道这个部分,但我觉得这个问题非常复杂,它牵扯到很多方面。这个书是概括性的讨论,我想这部分工作还要往大处做。我们有了一个大的复杂的概念之后,那么天下的概念也就有更充分的根据和基础。我想谈的就是这些。

(2011年在中国人民大学国学院举行的"王道会议"上的发言)

董仲舒的惊人之处

在立冬之日,在美丽祥和的衡水市,在微波荡漾的衡水湖畔,在伟大的儒家宗师董仲舒诞生的冀东南故土上,中华孔子学会同衡水市委、市政府携手共同举办,隆重召开"纪念董仲舒诞辰2200年暨董仲舒思想国际研讨会",我谨代表中华孔子学会,热烈欢迎各位的光临并向大家表示最诚挚的感谢和问候!

今天,我想利用这一难得的机会和盛会,就我的体会和理解,与大家分享一下董仲舒的伟大之处。这里聚集着研究董仲舒的专家,其中有来自我们衡水的,他们更有发言权。我相信,现在的衡水人民,都能程度不同地说出董仲舒的逸闻趣事。通过这次会议,董仲舒将会成为衡水人民的中心话题。

我们习惯说,人类有四大古老文明;也习惯说,人类有三大宗教。我想在更一般的意义上说,人类有四种伟大的文化,它们是西方文化(包括希腊、基督教)、伊斯兰文化、印度文化和中国文化。这四种文化影响了人类的古代也造就了人类的现代。从博大精深、源远流长来看,我们更可以说人类有两大文化体系,一是西方文化,一是中国文化。在古老而又常新的中国文化体系中,我们有诸子百家,有儒释道三种伟大的教化体系,其中儒家最能代表中国文化的体系。由孔子创立的儒家学派,在两千五百多年的漫长历史演进中,涌现出了无数的儒家哲人、经学家和信仰者。但如果我们需要列出儒家在历史上最有影响力的人物,我们可以列出十位,也可以列出五位,除了孔子,我们首先想到的是孟子、荀子、董仲舒、韩愈、朱子、王阳明还有康有为。不管如何,任何的选项,其中都应该包括董仲舒。董仲舒能够成为具有悠久传统的儒学历史上最有影响力的儒家人物之一,取决于他的许多伟大贡献。

这些贡献中的一部分是由于他的建议,儒学与国家和社会政治生活被紧密地结合了起来。不同地域的传统政治生活,总是同一种伟大的人文教化结合在一起。儒学和五经诠释学被纳入到国家体制中,儒学的理念成为国家的最高指导原则和政治秩序的基础,儒家的伦理成为人们生活的普遍规范,在这些方面董仲舒发挥了巨大的作用。作为"春秋公羊学"的大师,他从公羊学中引出了一系列政治制度的原则。在这一方面,实际上他不仅为汉代立法,也为其后两千多年中国的许多朝代立法,甚至是元代和清代。汉武帝为了建立庞大的帝国体系和好人政府而向全国贤良咨询建议,在一百多人的对策中,董仲舒的对策脱颖而出。如果套用我们现在流行的说法,他不是我们现在一个省的头等状元,他是全国的头等状元,而且这是在学者的意义上说的,而不是步入高等教育的考生,尽管武帝初期的汉代人口只有三千六百多万。我们可以想象汉武帝被他的对策所吸引的情景,这就是为什么汉武帝又两次提出论题请董仲舒应对。董仲舒连续三次应对的"天人三策",被汉代伟大的史学家班固完整地保存在《汉书·董仲舒传》中。汉武帝最后接受了董仲舒"以儒教治国"的建议。班固将这一建议和汉武帝的决策概括为"罢黜百家,表章六经"。董仲舒开创了"儒教中国"的历史。中国历史上可能没有任何一位哲学家、儒者和经师能像他那样,对中华帝国的政治生活产生过如此巨大的影响。康有为为了推动光绪皇帝的改革,连续向光绪皇帝上书七次之多,其他的奏请更是不计其数,但他对政治生活的影响是很短暂的。

从现代文化的多元性来看,董仲舒的儒家一元主义建议常常被批评为文化专制主义,但我们不能设想传统社会中的董仲舒,能够摸索出我们现代文化的取向。董仲舒面对的是一个庞大的新兴帝国,如果没有共同的思想和世界观作为指导,统一的帝国秩序是难以维持的。秦帝国与罗马帝国都曾经是统一的大帝国,但它们先后都崩溃了。基督教追求世界国家,托马斯·阿奎那的神学体系是这一世界国家的促成者;汉武帝追求帝国的稳定和持续繁荣,董仲舒的春秋公羊学就是它的理论基础。它来源于永恒的普遍之道,来源于上天的支持。东西方不同宗教传统的比较者,把基督教神学家托马斯·阿奎那同董仲舒放在一起相提并论绝不是偶然的。董仲舒一心考虑的是社会政治生活的高度共识,而不是共识之下的多元文化。如果我们为中国历史的顽强连贯性和生命力寻找根源,中国的儒教化可能是它最基本的动力。儒学没有对其他学派施加明显的压制,也没有产生欧洲那种巨大的宗教迫害。儒学对于道教和佛教,整体上都是比较温和的,虽然有时候彼此有激烈的论争。

董仲舒对国家制度的影响,还在于把儒学纳入到国家教育体制中。被称为"太学"的皇家学院,就是根据董仲舒的建议("立太学以教于国,设庠序以化于邑")在公元前124年设立的,尽管太学的学生定额,一开始时只有50人。但到了东汉末年,在太学里学习的学生达到了三万多人。同我们今天一样,董仲舒把国立太学看成是培养国家人才的最重要机构。有人就把汉代的"太学"看成是中国最早的大学。康有为推动近代中国改革的最直接成果是促使清帝国建立了京师大学堂,它是皇家大学和现代大学结合的一个产物。科举选拔人才的制度,是经过很长时间的演变才逐步成熟的。汉代通过州郡推荐优秀人才的制度("茂才孝廉",汉选举官吏的科目),也出自董仲舒。

一些研究者认为,董仲舒思想混杂,疏离了早期儒家的精神。这种看法是非常表面性的。正确地说,董仲舒扩大和发展了儒家的学说,他是继荀子之后又一位将儒家哲学体系化、结构化的哲学家,事实上,他的体系更加复杂。他的天人合一和天人感应的世界观,论证了人的小宇宙与自然的大宇宙的高度同构性和协同性。我们现在可能会说,他的论证是比附性的,但他并不比17世纪欧洲人说宇宙是一架巨大的机器、人是一台小型的机器更具有比附性。人与自然确实是相互感应和相互影响的,虽然它并不必然是人的行动与上天意志之间的那种感应关系。我们现在已经充分感受到人类活动对自然的影响了,自然已经用它自己的方式对人类的行为作出了各种反应,只是,董仲舒的上天是拟人化的,上天的反应更多被限制在人的道德行为中。机械主义世界观一直把自然看成是一种死的被动的存在,但实际上,自然并非那么被动,自然有自己的法则,也有自己的硬性规定,当它不能承受人类的活动给它造成的压力时,它就会作出强有力的自动反应。有机主义者和生命主义者,都把宇宙看成是一种生命的存在;叔本华和尼采则认为宇宙是一种意志的存在,只不过叔本华的宇宙意志是黯淡无光的,尼采的宇宙意志是主动的。董仲舒的上天意志也是主动的,我们需要培养对自然和宇宙的敬畏之心,培养对自然的尊重。

在一些根本点上,董仲舒坚定地遵循了儒家的路线,这个路线就是儒家的人文主义和教化主义信念。"天人三策"是对董仲舒整个学说的精练概括,贯穿它的核心思想之一,是坚持认为在社会政治生活中,伦理和道德教化是首要的,法律惩罚只是辅助手段,对它的使用程度越低越好。这是"人本主义"的立场,也是阳气为主阴气为辅这种自然秩序的要求。董仲舒同样期待由好人组成的政府,因为只有这样的政府,才能造就出无数的好人。董仲舒坚信儒家仁义礼智信这五种普遍伦常,这五种伦常现在仍然是我们迫切需要的。董仲舒发展了儒家人性论模式,他第一次将人性与阴阳二气结合起来,使人性成为性与情的混合物,这种人性二元论启发了宋明的人性二元论;他还从早期的人性论中,发展出了"性三品理论",这是中国人性论的一种新形态。

伟大的儒者同时要求他是一位儒家伦理、道德信念和价值的忠实实践者。董仲舒以他的君子之风、文雅和谨守礼仪的言行受到了那个时代许多学士的普遍尊敬。在他的传记中,我们看到了一位追求学问、苦学钻研、不知疲倦的学者。晚年的董仲舒也像孔子一样,安于学问和著述,但他比孔子更多地担当起了国家决策和重大议题名副其实的顾问。

在文化和精神生活需求变得越来越重要的当代,在传统文化资源和遗产越来越被珍视的中国,我们有充分的理由相信,董仲舒的思想和学术也会被我们更充分地研究和传播。董仲舒的伟大精神遗产属于衡水,属于中国,也属于人类。

最后,祝纪念大会和学术会议圆满成功!祝大家身体健康、生活愉快!谢谢大家!

董仲舒语录:

> 是以阴阳调而风雨时,群生和而万民殖,五谷孰而草木茂,天地之间被泽润而大丰美,四海之内闻盛德而皆徕臣,诸福之物,可

致之祥,莫不毕至,而王道终焉。(《天人三策》)

(原为在2009年11月中华孔子学会与衡水市委市政府主办的"纪念董仲舒诞辰2200年暨董仲舒思想国际研讨会"上的致辞)

朱子的"吾生所学"

在金秋时节,在山清水秀的武夷山,在朱熹生活和活动的这片土地上,中华孔子学会同武夷山学院共同举办,召开"朱子学与中国文化高端论坛",纪念朱熹诞辰880周年。我谨代表中华孔子学会,竭诚欢迎各位的光临并向大家表示衷心的感谢和问候!

朱熹(1130—1200)在悠久和博大儒学体系中的地位和影响,在广义的中国哲学和文化中的地位和影响,在东亚儒家文化圈中的地位和影响,都是无比巨大的。我意识到我没有充分的能力去说明他的超凡和卓越,我想简单说的是:

作为理学的集大成者,用陈荣捷的话说,他对宋代新儒学运动作了"最大综合";用我们现在的话说,他是一位体系化的哲学家。由于他在哲学上卓越的综合工作,他彻底改变了儒学缺乏体系性和形而上学的不足;按照《宋史》对他的描述:"其为学,大抵穷理以致其知,反躬以践其实,而以居敬为主。尝谓圣贤道统之传散在方策,圣经之旨不明,而道统之传始晦。于是竭其精力,以研究圣贤之经训。"

作为儒家经典诠释学新方向的确立者,他把传统儒学以"六经"为中心的"六经诠释学"转变为以"四书"为中心的"四书诠释学",把儒学的理论思维引向了一个全新的高度。

作为一位教育家,他在中国书院教育和教学史上留下了永久的记忆,他的《四书集注》作为国家科举考试的标准教材,影响了中国600多年,从这种意义上说,他又是一位体制化的儒学家,这是王夫之同他明显的不同之处。

作为一名士大夫,在政治事务中,他坚持自己的信念和价值观,从不屈服于现实的压力和权贵,他是一位非常正直的儒士,具有强烈的正义感和道义精神,他知行一致,身体力行,如张岱年先生指出的那样:"朱熹的生活经历也非常复杂,但是他始终做到言行一致,决不违背自己的思想。"

孝宗十五年,朱熹又获得了一次上奏的机会,在路途中,身居要职的官员规劝他,说皇上已经厌烦他讲"正心诚意",要他务必不要再讲,但朱熹则坚持说:"吾生所学,惟此四字,岂可隐默以欺吾君乎?"其耿直和操守,由此可以想见。作为中国士人的榜样,他的这种精神,在现代中国尤其需要。当今的一些知识人,不仅媚俗,而且媚上。

作为一位国际性的儒学家,他的思想和学说在近世的日本和朝鲜都产生了广泛的影响,在很大程度上塑造了东亚的文化和文明。

这是非常有意义的一次小型会议,这次会议的召开得到了深圳市允公投资有限公司和周展宏先生的大力支持。对此,我表示衷心的感谢。

最后,祝这次高端论坛圆满成功!祝大家身体健康、生活愉快!

(原为在2010年10月中华孔子学会与武夷山市政府主办、福建印象大红袍茶业有限公司协办的"朱子学与中国文化"高端论坛上的致辞)

道家"公共理性"的奥妙

道家学说常给人这样的印象,它是维护君主和皇家利益的专制哲学,是反智和愚化民众的哲学,是鼓励人不求进取、无所作为的哲学等等。但是,这些印象都是表面上的,甚至是误解。在司马谈、司马迁父子的眼里,道家是很高明的,他们赞扬这一哲学的话可能让令人感到惊讶:"道家使人精神专一,动合无形,赡足万物。其为术也,因阴阳之大顺,采儒墨之善,撮名法之要,与时迁移,应物变化,立俗施事,无所不宜,指约而易操,事少而功多。"司马氏父子可能偏爱道家,这同汉初的整个政治气氛相吻合,那位德高望重的窦太后对道家更是情有独钟,她让皇家子孙都读《老子》,不允许她的大臣对这部书有非议之言。道家的高明,汉代人整体上是承认的,如具有儒家正统倾向的班固,对道家也抱着同情的理解:"道家者流,盖出于史官,历记成败、存亡、祸福、古今之道,然后知秉要执本,清虚以自守,卑弱以自持,此君人南面之术也。合于尧之克攘,《易》之嗛嗛,一谦而四益,此其所长也。"如果汉代人的看法不错,那么我们就需要反思今人对道家的那些不良印象。

司马谈和班固意识中的道家主要是政治上的,它不同于庄子、杨朱等这一系个人式的道家,也不同于道教信徒心目中只养气、成仙和永生的道家。政治上的道家照班固的说法是"君人南面之术",也就是君王统治的道艺。这种道艺的奥妙,用老子的话说是"无为而无不为"、"治大国若烹小鲜",用司马迁和班固的话说是"指约而易操,事少而功多"、"其术以虚无为本,以因循为用"、"秉要执本,清虚以自守,卑弱以自持",可以把它概括为"无为而自然"。老子开创的公共政治思维的奥妙就蕴涵在这里,后来的黄老学进一步扩展和丰富了它。

老子的"无为",首先是指大道的活动方式和法则。道是宇宙中最高的实体和根源性力量,它创造了万物,是万物之母。但大道从不占有、垄断和控制万物,它扮演着类似于无限慷慨的慈善家角色。它以"无为"的方式活动,让万物根据各自的本性变化和生长,用老子的话说就是"生而不有,为而不恃,长而不宰"、"善贷且成"。人间社会是整个宇宙秩序的一部分。在宇宙中,"道"是"万物"统一的保证者,在人间社会中,圣王则是百姓统一的保证者;"道"对于万物的最好方式是"无为","圣人"对于人民的最好方式就是效法和运用"道",奉行建设性的"无为"之道。在郭店竹简甲组中,老子教导圣王说:"道恒亡为也,侯王能守之,而万物将自化。""无为"除了用于"道"之外,其他都是用于圣人和君王,它是老子对为政者提出的根本性的政治原则。竹简本《老子》说:"为亡为,事亡事,味亡味。"(甲组)又说:"是以圣人居亡为之事,行不言之教。"(甲组)对于统治者圣人或侯王,老子也常以第一人称的"吾"或"我"来称呼:"我无为而民自化"(第五十七章)、"吾是以知无为之有益"(第四十三章)。

"无为"这个词有限制做事的内涵,但决不能从无所作为、无所事事的消极意义上去理解,它的确切意思是,圣人和君王要严格约束自己的权力,防止权力的滥用,避免干涉和控制。老子在公元500年前后就发出了不折腾、政府要安静、反对控制的强烈呼声。统治者容易犯下的错误和过失是非常广泛的,从这一方面说,"无为"就是要避免和克服这些违背民心和民意的行为,如繁琐的法令、沉重的税收、皇家奢侈的消费、致命的自负和傲慢等。这种意义的上"无为",就是"不言"、"不争"、"无欲"、"去甚"、"去奢"、"去泰"、"不为始"、"不恃"、"弗居"、"无执"、"不可为"、"不可执"、"不宰"、"勿矜"、"勿伐"、"勿强"、"无事"、"不为大"、"不自见"、"不自贵"、"少私"等等。统治者应努力从事的难能可贵的行为也有很多,这种意义上的"无为"就是积极地去做合乎民心和民意的行为,如"慈"、"俭"、"柔弱"、"玄德"、"其政闷闷"、"上德"、"赤子"、"善建"、"尊道"、"贵德"、"以百姓心为心"、"自胜"、"执大象"、"以道佐人主"、"贵食母"、"执古之道"、"功遂身退"、"守中"、"治大国若烹小鲜"等等。传世本第四十八章有"无为而无不为"的说法,由于帛书甲乙本此处残缺,这句话被怀疑是今本有误,但竹简本《老子》已有此句,足证今本不误。老子确实相信通过"无为"能在最大程度上产生良好的政治行为。

　　同君王的"无为"政治行为相对的是百姓的"自发性"的"自然"。老子的"自然"不是指物理客体和自然界,而是指事物按自身的本性存在、活动及其方式。这是这个词在古代中国思想中的主要意义。"不要勉强和强迫"意义上的自然,就是从这里引申出来的。最普遍意义上的"自然",是指宇宙秩序中"万物的自然",它同"道"的"无为"相对应。在创造万物之后,"无为的道"效法和遵循"万物"的自然,这是"道法自然"的真正意义,也是"道"之所以伟大的所在。狭义的"自然"说的是百姓和公众的存在和活动方式,说的是百姓在宽松政治环境中的"自主选择"和"自我成就"。在《老子》一书中,同"自然"这个词构造一样、意义相近的词汇还有"自富"、"自化"、"自均"、"自宾"、"自生"、"自来"等等。这些词汇都由"自"和另外一个词搭配而成,都表示事物"自身"如何如何。其"自"强调的是事物的"自发性"、"自主性"和"自为性",最典型的例子是竹简本中的这段话:"是以圣人之言曰:我无事,而民自富;我亡为,而民自化;我好静,而民自正;我欲不欲,而民自朴。""圣人"在这里以第一人称"我"的形式出现。相应于圣人的"无事"、"亡为"、"好静"和"欲不欲"等行为,百姓则是"自富"、"自化"、"自正"和"自朴"。贯穿在《老子》五千言中的核心思想不是"小国寡民式"的政治设想,而是教导支配者如何最省心而又最有效地管理一个庞大的国家治国方略,那就是支配者的"无为而治"和百姓的"自然自治"。

　　战国中期之后,伴随着在大国的崛起,道家的一个分支黄老学诞生了,它以老子的思想为基础,主要融合了法家学说,在许多方面发展了老子的"无为而自然"的小政府、大社会的政治思维和原理,为圣人的"无为"和公众的"自然"提供了制度保证和人性基础。政治说到底就是治理,老子的"无为而治"只是强调了不干涉和控制,但如何保证统一和秩序,保持活力和效率,单凭"无为"的原则无法具体操作。为此,黄老学发展出一套官僚技术和法治。一方面,它把老子的"无为"观念转变为"君逸臣劳"的官僚技术。圣王把国家具体事务交给各负其责的大臣和官僚掌管。作为政治统一体的象征,他掌握着最高的权力,只履行授权和监督的职能("授官任能"和"循名责实")。另一方面,黄老学把道家的"道"同法家的"法"结合起来,既为"法"寻找到了一个最高和最普遍的根据,同时又使"道"变成了能够具体实施的规范和制度。作为前者的典型表现,就是《黄帝四经·道法》说的"道生法";作为后者的表现就是把"执道"变成可以具体掌握和运用的普遍的法律。由此,老子的清静无为的统治,也就变成了用最简单和便捷的普遍法律标准去统治。由于道与法的结合,又由于"道"被看成是"一",老子的道与万物、道与器的关系,在黄老学中变成了法律之"一"与百姓之"多"的关系问题。如《黄帝四经·道原》说:"夫为一而不化,得道之本;握少以知多,得事之要;操正以正奇,前知太古,后[能]精明。抱道执度,天下可一也。观之太古,周其所以;索之未无,得之所以。"这里的说法显然属于"以一治多"的原理。

"一"和统一的"法律"为什么能够治多、御多,这是黄老学关于建立社会秩序所需思考的又一个重要问题。百姓和民众为什么要自我选择和自我实现,老子并没有进一步追问。黄老学整体上把人看成是"利益的动物",为法律的有效性提供了"人性"的基础。《黄帝四经·称》有一段残缺的话,它不仅说到君臣关系是利益关系,而且也提出了"人之自为"的概念:"不受禄者,天子弗臣;禄泊(薄)者,弗与犯难。故以人之自为□□□□□□□。"补出所缺文字,最后一句话就是:"故以人之自为也,不以人之为我也。"具有黄老意味的慎到和田骈,都从一般意义上认为每人都要为自己考虑("自为")。如《慎子·内篇》说:"人莫不自为也,化而使之为我,则莫可得而用。是故先王不受禄者不臣,不厚禄者不与人。人不得其所以自为也,则上不取用焉。故用人之自为,不用人之为我,则莫不可得而用矣,此之谓因。"(见《群书治要》本)人为自己考虑,具体体现在他的"趋利避害"和"好生恶死"上。黄老学认为这是人的自然本性("人情")。通常把具有黄老意味的韩非子等人的人性论看成是性恶论。但黄老学从不认为人的这种性情是恶的,它也从不要求政治家去改变人的这种性情。相反,它坚持认为,人的这种性情是人的行为的内驱力。统治者要建立真正的社会政治秩序,他要做的就是遵循和因循人的这种性情,使其得到最大限度的满足。以惩罚和奖赏为主旨的法律制度之所以有效,就是因为作为非人格性的最高意志的法律(主要表现为奖励和惩罚)符合趋利避害的人情(或人性)。法律的"一"之所以能够治御百姓和民众的多,就是因为这种"一"把握住了众多百姓中"共同"的东西。

《庄子·天下》篇称彭蒙、田骈、慎到有"齐万物以为首"的思想倾向。《吕氏春秋·不二》亦称"陈(田)骈贵齐",这说明田骈是强调"齐一"的。"齐万物"即"一同"万物,是说万物具有"统一性",可以被"整齐划一"。万物既有"类"的不同,也有"个体"上的差异。黄老学的"齐一"不是抹去万物形体和现象上的差异,毋宁说它恰恰是在万物的"不一"中,在万物的"千差万别"中,发现事物具有"齐一性"和"统一性",发现事物都可以通过"一"来衡量和规范。《吕氏春秋·不二》说的"能齐万不同,愚智工拙皆尽力竭能,如出乎一穴",作为"齐一"的前提,正是"愚智工拙"等"万不同"。黄老学没有改变"万物不同"的愿望,不期望愚蠢者变得有智慧,况且万物的不同又是不可改变的。但他们有"齐一性",如他们都是按照自己的性情和能力去活动,这"如出乎一穴"。由此,老子说的统治者要遵循百姓的"自然",就变成了用"法律"去因循人的性情。这就是为什么说在黄老学中重视法律的统治和重视"静因之道"和"因循"是统一的。这是老子之后道家政治哲学的一个重大转化,也是黄老学为什么主要是政治哲学的原因。

探寻老子学说的奥义

当代的老子研究产生了一些新的倾向和趋势,最为明显的是文本的探究非常活跃,思想的研究呈现出不同于以往的新视野,其中的部分原因是陆续发现了《老子》一书的古抄本,直到目前已达到了四种,它们是郭店战国竹简本、汉帛书甲本和乙本、汉简本。同一种文本,在四五十年间发现了如此多的不同抄本,这在出土文献中是罕见的,它说明《老子》一书在古代早期的中国文明中已产生了广泛的影响;另一部分原因是同情理解历史意识的增长和思想视角的多元化,从而使得老子思想中更为深层和本真的东西被揭示了出来,至少是某些令人扑朔迷离和疑惑不解的地方得到了一定的澄清。

说老子是一位思想家或哲学家都是可以成立的。先秦的"明哲"和古希腊的"爱智"不约而同地都把目光投向了智慧,老子的超凡智慧令人倾倒。年轻的孔子在访问了他之后,称赞这位长者犹如一条变化莫测的龙("其犹龙也"),道家的追随者尊称他为渊博的大师("博大真人")。老子在世时已是一位令人敬仰的德高望重、博学智能之士,这与他赢得的"仁者"声誉相吻合。人们敬仰老子,是因为他为人类留下了由深奥的警句、箴言、妙语和反论组成的永久智慧。五千言的《老子》,言简而意味深长,反论而奇思妙想,质朴而奥旨无穷。这就是为什么这有限的篇幅对作为一位哲学家的老子来说已经够了,而我们要确切地认识它又困难重重。

(一)"道":根源和创造

在人类开始寻找万物根源和存在奥秘的各种尝试中,老子破天荒地用"道"去解释宇宙和万物,这是古代早期中国思想的一次巨大转变。但关于如何解释"道"人们一直有不同的看法,就是在近代以来的西方也是如此,如有的将"道"解释为逻各斯(Logos),有的解释为上帝(God)。海德格尔试图恢复"道"作为"路"的原意,使"道"以原始和朴实的面貌向人们敞开。① 这些解释如何呢? 在从"三代"宗教到东周哲学的转变中,老子的"道"恰恰是要用"自然"的根源性力量取代超自然的创世论,说"道"就是"上帝"与道的性格格格不入;"道"的本义是路,后引申出言说(如"可道"),但老子的根源之"道",恰恰超出了Logos 的言说、语言方面的意义;②万物的根源和统一,也不会像走的路那样直接呈现出来,它一旦成为"万物"的总路线和总根源,就不再是寻常之路了。

老子冥想和直觉到宇宙万物有一个伟大的根源,他不知道如何去称呼它,他姑且称它为"道"。显然,同各种具体的经验事物不同,它不是通常语言所能表达的("不可道"),它是"无名"("道隐无名")。为了便于我们接近它,老子尝试用一些否定性的言词去描述"道"。在这些描述中,老子一再强调人们无法感知道,因为它没有形状和形象:"视之不见,名曰夷;听之不闻,名曰希;搏之不得,名曰微。此三者不可致诘,故混而为一。一者,其上不皦,其下不昧。绳绳不可名,复归于无物。是谓无状之状,无物之象,是谓惚恍。迎之不见其首,随之不见其后。"(《老子》第 14 章。以下引文只注章数)如果我们仍想从形状和形象上去想象它,就只好说它是"无状之状"、"无象之象"。老子的后继者们也常常用无形、无象、无名及无法感知等否定性方式去描述

---

① 俞宣孟:《现代西方哲学的超越思考:海德格尔的哲学》,上海人民出版社,1989 年,第 331 页。

② 张祥龙:《海德格尔思想与中国天道:终极视域的开启与交融》,三联书店,1996 年,第 419—420 页。

"道"。由此,我们也可以理解老子特别是王弼为什么会以"无"为"道"。从这种意义上说,道家的形而上学可以称之为"无形之学"。

但老子的"道之无"绝不是纯粹的"空无",宁可说它又是"大有",否则它就无法创造万物。问题是它究竟是什么样的"大有"。围绕道是物质性的实有还是非物质性的绝对,我们有不同的看法和各种争论。① 根据竹简本说的"有状混成,先天地生。惚兮恍兮,其中有象;恍兮惚兮,其中有物。窈兮冥兮,其中有精;其精甚真,其中有信",老子确实为"道"赋予了"有"的实质。不同于传世本的"有物混成",竹简本作"有状混成",其"状"更是将"道"视之为未经分化的最初的原始状态,可以说它是包含着一切可能性的"混沌"。老子说:"道冲而用之或不盈。渊兮,似万物之宗;湛兮,似或存。"(第4章)

老子的实有之"道",同时又是最伟大的创造力。"谷神"、"玄牝"等隐喻,就是老子用来说明"道"的这种创造力的:"谷神不死,是谓玄牝。玄牝之门,是谓天地根。"(第6章)有形、有象的万物,正是道创生出来的。道创生万物的整个过程,它先是产生了一,继之从一生出二,再从二生出三,最后从三生出万物,即"道生一,一生二,二生三,三生万物。"(第42章)至今我们都很难确定地说这里的"一"、"二"、"三"到底是指什么。根据《淮南子·天文训》的解释,"道始于一,一而不生,故分而为阴阳,阴阳和而万物生",另根据老子说的"万物负阴而抱阳,冲气以为和",其"一"、"二"和"三"可能分别是指未经分化的"气"、分化之后的阴阳二气、阴阳相结合而形成的"和气"。这种"和气"最后产生了万物。

道创生了万物,但它从不以造物主自居,也从不主宰和控制万物,它具有老子所说的"生而不有,为而不恃,长而不宰"(第51章)、"衣养万物而不为主"(第34章)和"善贷且成"(第41章)的至上美德("玄德")。道扮演了"守夜人"的角色,以弱作用力面临万物("弱者道之用"),顺从"万物"的自行化育和发展。在老子的这一思想影响下,《太一生水》提出了"天道贵弱"的论断。道之弱作用力也就是老子所说的

---

① 张岱年:《老子哲学辨微》,见《张岱年全集》第五卷,河北人民出版社,1996年,第242—247页。

"道"的"无为",它的运行方式和表现就是"道法自然"。"道法自然"这一论题常常被解释为"道自己如此"、"道效法它自己",①但这是不准确的。这一重要论题的真实意思是"无为"的"道"遵循"万物"的"自然"(自行其是),即道遵循万物的自发性活动。在老子的思想中,"无为"说的是"道"的活动方式("道常无为而无不为"),与此相对,"自然"说的是"万物"的活动方式("是以辅万物之自然而不敢为")。②

总之,"道"既是万物的根源("道者万物之奥"),又是万物的本质("昔之得一者,天得一以清……");道是一,但它创造出了层出不穷的多,使万物各有其"德"。道是最高的"安静",但它促成了一切的变化;道是最大的空虚,但它又使一切充满;"道"是最大的谦让和不争,但它能使一切都具有伟大的力量;道从不表白什么,也不干预什么,但它能使万物处于完善和完美的状态。道是万物的母亲,也是万物的榜样。有了道,一切光明,没有了道,一切死亡。

(二)"转化"的奥妙

老子常常被看成是中国的辩证法大师,但我更想用"转化"这个词来考察他对事物关系的深湛之思和智慧。《老子》第40章有两句著名的话:"反者道之动,弱者道之用",这是老子对有关道的"转化"法则的精练概括。这两句话的意思是,循环往复,这是道的整体运动;③柔弱不争,这是道的根本作用。"反"和"弱"共同构成了老子"转化"世界观的基础。在对万物的观察中,老子认识到了事物的对立、依存、转化及其缘故。

其一,许多事物的关系是既相反又相互依存。在老子看来,像美丑、有无、难易、长短、高下、音声、前后等事物和现象,它们彼此一方面

---

① 任继愈:《老子绎读》,北京图书馆出版社,2006年,第56页;陈鼓应:《老子今注今译》,商务印书馆,2003年,第173页。
② 王中江:《道与事物的自然:老子"道法自然"实义考论》,载《哲学研究》,2010年第8期。
③ 王叔岷:《先秦道法思想讲稿》,中华书局,2007年,第36—38页。

是相反的,但同时又是相互依存的。世界上之所以有美,是由于存在着丑,如果没有丑的存在,也就无所谓美。因此,在老子看来,对立和相反的事物并不完全是消极的,它也有成就对方的作用。即使是一个不善的人,对于善人来说,他也具有资借的意义,而不是纯粹的否定性存在:"故善人者,不善人之师;不善人者,善人之资。"(第27章)同样,委曲与保全、弯曲与伸直、低洼与充盈、破旧与崭新等也是既相反又互相成就:"曲则全,枉则直,洼则盈,敝则新,少则多,多则惑。"(第22章)进一步,老子认为,真正伟大的事物往往包容着相反的东西,老子以佯谬的方式揭示说:"大成若缺,其用不弊。大盈若冲,其用不穷。大直若屈,大巧若拙,大辩若讷。"(第45章)

其二,事物之间的关系不是固定性的存在,它们彼此包含着对方的可能性并相互转化。如祸福之间的转化,老子有一个著名的说法:"祸兮福之所倚,福兮祸之所伏。"(第58章)"塞翁失马,焉知非福"的故事,是后人对老子祸福屡屡转化的一个生动的演绎。"损益关系"同样,老子称:"故物或损之而益,或益之而损。"(第42章)事物为什么会发生转化,有时让人捉摸不定:"孰知其极?其无正也。正复为奇,善复为妖。人之迷,其日固久。"(同上)按照老子的看法,事物的转化取决于不同因素的积累,只要事物的相反因素和力量积累到一定程度转化就会发生。如老子说:"图难于其易,为大于其细;天下难事,必作于易;天下大事,必作于细。是以圣人终不为大,故能成其大。"(第63章)"合抱之木,生于毫末;九层之台,起于累土;千里之行,始于足下。"(第64章)因此,为了使事物往有利于自己的方向发展,就要不断积累正面的因素;相反,为了避免事物往不利的方向发展,就要把有害的因素消除在微小的状态中:"其安易持,其未兆易谋。其脆易泮,其微易散。为之于未有,治之于未乱。"(第64章)此外,事物若过分的强大,也会使其朝着相反的方向转化,用老子的话说就是"物壮则老,是谓不道,不道早已"(第30章)。

其三,在事物的转化中,表面上看起来是柔弱的一方实际上则更具有生命力。在一般的思维中,人们对于有与无、有为与无为、动与静、实与虚、阴与阳、上与下、雄与雌、先与后、直与曲、贵与贱、多与少、直与枉、有知与无知、有欲与无欲、柔弱与刚强等这些正反的两面,往往肯定和偏爱的是前者,但老子更肯定和钟情的是后者。他在一般被认为是消极的、不利的方面看到了力量和意义,这可以称之为反向或逆反的思维方式。在东西方哲学中,这种思维方式是非常独特的。

其四,在对反面事物的作用及价值的深刻认识中,老子走向了柔性主义哲学。《吕氏春秋》将老子的哲学概括为"贵柔"深得其旨。有人推测老子可能是月神崇拜者,因为月神具有阴顺和柔性的美德。老子从生物死后都变得僵硬得出结论说,事物和生命的活力、持续在于他的"柔和性",在于善于处于卑下和弱势的位置:"人之生也柔弱,其死也坚强。草木之生也柔脆,其死也枯槁。故坚强者死之徒,柔弱者生之徒。是以兵强则灭,木强则折。强大处下,柔弱处上。"(第76章)老子十分欣赏天真和纯朴的婴儿,因为在他看来,婴儿是"柔和性"的完美表现:"含德之厚,比于赤子。毒虫不螫,猛兽不据,攫鸟不搏。骨弱筋柔而握固,未知牝牡之合而朘作,精之至也。终日号而不嗄,和之至也。"(第55章)老子赞美"水的美德",也是因为在他看来,"水"是柔弱和柔和的又一个象征。水处于最卑下的位置,它不与其他事物争高,因此它最接近于道的本质:"水善利万物而不争,处众人之所恶,故几于道。"(第8章)水是最柔弱的,但它蕴涵着无限的冲击力,它能够攻下最强硬的堡垒:"天下莫柔弱于水,而攻坚强者莫之能胜,以其无以易之。"(第78章)古希腊哲学把水作为万物的根源,竹简《太一生水》受老子"尚水"思想的影响,也赋予"水"生成论的意义。

(三)"简省之治"与"自发性"

道家的学说曾被概括为"君人南面之术",这意味着它是一种"统治术"。但要知道,老子揭示的主要是统治的原理而不是具体的官僚技术。这一原理主要是由治者的简省"无为"与公众的自发性"自然"两个相应的概念构成。

世界观上的"道"与"万物"的关系,下降到政治共同体中就是"圣王"同"百姓"的关系。在政治共同体中,圣王是世俗秩序的代表,他同宇宙之"道"相对应。在宇宙中,"道"是"无为"的,圣王效法道,在人间应奉行"无为"之治。如老子说:"道常无为而无不为。侯王若能守之,万物将自化。化而欲作,吾将镇之以无名之朴。镇之以无名之朴,夫将不欲。不欲以静,天下将自正。"(第37章)如郭店本《老子》说:"以圣人居亡为之事,行不言之教。万物作而弗始也,为而弗恃也,成而弗居。"(第2章)据此可以肯定,"无为"是对统治者的要求,它是治者的根本原则。对老子来说,过分、过度、功成自居、自以为是、苛政、大量的税收、繁琐的法令等行为,都是违背无为的行为。从否定性方面说,"无为"就是"无事"、"不言"、"不争"、"无欲"、"不为始"、"不恃"、"弗居"、"无执"、"不可为"、"不可执"、"不宰"、"勿矜"、"勿伐"、"勿强"、"无事"、"不为大"、"不自见"、"不自贵"、"少私"、"不为天下先"等等;从肯定的方面说,"为无为"就是要求统治者积极从事什么,如"纯朴"、"清静"、"谦卑"、"功遂身退"、"柔弱"、"以贱为本"、"以下为基"、"宽容"、"赤子之心"、"守中道"、"节俭"、"勇于不敢"等。

对于拥有最高政治权力、掌握着大量政治资源的治理者来说,"无为"是极其困难的,它需要巨大的政治勇气。由此我们可以理解老子为什么会提出"勇于不敢"。对老子而言,在政治领域中,"勇敢"就是勇于"有为","勇于不敢"就是勇于"无为",这种"勇气"非同寻常。一些批评者常常认为,老子的"无为"太消极,它类似于鼓励治理者无所事事。这种批评太过表面。无为的表层意义是限制行为,实质意义是行为要合乎规律,反对干涉和控制,防止权力的滥用。在权力缺乏有效监督和制约的传统政治秩序中,统治者能够意识到权力的问题性并限制权力的使用,这需要的不仅是明智和节制,而且更需要战胜自我的强大("自胜者强")勇气。

相对于圣王的"无为","自然"(即自己如此)则是属于作为万物之一的百姓的活动方式和状态。如老子说:"功成事遂,百姓皆谓我自然。"(第17章)这句话说的是,百姓把他们的事业及其成就看成是他们自己的选择及其作为("自然")。老子说的"希言自然"(第23章)同样如此,它指的是统治者少发号施令以合乎百姓的自然(即自己的"意愿")。《老子》一书中有许多类似于"自然"意义的词汇,这些词汇都由"自"和另外一个字搭配而成,如"自富"、"自化"、"自正"、"自朴"、"自均"、"自宾",等等。这些词汇被老子用来表示一种共同的意旨,即圣王只要能够做到无为、无事(即不加干涉和控制),百姓就能够自行选择、自己成就自己。最典型的例子是竹简本中的这段话:"是以圣人之言曰:我无事,而民自富;我亡为,而民自化;我好静,而民自正;我无欲,而民自朴。""自"这个字强调了公众活动的主体性和行为的"自主性"。百姓最清楚自身的事务,也最关心自己的利益,他们也懂得为了自己的利益如何去充分发挥自己的能力,其结果就产生出了社会的最大动力和活力。这也就是为什么老子说"无为而无不为"(第48章)。怀疑者依据帛书认为这句话是后人所附益,[1]然而郭店本确实已有"无为而无不为"的说法。《庄子·知北游》引用的《老子》也有这句话:"故曰:'为道者日损,损之又损,以至于无为。无为而无不为也。'"这说明"无为而无不为"不是后人的附益,也说明老子已认识到"无为"的统治是最有效的。

老子将社会治理的效果划分为四个等级,最高一等的统治是秩序良好而百姓只是感觉到统治者的存在,这实际上就是老子设想的"无为之治";第二等是统治者为人民带来了福利而得到了人民的拥护和称赞,这类似于儒家所说的"德治";第三等是统治者采取暴力和恐怖的手段使人民畏惧他;最后一等是统治者腐败不堪、胡作非为而遭到了人民的轻蔑和唾弃。老子理想中最高等级的统治,不是激进的无政府主义或者所说的"无君论",而是基于"道"的"无为"的统治,其中心是要求统治者清静无扰,百姓能够自行其是,这是一种"简省无扰"的统治,是一种自发性的社会秩序。老子生动地把治理一个大国的方法比之为烹制一条小鱼,要耐心地静观其变,少加翻动。司马迁准确而又简约地将老子的治国高级智慧概括为"无为自化,清静自正"。

(四)"修身养性":"善摄生"和"不失其所"

老子不仅贡献了治理国家的智慧,而且也提出了一套"修身养性"和"处世"的精湛人生艺术。老子可能以长寿而终,信仰不死的道教徒将他神化为长生不老的化身,或者把他想象为率领天上的仙人和玉女来到人间的"太上老君"。但老子没有道教徒发展出来的指导人们养

---

[1] 高明:《帛书老子校注》,中华书局,1996年,第54—57页。

护生命的各种可操作的技巧,老子教导人们的是养生的高级原则。无限和伟大的"道"是生命力的不竭源泉,合乎道而生活或者遵循道的本质而存在,人就能够保持长久的生命。老子说:"不失其所者久,死而不亡者寿。"(第33章)"不失其所"即"不失去根本的道",这是生命长久的奥秘。老子这里说到的"寿",是指一个人死后不被人们所遗忘。由此也可以看出,老子虽然相信人可以"长生"和"长久",但他确实没有人可以不死的想法。

合乎道的生活方式体现为一系列的修身和养生原则。在这些原则中,老子要求人过一种"适度"和"节制"的生活。这就是他提倡的不走极端、不奢侈和不过分——"去甚,去奢,去泰"(第29章)。人们的生活愿望无穷无尽,与愿望的满足相应的不是愿望的减少,而常常是愿望的扩大和无休止的追逐。老子观察到上层社会生活的丰裕和奢侈并加以批判:"朝甚除,田甚芜,仓甚虚;服文采,带利剑,厌饮食,财货有余;是为盗夸。非道也哉!"(第53章)老子提醒说,人的生命机体的可承受性是非常有限的,过度消费就会损害生命的机能和身心的平衡:"五色令人目盲;五音令人耳聋;五味令人口爽;驰骋畋猎,令人心发狂;难得之货,令人行妨。"(第12章)在老子看来,合理的养生之道,既是善于使用美好的事物,避免因过度使用有利的事物而产生有害的结果,又是善于避开和摆脱直接威胁生命的可怕力量,甚至在那些置人于死地的场所也能够安然无恙:"盖闻善摄生者,陆行不遇兕虎,入军不被甲兵。兕无所投其角,虎无所用其爪,兵无所容其刃。夫何故?以其无死地。"(第50章)鉴于人们为了长生而过度地养生、反而危害了生命,老子告诫说:"益生曰祥(灾殃)。"(第55章)进一步,老子甚至教导说,不要念念不忘自己,许多祸患都来自于对自我的执著:"贵大患若身。……何谓贵大患若身?吾所以有大患者,为吾有身,及吾无身,吾有何患?"(第13章)

过度地占有源于人们的不知足。老子教导说,要给予,不要索取,他还使用了一个反常的逻辑:"既以为人己愈有,既以与人己愈多。"(第81章)从缺乏的意义上说谁都有缺乏,但如果他只知道缺乏什么,而不知道他拥有什么,他就会永远处在不安的状态之中。老子规劝人们要知足,他说的知足,是基于人们已经拥有的东西,不是相对于未来的希望。它不是鼓励人们懒惰,而是要人们有自我满足和自我肯定的心境。一个人只要知足了,他就感到富有了("知足者富")。《墨子·亲士》也说出了类似的真理:"非无安居也,我无安心也;非无足财也,我无足心也。"养生不仅在于对财富具有一种超然的心态,而且更在于善于积蓄身心的精力,使生命处于旺盛和饱满的状态。老子有一个"啬"的概念,它的恰当解释是"爱惜"和"蓄养"。在老子看来,没有比珍惜和保存自己的精力更好的养生方法了:"治人事天,莫若啬。夫为啬,是谓早服;早服谓之重积德;重积德则无不克;无不克则莫知其极;莫知其极,可以有国;有国之母,可以长久;是谓深根固柢,长生久视之道。"(第59章)但人们不懂得珍惜自己的生命,常常不节制自己的性情,过度地消耗自己的身心。老子警告说:"甚爱必大费。"(第44章)在声名与生命、生命与财物、得到与失去之间,人们往往被外在的东西所奴役,丧失了自我和生命。老子质问说:"名与身孰亲?身与货孰多?得与亡孰病?"(第44章)老子欣赏的是一幅心灵单纯、宽厚不争、淡泊宁静甚至是充满傻气的"愚人相":"荒兮,其未央哉!众人熙熙,如享太牢,如春登台。我独泊兮,其未兆;沌沌兮,如婴儿之未孩;儽儽兮,若无所归。众人皆有余,而我独若遗。我愚人之心也哉!俗人昭昭,我独昏昏。俗人察察,我独闷闷。众人皆有以,而我独顽且鄙。我独异于人,而贵食母。"(第20章)

* * *

　　老子的智慧玄妙深奥,但又非常朴实和实在;是反常的,但又道出了宇宙和事物的真谛;是看似矛盾的,但又融洽无碍。老子说他的话既容易理解,也容易实行;但要真正理解和实行,又是非常不容易的。人们一直在试图揭示老子学说的深刻奥妙,但老子一开始就预测说,懂得他的人,可能非常稀少。如果有人真正能够遵循他的话而行动,那是难能可贵的。最后让我们用《老子》第41章的一段话结束我们的讨论:"上士闻道,勤而行之;中士闻道,若存若亡;下士闻道,大笑之。不笑不足以为道。"

"道法自然"本义

"道法自然"是老子哲学中非同寻常而又往往得不到确切解释的一个论题。迄今为止,我们知道汉代注释家河上公第一次将这一论题解释为"道性自然,无所法也"(《老子道德经河上公章句》卷二《象元》第二十五)。受这一注释的影响,后来的许多《老子》注释家都在类似的意义上解释老子这一句话。如宋代道士葛长庚撰著的《道德宝章》解释说:"道法自然,道自己如此。"又如,元代的注释家吴澄注解说:"道之所以大,以其自然,故曰法自然。非道之外,别有自然也。自然者,无有、无名是也。"(《道德真经注》卷四)再如,清代焦竑的《老子翼》这一章注,引苏辙的《老子解》说:"道以无法为法者也。无法者,自然而已,故曰道法自然。"沿袭这一思路,当今的一些《老子》注释者和解释者,如冯友兰、张岱年、童书业、陈鼓应和许抗生等先生,大都一脉相承地认为老子的"道法自然"是说"道自己如此","道"无所效法。[①] 陈鼓应和许抗生先生都是著名的《老子》注释家,但他们在这一具体问题上也不免受了河上公的影响。然而,对"道法自然"的这种通常性解释,首先在语言文字上不容易说通,它取消了作为动词使用的"法"字的意义;其次,它没有揭示出这一论题的确切意义,也同老子哲学的主旨不一致。古今注释家之所以会产生这种解释,主要是因为大家不能

---

① 冯友兰:《三松堂学术文集》,北京大学出版社,1984年,第148页;张岱年:《中国哲学大纲》,中国社会科学出版社,1982年,第18页;童书业:《先秦七子思想研究》,齐鲁书社,1982年,第113页;许抗生:《帛书老子注译及研究》,浙江人民出版社,1985年,第114页;陈鼓应:《老子今注今译》,商务印书馆,2007年,第173—174页。

想象老子最高的"道"还会有效法的对象,也没有注意到这一论题同老子哲学思想整体的关系。

在迄今发现的最早的《老子》版本——郭店楚简本(根据竹简型制分为甲、乙、丙三组)中,这一论题就已经有了,这一段完整的话是:"有状混成,先天地生,寂寥,独立不改,可以为天下母。未知其名,字之曰道,吾强为之名曰大。大曰逝,逝曰远,远曰返。天大,地大,道大,王亦大。国中有四大焉,王居一焉。人法地,地法天,天法道,道法自然。"这一段话在通行本《老子》中属于第二十五章,两者在文字上大同小异,说明它是《老子》原本中就有的话。

照字面上的意思,"道法自然"就是"道效法(或遵循)自然"。其中使用"法"字的句式,同前面几句话中"人法地,地法天,天法道"(人效法地、地效法天、天效法道)的句式一样,意义应当也是一致的。将"道法自然"解释成"道自己如此",既抹掉了相同用例的"法"字的意义,也改变了同前句相同的动宾结构。一些注释家将前面的"法"字解释为效法并保持了它们的动宾结构,而偏偏将"道法自然"单独处理,这是非常不恰当的。事实上,三国时代《老子》的著名注释家王弼,就不是这样解释的。王弼对"人法地,地法天,天法道,道法自然"这几句话中的"法"字作了前后一贯的注解:"法,谓法则也。人不违地,乃得全安,法地也。地不违天,乃得全载,法天也。天不违道,乃得全覆,法道也。道不违自然,乃得其性,[法自然也]。法自然者,在方而法方,在圆而法圆,于自然无所违也。自然者,无称之言,穷极之辞也。……道[法]自然,天故资焉。天法于道,地故则焉。地法于天,人故象焉。[王]所以为主,其[主]之者[一]也。"①

"法则"即"效法",亦即"遵循",同王弼说的"不违"和"顺"义同。王弼解释"道法自然"说的"道不违自然,乃得其性。法自然者,在方而法方,在圆而法圆,于自然无所违也",非常明显地注出了"法"的意义,也许因为王弼没有清楚地注出"自然"是谁的自然,后来的不少注释家和解释者都没有接受王弼的说法。严复《老子评语》(第25章)已注意到"法"字解释中的问题,他说他的弟子熊季廉解"法"为"有所范围而

---

① 《老子道德经注》,见楼宇烈:《王弼集校释》,中华书局,1980年,第65页。

不可过之谓","洵为破的之诂,惟如此解法字,方通"。① 但严复仍然认为"道法自然"的意思是"道即自然",没有揭示出"道"不可越过的范围究竟是什么。

"道法自然"这一论题的意义比表面看上去要复杂得多,它不是一个孤立性的论题,它关涉到老子形而上学的根本问题——"道"与"万物"的关系,也关涉到老子政治哲学的核心问题——"圣王"同"百姓"的关系。这一论题本身直接涉及老子哲学中最重要的一个概念"道"和另一个重要概念"自然"。作为老子形而上学的"道",它是产生"万物"的根源(如第42章说的"道生一,一生二,二生三,三生万物"和第51章说的"道生之",其道即是此义),是"天地之母"(第25章)和"万物之奥"(第62章;帛本"奥"作"注",即"主")。"道"不仅产生"万物",而且也是万物得以生存、存在的基础和保证,这就是为什么说老子的"道"既是生成论上的又是本体论上的。《老子》第4章说:"道冲而用之或不盈。渊兮,似万物之宗。""道"虽是万物的根源和基础,是万物的母亲,但它从不以万物之主自居:"大道泛兮,其可左右。万物恃之以生而不辞,功成而不有。衣养万物而不为主,可名于小;万物归焉而不为主,可名为大。以其终不自为大,故能成其大。"(第34章)

而且"道"也从不"主宰"、"控制"和"干预"万物,它具有"生而不有,为而不恃,长而不宰"(第51章)和"善贷且成"(第41章)的至上美德("玄德")。"道"的这种本性老子称之为"无为"。"无为"不是说"道"没有任何作为,而只是说道不控制、不干预万物,而是让万物自行活动、自行其是,如《老子》第37章说:"道常无为而无不为。""道常无为",王弼解释为"顺自然"。可以断定,"无为"是"道"的运行和活动方式,它的发出者是"道"。但"道"要"顺应"的"自然",不是"道"自己的属性,而是"万物"的属性。换言之,"自然"的所属者不是"道",而是"万物"。换言之,"自然"是"万物"的"自然",而不是"道"的"自己如此"。"万物"按照自身的本性自行其是,自行变化,这才是老子所说的"自然"。

"自然"说明和描述的是"万物"的活动方式和存在状态,在《老

---

① 见《严复集》第四册,中华书局,1984年。

子》文本本身和受其影响的文本中，都有确实的根据。"自然"这个词不像"道"那么古老，它是老子发明并首先使用的。老子所说的"自然"，作为指称"客体"（如自然界）即事物的"存在方式"和"状态"，它的意思是"自己如此"，这是这个词在中国古代哲学中的主要意义。"不要勉强和强迫"意义上的"自然"，就是从这里引申出来的。相对于"道"的"无为"，"自然"的发出者是"万物"。《老子》第64章说："是以圣人……以辅万物之自然而不敢为。"很明显，这里说的"自然"被限定为"万物的自然"，而不是说"道"自己如此。《韩非子·喻老》解释这句话说："夫物有常容，因乘以导之。因随物之容，故静则建乎德，动则顺乎道。宋人有为其君以象为楮叶者，三年而成。丰杀茎柯，毫芒繁泽，乱之楮叶之中而不可别也。此人遂以功食禄于宋邦。列子闻之曰：'使天地三年而成一叶，则物之有叶者寡矣。'故不乘天地之资而载一人之身，不随道理之数而学一人之智，此皆一叶之行也。故冬耕之稼，后稷不能羡也；丰年大禾，臧获不能恶也。以一人之力，则后稷不足；随自然，则臧获有余。故曰：'恃万物之自然而不敢为也。'"

"圣人"遵循"道"的"无为"推行"无为政治"，是为了辅助和配合"万物的自然"，这就是简本所说的"道，恒亡为也，侯王能守之，而万物将自化"。"自化"与"自然"义近，它是说"万物"自行变化。从《庄子·应帝王》篇说的"顺物自然而无容私焉"同样可知，"自然"是"物（万物）"的"自然"。王弼注《老子》一贯以"自然"为"万物"的"自然"，如第29章注有"万物以自然为性"、"圣人达自然之性，畅万物之情"的说法。这表明，"道"与"万物"的关系，在老子那里确实是"道无为"与"万物自然"的关系。老子说过"道常无为而无不为"（见之于通行本和帛本），有人怀疑"无为而不为"的说法是后人添加的，然而郭店简本中确有"亡为而亡不为"的说法，这证明这一猜测是错误的，从这句话也可以看出，"道"是"无为"的。由于道遵循了万物的自然，使万物自己成就了自己，因此它又是"无不为"的。《老子》第51章说："万物莫不尊道而贵德。道之尊，德之贵，夫莫之命而常自然。"其中的"自然"，仍然是"万物"的属性。"道"和"德"之所以受到万物的尊重，是因为它们不对万物施加命令和干涉，而是因任万物的"自然"。蒋锡昌解释说：第32章"民莫之令而自均"与此文"夫莫之令而常自然"谊近。

"莫之命"即"莫之令","自然"即"自均",可证"命"作"爵"者,决非古本,于义亦难通也。道之所以尊,德之所以贵,即在于不命令或干涉万物而任其自化自成也。① 既然"自然"在老子那里确实是指"万物"的自然,而不是"道"的自然,那么"道法自然",就可以更具体地解释为"道效法或遵循万物的自然"。

世界观上的"道"与"万物"的关系,下降到政治共同体中就是"圣王"同"百姓"的关系。在政治共同体中,圣王是国家统一和秩序的维护者,他同宇宙之"道"相对应,是"道"在人间的最高代表。"道"是"无为"的,"圣王"也要"无为"。在老子那里,"无为"是对统治者的要求,是圣王必须奉行的准则。《老子》一书在政治意义上使用的"无为",都是对统治者而言。如郭店本《老子》说:"以圣人居亡为之事,行不言之教。万物作而弗始也,为而弗恃也,成而弗居。"通行本《老子》也说:"无为而无不为。取天下常以无事,及其有事,不足以取天下。"(第48章)

同理,相对于圣王的"无为","自然"则是属于作为万物之一的百姓的活动方式和状态。如《老子》第17章说:"太上,下知有之;其次,亲而誉之;其次,畏之;其次,侮之。……功成事遂,百姓皆谓我自然。"照这里所说,统治者越是无为,百姓就越会认为功业都是他们"自己造就"的,是"自己如此"的。《老子》第23章说的"希言自然",是说统治者少发号施令合乎百姓的自然。正如"道无为"与"万物自然"是宇宙的运行原理那样,"圣王无为"与"百姓自然"则是政治运行的原理。对于《老子》第27章说的"善行无辙迹,善言无瑕谪,善数不用筹策,善闭无关楗而不可开,善结无绳约而不可解",王弼的注释贯穿着他对老子政治哲学的一贯看法,即高明的圣王总是顺应、遵循万物和百姓的"自然":"顺自然而行……顺物之性……因物之数……因物自然,不施不设"。这也符合《老子》第49章"圣人常无心,以百姓心为心"的主旨。

《老子》一书中有许多类似于"自然"意义的词汇,这些词汇都由"自"和另外一个字搭配而成,如"自富"、"自化"、"自正"、"自朴"、"自均"、"自宾",等等。这些词汇被老子用来表示一种共同的意旨,即

---

① 蒋锡昌:《老子校诂》,见"民国丛书"第五编五,上海书店,1996年,第317页。

圣王只要无为、无事（即不加干涉和控制），百姓就能够自行选择、自己成就自己。最典型的例子是竹简本中的这段话："是以圣人之言曰：我无事，而民自富；我亡为，而民自化；我好静，而民自正；我欲不欲，而民自朴。"通行本第57章顺序和文字与此略异，但意思一致："故圣人云：我无为，而民自化；我好静，而民自正；我无事，而民自富；我无欲，而民自朴。""圣人"在这里是以第一人称"我"出现的，他相对的是"民"。通行本第32章说："道常无名朴。虽小，天下莫能臣。侯王若能守之，万物将自宾。天地相合，以降甘露，民莫之令而自均。"其中"侯王"的"守"相对的是"民"的"自宾"、"自均"。"自宾"和"自均"也是民发自自身的活动。《庄子·应帝王》篇以引用的方式表述了老子的这一思想："老聃曰：明王之治，功盖天下而似不自己，化贷万物而民弗恃。"类似的意思，也出现在《庄子·天地》篇中："故曰：古之畜天下者，无欲而天下足，无为而万物化，渊静而百姓定。"

老子在公元前500年前后就发出了不干涉、政府要安静、反对控制的强烈呼声。典型的说法有《老子》第60章说的"治大国若烹小鲜"和第54章的说"清静为天下正"。老子认为社会政治的一系列问题和矛盾都是支配者的干预、控制和占有欲望造成的。《老子》一书中有两段话是他对支配者的控诉，这两段话大家都很熟悉，一段出自《老子》第57章："天下多忌讳，而民弥贫；民多利器，国家滋昏；人多伎巧，奇物滋起；法令滋彰，盗贼多有。"另一段出自《老子》第75章："民之饥，以其上食税之多，是以饥。民之难治，以其上之有为，是以难治。民之轻死，以其上求生之厚，是以轻死。"

贯穿在《老子》五千言中的核心思想不是"小国寡民式"的政治设想，而是教导支配者如何最省心而又最有效地治理一个庞大的国家，那就是支配者的"无为而治"和"百姓"的"自然自治"。简本（甲）说："为之者败之，执之者失之。是以圣人亡为，故亡败；亡执，故亡失。……圣人欲不欲，不贵难得之货；教不教，复众之所过。是故，圣人能辅万物之自然而弗敢为。"

在广大的宇宙体系中，"道"遵循"万物的自然"；在有限的人间社会中，"圣人"则遵循"百姓的自然"。老子的圣人遵循、效法百姓的自然的思想，被后来的黄老学（如《管子四篇》、《黄帝四经》、《慎子》等）

发展为"因循"和"静因"的观念。其所因循的百姓的"自然",也被具体化为人选择和追求自己的利益("趋利避害")的"人情"和"自为"。在黄老学中,圣王照样是"无为"的,但他之所以能够"无为",是因为法律和规范提供了治理的统一标准和尺度;圣王能够通过法律因循百姓的自然,是因为作为非人格性的最高意志的法律(主要表现为"奖励"和"惩罚"),符合"人情"(或人性)这种趋利避害的"自然"。法律和规范既能使明主无为,也可以使百姓自然。在黄老学的统治术中,儒家的个人道德,贤人的智慧,都变得无关紧要,难怪亚里士多德说法律是叫人不要用"智"。如果说老子是"反智"的,那么他反对的是君主用各种办法对付百姓的机巧小智,他需要的是圣王"无为而治"和使"百姓自然"的大智;如果说黄老学是"反智的",那么它反对的是容易产生随意和不确定性的个人的小智,它需要的是法律的大智。

(原载《寻根》2009 年第 3 期)

难得"无为"

我一直对汉初黄老之学的兴盛及其政治实践感到惊异。这个时期很短暂,它所带来的积极的社会政治成果("文景之治")却引人注目。这是黄老之学被运用于社会政治实践的成功事例。那个时期的一些上层政治人物,从高祖刘邦、惠帝刘盈、文帝刘恒、景帝刘启和窦太后,到萧何、陈平、曹参等,程度不同地都欣赏和喜好黄老之学。窦太后是这种整体气氛中一个极致性的例子,她"好黄帝、老子言,帝及太子诸窦,不得不读《黄帝》、《老子》,尊其术",信奉儒家的辕固生蔑称《老子》书为"家人言"(仆人言),激怒了太后,太后惩罚他进入猪圈刺猪。一般来说,汉初黄老之学赢得统治者的效法,是因为秦的暴政、苛政的灾难性后果以及在楚汉战争的瓦砾和凋敝中新建的帝国,迫切需要通过安定和宁静,以恢复正常的生产和生活秩序。我想,在儒学一蹶不振和法家威信扫地之际,相对活跃的黄老之学可能也是促成汉初统治者优先选择的一个因素。

汉初政治上所运用的黄老学原则非常简明,照《史记》和《汉书》的记载,政治人物有意识地接受"无为"、"清静"、"俭约"、"勿扰"和"垂拱"等重要观念。作为政治措施和政治行动的具体表现,就是废除残酷繁苛的秦法,建立"宽简"的人们可以预见的稳常和统一的法令秩序,统治者以身作则地保持清廉和俭约,减轻庶民的税赋和名目繁多的负担,不干涉、不纷扰庶民的行动,使其安宁地从事各自的事务。已经成为习称的"约法三章"、"萧规曹随"、"与民休息"等,就体现了那个时期"无为"、"宁静"的统治方式。高后时就出现的"天下晏然,刑罚罕用,罪人希,民务稼穑,衣食滋殖"的繁荣景象,乃至文景之时的"盛世",均表明黄老之学在当时的社会政治实践上相当有效。但汉武帝很快就放弃了汉初的"无为之治",采取高度的"有为之治",他加强了控制和干涉,并通过一系列战争来扩大帝国的版图,在一时的强盛之下也造成了国库空虚、秩序破坏等严重的社会政治危机。他遭到了好大喜功和无端牺牲生灵的尖锐批评,即使是正统的史学家也对他表示惋惜:"如武帝之雄材大略,不改文景之恭俭以济斯民,虽《诗》、《书》所称何有加焉。"汉代之后在一定程度上运用黄老之学进行统治的政治人物,也许还可以举出李世民、赵匡胤和朱元璋。李世民在魏徵(曾著《老子治要》)的辅助下使"无为"和"清静"的确发挥了相当大的作用,"贞观之治"与《贞观政要》中老子治道之间的关联是可以肯定的。赵匡胤和朱元璋对黄老之学也表现了某种热情,朱元璋还是中国历史上"御注"《道德经》的四位帝王之一。其他三位是唐玄宗、宋徽宗和清世祖,他们对老子的兴趣远非政治实践。严格来看,漫长的帝国历史对"无为"的政治运用是极其有限的,作为政治常态的则是"劳民"和"烦苛"的"有为"政治。

大概是"无为"这个词表面上太容易给人一种消极、无所作为的错觉,从20世纪知识人追查中国文化的问题以来,它常常受到误解和批评。实际上,在老子的政治哲学中,这是一个涵盖着深刻意义和高度智慧的词。李约瑟试图改正西方部分汉学家对这个关键词的不正确理解("没有行动"),他在"避免反自然的行为"这一意义上使这个词恢复和逼近了它的部分面目。这里实在不是讨论这个词复杂意义的合适地方。作为政治意义上的"无为",是基于对统治者"有限性"的认识,要求约束和限制权力的滥用,避免干涉和控制,避免违背百姓意愿的行为。换言之,即为政宽容、简要,清静无扰,"因任"百姓的"自然"("自治"、"自化")。用老子的话说就是"以百姓心为心"、"去奢"、"去甚"、"去泰","勇于不敢"、"治人事天莫若啬"、"治大国若烹小鲜"。老子相信,以这种看似消极的"无为"的方式去从事政治,恰恰就会产生"无不为"的最积极的政治成效。这种与自由民主和不干涉主义具有契合点的"无为"政治智慧,产生于2500多年前的中国的确是超前的,至今恐怕仍未失效。

(原载《光明日报》2002年7月9日)

"清"与政治荣誉

常常身受环境污染之害的我们,一看到"清澈的水"、"清明蔚蓝的天空"、呼吸到"清新的空气",大概谁都会"神清气爽"吧!"清"是这里的核心要素。汉语中的"清"字,原是指水纯净没有杂质,与它相对的是不纯净有杂质的"浊"。虽然有水至清则无鱼的说法,或者也有人想把水搅混,但人类生存所离不开的"水",却必须是"清水"。正是从水的"清"中,引出了其他一些事物的"清";又从自然事物的"清"对人的美好作用中,引申出了"清"的人文和社会政治意义。

在中国,由水之"清"所衍化出来的文化符号和意蕴源远流长。传说中两位久远的历史人物许由和巢父,是很好的朋友,他们都是为保持纯洁而逃避政治的尧时的隐士。巢父居住在山中,不谋求世俗的利益,年老之后,他在树上筑巢而安然地沉睡其上;许由"为人据义履方,邪席不坐,邪膳不食"。许由的清正和纯洁赢得了尧的高度信任,尧决定把帝位禅让给他,但许由毫无感谢之情地拒绝了尧的好意,逃遁到"颍水之阳"以避免尧的规劝。他把这事告诉了他的朋友巢父,巢父并不同情他。为了维护自己的"清白",许由用清水来洗拭自己的耳目("怅然不自得,乃过清泠之水,洗其耳,拭其目")。尧又要任命他为九州之长,但连听都不愿听的许由,又在颍水之滨清洗自己的耳朵。这时巢父正牵着一头小牛到这里饮水,他看到洗耳的许由就问他为什么这样做,许由告诉他说:"尧欲召我为九州长,恶闻其声,是故洗耳。"对此,巢父作出了更为激烈的反应:"子若处高岸深谷,人道不通,谁能见子?子故浮游欲闻,求其名誉,污我犊口。"为了不沾染许由洗耳所用之水,巢父牵着牛到上游去饮。要说尧是一位圣王,在他治理之下的社会和政治,非常"清明"("帝尧之时,天下太和,百姓无事"),有一位生活在这个时代的壤父,在80岁时,还有雅兴在路上玩耍"击壤"的游戏,观看的人深有感触地评论说:"大哉,帝之德也!"在这种"清明"的政治之下,许由和他的朋友仍怕受到污染而退隐,这对于今人来说,也许非常难以理解。伯夷和叔齐因推辞他父亲的权位而相继投奔到周追随文王,但不幸文王逝世了。当武王决定讨伐邪恶的纣时,他们在武王出征的战马之前以君臣之义竭力劝阻,后来天下归周,他们出于他们坚定的道义而拒绝食用周的粮食,隐居到了首阳山,采薇而食。孟子称赞伯夷是"圣之清者也",还颂扬说:"伯夷,目不视恶色,耳不听恶声;非其君不事,非其民不使;治则进,乱则退;横政之所出,横民之所止,不忍居也;思与乡人处,如以朝衣朝冠坐于涂炭也。当纣之时,居北海之滨,以待天下之清也。故闻伯夷之风者,顽夫廉,懦夫有立志。"《史记》列传的开篇就是讲述伯夷、叔齐的故事。被放逐的屈原相信,他之所以罹祸,就是因为举世都陷入到了污浊之中而他却要保持"清洁"。他遇到的那位渔父善意地劝他,既然世人都陷入了污浊,他何不把水搅得更混而与大家同流合污呢?决心维护自己"清白"的屈原对此的回答是,他不能让自己的清洁受到污垢的污染,他宁愿赴身湘流、葬身鱼腹之中,也不能使自己的"皓皓之白"蒙受"世俗之尘埃"。那位超然而又深谙世理的渔父所唱的"沧浪之水清兮,可以濯吾缨;沧浪之水浊兮,可以濯吾足"这首歌,显然对屈原也没有发生作用。孟子曾引用过这首歌,还记载了孔子从中得到的启示以及对弟子的告诫:"小子听之:清斯濯缨;浊斯濯足矣。"

历史上那些不能忍受世俗和社会政治的污浊、追求洁身自好而逃世的隐士、正义之士,他们所守护的"清白"和"纯洁",对社会政治生活具有批判和"净化"的作用。在汉末和魏晋,"清"被大大激活,成了一个广义的文化符号,作为普遍理性、价值和规范被广泛地运用。据研究,《三国志》和《世说新语》大量使用"清"字及其合成词,具有丰富的人文和政治意义。如,有关个人生活、人生、人格和伦理方面的,有清苦、清白、清贫、清素、清简、清洁、清廉、清俭、清逸、清平、清虚、清淡、清约、清和、清恬、清雅、清高、清秀、清尚、清妙、清玄、清通、清亮、清远、清贵、神清、清峻、清修、清方、清英、清规、清正、清操、清节、清直、清严、清贞、清纯、清新、清心、清爽等；有关社会舆论和政治生活方面的，有清议、清望、清论、清称、清名、清誉、清选、清官、清职、清举、清约、清省、清平、清干、清简、清和等。整体上，"清"具有不染尘世的污浊、严于律己、保持自我清洁和纯正的意义。在魏晋社会政治生活中，以实际行动获得"清名"是进入政治的条件，以清廉、高洁从事政治活动和运用权力是可贵的政治荣誉。当"清流"与"浊流"分别用来指称不同的政治人物时，清浊就具有了相反的政治意义。《新五代史·李振传》载："振尝举进士咸通、乾符中，连不中，尤愤唐公卿，及裴枢等七人赐死白马驿，振谓太祖曰：'此辈尝自言清流，可投之河，使为浊流也。'太祖笑而从之。"当权力严重腐化时，"清明"和"清廉"就不再是政治荣誉，而是迂腐的同义语；"两袖清风"和"清水衙门"也不再是肯定性的评价，而是一种嘲讽。政治的先天本质是，一切公共权力都服务于公共的目的，从事政治是一种"天职"，而"清明"和"清廉"则是政治人物的生命。韦伯曾说："近代官僚集团出于廉洁正派的考虑，发展出一种高度的身份荣誉意识，若是没有这种意识，可怕的腐败和丑陋的市侩习气，将给这个团体造成致命的威胁。"虽然政治的整个奥秘，是对权力的有效约束，因为"权力易使人腐化，绝对的权力则使人绝对地腐化"，但人一旦具有了"清"的政治荣誉感，他也就有了一副运用政治权力的"清心剂"。

（原载《光明日报》2004年8月24日）

"大器晚成"抑或"免成""无成"

"大器晚成"一语出自传世本《老子》第41章,后来它成为中国众多的成语之一,原意是说巨大的器物需要长时间的造就方能完成,运用到人身上是说,有大成就的人要经过长期坚持不懈的积累始能为功。这一成语已渗透到了中国人的精神生活中,不时被用来去鼓励或夸奖那些成名较晚的人士。面对现代社会热衷于早成、速成的节奏,面对快者先、慢者后的心态,"大器晚成"又增添了一缕时代的光彩。可是,现在这一成语遇到了身份上的问题,被怀疑原本可能不是"大器晚成",而是"免成"或"晚成"。若真是这样的话,这一固定了的成语就变成了讹传,《老子》思想中"大器"可成的义理也不存在了。其令人难堪自然免不了,仍按约定俗成去使用心里也会不踏实。

这件事情发生的原委是,在马王堆帛书《老子》乙本中,通行本流传的"大器晚成"写作"大器免成"(帛书甲本此外残缺)。据此,一些研究者认为,这是不同于传世本的难得"异文",断定"大器晚成"乃误抄所致,原本当是"大器免成"。在义理上,"大器免成"正好又同上下文中的"大方无隅"、"大象无形"、"大音希声"相合,说的都是"巨大"的事物是不能显现出来的。陈柱曾从义理上怀疑《韩非子》引用的"大器晚成",也成为先见之明。在只有传世本四分之一篇幅的郭店简本《老子》中,此句写作"大器曼成",类似传世本和帛本的部分还有"大方亡禺(隅)"、"大音祗圣(声),天象亡形,道……"。大家本欲期待这一迄今为止发现的最早的《老子》传本,能为这一问题提供一个新的契机,却又节外生出了"曼"如何读才算恰当的问题。一些研究者沿着"大器免成"的思路,认为这里的"曼"亦当读作"免",或者释"曼"为

"无"。以上这些看法如何呢？我认为不能成立。

帛书的原整理者把乙本的"免"做通假字处理，读作"晚"，这是一种很谨慎的做法，从语言文字上说更可取，因为帛书本《老子》使用了大量的通假字。郭店简本《老子》中的"曼"，原整理者同样读为"晚"，或疑作"慢"。读作"晚"如同读作"免"一样也有音韵上的根据，义理上也同传世本一致。读作"慢"在音韵和义理上也行得通，虽然在先秦，"慢"用作"懈怠"、"傲慢"的例子比较多，用作《诗经·郑风·大叔于田》的"叔马慢忌"中的"缓慢"、"迟缓"很罕见。

仅靠音韵上的根据，很难判断孰是孰非。我想提出其他的根据。其中之一是，帛书《老子》乙本是汉初刘邦称帝之后的抄本，不能用它写作"免"去否定早于这一抄本的其他文献记载。《韩非子》和《吕氏春秋》这两部文献，都引用了"大器晚成"这句话。《韩非子·喻老》是用具体的事例和故事来说明《老子》的抽象道理。解释"大器晚成"（还有"大音希声"），它引用的是楚庄王为政之事："楚庄王莅政三年，无令发，无政为也。右司马御座而与王隐曰：'有鸟止南方之阜，三年不翅，不飞不鸣，嘿然无声，此为何名？'王曰：'三年不翅，将以长羽翼；不飞不鸣，将以观民则。虽无飞，飞必冲天；虽无鸣，鸣必惊人。子释之，不榖知之矣。'处半年，乃自听政。所废者十，所起者九，诛大臣五，举处士六，而邦大治。举兵诛齐，败之徐州，胜晋于河雍，合诸侯于宋，遂霸天下。庄王不为小害善，故有大名；不蚤见示，故有大功。故曰：'大器晚成，大音希声。'"非常清楚，韩非用这个例子要说明的是，伟大的事功（"大功"）和"名声"（"大名"）不可能速成，它需要通过充分的准备和积蓄过程来实现。"大器"在这里具体是指"大功"、"大名"。韩非子《喻老》说的是如何成就"大功"和"大名"，绝不是"免成"、"无成"。楚庄王回答"三年不翅，将以长羽翼；不飞不鸣，将以观民则"，明明是说他"三年不翅"、"不飞不鸣"，是为了"将以长羽翼"、"将以观民则"，强调他正在"积蓄"和"准备"之中，待他所需要的条件具备、时机成熟，他就会"飞必冲天"、"鸣必惊人"。韩非解释"庄王不为小害善，故有大名；不蚤见示，故有大功"，同楚庄王所说的是完全一致的，即楚庄王不急于做小的善事，因此他成就了晚来的大名；他也不过早地显露自己的作为，因此他成就了他后来的大功。"不为小善"、"不蚤见示"，具体是指他执政三年"无令发,无政为也"。王先谦的《韩非子集解》、梁启雄的《韩非子浅解》和陈奇猷的《韩非子集释》,都是从"大器晚成"的意义去理解韩非的解释。韩非看到的《老子》抄本肯定是"大器晚成",而不是"免成"。陈柱的怀疑完全是臆测。

在《吕氏春秋》中,"大器晚成"同样作"晚成"而不作"免成"。此书《乐成》篇引用了三句话:"大智不形,大器晚成,大音希声。"第一句话不见于《老子》,后两句无疑是出自《老子》。这一篇的题目叫《乐成》,作者显然主张"乐于成",而不是"乐于不成"。同《韩非子·喻老》篇的解释方式类似,《乐成》也是用事例说明包括"大器晚成"在内的几句话的道理,旨在强调要成就大功、大业,不需要同百姓"虑始",只要专一不懈地去行动,最后就一定能成就大功,让百姓乐享其成。陈奇猷氏将这篇要说明的道理,同《韩非子·喻老》的解释结合起来,认为两者属于同类:"然则古人释'大器晚成,大音希声'之义为'不为小害善,不亟见示'。本篇述孔子、子产、乐羊、史起事,正是说明其不亟见示而成大功,与楚庄王事正同类。"《韩非子》和《吕氏春秋》这两个文献的记载是非常珍贵的,不能为了论证晚于此书的帛书乙本中的"免"读作"免",就不顾一切地牺牲这两处的明确记载。

其二是在义理上,老子并没有"大器免成"或"无成"的意思。同"大器晚成"前后紧密相连的句子,前一句是"大方无隅",后两句是"大音希声"、"大象无形"。这四句话不能归为"一类"。能够归为一类的只有"大方无隅"和"大象无形"这两句,这两句用的是"无",以完全否定立论。而"大音希声"不等于"大音无声",不能与此划为一类。所有的版本都作"希声"。"希"的意思是"稀少"或"少",但声音再"稀少",也不是"无声"。"大音希声"意谓宏伟的乐章不轻易发出声响,引申为伟大的政令不轻易发出,伟大的声誉总是来得很慢。《老子》第14章说的"听之不闻,名曰希"的"希",也是指"稀少"。《老子》第23章有"希言自然"的说法,"希言"和"希声"的用法一致,不能说"希声"就是"无声"。既然"大音希声"同"大方无隅"、"大象无形"不完全是一类,"大器晚成"自然也就不能算是什么例外了。

在《老子》一书的其他章节中,同"大方无隅"、"大象无形"完全一致的句式,只有"大制无割"(第28章)一例。第41章的"道隐无名",

立意用反论，但不是"大"字。《老子》一书描述伟大事物的例子，更多的不是"完全"用否定的方法，而是用"仿佛性"的否定以显正。在"大方无隅，大器晚成，大音希声，大象无形"这几句前面，就有五个这方面的例子："上德若谷；广德若不足；建德若偷；质真若渝；大白若辱。"严格说，"大白若辱"同其他几句只是在用"若"字上可看成一类。同"大白若辱"完全相类的，是简本《老子》以下的几句："大成若缺，其用不弊。大盈若盅，其用不穷。大巧若拙，大盛若诎，大直若屈。"这些用例不同于"大方无隅"、"大象无形"和"大制不割"，它们是以"仿佛"（"若"）有不足的方式来肯定伟大事物之伟大，而不是用"无"和"不"的方式来肯定它们。准此，我们不要用"单一"的格式去定夺《老子》的用语。

"大器晚成"同《老子》其他章节说的巨大的事物需要逐步"积累"来实现和完成一致。如《老子》第63章说："图难于其易，为大于其细。天下难事必作于易，天下大事必作于细。是以圣人终不为大，故能成其大。""巨大"相对于"细小"、"大事"相对于"小事"。老子说巨大、大事都要"图"、"作"和"成"。《老子》第64章说："合抱之木，生于毫末；九层之台，起于累土；千里之行，始于足下。"这里说的也是通过不断积累来成就大和远，而不是不成就大和远。以不断积累来成就伟大，正与"大器"需要很多时间来积累和完成在义理上完全一致。"大器"原本是具体形器的"大"，在老子那里它当然不限于具体形器，它也指抽象的伟大事业。

总之，根据《老子》一书本身的内容，根据更多的传抄本，也根据早期的文献记载，帛本的"大器免成"、简本的"大器曼成"，读作"大器晚成"是十分恰当和准确的。读作"免成"和"无成"，既缺乏文献上的有力根据，也不符合老子的义理。

新传统:成长和曲折

近代中国思维方式演变的一个思考

近代中国思维方式的演变这一问题是在近代中国文化转型这一总课题之下来思考的。有关"思维方式"的理解和使用,一般都比较宽泛,我也愿意在广义上使用它。作为以不同方式解释宇宙和世界的世界观、作为认识事物方式的认知方法、作为建立社会政治秩序方式的秩序观和使之正当化的合理观、作为为事物赋予意义的价值观等,如果常常以类型化、普遍化和一般化(群体或集体性意识)的形态来表现,都可以说是思维方式。思维方式是在历史时空中通过反复选择和不断运用而定型的比较稳定的意识形态和观念,但这并不意味着它是一成不变的。思维方式既是稳定社会结构和状况的条件,同时又是社会结构和状况稳定的产物。"在社会的稳定性支撑和保证一种世界观的内在统一性时,思维方式的多样性不可能成为问题。只要把一些词的同样含义,以及思想推演的同样方法从童年时代起就反复灌输给群体中的每一个成员,有分歧的思想过程就不可能在那个社会中存在。甚至思维方式的逐渐改变(在它偶然出现的地方),都不可能让生活在稳定情境中的群体的成员得以理解,只要该思维方式对于新问题的适应速度慢到超出几代人,在这种情况下,一个人及其同代人在其生命期限内就很难意识到正在发生的变化。"①在社会结构和状况发生变迁特别是剧烈变化的情况下,思维方式也将缓慢甚至迅速地发生变化。

人们所指认出的传统社会与现代社会不同的那些东西(虽然有过于夸大两者之界限的倾向),其中就有深层思维方式的变化。塞缪

---

① 曼海姆:《意识形态与乌托邦》,黎鸣译,商务印书馆,2000年,第7页。

尔·P.亨廷顿认为现代社会与传统社会中的人们在思维方式上"最重要的区别在于二者对人和环境之间的关系看法不同。在传统社会中，人将其所处的自然与社会环境看作是给定的，认为环境是奉神的意旨缔造的，改变永恒不变的自然和社会秩序，不仅是渎神的而且是徒劳的。传统社会很少变化，或有变化也不能被感知，因为人们不能想象到变化的存在。当人们意识到他们自己的能力，当他们开始认为自己能够理解并按自己的意志控制自然和社会之时，现代性才开始。现代化首先在于坚信人有能力通过理性行为去改变自然和社会环境。这意味着摒弃外界对人的制约，意味着普罗米修斯将人类从上帝、命运和天意的控制之中解放出来。"① 亨廷顿基于西方社会经验所说的思维方式的转变，对于理解晚清以后的中国社会最多只有部分的适用性。

　　就不少方面来看，经过演变而产生的近代中国思维方式，比之于传统的思维方式确实有了很大的不同。譬如，具有悠久传统的不同族群和国家，往往都要面临和解决两个问题：一个是族群内部自身纵向变迁过程中的过去和现在的关系；一个是不同族群之间横向的内部世界和外部世界的关系问题。中国作为一个具有悠久传统的大陆文明国家和族群，它对所遇到的这两个问题的思维和运用都形成了一个比较稳定的思维方式和行为方式。传统中国思考和处理这两个问题所使用的概念是"古今"和"华夷"，围绕"古今"而形成的以"信古"和"好古"为中心的"古今之辨"，以及围绕"华夷"而形成的以华夏文明为中心的"华夷之辨"，就是中国传统社会面对这两个问题时的一般思维方式。这两种思维方式，在晚清都遇到了激烈的挑战并开始发生转变。传统"古今之辨"经过"中学"与"西学"的关系设立进而演变为"新旧之争"，再进而演变为我们现在一般所说的"传统与现代"之争。在这彼此相联的演变中，以信古和好古为主要特征的传统的"古今"思维方式，整体上就转变为以"喜新厌旧"、"好今"和"现代本位"（也就是反旧、反传统）的思维方式，或者说这成为一个新的群体的主导性的思维方式。这一转变与晚清引入的进化和进步的历史观和世界观相联系。按照新的进化历史观，历史是不可逆的直线进步的，"现代性"和未来

---

① 塞缪尔·P.亨廷顿：《变化社会中的政治秩序》，王冠华译，三联书店，1989年，第92页。

性成了社会和历史的根本目标,世界是一个不断成长甚至是飞速成长的过程。据此,代表着现代性和未来性的"新事物"(新)相对于过去的"旧事物"(旧)来说,先天地就具有了优越性,这与传统的常常要求复归过去的"黄金时代"和圣王时代的思维,确实是迥然有别的。同样,传统的"华夷之辨"的思维方式在晚清也发生了巨大的转变。这种转变过程,既是华夷秩序和体系的解体过程,也是新型国家间关系和意识的形成过程。以文明对野蛮的华夷秩序,逐渐转变为以文明对文明的中国与西方的关系,中国不再是天下的中心,也不再是文明的唯一代表;"中国"成为众多国家之一,成为万国之中的其中一员,是如同康有为所说的"大地八十万,中国有其一;列国五十余,中国居其一"的中国,或者是如同梁启超所期望的进入到"与西方竞争"的"世界之中国"(异于中国即世界的世界之中的中国)。但是,历史的逻辑似乎也有一种惯性,在极大的挫折感之下,华夏中心主义最终滑到了西方中心主义的泥潭,国家和民族主体意识的重建遇到了障碍,文明的华夏反而成了落后和蒙昧的渊薮。

严格而论,近代中国思维方式的转变绝不是整齐划一的,只能大体上说它是朝着一种趋势展开的运动和发生的变化,它不意味着直线式的进步,也不意味着对传统思维方式的简单取代。承受着传统思维方式的主体,对时代的变化和时代课题的认识方式并不一样,一部分人恰恰力求抵制新的趋势和方式,他们成为传统思维方式的袒护者和守护者;即使是人们追求新的事物,但其方式有时也不免受制于传统思维方式的影响,如相信通过破除一个旧世界就可以立即建设一个新世界的思维方式,就与往往表现为颠覆旧王朝的"革命"和"起义"思维方式相类似。人们过于简化社会和政治变化的程序,立足于渐进的进化论而主张变法的逻辑,一转就成为进化即革命的革命逻辑;通过积累和天演而自发形成秩序的思维,一转就成为突飞猛进的"人工秩序创造"意识。

作为后发型近代中国文明的变迁,显然有别于先发型近代西方文明的转型。近代中国思维方式的成长有属于中国自身的明显特征。如贯穿在众多问题和思考之中的一个主导观念是"自强",可称之为"自强式思维",它不仅与中国传统的"王道论式"相对立,而且也不同于西方的"启蒙论式",它是中国在面临外部世界的巨大挑战时持续关注的主题,是谋求自我保护和期望的产物,其他的应对方式往往都从属于它或围绕它而扩展。如果说西方近代思维是坚信人对于自然和社会的权力,那么中国近代思维则是追求在世界体系中的自立和自主,使自己重新强大起来。其他思维方式如何围绕它而展开,或者它又如何制约了其他思维方式的展开,这些因素都使近代中国思维方式的演变带上了复杂性的情调。

(原载《中国社会科学院院报》2005年4月21日)

近代思想史中的诸问题

长话短说,正如大家所讲的,汪晖兄的书是一件非常重要的事情,是带有开拓性的一本书。从这个书的规模上看,真是鸿篇巨制,洋洋数百万言,不是数十万言了,是一个庞然大物。面对这样一个庞然大物,我们确实会有这样一种感觉,就是有点胆怯,因为我们来不及消化,甚至我们还来不及阅读。我很惭愧,虽然在此书出版之前一直关心它,但书真正出来了,我有点叶公好龙,没有真正去读这个书,所以非常惭愧。因此,今天谈论的问题仍然带有表面性,我想大家是不是都有这个感觉。我们需要有一个过程,从这个意义上说,就是刚才徐葆耕老师讲的,我们现在反应冷淡,甚至比较冷淡,没那么激动,这可能也是正常的。因为我们是从80年代那么一个激情主义的状况下走到了90年代,我们冷静下来了,学术变得深沉了。我想这是正常的,也许更好。一阵风过去了,反而没有什么意义。我们需要逐步去阅读、理解,然后来消化、吸收,这样可能有更深入的讨论。

我想先说的是,大家刚才也谈到了,汪晖兄写《现代中国思想的兴起》这部书,确实是凝聚了他从事学术十几年来非常大的一番苦心。在这之前呢,我也跟汪晖兄有所接触,包括照田、舒炜,当时就谈到这本书。舒炜说,感觉汪晖兄在梦游一样,这个书到底怎么样,大家一直在期盼,但是一直出不来。学界一直关怀,但就是看不到。所以,我想徐老师开头念的那段话确实反映了大家的心情,就是希望能够尽快出来,大家能阅读。汪晖兄写这部书,据我所知,确实可以说是用生命来写的。这我可以肯定,因为我问汪晖兄这本书的情况,他就跟我讲,他说这本书写出来,死而无憾矣。这是给我印象很深的一句话。当时我一听,一愣,这是一部大器晚成的作品吧。当然,汪晖兄现在还健在,还能继续来写,这个我非常欣慰(笑)。特别是说要写中国革命的思想,这个肯定是要处理的。从世纪初的革命时代到50年以后的革命,我想这仍然是一个庞大的问题吧。处理起来,也许再写四部,可以说是功德圆满了。他完全是用生命来写作的,这个我是自愧不如的。我还有一个例证,证明汪晖兄是用生命来写的。我不知道汪晖兄那个颈椎病是不是和写这部书有关系,有一段时间他的颈椎病非常严重,我也在西坝河住,我们附近有一个按摩中心,有一次我碰见他,我说你干什么?他说他在这地方按摩,第一次听说他的颈椎很疼痛,我相信他说的是真的,因为那是个盲人按摩中心。我们这些人都有这样一个问题,但是汪晖兄的颈椎病发作可能是非常疼痛、非常痛苦。因此,说他是用生命来写作一点都不过分,他能写出这样一个鸿篇巨制也是很自然的。

  这一点就谈到这里,下面谈谈这部书本身。这部书的问题非常广,大家刚才也谈到了。我的兴趣之一,也是做近现代思想史、哲学史的研究,而且也比较关心海内外的研究。这个研究的状态,就是中国近现代思想史怎么去理解,怎么去重新解释。我们有很多问题需要去面对,更重要的是这个过程我们怎么去看待,这是一个非常大的问题。我自己也非常苦恼,因为我还没有找出一个东西或者说还没有想出驾驭中国近代思想的理念,就是怎么把它贯通起来,然后使所有的问题得到一个解释。我现在还在暗中摸索,但没有一个答案。汪晖兄的书,从某种意义上说给我们提供了一个线索或者说一个启迪,我觉得这是非常有意义的。这些年来我们对中国近现代思想有一些重要的讨论,汪晖兄延续了这个传统。比如说,影响比较大的,有林毓生的《中国意识的危机》、有王尔敏的《近代中国思想史论》和《近代中国思想史续论》、有列文森的《儒教中国及其现代命运》、有小野川秀美的《晚清政治思想史研究》,我觉得这些书在晚清思想的研究上有它们的贡献。比较新一点的是佐藤慎一的《近代中国知识分子与文明》,这本书由三篇大的论文构成。第一个问题是讲文明与国际公法,就是万国公法;第二个问题是讲法国革命与中国;第三个是讲近代中国体制的构想。每一个问题都谈到现在。我的一个朋友把它翻译成中文,出版遇到了困难,不知刘东的"海外汉学丛书"能不能出。我自己也写了一本书,就是关于近代中国进化主义的,这本书原来的题目叫《焦虑与期望——进化主义在中国的经历》。有些问题和汪晖兄的书是有关联的,如中国近代世界观——公理世界观是有一个形成过程的。这个世界观是在传统话语和西方话语之下重新建立的一个世界观,进化主义作为公理化的普遍主义世界观,在中国晚清以来是非常复合的一个形态。这种复合形态和西方既有一些共同的地方也有很大的差异,非常复杂。这个问题是与中国近代以来形成的科学的世界观,也是有关系的。比如说,从格物到公理到科学,这之间是一个过程,这个过程其实与进化主义公理是密切联系在一起的。我那本书处理这个问题的方式,是把这个思潮、世界观同中国近代以来的变化、政治的变化、社会的变化放在一起来思考。当然不可能完全是社会史意义上的,因为社会史非常复杂。汪晖兄的这本书,是在之前已有的学术资源的基础上,对中国近现代思想甚至可以说对宋明以来的思想的一个新的叙事,这个叙事涉及的问题非常多。

下面我要再谈的是,汪晖兄的这部书有问题关怀,这个关怀既是当下的,又是历史的,是双重的。当下关怀不仅是说从当下的一个关怀去重新塑造,也可以说从历史脉络里面来理解当下,这两者之间是互动的,所以我认为是一个关联性的事情。对有的问题,汪晖兄的书讨论比较多。比如科学的问题,这部书里有汪晖兄比较早发表的论文。有的问题,是我们过去关注不够的,书里做了一个扩展性的研究。比如说公理的世界观,从天理到公理到科学主义的兴起,甚至于到现在,是不是还有一个公理的世界观。这个问题是我们过去关注不够的。我大概是在六七年前写过一篇关于公理的文章,讲格物与科学之间这一段。"公理"为什么会泛化为"公理主义"这样一个现象,耐人寻味。后来刘青峰和金观涛他们也写了比较长的一篇,把公理与合理性放在一起讲。汪晖兄的这部书,在一个非常广的意义上,在更深层的意义上来处理这个问题,我觉得非常有意义。公理主义与科学主义是有关近代中国世界观建立的整体性问题,确实需要用心去关注。再一个扩展的问题研究是世界秩序问题。实际上刚才大家也讲到帝国的问题、中国体系的问题,都跟这个问题是联系在一起的。这个问题过去从思想史的角度讨论我觉得不够。王尔敏讲那个中国的观念,但是那篇文章我觉得也是太简单了,因为它只摆了一些材料,对这个观念本身具有的复杂的文化意义并没有去挖掘。这个跟世界秩序联系在一起的问题,是中国近代以来在民族国家建立过程中必须处理的。我们现在还要面对一个世界秩序的问题,这个问题在传统里面一直也是一个大问题,因为中国作为一个历史悠久的民族和国家,一定要面对一个内外关系,过去处理这个内外关系的方式,叫华夷之辨,传统用华夷之辨作为处理内外关系的一个范式、一个形态,在晚清以来开始发生大的变化。"中国"观念在历史上可能更多的是个文化观念,按胡适的说法,"中国"概念作为一个政治概念,是从与英国签订《南京条约》开始使用的,当然还有"大清",他说那是首次用"中国"作对外的政治和国家概念,不仅是作为一个文化和地理的概念,我不知道他说的对不对。作为政治中国的概念,它的兴起跟中国民族国家的重新建立和塑造是完全联系在一起的。汪晖兄的书讨论帝国问题,这是与世界秩序之下中国观念的变化联系在一起的。简单讲,近代政治上的"中国"概念,并不是不言而喻的。近代以来确实有一个重新来认识"中国"在地理上、文化上和政治上的不同意义的过程。天下观念与中国观念在历史上可能是混到一起的,并不是那么清楚的,所以近代以来,就有郑观应讲"中国"是万国中之一国,梁启超也说中国原是世界之中国,后来是亚洲之中国,现在中国是中国之中国,这是一个过程。虽然中国还有重新建立新华夏新中心主义的方面,但另一方面,在世界体系之下,重新确立自己的范围和意义则更突出。因此,近代以来中国概念的变化也非常复杂,汪晖兄的书处理这个问题是很有力的。

最后一个问题我想简单说,就是从研究视野或者叫视角上,汪晖兄的书也有独特性。既然是重构、重写、重建,他肯定有一些自己独到的思考,有一些新看法。如,我们过去讲的二元论,这也是书里面讲得比较多的内容,我们确实有二元主义的一个模式。这个模式就是建立两极性的界限,这种界限被凝固化以后,把问题给化解了。比如说传统与现代、中国与西方,那么中国和西方是什么意义上中国和西方,问题是非常复杂的,但简单化后又被凝固化,我们就只能站在一个凝固的角度上去看,不能展开一个互动了,过去把传统与现代看成是对立的,其实就是这样一个二元化的结果;把中国与西方看成是对立的,其实也是这种二元化的结果。刚才谁讲"西体中用",我觉得这本书在一定意义上是回到张之洞的"中体西用"上去,但不是张之洞那个办法,就是说以中国为体、以西用来重新建构中国的一个谱系,应该是从这样一个过程之后再回到"中体西用"上去。中国为体的体,这个体也是要重建的,并不是不言自明的。我想这是汪晖兄讲得比较多的,刚才全喜兄讲到这部书没有主题,没有立场,其实是很有立场的,而且这个立场从某种意义上讲是很鲜明的。汪晖兄讲阶级界限的话是很鲜明的,但我也要求证一个事情,刚才讲到新"左派"问题,过去我们也喜欢把什么界定为什么,现在就是把汪晖兄看成是新"左派",甚至还有个阵营,我不知道这个阵营中的人接受不接受这个,我想求证汪晖兄接受不接受这个说法。界定从某种意义说上可能有一些意思,但是简化之后确实也有问题。因为问题并不是那么一个单向度的事情,那是很复杂的一种关联。在这个意义上说,如果说是新"左派"或者说是"左翼",那么立场是很鲜明的,不能说没有立场。

高全喜:不是,我说的不是这个意思。我是说,从知识的起源来说,从调动知识的资源来说,他大量地借用西方"左派"这一套知识体系、知识结构来研究,但是更主要的是针对国家本身,从政治哲学这方面的考虑本身,在民族国家的建设过程中,他是采取消解还是坚持民族国家本身的立场,我是说这个政治哲学问题。

陈晓明:他还是强调一种帝国转化中的互动和构成的关系,它并不是要确认到底这个民族国家是帝国还是说这种民族国家就是中国独特的民族国家,在这点上汪晖好像没有做出明确的判断……

王中江:那不管了,我们下去再说。我想简单就几个有关联的问题提出讨论,比如一个问题就是讨论到"五四"新文化运动兴起的时候,这部书强调过去我们认为"五四"一批知识分子、精英分子,他们突然有一个文化上的诉求。这个诉求怎么来解释,这个过程怎样来看,这部书提出了一个看法,就是,中国近代知识和科学的谱系其实之前是经过很长过程过来的,并不是突然在那个时候,像"五四"新青年以及《新潮》那样一下子就崛起了。这个过程从一个意义上讲,我想可以说是从晚清开始的。不同的知识群体确实是不断涌现,它是重建知识科学谱系的过程,不是突然出现的,大概有半个世纪或有几十年的过程。这部书特别强调的就是科学和知识这个谱系。这个谱系很明显,一是从

19世纪60年代到90年代这一段，大概三十年吧。三十年基本上可以说是接受西方那个"用"，是在格物致知之下建立中国新知识和技术的一个体系，在这里面，实际上科学的思想观念也进来了，我觉得这应该是没问题的。但是同时我想强调的一点是，其实这是与其他的过程连在一起的，比如说晚清以来的学会运动。学会运动是一个非常复杂的运动，不同的学会凝聚了晚清以来知识分子的不同群体，它是塑造知识分子的自我意识、自我使命与担当的重要方式。学会属于民间体制，但这个民间体制的作用，恰恰是要革新政治体制。与学会联系的还有杂志，学会办了很多杂志，这些杂志不仅仅是科学了，其实还有更广义的人文社科这一类杂志。每一种杂志都凝聚了一些群体，比如说严复所属是《国闻报》这一个群体；汪康年的一个群体与《洋务报》有关联，梁启超到日本后办的那个《新民丛报》、《清议报》，到后来辛亥革命的《民报》，这些都不断把知识分子凝聚到一起。"五四"知识分子从某种意义上讲跟学会、杂志这两个东西是联系在一起的。

第二是传统与现代的区分，一方面我们要打破这种界限，但是另外一方面呢，我们是不是也要看到，这个二元化的区分并不是我们现在的事情。就是说传统里面就有二元化的区分，而且在晚清以来这种二元化的区分非常典型、非常普遍。这样的话问题就变成什么问题呢？那就是我们如何来理解，为什么在思想史里面有这样严重的二元化倾向。"中西二元"非常明显，"中"是什么，"西"是什么，从洋务运动就开始讲。中学、西学，古今、新旧等等，都是这种二元界限，所以我们就要追问为什么要把复杂的事物都简化为这种二元化，需要进一步来思考为什么历史本身中有这种强烈的二元化表现或者叫现象。这个我想是不是可以再讨论一下。

最后一个问题，我想是不是讨论一下有关于严复的问题。因为这部书里面实际上有一部分，而且比较多的篇幅讲严复的问题。讲这个问题，在之前也是单独的一篇论文，就是讲严复的三个世界。那么这个问题出来之后，我有异常之感，包括在日本研究严复的高柳信夫，他好像写文章说，这是一个非常有想象力的说法，但是他也认为这个说法也有值得讨论的地方。从某种意义上讲，我赞成他的这个立场。就是把严复的思想区分为三个世界是否能够成立，或者在什么意义上能够成立。严复的思想非常复杂，而且严复一生是个非常苦闷的人、非常不愉快的人。虽然他在西学传入中国的过程中非常热心，做了大量工作，后来进入袁世凯政府，他是参与到政治生活中去，但实际上他是非常不愉快的。问题的复杂性是，在中西问题上他晚年有一种非常复杂的情感。晚年他给熊纯如的信里面，可以看出来他的心迹，单独来看那段，他基本上可以说把之前的东西都推翻了，什么公理主义呀，什么科学呀，什么民主呀，完全变成一个刍狗一样的，都过时了。讲自由，就批评梁启超，用那个罗曼·罗兰的话，说自由就是很多人拿这个东西去作恶。严复思想转变的主要原因就是中国秩序的破坏，就是"一战"这样一个事件的刺激。严复不敢相信，西方文明怎么这样子呢，所以他非常痛苦。这部书讨论严复，不可回避的一个知识遗产，就是史华慈的那个《严复与西方》。汪晖兄的这部书里，实际上跟史华慈先生也构成一种讨论。史华慈讲能力问题，讲能力的概念，讲集体能力的概念。其实，他可能是把西方近代以来的一个文明叫做全展现能力的文化，就是控制能力吧，控制自然的能力。他说，在严复那里，能力可能变成了一个国家的、集体的、群的能力，实际上要面对的不是一个自然，要面对的是一个外在的强权的世界。这个能力不管怎么说，就是要自强、富强，实际上是这样一个能力。史华慈的解读确实是有问题的。什么问题呢？就是他在讲严复的社会达尔文主义的时候，把严复优胜劣汰、弱肉强食这一面给过于凸显了。因为在严复的结构里面，它是一个把斯宾塞和赫胥黎统合起来的一个结构和一个过程，一方面他是说从普遍性上，那个进化论、达尔文主义是普遍有效的，但是另一方面呢，他又接受了赫胥黎的那个在人间事物中，在社会中，完全不是一个自然的过程。所以需要有一个人道的力量在里面起作用。这样的话，我们就不难理解严复为什么会写《驳英〈泰晤士报〉论德据胶澳事》那样一篇文章。那篇文章非常清楚，你英国是一个标榜文明的国家，可竟去支持德国占领中国的山东，那是一个强权主义行为。我们还不难理解严复所写的另一篇文章，这是严复的一篇佚文，叫《有强权无公理，斯言信矣》，这篇文章很重要，严复在思想领域，绝不是梁启超那样讲赤裸裸的强权主义的，他始终是要把外在的物质力量和人道的力量结合起来，以此来说明中国和世界的关系，所以他一直讲德与力的统一。史华慈过于看重严复接受斯宾塞的那一个层面,我觉得把这个层面给掩盖住了。再就是,在自由这个问题上,认为中国近代的一个基本趋向是要国家富强,造成了个人自由与群体自由之间的冲突和矛盾。谁是优先的,严复有时讲群体是优先的,但他不认为国家的自由就是个人的自由,这是黑格尔的逻辑。严复可能是受亚当·斯密的影响,他也认为自由首先是个人的自由,个人只有把自己的最大能力和活力发挥出来,才能构成一个国家的整体的自由。所以这方面也是比较复杂的,就是说他的自由不是单向度的。他讲国家的自由、集体的自由、群体的力量,但又认为这实际上是个人自由的最大发挥,是个人展现的一种活力和力量。浮士德精神和普罗米修斯精神,其实也是跟这个个人联系在一起的。这个问题可以进一步讨论。李强在研究严复自由主义的时候,写了一篇文章,文章写得也相当有力,跟史华慈进行讨论。我讨论进化论,也跟史华慈展开讨论,就是说他的解读在某种意义上建立起了一个范式,但是在这个解读过程中,确实也存在一些问题。有机会的话,可以把这个问题进一步扩展开。我这几年做的工作,一方面是先秦的道家和简帛研究,另一方面就是做一个叫做"近代中国思维方式的演变"的课题,这个思维方式的问题和汪晖兄的很多问题是有关联的。其中一个问题,就是讲近代的世界秩序观是怎么形成的,我大概已经写了十几万字了。就是从 16 世纪开始,讲到 19 世纪 40 年代,做了一篇,大概四五万字;然后是条约体系和国际法这一段,然后是清末和民国初那一段,那一段我主要是以公理和强权这一问题为线索,来看一看当时中国知识分子是如何来理解公理和强权之间的关系的,实际上完全是双重的立场和路线,非常不一样。

我觉得不管怎么说,从很多意义上讲,这个书的出版,对我自己来讲,提供了很多启发,我想以后慢慢来思考。

(在清华大学中文系 2004 年 5 月举行的汪晖的《现代中国思想的兴起》出版座谈会上的发言,原载《开放时代》2006 年第 1 期)

"自强主义思维"

"近代中国思维"

要想真正了解一个时代,在很大程度上就是了解它的"思维方式"。我这里使用的"思维方式"是广义的,作为以不同方式解释宇宙和世界的世界观、作为认识事物方式的认知方法、作为建立社会政治秩序方式的秩序观和使之正当化的合理观、作为为事物赋予意义的价值观等,如果常常以类型化、普遍化和一般化(群体或集体性意识)的形态来表现,都可以说是思维方式。近代中国形成的思维方式,其中最典型的我认为是"自强主义思维",这种思维的根本意识是,已经处在新的世界竞争体系之中的中国,要获得生存权,除了"通过自我焕发出无限的活力而强大起来"之外别无选择。不管是行动人物还是观念人物,也不管行动人物的行动有多大差异,观念人物的观念是多么不同,他们都不约而同地指向一个共同的最高目标和理想,即通过自身的集中动员实现国家的"自强"和"富强"。如王韬说:"盖富强即治之本也。……故舍富强而言治民,是不知为政者也。"(《弢园文录外编》卷二《兴利》)又如,遍游欧亚许多国家之后,1905年康有为在长文《物质救国论》中说:"势者,力也;力者,物质之为多。故方今竞新之世,有物质学者生,无物质学者死。"①这样的意识和思维之广泛而又被顽强信奉,使我们有充分的根据将它称之为近代中国的"自强主义思维"或者

---

① 见《康有为政论集》上,中华书局,1998年,第565页。

"自强集体记忆"。看看那个时代的关键词——"强"、"自强"、"强国"、"强种"、"富强"等等,带有"强"字的词汇充斥在官方文件、学会章程、杂志和书报论文之中,它充分体现了当时中国上下特别是知识人认识、思考和解决中国危难局面的共同心理和基本倾向。

从传统到近代"转变"的形态

对于发生在欧洲的从古代传统到"现代性"的转变过程,人们有许多描述和解释,如梅因(Henry S. Maine)将它视为"从身份社会到契约社会"的过程,滕尼斯(Ferdinand Tönnies)则把它看成是"从共同体到社会、从本质意志到选择意志"的过程等。塞缪尔·P.亨廷顿指出,现代社会与传统社会相比,人们在思维方式上"最重要的区别在于二者对人和环境之间的关系看法不同。在传统社会中,人将其所处的自然与社会环境看作是给定的,认为环境是奉神的意旨缔造的,改变永恒不变的自然和社会秩序,不仅是渎神的而且是徒劳的。传统社会很少变化,或有变化也不能被感知,因为人们不能想象到变化的存在。当人们意识到他们自己的能力,当他们开始认为自己能够理解并按自己的意志控制自然和社会之时,现代性才开始。现代化首先在于坚信人有能力通过理性行为去改变自然和社会环境。这意味着摒弃外界对人的制约,意味着普罗米修斯将人类从上帝、命运和天意的控制之中解放出来。"① 但中国从古代传统到近代思维方式的转变,跟欧洲国家不同,它有属于中国自身的明显特征,这就是从传统的"德治思维"("尚德")到近代的"力治思维"("尚力")的转变过程。如果说西方近代思维是坚信人对于自然和社会的权力,那么近代中国思维则是追求在新的世界体系中自立和自主,使自己重新强大起来。这一巨大转变,是为了应对所谓的中国千古未有之大变局或者说从未遭遇过的西方世界的力量(后又有日本)而作出的重大选择和决定。在以往帝国的历史中,来自内部和外部的巨大挑战屡见不鲜,所坚持的主要是儒家的德治(或"王道")信念。但近代中国知识人则相信自强和力治则是根本性的。如

---

① 塞缪尔·P.亨廷顿:《变化社会中的政治秩序》,王冠华译,三联书店,1989年,第92页。

严复说:"是故居今而言救亡,学惟申、韩,庶几可用,除却综名核实,岂有他途可行?"(《严复集》第三册,第620页)

从达尔文那里借用什么?

近代中国强烈的"自强"和"富强"思维,受着一个残酷法则的影响,这就是"优胜劣败""适者生存"的"社会达尔文主义"。这一主义在中国登场并被广泛接受,在很大程度上来自于严复的《天演论》。当然,严复没有使用"社会达尔文主义"的词语,他也肯定社会和人类领域中的道德和正义原则,不把"适者"只看成是物质和军事力量上的强大。但严复将达尔文"物竞"和"天择"的生物进化论与斯宾塞的"普遍进化论"融为一体,相信贯通天地人各个世界都要受进化原理和法则的支配,这就为"适者生存"和"优胜劣败"的法则推广到社会领域铺平了道路。"强权"和霸道的观念,不是新发明;"势力原则"在古代国家间的关系中,也曾被注意到,但近代系统化的社会达尔文主义却空前被人们所热衷。无须在国家间竞争的现实和国家间竞争的理论武器之间划分出一条清晰的分界线。中国已经被纳入到了世界范围的竞争之中了,他正在遭受着列强的掠夺和攻击,并面临着"灭亡"的可怕命运,这正在证明着"适者生存"和"优胜劣败"的法则。同时,对于中国的达尔文主义者来说,这一法则在根本上又帮助我们解释了自己的国家和民族为什么会有这样的处境,并使他们懂得为了改变这种处境应该如何去行动。既然是"力量"和"势力"决定着我们的命运,我们就必须自强和富强。尤其是梁启超,相信强权就是正义,自由就是强权,"弱肉强食"和"优胜劣败"是普遍的"公理"。为了"保教"、"保国"和"保种",就必须"自强"和"富强",以自己拥有的强权与其他一切强权展开激烈的竞争,这是合乎进化法则的必然选择。

殊途同归和"内发性"

近代中国知识人为中国革新的所有争辩不在于要不要富强和自强,而是"如何"去实现自强和富强。人们描述近代中国转变所说的

"意识危机"、"激进对保守"、"西化对本位"、"启蒙对救亡"等,都是如何实现自强的问题。在这一方面,近代中国演变出了一幕幕复杂曲折的剧情。从早期的"自强新政",经过戊戌变法和共和革命,再到五四新文化运动,人们提出和尝试的方案多种多样。在整体倾向上,洋务运动主要是通过直接接受西方的器艺文明实现富强,戊戌变法和共和革命主要是通过制度革新来追求富强,"五四"新文化运动主要是通过文化和精神的自觉寻找富强之道。实际上,所有这些都是实现国家"富强"的途径,是完整的社会革新的不同方面。只是,在近代中国革新方式推移的前后不同阶段上,人们都把自己意识和认识到的富强之道看成是最有效的。人们常说"标本兼治",但在什么是本、什么是标上人们就有很大的分歧。严复一直以"开民智"、"鼓民力"和"新民德"作为治理的根本,也就是富强之基。对于渐进变法的人物来说,要富强首先要实行渐进的制度改革;对于革命派来说,首要的是进行激进的革命,推翻整个旧制度;对于"五四"新文化运动人物来说,首当其冲的是在与"旧文化"决裂的同时建立"新文化"。但不管如何,所有的革新都共同指向"自强"和"富强"这一最高的共同关怀。这是近代中国社会动员所诉诸的最强有力的符号,也是促成近代中国转变最强的驱动力和内在动力。如果说这种"内在力量"构成了近代中国的"内发性",那么这种"内发性"确实同西方先发型国家迈向近代社会的"内发性"是很不相同的,它通过"自强主义"客观上触发了一些"现代性"的东西但同时又约束了一些"现代性"的东西。西方是从宗教中解放出来,获得对于社会的主体性,中国则要从强权主义中解放出来,在国家间获得主体性。

孟子曰:"夫人必自侮,然后人侮之;家必自毁,而后人毁之;国必自伐,而后人伐之。《太甲》曰:'天作孽,犹可违;自作孽,不可活。'此之谓也。"(《孟子·离娄上》)

(原载《中国社会科学报》,2010 年 5 月 11 日)

一辆难以驾驭的马车
——评《民族主义与中国现代化》

在近两个世纪以来的世界政治思潮和政治运动中，其影响之大、持续之久、能同民族主义相比者不多。自由主义不能不说是一大思潮和运动，但它的影响比民族主义还是小。自由主义对民主政治来说，是一种核心价值，但对专制和极权主义来说，却是洪水猛兽，而民族主义，不管是前者还是后者，都一概迎之不拒。如今民族主义仍有旺盛的生命力，丝毫没有减退之势。然而，这决不意味着民族主义完美无缺，形象独好。事实上，正如祸福同门一样，创造光明的天使和带来黑暗的魔鬼，都在民族主义那里找到了自己的法宝。民族主义角色的二重性，使得它像是一辆难以驾驭的马车。在这一方面，中国的民族主义思潮和实践，也提供了一个比较典型的个案。《民族主义与中国现代化》一书（刘青峰编，香港中文大学出版，1994年），则对这一个案作了全面的考察。

1992年12月，香港中文大学中国文化研究所举办了"民族主义与现代中国"国际学术研讨会，出席研讨会的有海内外学者数十人。与会者提供的论文，有一部分曾在《二十一世纪》（总第15期，1993年）上登载过，《民族主义与中国现代化》则是这次会议的完整论文集，而且，即便它不像编者所说的那样，这"也是以民族主义研究为专题的第一本中文论集"，因为此前周阳山、杨肃献已编过一本中文的《民族主义》（台湾时报出版公司，1980年）文集，但仍是这一方面的重要论文集。文集按主题分为四大部分，即"民族主义理念与比较观"、"中国民族主义与现代化"、"从传统到现代"和"近代思潮与人物"等。

在汉语知识系统中,"民族"和"民族主义"都是外来词,是英文 nation 和 nationalism 的译语。但有趣的是,这两个外来词的译法,也是外来的,即都由日本人译出。近代中国最早使用"民族"一词的大概是王韬,1874 年王韬在所撰《洋务在用其所长》中,曾有"民族殷繁,物产饶富"的说法。① 1879 年,王韬应日本人之邀赴日,在日游览百余日,逐日记下所见所闻,合为《扶桑游记》,其中在谈到日本社会阶层时他也用到了"民族"一词:"日本凡成三等:曰华族,曰王族,曰民族。"②但王韬这里说的"民族",还不是明确作为"nation"的译语来使用的。

作为 nation 的译语而较早使用"民族"一词的是梁启超。1901 年,梁在《十种德性相反相成义》中说:"凡最尊自由权之民族,恒即为最富于制裁力之民族。"③同年,梁公在《国家思想变迁异同论》中,大量使用了"民族主义"一语,并从学理上作了说明。④ 主要与梁启超的引介有关,"民族"和"民族主义"用语,在本世纪初开始流行起来。值得注意的是,日本人对 nationalism 有三种译法,"民族主义"、"国家主义"和"国民主义"。⑤ 1899 年,梁就使用了同"世界主义"相对立的日译的"国家主义",⑥比他使用"民族主义"还要早。但之后,梁在使用国家主义的同时,则更多的是使用民族主义。

20 世纪 20 年代末兴起的"国家主义"思潮,则是以"国家主义"作为 nationalism 的译语。提出术语问题略作说明,是为了对文集中朱维铮的论文《晚清思想史中的民族主义》作一简单回应,同时也便于接着文集第一部分的问题往下说。文集第一部分的文章,大都对 nation 和 state 或"民族"和"国家"的意义和关系作了辨析。正像 nation 和 state 有所不同一样,中文的"民族"和"国家"也不一样。在这一点上,石元

---

① 彭英明:《关于我国民族概念历史的初步考察》,载《民族研究》1985 年第 2 期。
② 王韬:《扶桑游记》上。
③ 《梁启超选集》,上海人民出版社,1984 年,第 159 页。
④ 同上书,第 184—193 页。
⑤ 同上书,第 191 页。
⑥ 有关"国家主义",参见丸山真男:《现代政治の思想と行动》,未来社,1966 年,第 270—274 页。

康的分析是有道理的(第21—22页),其他如姜新立的讨论也很清晰。但现在的问题是,近代民族主义的意义,何以根本上是同建立国家、保持国家统一和主权独立的强烈要求联系在一起的。也就是说,从民族出发,为什么会走向国家。

要弄清这一点,就不能不考察"民族"与"国家"之间的联系。从几位作者都使用"民族国家"(nation-state)这一说法来看,他们已注意到了两者的联系,但都没有深入考察。石元康认为,民族主义运动"最主要的思想是,一个民族应该在政治上建立一个主权的国家"(第20页);陈方正说的"民族(而非世袭权力或传统体制)是国家主体,也是政治权力的最终根据"(第4页)等,只是触到而止,而未申论。说到民族主义的类型,陈方正和姜新立的论文,都有比较具体的分析。石元康区分"自治"与"自决",认为自决与民族主义有关,是一民族相对于其他民族而具有的独立性要求,而自治是指个人与国家的关系,即个人参与国家政治的要求。前者大致成立,但后者就不容易说通,因为自治本身与不受外来干涉也相关。从这一点说,自治与自决不可分,而且自治也不限于个人,可以是民族共同体的要求,即民族自治。

文集第一部分还把中国民族主义同其他国家的民族主义作了比较。陈方正强调中国民族主义是一种在威权政治体制下表现出来的,它处在民主政体和极权政体之间,因而有很大的伸缩性,既可以合理表现,又带有病态。胡春惠具体比较了中韩两国的民族主义,认为两者的民族主义产生和扮演的角色基本是相同的,但他忽略了二者的不同之处。傅伟勋区分文化民族主义与政治民族主义及其交互形态,并以日本为例作了考察。但他的侧重点在古代,而对其关注的中心日本近代民族主义的分析显得不足。

正像书名所指示的那样,文集充分讨论了民族主义与中国现代化的关系。除了第二部分比较集中讨论外,其他部分不时也有所涉及。就其主要论旨而言,大家都强调了中国民族主义与现代化的二重关系,即一方面,它提供了民族凝聚力,具有抵抗外国侵略、追求民族和国家独立和统一的功能;但另一方面,它往往又带有排外主义的性质,影响了开放和对西方的学习,阻碍了中国现代化的进程。同时,民族主义与自由主义,也不是天生的对头,二者可以得到同步的发展,但中国民族主义对自由主义整体上有一种抑制和排拒作用。总之,中国的民族主义既是创造的动力,又是破坏的根源。这种分析,笔者认为是准确的。

但值得注意的是,在这种二重性分析之外,还有侧重肯定和否定的对立观点。白鲁恂基本上对中国民族主义持批评态度,他认为中国民族主义没有为中国的现代化带来积极的作用,他说:"中国虽然产生了世界上最伟大的一个文明,并且仍然有牢固和雄厚的文化力量,但奇怪地,在现代它的民族主义却是幼稚、空洞的。更奇怪的是,民族主义虽然空洞,中国的统治阶层却能利用爱国主义的呼召来压制那些现代化最成功的中国人。"(第533—534页)又说:"在其他后殖民主义地区,民族主义和现代化是相互加强的两股力量;而在中国,二者本质上却是相互对抗的。在别的地区,民族主义的阐明是靠国家中最具现代头脑的人;……相反,中国的政治权力却从来不掌握在最有学问和最现代化的人手中。"(第536页)

针对白鲁恂的观点,袁伟时提出反面的观点。他指出,白的说法是以偏概全,并不符合中国民族主义的实际情形:"白教授侈谈中国民族主义与现代化的对抗,却没有说明他所说的中国民族主义指的是哪一流派。他使用的是全称判断,即指的是所有中国民族主义力量的共同特性。可是,上述情况已有力地证明,这是同多数中国民族主义力量的倾向不符的。"(第211页)究竟谁是谁非呢?按照我的研究,如果说白鲁恂的看法有以偏概全之嫌,那么,袁的看法也照样有以偏概全的问题。事实上,中国民族主义与现代化的关系既不是"完全对抗",亦非"完全不对抗"。袁举的例子,不能证明他的观点,因为同样可举出很多反面的例证。简单地说,由不同政治意识形态所代表的民族主义,都不是健全的民族主义。① 而这两种意识形态,在20世纪中国历史上占什么位置,不用说谁都清楚。而且,袁的方法论也有问题,不能说不合理的民族主义就不是民族主义。

不言而喻,中国近代的民族主义是在西方的刺激下形成和发展起来的,但同时它也与传统文化有联系,这是文集第三部分讨论的中心。

---

① 王中江:《现代中国民族主义的误区》,载香港《中国社会科学季刊》,1993年5月,总第3期。

在不少论者看来,中国传统的华夷之辨以及与此相关的文化民族主义,一方面具有排外的色彩,另一方面,又具有一种超越民族国家而要求世界文化大同的一体感意识。这两方面,对中国近代民族主义都有很大的影响。华夷之辨观念,使中国近代许多知识文人仍然相信,中国的道德和精神文化价值优越于西方,从而使近代民族主义带上了排外的性质。而文化世界主义,又使得中国的民族主义者要求把中国文化普世化。这两者的结合最终在"文化大革命"中衍生出一种"新华夏中心主义"。这一点,金观涛和刘青峰都作了详细的分析。如金指出:"新华夏中心主义和传统华夏中心主义一样,以对某种普遍主义的制度文化的忠诚代替对国家民族的忠诚,这时捍卫意识形态的纯洁势必导致前所未有的排外(反对与其不同的文化)。与此同时,这种'排外'还包含着把这种理想制度文化推广到全世界。……今天我们分析'文革'中的红卫兵运动和大规模群众示威,几乎都可以看到这双面性质:一方面是反一切不同于毛泽东思想的东西,另一方面是把毛泽东思想推广到世界。"(第139页)

文集的第四部分讨论了近代思潮与人物的相关问题。在人物上,孙中山和梁漱溟可以说分别代表了政治民族主义和文化民族主义这两种不同的倾向;曾琦和杨度的民族主义则比较接近,都是以"威权"为基础的。但是,除了他们之外,还有一些重要的人物被忽视了,思想人物如梁启超、陈独秀等,政治人物如蒋介石和毛泽东等。蒋介石和毛泽东都是实践民族主义的领袖人物,他们的民族主义意识和操作方式,对中国的民族主义影响至大。从思潮来说,发生在20年代末的"国家主义"是不能忽视的,这是形成了一个阵营的民族主义思潮,也是中国近代第一个自称为民族主义的派别,它与当时的自由主义、无政府主义、社会主义等思想都处于比较紧张的关系当中。虽有文字谈到了曾琦(他是这一思潮的中心人物之一),但遗憾的是,却没有把他放在这一大思潮的背景中去讨论。

不管如何,如果说民族主义是中国近代以来处在文化和学术、传统和现代之间的最为重要的问题之一,那么《民族主义与中国现代化》一书,则是研究这一问题的最新学术业绩。

面对近代中日的历史

高申鹏的《对近代中日比较的思考》(见《二十一世纪》总第 18 期),对拙文《福泽谕吉和张之洞的〈劝学篇〉》(见《二十一世纪》总第 14 期)提出批评意见,令人高兴。

他指出拙文忽视了福泽谕吉和张之洞两人所从属的背景,并作了一定程度的说明,这是值得欣赏的。但是,他的说明,在思想方面,只强调了异的一面,而没有注意同的一面。在社会结构和商品经济成分方面,他只是引用了别人的结论,而没有作出具体的说明,这是很遗憾的。置此不论,借高氏的话题,我想指出的是,拙文主要是比较福泽谕吉和张之洞在思想上的差异。现在的问题是,他们两人的差异是否能完全通过中日"不同"(实际上还有相似的一面)的历史背景来作出解释呢?我看不能。我不想夸大历史对个人的影响,选择最终是由"自己"作出的。如果说中国的背景制约了张之洞,使其极力反对"民权",为什么会先有康有为和梁启超主张民权?如果说中国背景限制了刘锡鸿,何故没有限制住郭嵩焘和严复?限制住了慈禧,何故有德宗?限制住了袁世凯,何故有孙中山?

同时,高氏文中的几个说法,也有必要讨论。一是通过比较,就能看出差别。有差别,对此差别就有态度,或是提出一定的"批评",或是"漠然视之"。如果明知不如人家,却安于此,无动于衷,我不认为这是恰当的立场。而且,为了化解"忧怨",与一些落后地区的国家比一比,我们不又高高在上,不是可以兴高采烈吗?可我于心不忍。

与此相关,二是对待历史,既要讲事实,又要讲价值态度(在人文领域中这种区分是相对的,这一点,就连伽达默尔的解释学恐怕也不会同意)。我不知道高氏所说的"对历史的指责多于理解"是什么意思。如果他所说的"理解"是指事实上的,那么只就事实来讨论拙文就可以了。但如果所说的"理解",还有价值上的态度,如同情、宽大等,而这与他所说的"指责",都属于价值态度,只不过"指责"是不同情、不宽大罢了。我觉得高氏前后文中所说的"理解",包含有价值态度。当然,没有也不要紧,这只不过表明了高氏对历史没有价值观罢了。但是,我认为一定的价值观还是需要的。有价值观,就有对历史的评判和"指责",就有"批评"。如果我们不处在这一历史中,这批评当然也包括我们自己。历史是合力而成的,每个人都有份。每个人都是不幸历史事件的"凶手",不过不要忘了还有一个"主犯"或"主谋"。中国近代化的难产,主要不能从传统中去找原因。承担中国百年历史主体的是百年中的中国人。中国百年的历史代价,我认为太大,而且谁能保证不继续付出更大的代价?但研究历史的人,对这代价不能"一笑了之",或不拉拉"警报"。

三是高氏接着我所说的"百年前即应着手的改革开放",而说这"大概只能是我们今天的愿望与希冀"。这个"大概"的判断不能成立。从愿望和希冀上说,百年前不少的仁人志士,这种"愿望或希冀",都已经有了,而且有的还极其强烈,如严复等。我强调的主要是操作上的,当然准确地说也着手过但没有完成或不断遇到曲折。四是,高氏说:"有一点值得注意,福泽的思想在当时并不是日本思想的主流,甚至是逆流。"根据高氏的注,他是引用赖萧尔《近代日本新观》一书中的说法。① 但是,这种说法是不确切的。

首先,应把"当时"的"时"界定一下。我认为这个"时"应从福泽谕吉明治五年(1872)发表《劝学篇》的"初编"开始到明治三十四年(1901)福泽谕吉去世为止。以此我们可以说,福泽的思想在明治五年(往前可推到明治二年福泽发表完《西洋事情》)②至明治十四年(1881)这一段时间中无疑是日本思想界的主流。福泽指出过《劝学

---

① 赖萧尔:《近代日本新观》,卞崇道译,三联书店,1992年,第61页。

② 关于此书发行情况和对当时日本的影响,可见《福泽谕吉自传》的附录《〈福泽谕吉全集〉绪言》,商务印书馆,1980年,第289—294页。

篇》所受到的批评,但他也肯定此书所产生的影响,在《〈合本学问之劝〉序》中,福泽指出按当时的发行量和当时日本人口的比例,"国民每六十个人中,就一定有一人读过此书"(即《学问のすすめ》)。

从明治十四年到明治三十四年,也不能笼统地说福泽的思想是日本思想的"逆流"。实际上,其仍有主流的一面,如福泽所要求的学习西方的"工业文明",所强调的"民族主义"(当然逐渐被福泽逼向帝国主义的误区),仍是主流。如果有"逆流",这只集中在"自由民权"这一点上,而且也只是相对于这一时期的政治意识形态而言。由这种不确切的前提出发,高氏说拙文夸大了中日对西方文化态度差异的程度,自然也难以成立,而所说的"不利于把握历史真象"("历史真象"这种说法,最好不用,我不认为历史只能作出相对主义的理解,但也不承认历史完全有客观主义的把握)的"不利",也无所指了。

(原载香港《二十一世纪》,1993年10月号,总第19期)

"变法"的合理性论证及其反驳

"戊戌变法"是中国近代一系列政治变革的第一次,是帝国自上层尝试政治改革刚进入实践化阶段不久就被颠覆而悲壮结束的短暂("百日维新")探险。但是,如果我们不把目光只狭窄地限制在这一政治事件上,那么,康有为、梁启超、谭嗣同、严复等所呼唤的"变法"运动,在1895年的中日甲午战争之后,至少从观念和思想层面,就紧张和热烈地展开了。另外,它与此前以洋务为中心的"变法"观念和实践(后仍有延续),也存在着一定的关联,这也是不能忘记的。

正像"戊戌变法"这一名称本身所显示的那样,"变法"是那个时代"最核心"的"主题"。确立这一"主题",是一系列"遭遇"和"危机"强烈刺激的结果。如果我们把这看成是走向"富强"的"痛苦条件",那么,中国的自强历程也就如同其他一些后进国家一样,一方面是一种"接受"和"移植"异质性新文明的过程,另一方面则是对自身传统文明进行"自我"转化的过程。具体表现为不可避免的外国资本主义世界的"军事扩张",而传统社会和国家为了进行有效的对抗,开始谋求新文明和"富强"。如何实现"富强"这一根本性的目标呢?当时的中国人士所想到的并认为是最有效的办法之一就是进行"自改革"的"变法"。

"变法"的观念相当古老,"变法"的实践在帝国历史上也不乏其例。从这种意义上说,帝国19世纪90年代的"变法",并不是什么别出心裁的新鲜事,它只是让历史中被运用过的方式在新的"历史境遇"中再次接受考验。但是,正如帝国历史上推行过的"变法",都不"自明"地具有正当性一样,晚清的政治变法,也经历了一个对其合理性进行反复论证的过程,同时还不断地受到反驳。如果说合理性论证支持和促进了政治改革实践,那么,对政治改革的反驳则相反地制约着"变法",并与"变法"最后被颠覆有一定的关联。

一般来说,社会成员经过一个过程一旦适应了某种社会政治秩序,在很大程度上,这种秩序就具有了一种惯性,被人们习惯地接受着,同时也具有了存在的"正当性"和"合理性"。要改变这种秩序,并安排一种新的秩序,不仅会遇到习惯的抗拒,而且更会遇到已有"合理性"的辩护。因此,当人们认识到已有的旧秩序需要改变、并要求建立起新秩序时,他们就必须为新秩序的合理性和正当性提供充分的论证,以赢得人们的支持。晚清中国的"变法"过程,首先遇到的也是这个问题。晚清"危亡大变局"和"亡国"、"亡种"、"亡教"的忧患意识,使知识精英自觉地认识到帝国必须进行"变法"以求"自强"。但是,要使"变法"得到自上而下的支持,并最终成为具体的实践,就必须使人们在观念上认同"变法"。产生这种认同,虽然不能完全排除感情的因素,但根本上需要公众特别是决策者被理智上的根据武装起来。理智上的根据来自何处,简言之,就是晚清知识精英对"变法"的合理性所作的论证。

晚清"变法"的合理性论证当然不是单一的,所运用的知识资源也不是来自一处。撇开细节,不难发现一些共同的逻辑和论式。对当时的许多知识精英来说,"变法"根本上取决于"变"和"法"的二重性。"易,穷则变,变得通,通则久"的古训,作为儒家经典固有的真理,不断地被征引来说明"变"的正当性。严复把"变"视之为历史的必然性——"运会":

> 运会所趋,岂斯人所能为力。天下大势,既已日趋混同,中国民生,既已日形狭隘,而此日之人心世道,真成否极之秋,则穷变通久之图,天已谆谆然命之矣。继自今,中法之必变,变之而必强,昭昭更无疑义,此可知者也。①

在此,"变"被提升为非人力所能左右的客观"命运",对于这种"命

---

① 严复:《救亡决论》,见《严复集》第一册,中华书局,1986年,第50页。

运"除了接受之外,没有别的选择。在晚清知识界,"公例"、"公理"作为普遍性的真理和应当的价值,是论证事物的正当性所通用的符号。严复是这样,梁启超也是这样。"变"之所以必然,就在于它是"公理",是不可抗拒的"自然法则"。如梁启超这样说:"法何以必变?凡在天地之间者,莫不变……故夫变者,古今之公理也……上下千岁,无时不变,无事不变,公理有固然,夫非人之为也。"①天下事物,特别是人间秩序,实际上并不像梁启超所说的那样"无时不变",因为如果这样,它虽然有利于对旧秩序的颠覆,但却不利于"新秩序"的形成,或者新秩序根本上就无法形成。

"变"是一种普遍性,这种普遍性只有相对于特殊性,才能成立。如果说"法"也是一种普遍性,或者像董仲舒所说的那样,"天不变,道亦不变"。"变"对于"法"来说就失去了有效性。为了避免这种结果,晚清知识精英一开始就剥夺了"法"的普遍性(在历史中,由"圣人"或"祖宗"所定的"法",虽然有时显得不可动摇,但它并没有获得过一贯的绝对性),使之成为与特殊时空或特殊历史条件相对应的"可变"之物。持有"西法源于中法"观点的汤震,已经把"法"看成是特定时代的产物。在他看来,时代不同,时势不同,"法"亦随之而"变"并有所不同。他说:"自有天地泊今兹,历代有历代之法,一代有一代之法,外夷即袭中国之法以为法。历代之法递变,一代之法亦递变。"②对严复来说,凡"法"皆有其弊,不存在一劳永逸的"无弊之法"。③原因是,"圣人"制法,只是根据当时的需要,他并不要求制作适合一切时代的"法":"盖古之圣贤人,相一时之宜,本不变之道,制为可变之法,以利

---

① 梁启超:《变法通议》,见《梁启超选集》,上海人民出版社,1984年,第3页。
② 汤震:《危言》,见《戊戌变法》第一册,上海人民出版社,1957年,第178页。主张"道不变"的洋务变法派人士,从儒家和历史的视角,强调没有固定不变的"法",认为"法"与时俱迁。如郑观应说:"《中庸》曰:'君子而时中。'《孟子》曰:'孔子圣之时者也。'时之义大矣哉……虽有智能,不如乘势;虽有镃基,不如待时。"《盛世危言》,见《戊戌变法》第一册,上海人民出版社,1957年,第40页。
③ 如严复说:"自古无无弊之法。"《〈原富〉按语》,见《严复集》第四册,中华书局,1986年,第883页。

其群之相生养、相保持而已。"① 既然"法"都是特殊时空下的一时之物，一开始就免不了与生俱来的局限性，那么历史时空发生变化，改变"旧法"，并根据新的社会环境推行"新法"，也就顺理成章。

从历史和权威中寻找事物的正当性和合理性这种"历史理性"和"权威理性"，是中国传统思维的显著特性之一。这一特性，在晚清"变法"的合理性论证中，再次被启用。这可以从两方面来说，一是认为"变法"有历史上的经验和先例，并不是什么破天荒的事。对于一个习惯援引"先例"进行思维的群体来说，如果不能提供"先例"进行证明，要做一件事就很容易被认为是不合法的，或者至少令人十分怀疑。康、梁论证"变法"，仍是通过"先例"的征引，以证明其合理性。他们要"决策者"或者人们相信的是，根据需要进行"变法"，并不是什么"奇想"，它是历史上经常发生的事。二是，比起历史中的具体事例根据来，援引历史中被信奉的"权威"，往往更能增加人们的认同。中国历史上被推崇的"圣人"就是这种权威的典型代表。这就不难理解，康有为何以把作为"圣人"的孔子当作"变法"坚定不移的支持者（他的弟子梁启超、谭嗣同也受其影响）。在康有为看来，孔子"托古"是为了"改制"，或者说孔子是为了"改制"而采取"托古"的方式。这一说法，要通过历史事实进行严格验证是困难的。至少这是部分原因，当时反对"变法"的人，把康有为的说法当作"妖言"来看待。在很大程度上，我们可以说，康有为是"托孔子"以求"改制"。康有为要求"变法"的历史权威根据，主要来源于此。梁启超指出："有为所谓改制者，则一种政治革命、社会改造的意味也，故喜言'通三统'。'三统'者，谓夏、商、周三代不同，当随时因革也。喜言'张三世'。'三世'者，谓据乱世、升平世、太平世，愈改而愈进也。有为政治上'变法维新'之主张，实本于此。有为谓孔子之改制，上掩百世，下掩百世，故尊之为教主。"②

除了以上的合理性论证外，维新人士还通过"变法"与"不变法"的利弊比较，以强调"变法"的必要性，如认为通过"变法"，就能"保国"、

---

① 严复：《拟上皇帝书》，见《严复集》第一册，中华书局，1986年，第63页。
② 梁启超：《清代学术概论》，见《梁启超论清学史二种》，复旦大学出版社，1985年，第65页。

"保教"、"保种",达到"富强"目标;"不变法",就要"亡国"、"亡教"、"亡种"。严复运用"进化论"的"物竞天择"、"适者生存"这一生物和社会法则,强调只有通过"变法",才能在"竞争"中获得生存权。这是把不变法就只能成为弱者、不适者并被淘汰的残酷性摆出来,让人们去追求强者和适者,以求在生存竞争中立于不败之地。当时被认为是"变法"的成功样板特别是日本,也不断被维新人士作为例证加以引用,以增加"变法"有效性的说服力。对变法派来说,日本作为邻邦,其经验与遥远的西方相比,更具有借鉴和示范意义。康有为在奏议中说:"日本蕞尔三岛,土地人民不能当中国之十一,近者其皇睦仁与其相三条实美改纪其政,国日富强,乃能灭我琉球,割我辽台。以土之大,不更化则消弱如此;以日之小,能更化则骤强如彼,岂非明效大验哉?"①

但是,仅仅论证"变法"的合理性或正当性,而不能提供"变法"的具体方案或步骤,"变法"就不能真正成为一种动员力量,不能化为具体的实践。因此,与论证"变法"的必要性相比,对如何"变法"的论证,知识精英们调用了更多的知识资源。这些资源一方面被用来论证仍带有原则性的问题,如"治本"与"治标";"急变"与"缓变";"变道"与"变器";"西法"与"中法"。在这些问题上,维新人士整体上超越了洋务派变法者的思路和局限,要求全方位的变法实践,并更倾向于相互联系中的前者。从"变法"更具体的方面来说,知识精英所提出的"变法"方案,量大而又复杂。在这一方面,康有为具有无与伦比的代表性。在此,我们没有必要列举这些方案。现在,我们转向保守主义者(包括开明的和顽固的两种)对政治"变法"的各种反驳上,这里还能听到维新人士的回击之声。

反驳之一是认为中国传统的治国之道,根本上就不主张"治法",而是主张"治人"。孟子和荀子作为这种观念的重要代表人物,是很容易被想到的。如孟子指出:"徒善不足以为政,徒法不能以自行。诗云:'不愆不忘,率由旧章。'遵先王之法而过者,未之有也。"(《孟子·离娄上》)荀子强调:"有治人,无治法"(《荀子·君道》),"有良法而乱者有之矣,有君子而乱者,自古及今,未尝闻也。传曰:治生乎君子,而

---

① 康有为:《上清帝第四书》,见《康有为政论集》上,中华书局,1981年,第153页。

乱生乎小人。此之谓也。"(《荀子·王制》)照这里所说,治国之道,根本上取决于"人",而不取决于"法"。依据儒家的这种观念,晚清保守主义者认为,人是首要的,"法"由人制定,又要靠人去行施。如"人心"不善,法再善,都是枉然。中国的危机和忧患,根本在于"人心"之不善,而不在于"制度"之不良。如在曾廉看来,中国一切问题,都不在制度不好,而只在于"人心之败坏"而已。由此出发,曾廉认为,解决问题的关键,不能从"变法"入手,必须从"变人"开始。这种主张,显然是把儒家津津乐道的"修身"作为治国的根本。叶德辉所说的"与其言变法不如言变人,变法而不变人,不值外人一笑",也是这种逻辑。但是,保守主义者需要反思的是,在一直强调"人治"为本的社会中,何以"人心"之坏,会变得如此严重?这本身是否就说明,单从"人心"入手,并不能解决一切问题。"治人"与"治法"的对立,类似于传统中儒家所谓"德治"和"人治"同法家所谓"法治"和"力治"的对立。从整体和一般性来说,"人"和"法"是不能截然分开的,人创制"法"并通过人来实践"法";但是,"法"反过来也塑造人,成为人的行为的普遍规范。从"人性善"的乐观主义角度来说,也许可以把"人"作为解决一切问题的出发点。但是从"人性恶"的悲观主义来看,"法"也许更为重要。在注重身份和结构一体化的传统社会中,政治统治者的人格力量和大众的道德性,往往得到更多的强调;但是,在开放和高度分化的现代社会中,"法"和"制度"的重要性明显上升了。从这种意义上说,维新人士要求通过"变法"来重建"制度",可以说适应了这一新的历史趋势和方向。

反驳之二是保守主义者仍坚持传统观念中的"华夷之辨",反对"用夷变夏"。在他们看来,不仅中国之道高于"西法"("中体西用"论者所说),而且"中法"也优越于"西法"。或者还有人认为"西法源于中法"。从这种观念出发,或者要求中国"只"效法西方的"技术";或者连西方的技术也一概拒斥。这种心理意识或主观要求,程度上虽有差别,但都不外是封闭式的自我陶醉。有趣的是,对于保守主义者用儒家的"华夷之辨"来反驳"变法"的方式,维新人士也从儒家那里找到了相反的武器。如他们征引"天子失官,学在四夷"、"礼失求诸野"等说法作为学习"西法"的根据。在维新人士看来,不仅"西法"优越于"中法",而且"西道"也优越于"中道",以此来打破"中体西用"(或"道器"、"本末")的二元论。如严复反对"体用"割裂,谭嗣同主张"道不离器"。把这种观念运用在处理中西文化的关系上,不仅意味着要改变中国传统的"用",而且也意味着对"道"(价值秩序等)的变革;换言之,也就是既要学习西方的"器",也要学习西方的"道"(价值观)。维新人士的"变法观"有别于洋务派的"变法观",根本上在于此;它同洋务派特别是顽固守旧派的主要对立也在于此。作为政治变法的主要内容之一,维新人士要求"民主"和"民权",要求限制统治者的权力。这一点受到了保守主义者齐心协力的强烈反对。看看张之洞在《劝学篇》中的说法就可知道这种反对的严重性。这也是维新人士所要求的变法被颠覆的基本原因之一。从一般意义来说,每一个民族都有视自己的民族优越于其他民族的情形,并由此容易导致对外来"有益"事物厌恶或拒斥。晚清保守主义者"严华夷之防",排斥来自外部世界的有益事物,试图延缓中国封闭性社会的存在,扮演了开放社会敌人的角色。保守主义者敌视新颖或陌生事物所导致的另一结果,用哈耶克的话说就是:"人越是不喜欢新颖陌生的事物,越是认为他自己的方式优越,就越是容易把'教化'别人当作自己的使命。"①传统"华夷之辨"的坚持者,为了延续旧有的"法度",不仅把不适宜的"法度"称之为最优越的"法度",抵制任何改革的要求,而且还以此去教化世界。

　　保守主义对维新政治改革的反驳之三是认为"西法"不合中国"国情",认为行之于西方有效的制度和秩序,未必对中国也有效。根据在于"西法"是西方社会政治、历史和文化环境之下的产物。中国的社会政治、历史和文化环境等"国情"不同于西方,因此,不能把适合于西方的"西法"强行运用到中国。在叶德辉看来,治理国家各有不同的治法,不能强求一致。在这一点上,保守主义者特别强调了西方的"民主"和"民权"不合中国国情的立场。显然这是一种特殊主义的立场。与此不同,在持普遍主义立场的维新人士看来,"西法"对于西方有效,对于中国也照样有效。对梁启超来说,没有所谓固定不变的"历史时空",也没有固定不变的国情。"西法"也是历史变迁和适应的产物,如果中国进行"变法",也完全可以适应"西法"。他说:"泰西治国之道,

---

① 哈耶克:《自由秩序原理》下册,邓正来译,三联书店,1997年,第199页。

富强之原,非振古如兹也,盖自百年以来焉耳。……盖自法皇拿破仑倡祸以后,欧洲忽生动力,因以更新。至其前此之旧俗,则视今日之中国,无以远过。惟其幡然而变,不百年间,乃浡然而兴矣。然则吾所谓新法者,皆非西人所故有,而实为西人所改造。改而施之西方,与改而施之东方,其情形不殊,盖无疑矣。况蒸蒸然起于东土者,尚明有因变致强之日本乎?"①严复的看法,不如梁启超乐观。他肯定"西法"这一"至美之制"之所以在西方有效,是因为西方具有适合它的"历史环境"或"土壤",把它迁移到不适宜的土壤中,它难见其效甚或有害。这与他所说的"由今之道,无变今之俗"、一切良美善法都将无效是同一逻辑。但严复并没有就此止步,他作出的推论是,要使"西法"为中国带来富强,首先要为"西法"在中国的生长提供一个合适的土壤,这就是他何以特别强调"民智"、"民德"、"民力"的原因。这样,在严复的逻辑中,既克服了保守主义把"国情"凝固化的消极主义,同时又保持了学习"西法"的要求。但是,晚清由国情论出发而对西方"新文明"的抵制,强大而有力。这也是中国现代化的困境之一。如果晚清"国情论"只是强调制订具体的行动方案,要注意已有的现实和客观条件,这也许是无可非议的。但晚清的国情论,在很大程度上不是这样的意义,它的根本动机是用"不合国情"反对政治上的革新。对此可以提出许多质疑,一是没有凝固的"国情","国情"本身也是一个变化着的"历史性"概念;二是如果说生长在西方外部世界的"制度"不合"国情",那么生长在西方外部世界的各种技术怎么就会适合"国情"呢? 三是,汲取西方外部世界的"制度",根本理由不在于它是"西方的",而在于它是"制度"。"西方"是特殊的,"中国"也是特殊的,如果以特殊变特殊,那根本不可能。晚清变法派所谓吸纳"西方"文明,所谓模仿"西方"文明,显然是学习和模仿具有"普遍性"的文明,而不是学习和模仿特殊性的"西方"。如果不进行这种分析,就不能看出晚清"国情论"的问题。在这里加以引用哈耶克对保守主义的分析也是合适的:"保守主义的态度并不能改变这样一个事实,即正在改变着我们文明的种种观念,绝不会承认任何国界的限制。但是,如果一个人拒绝接受新观念,那只能使

---

① 梁启超:《变法通议》,《梁启超选集》,上海人民出版社,1984年,第8—9页。

其丧失在必要时有效抵制这些观念的力量。显而易见,观念的丰富和增进,乃是一个国际过程,而且只有那些充分参与这些观念讨论的人,才能对此一进程施以重大的影响。仅仅宣称一种观念是非美国的、非英国的或是非德国的,就不予接受,这显然不是一种真正的论辩;同样,仅仅因为一种错误的或邪恶的理想出自于本国一位爱国者的构设,就将它说得比其他理想都好,当然也不是真正的论辩。"①

保守主义者对政治革新的反驳之四是,"祖宗之法不可变",不可变的根据是"祖宗"。在一个"祖先崇拜"的社会环境下,维护"祖先",不只是维护"孝",同时也是维护"忠"。而"孝"、"忠"等"权威"是凝聚人们最有效的心理支柱。据载,刚毅每遇颁布新政,必痛哭"列宗"、"列祖"。荣禄同康有为在译署见面,认为用"祖宗之法不可变"驳康有为游刃有余。慈禧也把改变"祖宗之法"作为批评光绪的口头禅。对于这种反驳,维新人士无法回避,他们必须寻找理由为自己辩护。康有为《上清帝第一书》就提出了这一问题进行讨论。他说:"夫法者,皆祖宗之旧,敢轻言变者,非愚则妄。然今天下法弊极矣。"②又说:"今论治者,皆知其弊,然以为祖宗之法,莫之敢言变。岂不诚恭顺哉?然未深思国家治败之故也。今之法例,虽云承列圣之旧,实皆六朝、唐、宋、元、明之弊政也……当今世而主守旧法,不独不通古今之治法,亦失列圣治世之意也。"③面对慈禧的批评,光绪也要为此进行申辩。据载:"太后自归政后,避居颐和园。一日,上谒园朝谒,太后责上曰:'九列重臣,非有大故,不可弃;今以远间亲,以新间旧,徇一人而乱家法,祖宗其谓我何?'上泣谏曰:'祖宗而在今日,其法必不若是;儿宁忍坏祖宗之法,不忍弃祖宗之民,失祖宗之地,为天下后世笑也。'置酒玉澜堂,不乐而罢。"④这表明,用死了的"祖宗",仍然可以大压、特压活着的人。

保守主义对政治革新的反驳还有其他事例,我们不再一一列举。不幸的是,政治"变法"的合理性论证虽然比较合理,但反驳者却拥有

---

① 哈耶克:《自由秩序原理》下册,三联书店,邓正来译,1997年,第198页。
② 康有为:《上清帝第一书》,见《康有为政论集》上,中华书局,1981年,第57页。
③ 同上书,第58页。
④ 胡思敬:《戊戌履霜录》,见《戊戌变法》第一册,上海人民出版社,1957年,第376页。

着更强大的"权力"。为了维持他们的"既得"利益,他们不惜一切历史代价,动用手中的"权力"颠覆"变法"。事实上也正是如此。这就告诉我们,真正的"变法"者,要进行所需要的改革,首先就必须掌握强大的权力。晚清政治"变法"的流产,埋下了通过"革命"解决"中国问题"的火种。当慈禧意识到中国不变法就没有出路并试图实行"变法"时,"革命"的时代到来了。这也昭示我们,历史并不轻易提供"机会"。

(原载加拿大《文化中国》1999年6月号)

"复制"历史"在劫"难逃

1997年,香港回归了,老朋友《二十一世纪》却不见了,感到很失落,不知道这是怎么一回事。今年3月的一天,我眼睛一亮:《二十一世纪》又赠阅了。真是又惊又喜。老朋友久别重逢,好不容易啊!

打开一看,推出评论"纪念戊戌维新一百周年",余英时先生大文《戊戌政变今读》跃然纸上。读罢好生快哉!心里痒痒,按捺不住,乃作此回应小文。可谓是读余文而生感,抚昔事而今谈。

余先生很谦虚,一再声明,他的文章不是"系统的史学论文",只是"片断"的观察。我也要声明,我的回应更不是系统的讨论,只是随感而发,不敢说批评,也谈不上新意。唯愿略有引申,稍移视角。余先生与众读者,姑妄听之,聊作谈助可矣。

戊戌变法的失败原因,决非单一的东西,梁启超早就有复杂的说明。细致地考察此一问题,不能在此展开。这里仅就其主要之点强调一下。

在余先生看来,慈禧老贼,发动政变,颠覆变法,最关键的一点是要维护"一族"的利益(或者也可以说是"一党"的利益),反对政权落入汉人之手。显然,这是有一定道理的。"满清"是异族统治"汉人",清政府严"满"、"汉"之别,乃一贯方针。面对变法,顽固者如刚毅,常向人说:"改革者,汉人之利,而满人之害也。吾有产业,吾宁赠之于朋友,而必不使奴隶分其润也。"① 康有为提出的改革,引起了"满人"实权

---

① 梁启超:《戊戌政变记》(节录),见《戊戌变法》第一册("中国近代史资料丛刊"),上海人民出版社,1957年,第268页。

派的不安和猜忌。对此,康有为本人,也非常清楚。他在会见伊藤博文时,特别提出了这一问题,表明了他的深深忧虑。他请伊藤见到慈禧时,力陈改变严满汉之分的观念。康对伊藤说:"极言满人、汉人,同为中国赤子,如一母生两子。……宜无分满汉界限,是所切望也。"①但是,把它作为变法失败的"关键"之点,首先就不好解释光绪其人及其角色。实践变法的光绪皇帝,本身就是"满人"。如果慈禧发动政变关键是为了"一族"利益,为了"一族专政",那么作为其对立面的变法主角光绪,就应该是颠覆或出卖"一族"的利益,或者是反对"一族专政"的。但这似乎说不通。汉人不少官僚也反对变法,很难说他们是为了"一族"专政。譬如袁世凯、张之洞、李鸿章三个汉人。

与此相连,余先生认为"变法"失败的根本原因,是"国家利益"与"王朝利益"的冲突。所谓王朝利益,在余先生那里,仍然是满人统治的利益,或满人一家的观益。这个说法用在光绪身上会再次遇到困难。光绪本身就是清王朝的皇帝,他虽然一再强调不愿当"亡国之君",变法就是要保"国"。但是,在他那里,"王朝利益"与"国家利益",根本上是统一的。他不会认为,"变法"只会有利于"国家",而不利于他的"王朝"。而且这里的王朝利益,也不能仅局限于"满人"。汉人一些高级官僚虽然是从属者,但也属于王朝的一部分。他们反对"变法",是为谁的利益呢?是王朝?还是国家?他们肯定要说,既是王朝,也是国家。当然,实际上首先是为了他们自己的利益:"有湖南某君谒张之洞诘之曰:'列国果实行分割之事,则公将何以自处乎?'张默然良久曰:'虽分割之后,亦当有小朝廷,吾终不失为小朝廷之大臣也。'"②

那么,"变法"流产的根本原因何在呢?我想指出,根本上是"变法"("体制改革"或"政治改革")与"反变法"(反对体制或政治改革)的冲突及其强大的"反变法"力量战胜弱小"变法"力量的结果。换言之,就是以光绪为代表的改革者所要求的"变法",不符合以慈禧为代表的顽固守旧派和洋务派的共同"口味",最终被后者所扼杀。

---

① 汤志钧:《戊戌变法人物传记》,下册,中华书局,1982年,第642页。
② 梁启超:《戊戌政变记》(节录),见《戊戌变法》第一册("中国近代史资料丛刊"),上海人民出版社,1957年,第269页。

这样说，也许首先会遇到一个诘问，即慈禧或洋务派不是也主张变法吗？从形式上说，慈禧也是主张变法的。费行简指出："后尝告德宗，变法乃素志，同治初即纳曾国藩议，派子弟出洋留学，造船制械，凡以图富强也。"①对光绪要求变法，慈禧也曾向光绪明示过，不加干涉。费行简说："丁酉，……适德人假细故，攘我胶、澳，举朝无一策。帝复泣告后，谓不欲为亡国之主。后曰：苟可致富强者，儿自为之。"②此外，洋务派张之洞、李鸿章等，不也主张"变法"吗？照费行简的分析，当时王朝的高级官僚对"变法"的态度主要有三：一是主变法者，如翁同龢、张阴桓等；二是主守旧者，如徐桐、刚毅；三是主变法而专师西人技术者，如奕䜣、李鸿章、荣禄等。③这个分析，能把我们引到更深一层的问题中。

守旧派的态度可暂不管。这里的关键是第一种态度与第三种态度的不同。笼统言之，从与守旧派的区别上说，这两种态度都可以说是"变法派"。但这两种"变法派"却非常不同。不同何在？费行简不加限制地把第一种态度叫作"主变法者"，但对三种态度却加了一个特别的限制，即"专师西人练兵制械通商开矿"。这一区分至关重要。它涉及整个晚清如何变法这一根本问题。在此，稍微回顾一下晚清改革变法的道路，可能是有益的。

从广义上说，相对于极端保守派而言，"变法"从魏源提出"师夷之长技以制夷"的要求时就开始了。"洋务运动"也可以说是"变法运动"。"戊戌变法"自不待言。但是，从狭义上说，我们何以把"戊戌变法"叫"变法"或"维新"，而不把"洋务"叫"变法"或要加上限制呢？问题在于，它们是两种根本不同的"变法"，或者说"戊戌变法"所要"变"的"法"恰恰在洋务派的变法"之外"。这是"戊戌变法"最根本的特征。也就是说，戊戌变法主要把"变法"从"洋务"的"经济技术"层面上转向到了"政制"层面中。促成这一转机的，是甲午之役的失败。严

---

① 费行简：《慈禧传信录》，见《戊戌变法》第一册（"中国近代史资料丛刊"），上海人民出版社，1957年，第464页。

② 同上书，第464页。

③ 同上书，第463—464页。

复、康、梁等知识分子集中表达了"体制改革"的"变法"思想。这种思想在王朝中的体现者就是光绪皇帝及翁同龢等人物。

但是,与此对立的不仅是刚毅等一批顽固的守旧者,还有更大的洋务派阵营。前面说到的奕䜣、荣禄、李鸿章、张之洞、袁世凯等,都是如此。慈禧就是他们的总后台或"大老板"。对此,可以引用梁启超的分析:"中国向来守旧之徒,自尊自大,鄙夷泰西为夷狄者无论矣。即有一二号称通达时务之人,如李鸿章、张之洞之流,亦谓西法之常讲者,仅在兵而已,仅在外交而已。曾无一人以畜养民力,整顿内治为要务者,此所谓不务本而欲齐其末。故虽日日言新法,而曾不见新法之效也。而彼辈病根之所在,由于不以民为重,其一切法制,皆务压制其民,故不肯注意于内治,盖因欲兴内治,不能不稍伸民权也。"①因此,当康、梁提出"民权"(或"民主")、"平等"口号,要求从政治或体制上变法时,它就引起了保守派和洋务派上下的共同反对。在此,洋务"变法派"完全与顽固守旧派合流了,他们联合起来齐心对付光绪所代表的变法力量。

余先生指出,光绪变法,在潜意识里,有这样一种动机,即用"变法"这种"公"的形式来对抗慈禧,以发泄自己一直被压抑和被控制的怨恨。的确,光绪一直是在慈禧的淫威中长大成人的,他对慈禧显然有一种惧怕心理。随着年龄的增长及其皇位的确定,其内心中的报复意识,肯定会有意无意地起作用。在慈禧的意识中,光绪的帝位完全是她一手赐给的,她要在根本上支配光绪,把光绪当成她的傀儡。事实上,她基本上达到了自己的目的。即使在变法期间,光绪很多事都要向她请示汇报。但是,光绪无疑也开始在一些事情上表现出一定的独立性并自作主张。

这样做,我想主要还是出于变法自强的目的,即想改变帝国老朽无生机的状态,激发出活力和生机。具体来说,主要动机是来自对帝国的强烈危机的担忧及为其寻找解救办法。苏继祖说:"自甲午、乙未兵败地割,求和偿款,皇上日夜忧愤,益明中国致败之故,若不变法图强,社稷难资保守。每以维新宗旨商询于枢臣,辄以祖宗成法不可改,夷法不

---

① 梁启超:《戊戌政变记》,见《戊戌变法》第一册("中国近代史资料丛刊"),上海人民出版社,1957年,第303页。

足效,屡言而驳之。上愤极,往往痛哭而罢。"①又说:"德人占居胶州,上益忧惧。至今春,乃谓庆王曰:'太后若仍不给事权,我愿退让此位,不甘作亡国之君。'庆邸请于太后,始闻甚怒曰:'他不愿坐此位,我早已不愿他坐之。'庆力劝始允曰:'由他去办,俟办不出模样,再说。'庆邸乃以太后不禁皇上办事覆命。"②这个"再说",就留下了一切"伏笔"。一旦你"变的"不是我所说的"模样",对不起,可不要"怪我"了。

这仍然要回到"变法"的路线上来。如果光绪的变法,仍局限在以前的"洋务"路线上,只是引进和学习"船坚炮利"、"经济技术",只变"器",不变"道";只作"经济改革",不进行"政治改革",他的政治处境恐怕就要另当别论了。但是,光绪的变法显然超出了这条路线。他在一定程度上要"变道"、"变政"、"变经"。仅以"服制"和"发辫"为例看一看。实际上,"服制"和"发型",能算是"道"和"经"吗?但在保守派和洋务派眼里,它们是不可改变的大经和圣道。往前稍微追溯一下。1875年,李鸿章与日本驻华公使森有礼的对话,值得再次玩味。李说:"对于近来贵国所举,很为赞赏。独有对贵国改变旧有服装,模仿政风一事感到不解。"森回答说:"其原因很简单,只需稍加解释。我国旧有的服制,正如阁下所见,宽阔爽快,极适合于无事安逸之人,但对于勤劳之人则不完全适合,所以它能适应过去的情况,而于今日时势之下,甚感不便。今改旧制为新式,对我国裨益不少。"李说:"话虽如此,阁下对贵国舍旧服仿欧俗,抛弃独立精神而受欧洲支配,难道一点不感到羞耻吗?"森对曰:"毫无可耻之处,我们还以这些变革感到骄傲。这些变革绝不是受外力强迫的,完全是我国自己决定的。"李说:"我国决不会进行这样的变革,只是军器、铁路、电信及其他器械是必要之物和西方最长之处,才不得不采之外国。"③

对森有礼来说,服装不适合新生活和工作的需要,自然就要改变,根本不必大惊小怪或大作文章,或者就像日本使馆代办郑永宁所说,服

---

① 苏继祖:《清廷戊戌朝变记·戊戌朝变纪闻》,见《戊戌变法》第一册("中国近代史资料丛刊"),上海人民出版社,1957年,第330页。

② 同上书,第331页。

③ 王晓秋:《近代中日启示录》,北京出版社,1987年,第73—74页。

装的改变,"只不过是外貌",对西方的"本领尚未尽学会"。但是李鸿章却把变"服制",看得比挖祖坟还严重。这一鸡毛蒜皮的事,在戊戌变法时,仍被当成政治上生死攸关的大事。当慈禧允诺光绪变法时,提出的根本要求就是绝对不能改变服制:"若师日人之更衣冠,易正朔,则是得罪祖宗,断不可行。"①如果说易"服制",是慈禧所最忌讳的事之一,那么,"头发"之事,也被认为是根本大事。在变法时期,每当光绪禀报慈禧之时,慈禧多不语,如果其事稍近西法,便一定要说:"汝但留祖宗神主不烧,辫发不剪,我便不管。"②戊戌六月,一些守旧大臣,对光绪变法,深为不满和不安,纷纷询问荣禄如何对待,荣禄笑着说:"俟其胡闹至剪辫子时,必有办法,此时何急哉?"③

事实上,光绪所变之法,并没有易服冠、剪发辫之举。但是,以慈禧为首的反变法力量已经不能再容忍了。在他们看来,光绪的变法,已经是"资产阶级自由化"了,已经破坏了祖宗定下的制度。开始训政之时,慈禧严斥光绪,说:"变乱祖法,臣下犯者,汝知何罪?试问汝祖宗重,康有为重,背祖宗而行康法,何昏愦至此?"光绪战战兢兢地说:"洋人逼迫太急,欲保存国脉,通融试用西法,并不敢听信康有为之法也。"慈禧更大声训斥说:"难道祖宗不如西法,鬼子反重于祖宗乎?"④在此,"变法"就是不能变慈禧所说的"祖制"。

光绪所进行的变法,是想"转化历史",为历史增加新的创意。但是,慈禧却要复制历史,按既定方针办。按照儒家的观念,"法"可变,"道"不可变。但"服装"和"发型",它们是"道"吗?真是荒唐之至。是象征吗?它能象征什么?不求其实,皆求其外在形式;不求其本,大作官样文章。这都是对帝国历史传统中"最完备"和"最成熟"的"形式主义"的复制。

---

① 费行简:《慈禧传信录》,见《戊戌变法》第一册("中国近代史资料丛刊"),上海人民出版社,1957年,第464页。

② 同上书,第342页。

③ 同上书,第350页。

④ 苏继祖:《清延戊戌朝变记·戊戌朝变纪闻》,见《戊戌变法》第一册("中国近代史资料丛刊"),上海人民出版社,1957年,第346—347页。

当然,我们也要注意到在"变法"与"反变法"的对峙背后,还隐藏着"利益"和"权力"的冲突。"变法"肯定会改变已有的利益和权力分配关系,它一定会受到既得利益者(满人、汉人官僚)同心协力的反对,当然包括慈禧本人。她生怕丧失掉她自己的最高权力。训政之日,她对诸大臣的一番话,耐人寻味:"皇帝无知,汝等何不力谏。以为我真不管,听他亡国败家乎?我早已知他不足以承大业……我虽人在颐和园,而心时时在朝中也。……现幸我还康健,必不负汝等也。"①

　　大权在握的慈禧只愿"复制"历史,虽欲"转化"历史但回天无力的光绪,其变法也就只能是"在劫"难逃了。可这只是"变法者"的"在劫"吗?慈禧之辈,就有好果子吃吗?她自以为制服了光绪,颠覆了"变法",但她不也随此而"在劫"难逃吗?她欲保护的祖制、"发辫"、"服制"不也是"在劫"难逃吗?请看看金岳霖的打油诗:"辫子已随前清去,此地空余和尚头。辫子一去不复返,此头千载空悠悠。"

　　余先生点到了"革命",他"不想在这里"涉及"革命"与"改革"之间的争议,我也不想。但我想强调指出,"革命"逻辑是"变法失败"之因的结果,也是中国传统中"革命历史"戏剧再次被复制的结果。不想要"革命",它偏会出现;你想告别,它偏要同你握手。历史之"劫",终逃不出。"变法"不能成功,渐进改革的道路,已被晚清所堵死。八国联军之后,随着中国危机的加深,慈禧才开始想"变法"。可此时,中国先进人士已不能等待了。严复与孙中山在伦敦的对话,早已作了最好的注解。严复说:"为今之计,惟急从教育上著手,庶几逐渐更新乎!"孙中山的回答是:"俟河之清,人寿几何!君为思想家,鄙人乃实行家也。"②"革命"逻辑,势所必然。六君子的"血"已经开始流了,"革命"要制止"流血",但首先必须"血流成河"。一劫难逃,新的"劫难"就要一个接一个来临。"祸不单行"在这里同样适用。

　　中国再次走向了复制历史的道路。这就是传统社会一次又一次重复出现的循环——"打天下"。我们要仔细玩味"打天下"这三个字,它

---

① 苏继祖:《清延戊戌朝变记·戊戌朝变纪闻》,见《戊戌变法》第一册("中国近代史资料丛刊"),上海人民出版社,1957年,第346页。

② 严璩:《侯官严先生家谱》,见《严复集》,第五册,中华书局,1996年,第1550页。

最直接、最明确地说明了中国政治的公开秘密。反动派你不"打",他就不倒,"天下"不靠"打",又怎么会出来呢?通过演变行吗?不行。你要演,行吗?不行。我打的天下,你想不费力就拿走,没门。不听话,乱说乱动,对付的法宝还是"打"。得"天下",要靠"打";坐天下,"文"前,"武"后,最高的法宝,还是"打"。坐下谈,协商,这不合乎中国的"国情"吗?不能协商,最后还是"革命",可我们不想革命啊。谁想革命,谁不想温和地改革,可它坚持不改。一旦革命来临时,想改都来不及了。晚清的政治变迁就是这样,历史不轻易提供机会。人们对改革一旦彻底失去了幻想,哪怕革命是苦果,大家也想尝一尝。

　　近代中国的政治史,是不断"复制"的历史,也是一个"劫难史"。有人主张历史没有凶手,那就奇怪了,难道说是上帝造的恶果。谁是凶手?人人都是凶手。人人都是凶手,人人都要承担历史的"劫难"。但历史的"主体"中,有"主犯"或"首犯",既然有"主"有"首",历史的"劫难",岂可平均分摊!

《公言报》"严复佚文说"异见

有关严复文献的查找、考辨和整理,王栻先生和他的合作者们曾做了许多工作(集中反映在《严复集》中)。但正如王栻先生在《严复集》的《编后记》中指出的那样,有关这方面还有不少工作需要去做。此后,大家确实也发现了一些新文献,如台湾出版的《严复合集》就增加了部分重要佚文(主要由中国社会科学院近代史研究所提供和整理)。王宪明先生也热心这一方面的工作,并发表他的研究成果,即《严复佚文15篇考释》,发表在2001年第2期的《清华大学学报》(社科版)上。

王先生的这一发现也引起了我的很大兴趣,因为这么多的新文献如果确实为"严复的佚文",这肯定会对已有的严复研究带来影响并成为新的研究的出发点。但是,对于王宪明先生的发现,我在欣喜的同时,很快也产生了疑问,觉得他所说的这些佚文属于严复的可能性极低。

在1917年的几个月中,《公言报》的"论说"、"时评"和"社论"栏目中,前后了发表15篇署名"地雷"的文章。王宪明断定"地雷"是严复的笔名,从而断定这些文章是严复所作。但直觉告诉我,严复不可能用"地雷"这样的笔名。一直追求文字古雅的严复,会使用一个非雅称的具有爆炸性意义的名称"地雷"吗?在严复一生使用过的名(乳名体乾;初名传初;后又易名宗光、复)、字(几道)、号(瘉㙫老人、尊疑尺盦)中,亦从未有研究者说他使用过"地雷"的笔名。王宪明先生考证说,"地雷"是出于《易》的"复卦",是严复特意使用的。另一个直觉告诉我的是,当时的严复身体欠佳,很难再写出"那么多"、"那么长"的文章了。长期伴随着他的气喘病(与他早年吸食鸦片有关),到了晚年越来越严重了,他的精力客观上已经不允许他从事那么多的写作了。

为了弄清这个问题,我们先看看王宪明先生的具体论证,进而再看看这些是否能够成立。王宪明先生提出的论证主要有:

第一,是严复给熊纯如的几封信都谈到了《公言报》,其中的信息说明这些文章有可能是严复所作。在第一封信(1916年10月25日)中,严复告诉熊纯如说:"近日复颇有文字刊登京中新出之《公言报》,老弟曾见之否?如欲阅看,当嘱寄呈。"①在第二封信(1916年11月3日)中,严复说:"得前月卅日赐缄,已嘱《公言报》社寄往一份,并将前此各号,择其有论说者,汇寄呈览矣。"②在第三封信(1916年12月1夕)中说:"伏审《公言报》纸业已寄到鄙作数篇,承览不以当无为,私慰无穷。"③在第四封(1917年2月28日)中严复说:"辰下京中有三大问题:一曰复辟;二曰中德绝交;三曰改组内阁。……至其第二问题,鄙人则主张加入协约,曾于《公言报》著论一首,即持此义。"④还有一封信(1918年1月19日)中严复说道:"《公言报》久已脱关系,今日世事,殆非笔舌所能为力。"⑤作为与此相关的一个根据,王宪明注意到了王栻先生的说法。这一说法认为严复在《公言报》上还有"好些论文"。

第二,是严复特意选择"地雷"一词以暗示他的名字、处境和寄托。照王宪明先生的考证,出于《周易》"复卦"的"地雷",不仅暗示了严复的名字"复",而且也表达了严复在"洪宪六君子"事件和袁世凯帝制之后只能像埋在地下的地雷一样被迫处于"地下"的不自由状态。严复脱险之后既不能抛头露面又不便用自己的真实姓名为军界所办的《公言报》写文章,在这种情形下,他使用"地雷"这一笔名无疑是合适的(暗示了作者的名字,也寄托了作者希望平安无事的心境)。王宪明先生还指出:"对于精通英文的严复来说,'地雷'可能还有更深一层的含

---

① 《严复集》第三册,中华书局,1986年,第650页。
② 同上书,第651页。
③ 同上书,第652页。
④ 同上书,第663页。
⑤ 同上书,第680页。

义:'地雷'相应的英文是 MINE,意为'我的(文章)',反映出严复那种桀骜不驯、鄙视流俗、虽处困境中犹希望独树一帜的做人风格。"

第三,是署名"地雷"的那一组文章的风格、用词、用典及内容等都与严复的作品相一致。王宪明先生举出了具体的例子,譬如摘录其中的内容、观点及用语与当时严复的其他文字(主要是致熊纯如的信)加以对照,二者竟然"完全吻合";文章中多使用严复喜欢使用的作为谦称的"不佞"等。

第四,《公言报》的创办背景、报纸的主要经办者都与严复有密切的关系。

基于以上的考证,王宪明先生肯定,《公言报》上署名"地雷"的那一组文章就是"严复的佚文"。王宪明先生的考证似乎相当有说服力,但仔细考察,就会发现这一推论存在着惊人的疑点。

上述王宪明说到的严复给熊纯如的三封信,确实都谈到了《公言报》,但所说的内容同署名"地雷"的文章没有什么关系。这三封信的其中两封,严复分别写于 1916 年 10 月 25 日和 1917 年 2 月 28 日,这是王宪明先生注明的。据此,严复所说的在《公言报》上发表的文字,自然应该是指"已经"发表的文字。但署名"地雷"的 15 篇文字,只有前两篇是在 1917 年的 2 月(分别是 10 日至 11 日;16 日)发表。其他的都是在 1917 年 3 月份至 5 月份之间发表。这样,1916 年 10 月 25 日的第一封信中所说的"颇有文字"已发表在《公言报》,所指肯定不是后来那 15 篇中的文字;①而 1917 年 2 月 28 日的信中所说的"著论一首",则是指 2 月 24 日刊于《公言报》的"康更生六十"的七古诗,署名"几道"。在这封信的最后,严复还告诉了我们一个他身体状况方面的信息:"近日精神益短,喘欬支离,每执笔临纸,则昏沉欲寐,万不能如往日之神思锐猛,甚可叹也。"至于严复写于 1918 年 1 月 19 日的信,就更同那些文章没有关系了。

---

① 最近看到孙应祥先生的《严复年谱》,作为附注,他看出了王宪明先生依据的破绽,一是按此信内容,应该是指严复发表在创刊初期的《公言报》上的文字;二是严复使用的应该是熊纯如熟悉的名和字,否则他不可能问"老弟曾见之否"。参见《严复年谱》,福建人民出版社,2003 年,第 470 页。

严复当时写给熊纯如的信,还有两封也谈到了与《公言报》有关的事情。其中一信说:"得前卅日赐缄,已嘱《公言报》社寄往一份,并将此前各号,择其有论说者,汇寄呈鉴矣。"这封信是承 1916 年 10 月 25 日的信,写于 1916 年 11 月 3 日。这里所说的"择其有论说者",当然不会是指 1917 年的那一组文章中的"论说"。其中另一封信中说:"伏审《公言报》纸业已寄到,鄙作数篇,承览不以为无当,私慰无穷。"这里明确所说的"数篇",如果是指那一组中的文字,当然是有说服力的。但无奈,据王栻先生的推定,这封信是写于 1916 年。王栻先生用的证据是当时发生的事,应该可靠。而且,在同一封信的结尾,严复还说:"《公言报》成立不逾百日,销数至数千分之多,且日增未已。""不逾百日",是一个近乎准确的时间。《公言报》创刊于 1916 年 9 月 1 日,以"不逾百日"推算,此信应是写于"1916 年 12 月"初以前,又信末的日期是"12 月一夕",亦正合"不逾百日"。据此,信中所说的"数篇",当然不是指 1917 年署名"地雷"的那一组文章。严复所说的在《公言报》上发表的文字,所指不是署名"地雷"的那一组,当另有所指。王宪明先生的考释则把严复此前发表的文字,误以为是后来署名"地雷"的那一组"社论"等。1917 年下半年,严复在《公文报》也有文字发表,如发表在"文苑"的几首诗:《仆任子初度,涛园有诗;今兹丁巳,涛园已六十,即次其韵并效其体寿之》(10 月 30 日)、《次韵寿弢庵太保七十》(11 月 8 日)、《寿弢菴太保七十》(11 月 20 日)。这些诗文都署名"幾道"(出于《老子》"几于道"之语),这是严复发表文章常用的署名之一。

严复的"复"字是出自《老子》。《老子》强调"复",如说"吾以观复"、"各复归其根"等,它跟"地雷"没有任何关系。至于所说的严复喜欢使用"不佞",那一组文章中也使用"不佞",文章中的内容、观点和用语与严复的文字有一致之处,也很难用作根据,因为不仅严复与《公言报》具有密切的关系,受严复影响的林白水,同《公言报》的关系更为密切,那一组文章在观点和用语上也完全可以与林白水联系在一起。

至此也许很难说明王宪明先生,他强调说:"近几年来,笔者一直关注此问题,对中国国家图书馆所藏的《公言报》进行了反复解读,确认《公言报》上署名'地雷'的一组社论和时评就是严复一再提到的在

《公言报》上发表的文章,'地雷'是严复 1916 年中至 1917 年所用的一个笔名。"①我想王宪明先生是非常认真和严肃地对待他的结论的,他还整理出了其中的三篇发表在《科学与爱国——严复思想新探》上,这部书的扉页上还特别影印了带有《公言报》刊名的一篇文章的局部。

有的研究者出于对王宪明先生考证的信服,已经把那 15 篇署名"地雷"的文章作为严复的文章来撰文了。如林启彦先生的《第一次世界大战期间严复的国际政治观:参战思想分析》,其重要观点就建立在这一部分文献的基础之上。② 当然,王宪明先生也顺理成章地使用了他发现的文献,这也表现在《严复对俄国及中俄关系的研究与认识》③一文中。此外,范启龙和林天柱先生在《严复一生心系祖国前途》中,强调了王宪明先生的发现。④ 这样一来,我们也需要更加谨慎地对待王宪明先生的结论。

要令人信服地解决"严复佚文"的疑问,最直截了当而又最可靠的办法,是查出"地雷"的署名究竟是"谁"。然而,这却不是一般工具书所能奏效的,需要从更大的视野入手。我开始关注《公言报》的背景及其可能相关的人物。《公言报》属于安福系的言论机关报。安福系是依附于北洋皖系军阀的一个政客集团,1916 年,袁世凯死后,以段祺瑞为首,以徐树铮和王揖唐等为骨干,很快形成了一个新的权力中心,被当时的政界称为"安福系"。其中的徐树铮,在段任总理时担任国务院秘书长,被视为段的"智囊"。先前他曾创办《平报》,颇有文才,且果敢好战。我曾猜疑"地雷"的署名是否就是他,但找不到证据。我在中国社会科学院近代史研究所找到了他的线装书著作《视昔轩遗稿》,查看了收入其中的文字,并没有《公言报》的那一组文章。于是我放弃了这条线索而另寻途径。

我试图从《公言报》本身来考察,我利用时间在北京大学图书馆旧

---

① 王宪明:《严复佚文三篇》,载《科学与爱国——严复思想新探》,清华大学出版社,2001 年。
② 同上。
③ 同上。
④ 同上。

期刊部翻阅了所藏的不完整的《公言报》,也没有获得突破。后来我关注另一个人物线索林白水。照《中国近代史词典》对"林白水"的介绍,他是福建闽侯人,名獬,又名万里,字少泉。其中没有提到他别署"地雷"。但说他1916年在北京创立《公言日报》。这里所说的《公言日报》实即是《公言报》。还说他著有《林白水先生遗集》。照《近代史词典》对"林万里"的介绍,说他号宣樊,又号退室学者,中年自号白水,仍没有说到他有"地雷"的称署。不过也说他曾主持过安福系的言论机关报——《公言报》。

我没有放弃这条线索,我相信从他作为报纸的主持者身份中应该能得到更多的信息。我打算继续查他的名号,并打算查阅他的遗集。我开始利用专门性的异名异号工具书来查找,一时也一无所获。但有一次,我偶然找到了陈玉堂先生编著的《中国近现代人物名号大辞典》(浙江古籍出版社,1993年),正是在这部大辞典中,我意外地找到了"地雷"的称号,使用这一署名的正是林白水。这部大辞典中对林白水名号的介绍非常齐全,其中就有林白水别署"地雷"之说,见于1922年的上海《星光报》(辞典也指出他在北京创办《公言报》)。虽然陈玉堂先生依据的是其他资料,说此说需要"存考",他也没有说他在此前的《公言报》上使用过"地雷"的署名,但林白水曾经使用过"地雷"的署名是一个非常重要的信息。据此,作为《公言报》主持者的林白水使用"地雷"署名,在《公言报》上发表时评、社说和社论的可能性极大。严复作为他的同乡,与《公言报》具有密切的关系也不难理解。联系起来,可以说林白水在更早的《公言报》上就已经别署"地雷"了。如果"地雷"笔名是严复用的,林白水明知,为什么还要故意使用它呢?这不是僭越他人吗?至此,"地雷"的署名人应该清楚了,那些文章属于谁自然也清楚了。

附带说一下,林白水之女林慰君女士撰写的《林白水传》也是一个根据。这是一本非常简略的传记,1969年由台湾传记文学社出版。其中她谈到林白水与《公言报》的关系时说:"父亲在北京所办的第一个报叫《公言报》。自己专写社评,其他的事务,由他的好友胡政之先生负责。那个时候,北京的报纸没有民十(民国十年)以后那么多。《公言报》的社评成为知识分子'人人必读'的文章。"①又说:"《公言报》的销路既好,一切编辑和业务方面的事,又有胡政之先生帮忙,父亲只是写写社评,自然在精神方面,比较轻松。"②这里,林女士没有提到作为他父亲笔名的"地雷",但她毫不犹豫地说他父亲"专写社评"、"只是写写社评",这就明确肯定了《公言报》上的"社评"是他父亲所写,而被疑为"严复佚文"的15篇文章,既有以"社评"形式发表的,还有以"论说"、"时评"形式发表的。《时乎时不再来》的"论说"开头说:"昨本报白水记者著论,谓吾国亟宜加入战团,地雷读而韪之。"看起来,这里的"地雷"是另一个人。但"地雷"既然原就是林白水的笔名,这不过就是他自己说自己罢了。

围绕"一战",中国是否要与德国绝交、加入盟国作战,当时的政界意见相左,反对参战的人认为,远在欧洲的战争与中国甚不相干,中国完全没有必要去帮助一群"碧眼黄发"的"洋鬼子"去打另一群"碧眼黄发"的"洋鬼子"。但是,林白水极力主张加入联盟(按林女士的说法,他父亲是第一个持此主张的),《公言报》上的社评,有几篇就是专门陈述加入联盟的理由的。最后,中国加入了联盟。因此,在"一战"结束之后,当时北京的法国《政闻报》(Monsieur Monestier)主编,将其极力主张参战的始末详细刊载,还以林白水的照片作为该期的封面。③ 作为此书"附录二"的徐佛苏的"哀诔"中,讲述林与严复之间的交谊:"侯官严几道先生,中西文学,一时无两。而独于少泉(林白水的字——笔者)之著作,且奖且佩,赞叹无已,许为畏友。少泉平昔夸述此事,以为一生之宠荣。每引人生得一知己、死可无恨之言,以自壮自慰。"④实际上,王宪明先生在考证文章中已谈到了林白水并对他作了介绍,他还引用了《林白水传》和林白水的资料。但他忽略了关键性的地方。

对我来说,唯一遗憾的是,我还没有找到《林白水先生遗集》。如果这部遗集收集林白水先生文字齐全的话,应该包括署名"地雷"的那

---

① 《林白水传》,第40页。
② 同上书,第42页。
③ 同上书,第42—43页。
④ 同上书,第104页。

一组文字。

　　最后,我想指出,王宪明先生考证的结论虽然不能接受,但他的考证促使我们关注严复与《公言报》的关系,并由此增加了我们对严复的进一步了解。由此来说,他的工作仍有一定的意义。

"经济""经济学"溯源

我不是研究"经济学"的,不敢对它本身发什么议论。之所以想在译名上做一点溯源工作来自于汪丁丁先生的《"经济"原考》①一文的激发。汪丁丁先生说:"我不知道是谁最早把西文的'economics'翻译成中文的'经济学',不过似乎最早将'经济'二字联系用的是诗人杜甫。"这句话,颇不简单,它涉及了"经济学"名词的两个问题:一是谁"最早"译出了它;二是"经济"一词,中国古人谁"最早"使用。"经济学"是一个大学科,当今又响亮无比,在它的译名上花上一点小心思,看来还是值得的。

"经济"一词为中国古语,这不成问题。问题是它最早出自哪里?或谁是它的最早发明人? 构成"经济"一词的"经"和"济"两字,在先秦古典文献中都出现了。"经"的本义是指织物的纵线,与"纬"(即横丝)相对,《说文》说:"经,纵丝也。""经"引申义之一是"治理"、"筹划"。如《左传·隐公十一年》载:"礼,经国家。"《疏》云:"谓纪理之。"明白地说,就是"治理"。《诗·雅·灵台》言:"经始灵台,经之营之。"《书·周官》有"论道经邦"的说法。这两处的"经"字,均可释为"筹划"。"治理"、"筹划"意义相近,都是从事有益事物的积极行为。"济"字的本义,一说为"齐",即"均等齐一";一说为"渡河"。可能是从"渡河"之意中,衍生出了提供物品、救助饥贫或帮人摆脱危难的意义。《易经·系辞上》载:"知周乎万物而道济天下。"《字汇》解云:"济,又赈救也。""济人"、"济物"、"济时"、"济世"、"济财"、"济民"、

---

① 汪丁丁:《"经济"原考》,载《读书》1997年第二期。

"济生"等这些褒义的合成词,都是基于"济"的这一意义。从"济"的这一意义看,它与"经"一样,也是去做具有价值的事。这样,我们就不难理解"经"和"济"何以会组合为"经济"一词。

比起"经"和"济"来,"经济"一词出现得相当晚,但肯定没有晚到唐代,杜甫也不是最早使用它的人。晋葛洪的《抱朴子内篇·地真》把"经"和"济"并列使用:"以聪明大智,任经世济俗之器而修此事,乃可必得耳。"明确把"经济"作为一个合成词使用的当是隋代的王通。王通在《文中子·礼乐》中说:"是其家传七世矣,皆有经济之道。"唐初房玄龄监修的《晋书·殷浩传》使用了"经济"一词:"足下沉识淹长,思综通练,起而明之,足以经济。"稍晚的李白、杜甫、白居易,均是沿用。拿"经济"入诗,看来是因为它很能帮助诗人抒发远大的抱负。如,李白的《赠别舍人弟台卿之江南》说:"弟令经济士,谪居我何伤。"杜甫的《上水遗怀诗》说:"古来经济才,何事独罕有。"白居易的《代书诗一百韵寄微之》说:"万言经济略,三道太平基。"随着"经济"一词的通用,以它为核心的著作也出现了。按旧本题宋滕珙撰的《经济文衡》可能最早,最晚也是元代李士瞻撰的《经济文集》,还有明代冯琦撰的《经济类编》。清末戊戌事件后,政府为了选拔有用的在野"经济"人才,科举考试设立"经济特科"。至此,所说的"经济",其意义都是指"经国济民",也可以说是"经世致用"。这表明,"经济"一词,一开始就体现着一种关心国家、社会、民生的高远情怀,体现着一种实用的、实践的"外王"品格。值得注意的是,以"经济"为基础的"经济学"这一名词,在唐代也出现了。严维的《秋日与诸公文会天缺一字寺诗》说:"还将经济学,来问道安诗。"这里所说的"经济学",其意义自然也就是"经国济民之学"。

19 世纪末,西学东渐,日本这个一直把中国视为文明和文化"模特儿"的"蕞尔小国",竟捷足先登,从幕府末朝开始,经过明治维新,在短短的时间之内,就把西方社会科学和人文领域的大部分词汇译成了日文。由于日本文化与中国文化的渊源关系,日本人在翻译西语时,基本上都是借用中国古语或根据已有词汇造出新名。译"economics"为"经济学",就是一例。这是利用中国已有的"经济学"词汇来翻译西学名词。日本人这样做,也很自然。"经济"一词早就传到了日本,日本古代思想家也使用过它。如江户时代的古学大家荻生徂徕注重"治国安民"之道,把儒家的"内圣"人格转换成政治智能人格,直落到经世致用上。在他那里,所谓"经济"就是治国安民:"先王之道,安天下之道也。后世言经济者,莫不祖述焉。"(《辨道》)他的弟子太宰春台,沿着他的路子,提倡为民生带来福祉的功利思想。1729年,太宰著《经济录》,这是日本最早以"经济"命名的著作。作者在自序中说道:"孔子之道者,先王之道,治天下之道也。先王之道在六经,谈六经、学先王之道,而不达经济之术者,譬如医者学经方而不能治人之病,虽博闻强记多才之人,无益于天下国家也。"需要强调的是,在太宰的意识中,"经济"一词除了指"经国济民"这一最基本的意义外,还具有我们现在所说的"经济"方面的意义。这并不难理解,因为这种意义上的"经济"同"经国济民"具有直接的关系,所以它很容易从"经国济民"的"经济"转到具体的"以解决民生问题为目的而进行的物质生产和财富经营活动"意义上的"经济"来。"经济"具有了更具体的意义,就为后来借用"经济学"以译"economics"铺平了道路。

从幕府末期开始,在西方的压力下,日本被迫开国,以了解西方为动机的"洋学"(包括"兰学"、"英学"、"法兰西学"等)开始兴起,作为这方面的专门机构"蕃书调所"也于1856年在江户(今东京)设立。在此,以西方技术为中心也包括一部分社会领域方面的书籍相继翻译出版。在此担任教授的都是一些曾修过儒学、又有洋学基础、后来成为启蒙思想的代表人物(即"明六社"启蒙阵营),如西周、津田真道、箕作秋坪、柳河春三、福泽谕吉、神田孝平等。他们大都具留学或游学西方的经历,在西方社会科学和人文学科术语的翻译上,都有过汗马之劳。西周是一位哲学家,包括"哲学"在内的不少哲学词汇都出自他的手笔。津田真道是一位法学家,他在法学名词翻译上闻名于世,我们现在使用的"民法"一词就出自他手。1862年,西周和津田真道受幕府派遣,前往荷兰留学,师从莱顿大学法学博士维塞林(S. Vissering)学习"五科",其中一科就是"经济学"。维塞林认为"经济学"的要义是讨论富国安民之术及其理论。西周和津田真道是日本最早系统学习过"经济学"这门学科的人。回国后,1866年,西周和津田真道奉命译书。由津田真道负责翻译的西维林讲授的"经济学",虽没有完成,但可以肯定,他是翻译西方经济学的关键人物。一般认为,田孝平最早把"economics"译成为"经济学"。从他担任过"蕃书调书"的教授和从事启蒙活动的经历看,我们有理由相信这一点。

由于日本在接受西方文明和文化上迅速有效,一跃成为东方强国。张之洞和梁启超都认为取道日本学习西学既方便又节约。中国这一老大帝国表现出"大度"之风,不耻下问于东邻。清政府向日本派遣大量留学生,这是中国近代留学史上的一大壮举。在一过程中,中国留日学生和学人几乎毫不费力地就接受了日本人所译出的大量用汉字、汉语表示的新词汇,并使它们畅通无阻地回流到了本土。像梁启超这样的人物,就相当有代表性。

当然,西学输入中国也有直接的路线。在这方面,严复具有无可争议的显赫性。尽管我们对他的翻译能够提出批评,但不得不承认他仍是中国第一位西学大家和翻译大家。当他翻译亚当·斯密的《原富论》时,他无法回避"economics"这一关键词。按他的考释,economics出自希腊文 oikos,本义为"家计",即"治家","引而申之,为凡料量经纪撙节出纳之事,扩而充之,为邦国天下生食为用之经。"(《原富·译事例言》)此时,严复已经知道日本人的"经济学"译名,也知道中土有人译为"理财学"。但是,他认为"经济学"之名过于宽泛,而"理财学"又过于狭窄。经过思考和比较,他认为译之为"计学"比较恰当。

1902年,梁启超在创办于日本横滨的《新民丛报》第一号上,介绍严复所译的《原富》一书。他对严复的中西学造诣、译名之精当加以称赞,但对"计学"译名,则提出了异议,也不满意"经济学"之名。他认为译为"理财学"贴切。署名"爱读生"和"红柳生"的读者,致信《新民丛报》,向梁进一步请教。梁又提出了"平准学"和"生计学"两个译名。不久,严复在国内看到了梁寄来的《新民丛报》,写信给梁,就"economics"译名同梁商榷,认为译"平准学"不当,如欲适俗,不如用"理财学"。但严复最终还是坚持用"计学",他认为译为计学更为恰当:"至译此为计学而不曰理财者,亦自有说。盖学与术异,学者考自然之理,立必然之例;术者据既知之理,求可成之功。学主知,术主行。计学,学也;理财,术也。术之名必不可以译学,一也;财之分理积,皆计学所讨论,非理之一言所能尽,二也;且理财已成陈言,人云理财,多主国用,意偏于国,不关在民,三也。吾闻古之司农,称为计相。守令报最,亦曰上计。然则一群之财,消息盈虚,皆为计事。此计学之名所由立也。"①

不管是"计学",还是"理财学",在汉语知识界都没有通行。不见得"经济学"一名,一定就比"计学"或"理财学"之名优越。决定"经济学"在中国通行的原因,在很大程度上是"经济学"译名被中国留日学生广泛使用,流传到国内的这一领域的大量中文著作和译著,使用的几乎都是"经济学"。作为规范名词的辞典,不管是编写的,还是翻译的,也都基本倾向于"经济学"。如果说一个名词是否通行,最终是由"学术市场"的大小定夺的,那么,"经济学"就提供了一个典型的个案。

不能否定,"经济学"译名,也确有一义之长。对日译词汇非常挑剔的彭文祖,撰有《盲人瞎马之新名词》,专门批评日译词汇的毛病。但对"经济学"译名,他却无微词,只是反对国人的滥用:"经济之语,吾国自古文章中亦有其用法,多骈曰某人有经济才云云。然现在所谓经济之语,与昔不同。政治学科有曰经济学者,日人翻译而成之也。其意义即曰经国济民之学问。缩其范围言之,即与个人经营事业以济一己之生活无异。以国为主体而言,与以个人为主体而言,皆无不可。其意思本来通顺,无嚼舌之因由者也。虽然,我国新人物一用则大谬不然。"

附带指出,不只是"经济学",我们现在通用的还有相当多的"经济学"领域中的词汇,也都是由日本人借用中国古语或汉字译出而我们又接受下来的。这种现象,遍及社会科学和人文学科中,在中日近代文化关系史上留下了耐人寻味的一页。

---

① 严复:《原富·按语》,《严复集》第四册,商务印书馆,1983年,第885页。

永不尘封的《新青年》

世纪交会,"蓦然回首",寻访"灯火阑珊处","何者最关情?"是一切枭雄?是大树特树的石碣碑刻?不!唯有那"貌不惊人"、永不尘封的《新青年》,让"大历史"独有所钟。《新青年》,世纪性的名刊,划时代的最强音,中国新文化的象征。历史不意味着过去,未来诞生于昔梦。带着渴望和期待,让我们重新阅读《新青年》吧!

一

民国初年,共和之梦被老贼袁世凯粉碎。1912年的临时约法,名曰言论、舆论自由,实则横加种种限制。新闻报刊比先前骤减,直至1915年,思想界都冷冷清清。就在此时,反袁流亡日本的一位热心青年,回到了上海。他就是"一枝独秀"、经受了新思想洗礼的陈独秀。他不甘中国沉沦,他要从根本上救中国,他要把希望寄托在一代青年身上,他与上海亚东图书馆经理汪孟邹一拍即合,旋即在更具开放性的沿海大都市上海办起了一份月刊——《青年杂志》,1915年9月15日,中国现代一份不寻常的刊物《青年杂志》第一卷第一号诞生,助产婆是上海求益书社和亚东图书馆。当其初,陈独秀是唯一的编辑,其艰辛不言而喻。1916年2月15日,待第六号出版后,因故停刊半年。

幸运的是,半年之后,1916年9月1日,第二卷第一号出版,更改为一个更响亮、更醒目的名字——《新青年》。1917年2月,《新青年》出至第二卷第六号。由于陈独秀应蔡元培之聘,出任北大文科学长,所以从第三卷开始,《新青年》亦移至北京编辑,但仍在上海出版。北京大学聚集着一批代表着那个时代的自由知识精英,陈独秀左右逢源,《新青年》声势大增。1918年1月,《新青年》成立了编委会,陈独秀、钱玄同、李大钊、沈尹默等人名列其中,高一涵、胡适等人后亦加入。每人轮流担任主编。从第六卷第一号开始,附上了法文刊名"La Jeunesse"。

看一看《新青年》的目录,就很容易发现,它的主要撰稿者,大都是新文化运动中的耀眼明星。除了以上提到的名字之外,蔡元培、鲁迅、周作人、易白沙、吴虞、王星拱、张申府、傅斯年等人的名字,也都不时地出现在《新青年》上。1919年,五四运动爆发,陈独秀发表言论,痛斥日帝和北洋军阀。6月,他在散发《北京市民宣言》时被警察暗探逮捕。杂志亦被迫停刊。9月,陈独秀被营救出狱。同年11月,《新青年》重新复刊。1919年9月,陈独秀成立了"新青年社",编委和主要撰稿者都加入了该社。但是,1920年夏季后,自由知识分子的思想分歧,已经难以缝合,"新青年社"开始分化。热心于政治实践活动的陈独秀又回到了上海。《新青年》杂志随之又移到了上海编辑。但秘密警察使它难以在那里生存。不得已,杂志又南迁广州。1922年7月1日,出到第九卷第六号之后休刊。1923年,虽又复刊,但复刊后的《新青年》,改弦易辙,已不再是新文化运动意义上的《新青年》了。

作为新文化运动骄子的《新青年》,从1915年创刊,到1922年休刊,前后历时8年,共出版九卷54号。单从它的时限和数量指标来说,它并没有什么优越之处。真正能够体现《新青年》独特精神气质的,是它为20世纪中国学术思想文化所带来的划时代的冲击和震撼,是它诉求科学与民主、解放思想,具有启蒙一代代中国人的强大魅力和感召力。如果说,五四新文化运动有说不完的故事,那么这个故事的主人公,就是五四自由主义知识分子的共同阵地《新青年》。身处其中的蔡元培和胡适都深有感触,他们评论说:"《新青年》杂志为五四运动时代之急先锋。"(蔡语)"《新青年》是中国文学史和思想史上划分一个时代的刊物。"(胡语)诚哉斯言!

那么,《新青年》的划时代性何在呢?它不仅划分了中国近代思想文化与现代思想文化的界限,而且划分了中国传统思想文化与现代思想文化的界限。一般把19世纪末20世纪初中国思想观念的演变划分为三个阶段,即"器物阶段"、"政教阶段"和"文化阶段",这三个阶段分别与"洋务运动"、"戊戌变法"和"五四新文化运动"这三种社会运动相对应。尽管所说的观念演变的这三个阶段,在细节上并非完全如此,但它作为对清末民初观念变迁的描述图式,大体上与实际情形相符;尽管不能说这三种观念在实践功能上,一个比一个更根本,但这三个阶段大体上表明了中国对西方和自身事物认识的逐渐深化。"文化阶段"作为"五四"新文化运动的基本特性,它表现为一系列新观念的探险和精神冲动。而这都是通过《新青年》表现出来的。下面,我们从一些主要方面上,来考察和反省一下《新青年》在20世纪中国思想文化观念上所扮演的角色。

二

《新青年》最引人注目的关切之一,是对中西文化的比较和对中国传统文化及其观念的检讨和反省。说起来,中西文化的比较,并不始于"五四"《新青年》,在晚清思想界,它已经有了相当的表现。但是,除了像严复这样的个别人士之外,从总体上说,中西文化的比较,在晚清依次集中在"器物之异"和"政教之异"的观念上,对中西文化方位的比较则非常薄弱,特别是在伦理道德、价值观念和国民性、人的精神气质等方面,还没有被作为核心或关键突出出来,而这正是《新青年》在中西文化比较上的突破。在对待中国传统文化的态度上,晚清思想界虽然已经提出了尖锐的挑战,并且出现了像谭嗣同那样强烈反传统的声调,但整体上中国传统文化的根基尚未遭到动摇。

但是,《新青年》对中国传统文化发起的挑战和反叛,既集中又猛烈,即使不能称为"全盘反传统",也可以说是"整体反传统",而作为替代物,则是对西方文化的高度倾心,即使不能说"全盘西化",也能够说是"充分西化"。正是这一正一反的取向,犹如十二级台风和八级地震,狂吹和震撼着当时的思想界,既赢得了大量的共鸣,也引起了一些反对之声,并且至今仍是评论"五四"新文化运动、评价《新青年》的焦点。

在中西文化的比较上,陈独秀的《东西民族根本思想之差异》,可谓是代表性的一篇。他以整齐对称的语言,把东西民族根本思想的差异归纳为三点,即"西洋民族以战争为本位,东洋民族以安息为本位";"西洋民族以个人为本位,东洋民族以家族为本位";"西洋民族以法治为本位,以实利为本位,东洋民族以感情为本位,以虚文为本位"。类似这种排比式、带有阵阵节奏感的中西文化比较,在新文化知识分子中比比皆是。

如李大钊把东西文明根本之异点确定为东洋文明主静,西洋文明主动,并由此引申出一系列两个不同的"一":"一为自然的,一为人为的;一为安息的,一为战争的;一为消极的,一为积极的;一为依赖的,一为独立的;一为苟安的,一为突进的;一为因袭的,一为创造的;一为保守的,一为进步的;一为直觉的,一为理智的;一为空想的,一为体验的;一为艺术的,一为科学的;一为精神的,一为物质的;一为灵的,一为肉的;一为向天的,一为立地的;一为自然支配人间,一为人间支配自然。"如此等等,如果他愿意的话,他可能会一直"一"下去。

这些看上去似乎都蛮有道理的东西文化比较图式,构成了五四新文化运动的一大景观,至今还被效法。但是,仔细考察起来,究竟有多少靠得住,不能不使人大生疑问。冯友兰在 20 年代初,就对此提出了质疑,他说:"切实研究,既一时不能有效,所以具体的事实,都没有清理出来,而发表意见的人,都是从他们个人的主观的直觉,去下些判断。"(《论比较中西》,载《学艺》第三卷第十号)但这些判断,却往往"查无实据"。

很明显,《新青年》以及当时其他大量的中西文化比较,都不只是认知上的兴趣,不只是为了指明中西文化的异同。中西文化的比较,一开始就带有强烈的价值意识。也就是说,所谓中西文化的异同,在很大程度上,也就意味着中西文化的优劣和好坏。既然有价值上的优劣、好坏之分,采取了整体上肯定一方、否定另一方的取向和选择态度,也就顺理成章。如果说《新青年》自由主义知识分子阵营,如陈独秀、胡适、李大钊等,代表了"西化派"的价值取向,那么与之相对立的梁漱溟、辜鸿铭等保守主义者,则代表了"东方文化派"的立场和态度。两方虽然都是比较中西文化,但得出的结论却大相径庭。

评判中西文化优劣、好坏,也不是说没有标准。按照《新青年》的标准,主要是"科学"和"民主"!此外就是"今"和"新"了。"今"相对于"古","新"相对于"旧",现在看起来都是很普通的词汇,并不深奥。但是,在中国传统中,"古今"却代表了两种完全不同的价值坐标和理想尺度。对保守主义者来说,"古"是现实正当、合法性的基础,是理想的黄金时代,但是,对于改革主义者来说,"今"则是一切事情的出发点,社会必须因时制宜,不法常法。这种思维方式和价值模式,近代以来仍然被使用着,作为评判事物是否合理的尺度。"新"与"旧"在传统中并没有多少根源,它们是近代以来被突出的一对对立性观念。

在自由主义知识分子那里,"新"意味着进步、适宜、正当和价值,而"旧"则意味着落后、过时、非正当和无用。与之不同,保守主义者则往往作了相反的理解。在《新青年》那里,"新"和"今",具体所指就是西方文化及其观念,因为它是"新"的、"今"的,所以它就是合理的、优越的和好的。而中国传统文化因其是"古"的、"旧"的,所以它就是不合理的、劣等的和坏的。这种评价态度,显然过于片面。因为中西文化都包含着非常复杂的内容,简单地用"新"或"旧"作为评价的标准,结果只能是一个形象完美独好,一个则一无是处。特别是,西方文化也不都是"新"的,中国文化也不都是"旧"的。但是,以"进化论"和"进步论"为"公理"的《新青年》自由知识分子,看来只能是"喜新厌旧"、"厚今薄古"了。

三

从引介西方哲学和借助于西方哲学观念观察中国传统哲学来说,《新青年》并不是最早的。我们知道,在此之前,严复、王国维、梁启超都已经做了许多工作。通过他们,黑格尔、康德、叔本华、穆尔、斯宾塞等西方大哲的一些哲学思想和理论,都先后或差不多同时传入中国;另外,运用西方哲学观念观察和理解中国哲学的方式,也已经展开了。然而,在这两方面,《新青年》仍以自己所做工作的新颖性和独特性而获得了引人注目的成绩。

在西方哲学思想的引介上,《新青年》除了继续对斯宾塞、穆尔、叔本华的思想有所介绍外,同时开始了对柏格森、尼采、赫克尔(Ernst

Haechel)哲学思想的传输,柏格森是法国哲学家,他以反对西方理智主义、反对概念分析和逻辑思维,主张"直觉"而闻名,他的哲学被称之为"直觉主义"。尼采是德国哲学家,他以反叛西方基督教道德传统、要求重估一切价值、高呼"上帝死了"、主张"超人"而闻名,他的哲学一般也被归入"唯意志主义"的范畴。赫克尔是德国哲学家,他以宣传达尔文的进化论而知名,从进化论出发创立"一元哲学"。这三位人物中的柏格森和尼采,在"五四新文化运动"时期,受到了中国思想文化界的普遍关注,他们的哲学和思想,成为当时许多思潮和观念之一。虽然《新青年》对他们的介绍并不多,也没有出过专号,但他们能够引起思想界的轰动效应,也许仍与《新青年》密切相关。

《新青年》在传播西方哲学上,最引人注目的地方,是对杜威、马克思和罗素哲学的引介。这三位人物的名字,响亮无比,其思想观念已成为世界性的。杜威提倡"实验主义",马克思主张"唯物主义",罗素宣扬"新实在论和逻辑分析"。有趣的是,他们都有一套社会哲学,都关注社会问题并对社会改革充满热情,尽管他们的社会政治理想和目标并不一致。更有趣的是,他们在中国都有了自己的热烈拥护者。胡适作为杜威的弟子,成为中国"实验主义"哲学的典型代表。他在《新青年》上发表的《实验主义》一文,已成为中国引介杜威哲学的经典性文本之一。杜威来中国讲学,在很大程度上,也是由他推动的。

杜威到中国后,先后作了一系列演讲。其中以《社会哲学与政治哲学》为题在北京所作的连续十六次演讲,就是由胡适所作的翻译(高一涵、孙伏园作记录),演讲题目也是在胡适的建议下提出的。十六次演讲的内容,全部都登载在《新青年》上,在整个《新青年》中占有大量的篇幅。正是由于胡适及《新青年》的介绍,杜威的哲学就与中国思想结下了不解之缘。

李大钊作为马克思主义的传播者而闻名,他在《新青年》上发表的《我的马克思主义观》(上,下)、《由经济上解释中国近代思想变动的原因》等,作为马克思主义传入中国的早期文献,对研究李大钊的思想,对研究中国的马克思主义史,都非常重要。张申府是译介罗素思想于中国的重要人物之一,他在《新青年》上发表的介绍罗素思想的文字,虽然不多,但却较早。总之,中国现代三大思潮——实验主义、马克思主义、新实在论,基本上可以说都是通过《新青年》而获得广大的空间和市场的。

在引介西方哲学的同时,《新青年》知识分子群体,对中国传统哲学展开了批判性的检讨工作,这一点构成了《新青年》的突出特色。对于中国传统哲学,特别是儒家哲学,《新青年》自由主义知识分子群体,不能同情地加以理解,也没有兴趣去发现其中所包含的恒久性东西。在他们的视野里,传统一无是处,与现代性格格不入,儒家是中国灾难性和压迫性的根源。《新青年》知识分子对于儒家的批判和声讨异口同声。陈独秀、吴虞、钱玄同、胡适、鲁迅、易白沙、胡适等"五四"英雄,大都是在反叛传统、反叛儒家的行动中确立起自己的形象。尽管其中有的人,还对孔子保持着某种敬重,把他的思想放在具体的历史时空中加以看待,但也毫不犹豫地断定,孔子的思想已完全不适合现代社会及其生活,必须加以抛弃。

对于儒家的礼教、伦理纲常,他们所作的批判都极其猛烈。吴虞这些被列为"打倒孔家店"的老英雄,在《新青年》上先后发表的《读荀子书后》、《社论》、《儒家主张阶段制度之害》、《吃人与礼教》,对儒家主张的礼、忠、孝等观念作了激烈的批判。易白沙的《孔子平议》(上,下),是《新青年》上发表的直接针对孔子的第一篇反孔文章。在易白沙看来,孔子之所以会被专制统治者一再利用,不能在孔子之外寻找根源,只能归罪于孔子自身。他列举出四点:"孔子尊君权,漫无限制,易演成独夫专制之弊";"孔子讲学不许问难,易演成思想专制之弊";"孔子少绝对之主张,易为人所借号";"孔子但重作官,不重谋食,易人民贼牢笼"。鲁迅以其简洁明快、辛辣尖锐的笔端,对儒家作了一针见血的揭露,认为"仁义"中所包含的只是"吃人"二字。对于国民劣根性,他冷嘲热讽,使当时的许多读者为之倾倒。钱玄同曾致力于旧学,但他在自由知识分子的影响下,一转成为极端的反传统者,在《新青年》上,向传统发起了彻底的挑战。在他看来,为了彻底告别传统,废除孔学,首先要做的事,就是废除汉字,其激烈性,唯吴稚晖与之相当。

《新青年》对于儒家哲学及其传统的反叛,当时就受到了文化保守主义的反批评,至今仍不时受到一些学人的指责。的确,《新青年》在对待儒家哲学及其传统上,缺乏多维视角,只是一味地批判,不能通过合理地反省使传统实现转变,简单地用外来的思想来替换传统,容易造成意识和价值的危机和真空。但是,中国保守主义自来力量强大,根深蒂固,欲打破"儒家独尊"的局面,似乎又不能不"矫枉过正"。殊不知,《新青年》的反孔反儒运动,也恰恰是在尊孔、尊儒的声浪之下展开的。如果说反孔反过了头,那正是对"尊孔"尊过了头的反动。中国思想至今还没有逃出这种"恶性循环"的死结,"传统"被无限地升值,在意识形态的带动下,孔子重新又时髦起来,现代性的反省视角被一片齐声叫好声所埋没。

四

对汉语世界的人们来说,"白话文"作为现在日常交往、思想交流和写作的语言工具,或者说作为现实生活的一部分,已经完全习以为常,甚至可以说已经成了"自然"。但是,今之"习以为常"或者似乎是"自然物"的"白话文",在本世纪之初,却是"反常的"和极其"非自然的"。换句话说,"白话文"是通过以胡适为首的一些知识分子在《新青年》上的强烈呐喊和实践这场"文学革命"而获得其生存权的。即使现在对《新青年》持较多批评意见的人,也不得不承认"白话文"是五四新文化运动留给我们的最重要遗产之一。

不需多说,与"白话文"相对的"文言文",是中国悠久传统中最为"通行"的"语言"。但是,这种"语言",在清末开始受到怀疑和挑战。举一个例子来说,受后期"桐城派"人物吴汝纶影响的启蒙思想家严复,在文章风格上,要求所谓"雅洁"、"雅训",意欲得兴"古文",而没有意识到他的这种要求同启蒙的大众性目标并不协调。但是,严复的这种要求,受到了对他抱有敬意的梁启超的质疑。在梁启超看来,从文化传播的目的来说,通俗易懂更为重要。梁启超把"小说"的变革同整个社会的变革完全对应起来,认为欲"新民",必须先"新小说","欲新一国之民,不可不先新一国之小说。故欲新道德,必新小说;欲新宗教,必新小说;欲新政治,必新小说;欲新风俗,必新小说;欲新学艺,必新小说;乃至欲新人心,欲新人格,必新小说。"(《论小说与群治之关系》,《饮冰室合集·文集》第四册,第十卷)梁启超还大胆地提出了文学"革命"的要求。他在介绍严复的译著《原富》时这样说:"其文笔太务渊雅,刻意模仿先秦文体,非多读古书之人,一番殆难索解。夫文界之宜革命久矣。欧美、日本诸国文体之变化,常与其文明程度成正比。况此等学理之书,非以流畅锐达之笔行之,安能使学僮受其益乎?著译之业,将以播文明思想于国民也,非为藏山不朽之名誉也。文人结习,吾不能为贤者讳矣。"①

对于梁启超的质疑,严复根本上并不接受,并为自己的"古文"追求进行了辩护。面对严复和梁启超的争论,作为旁观者的黄遵宪,虽然对严复所提出的理由也有肯定,但他更倾向于梁启超的立场,他在给严复的信中认为,语言即使没有革命也有维新:"公以为文界无革命。弟以为无革命而有维新。如《四十二章经》,旧体也。自鸠摩罗什辈出,而内典别成文体,佛教益盛兴矣。本朝之文书,元明以后之演义,皆旧体所无也,而人人遵用之而乐观之。文字一道,至于人人遵用之而乐观之足矣。"②梁启超和黄遵宪的观念适合了时代的需要,他们开启了"五四"《新青年》的"文学革命"。这一点已为稍后的钱玄同所看到:"梁任公实为创造新文学之第一人,虽其政论著作,因时变迁,不能得国人全体之赞同。即其文章,亦未能尽脱帖括之蹊径。然输入日本新体语文学,以新名词及俗语人文,视戏曲小说与论记之文平等。……此皆其识力过人处。鄙意论现代文学之革新,必数梁君。"③

《新青年》"文学革命"的酝酿直接是从胡适开始的。1910 年,正在美国留学的胡适,开始对中国文字改革问题发生兴趣,并同当时也在美国留学的赵元任进行商讨。胡适写出了《真口何可以使吾国文言易于教学》的文章,在此,他提出了"白话是活的语言,文言是个半死的语言"这一后来在文学革命中被大大发挥的观念。但是,胡适的说法,受到了他的朋友当时也在美国留学的梅光迪的强烈反对。正是这种反对,把胡适完全推到了"改革文学"的道路上,用胡适的说法,是梅光迪把他"逼上梁山"。到了 1916 年 7 月,胡适已经形成了他改良中国文

---

① 梁启超:《介绍新著〈原富〉》,载《新民丛报》第一号,1902 年。
② 《严复集》第五册,第 1573 页。
③ 《致陈独秀》,载《新青年》第三卷第一号,1917 年 3 月。

学的基本观念。

此时,《新青年》在中国创办已近一年,因其挑战旧传统的特性,它已经获得了相当的影响力。胡适在美国给陈独秀写信①,同他谈论文学革命之事。陈独秀敏锐地意识到了这一问题的重要性,就请胡适写出系统的文字来。1916年11月,胡适把他"一整年非正式讨论的结果,总结成一篇文章"②,题目为《文学改良刍议》。此文发表在《新青年》第二卷第二号上(1917年1月1日),它在中国正式拉开了"文学革命"的序幕。胡适的文章显然具有极大的挑战性,他提出了"文学改良"的八事:"一曰须言之有物";"二曰不摹仿古人";"三曰须讲求文法";"四曰不作无病之呻吟";"五曰务去烂调套语";"六曰不用典";"七曰不讲对仗";"八曰不避俗字俗语"。对于这八点,胡适都一一作了具体说明。胡适的文章不异于一篇"文学革命"的宣言,立即引起了陈独秀的响应。

在次一期上,陈独秀发表了《文学革命论》,旗帜鲜明地打出了"文学革命"的旗号:"余敢冒全国学究之敌,高张'文学革命军'大旗,以为吾友之声援。旗上大书特书吾革命军三大主义:曰推倒雕琢的、阿谀的贵族文学,建设平易的、抒情的国民文学;曰推倒陈腐的、铺张的古典文学,建设新鲜的、立诚的写实文学;曰推倒迂晦的、艰涩的山林文学,建设明了的、通俗的社会文学。"③在此,陈独秀所表明的不只是一面的"破",还有相应的另一面的"立"。胡、陈的这两篇文章,总体上树立起了《新青年》"文学革命"的旗帜。

在胡适和陈独秀这两员大将的号召下,《新青年》知识分子围绕着"文学革命"展开了一场轰轰烈烈的大讨论。钱玄同、傅斯年、刘半农、周作人、朱我农、俞平伯、朱希祖等,都纷纷撰文,从不同侧面对文学革命提出自己的见解。文学革命所涉及的问题显然相当广泛,从不同的文学体裁(小说、戏曲、诗、应用文等),到文学的最基本工具——语言文字(如汉字、文法、书写、注音等方面),都在他们的讨论之列。他们

---

① 《新青年》第二卷第二号,1916年10月。
② 《胡适口述自传》,华东师范大学出版社,1993年,第149页。
③ 《新青年》第二卷第六号,1917年2月1日。

的具体看法虽然有差别,但在坚持文学"革新"这一方面却是一致的。但是,正如胡适的"文学革命"发轫是被"守旧者""逼上梁山"一样,《新青年》要求变革"文学"的诉求,也受到了一些"恋旧者"的批评。大江东流去,毕竟挡不住。由于以"白话文"为中心的"文学革命",适应了新时代的需要,它只能让反对者"望洋兴叹"。

特别是,《新青年》的"文学革命"决不"只是"一种理论上的研究,当时它就把这种研究,运用到了实践中。"文学革命"的急先锋们,带头用通俗易懂的白话文写作。《新青年》也从开始的"竖排"改用"横排";从开始的句读一概用"。"的方式,经以"。"表句、以","表逗这一阶段,到后来逐步使用统一的新式标点符号。这都表明,在《新青年》那里,"白话文"并不是纸上谈兵,它已化为具体的实践。此外,钱玄同所提出的减少汉字笔画的建议,后来也被证明是可取的。当然,"文学革命"也提出了至今看来仍是超前的或根本行不通的建议,如采用"世界语"、"废除汉字"等。总之,可以说,《新青年》的"文学革命"基本上奠定了中国"现代"语言和文学的基础。如果我们真是抓住它的"个别"观点的"激进性"而指摘"文学革命",而抹杀其整体历史功绩,那肯定是不公正的。

五

"自由"、"民主"、"个人主义"、"革命"、"国家"、"共和"等观念,既是西方近代政治思想的核心,又是政治实践的根本目标。如同其他方面一样,中国政治现代性的过程也是通过输入西方新政治观念及其实践来进行的。在这一方面,严复、梁启超、孙中山等都是典型的代表人物。除了孙中山是观念和行动结合的人物之外,严复和梁启超都主要是观念型的人物,他们在引介西方新政治观念方面都为我们留下了大量的文本,"五四"新文化运动作为输入西方文化、实现观念转型的一次全方位运动,在输入西方政治观念和新学理方面,也做出了引人注目的贡献。

看一看《新青年》,我们很容易发现高一涵这个名字,这个名字在《新青年》中频繁出现。这位现在几乎被我们所遗忘的人物,在当时却是一位极具影响力的政治学家,他在引介西方政治观念、并结合中国现实政治发表言论方面,非常引人注目。一般认为,"五四"人物思想肤浅,不够深刻,但这种评价对高一涵来说,就不太合适。他当时已能深入西方政治观念的核心,是能较深入了解西方政治观念和思想并能与严复相提并论的中国少数人物之一。民初"共和"体制,虽然被列入宪法,人人谈论"共和",但实际上,"共和"在中国只不过是徒有其名的形式,它的流产完全在预料之中。在高一涵看来,要使中国具有真正的"共和",那就必须使人们具有"共和"的精神和素质。他的《共和国家与青年之自觉》,把中国"共和"的真正希望寄托在青年人身上,呼唤青年对"共和"具有充分的自觉和意识。

但是,从整体上说,《新青年》知识分子群体,对西方一系列政治观念的理解和把握,都没有深入下去。在启蒙性与学理性之间,他们更关注的是观念的启蒙功能和作用,对于复杂的义理探求兴趣不高。陈独秀非常典型,他把"民主"作为《新青年》的一面旗帜,作为重估一切价值的最高标准,但对"民主"的理论本身显然缺乏系统研究。当然,杜威的一连串演讲,部分地弥补了这方面的缺陷。另外,从整体上说,《新青年》知识分子群体,大都没有意识到"自由"比政治"民主"更重要。陈独秀由于没有认识到这一点,就使他这位"民主"之士,有时几乎成为"言论自由"的对立面人物。当严复提出"以自由为体,以民主为用"的命题时,他已经意识到了这一点。

在政治现代性中,"自由"是比"民主"更为根本性的东西和价值。如果没有真正的、健全的自由观念作为基础,没有把个人的自由权利作为最高的价值,那么,"民主"最终要么是暴民政治,要么就是在"人民"名义之下的专制。因此,如果我们要获得真正的现代性,我们就必须把个人自由作为最高的政治理念,但是,"自由"这一观念,在西方经过众人之手,已变得扑朔迷离。那些把国家、集体、社会作为第一位的人,总是千方百计地把"个人自由"视为危险之物,视为国家、集体的敌人。黑格尔把自由说成是国家的特性,说成是人摆脱必然性的限制。柏林认为自由只意味着人做事的能力。这种强调摆脱必须性和具有做事能力的"自由"观念,被认为是"积极的自由"受到肯定。

但这都是对自由真义的严重误解。自由只是意味着个人不受压制地从事各种活动,它与人有无做一件事的能力无关,与是否受自然的束缚无关。不受压制,当然要以健康的"法治"为基础。所谓健康的"法治"就是以保障整全的人权和自由为根本目的,并具有普遍的有效性。在健康"法治"之下的自由,就是真正的自由,它不是在特殊情况下被允许的。在特殊情况下人们被允许做一件事,与不被允许做一件事一样,都不是自由。可惜的是,我们对自由的观念,误解远远大于理解。

六

与"民主"一样,"科学"被《新青年》作为另一面鲜明的旗帜,陈独秀在《本志罪案之答辩书》中对之作了直截了当的肯定。"科学"是西方近代文明和文化的核心之一,它标志着西方知识和学术从传统到新统的根本转型。与西方不同的是,中国知识和学术从传统到新统的转型,不是自发地从自身内部生长出来,而是通过对西方近代科学文明遗产的接受来进行的。在这一过程中,我们一开始所感兴趣的主要是西方实用性的技术领域,即所谓的"船坚炮利",而对以自然为研究对象的具体科学关心不够,更谈不上对"科学"思维方式、方法和价值的重视。

在 19 世纪 90 年代和 20 世纪初的二十年左右的时间中,由于出现了像严复和梁启超这样的西学大家,我们对西方"科学"的关心显然大大加强了,其兴趣点也在向科学的思维方式、科学的坐标方面转换。不过值得注意的是,此时,人们普遍接受和使用的代表科学知识的符号,主要是"公理"(或"公例",即英文的"axiom"),而不是"科学"。对当时的大多数知识分子来说,"公理"既是一切具有普遍性知识的代名词,又是评判一切事物是否具有合法性或正当性的普遍价值尺度。但是,到了五四新文化运动时期,代表一切知识和价值的最有权威性的符号,就变成了"科学","科学"在中国知识和学术界,获得了不可动摇的地位。而这一点,在很大程度上,就是《新青年》大力提倡的结果。

对"科学"的热心和拥护,来自于科学家,更来自于社会和人文领域中的那些学者。王星拱和任鸿隽本身都是科学家,他们对科学的拥护,直接根据在于他们对科学研究的实践。扎根于中国传统思想的人,对科学的误解往往是多方面的,任鸿隽列举出了三点:一是认为科学神秘,拿它当把戏;二是认为科学是文章题目,是文字讨论;三是认为科学是物质主义。对此,任鸿隽进行了澄清。他强调科学是学问,不是艺术;科学的本质是研究自然事实,不是在文字中打转。① 然而对科学的拥护,更多的是那些社会和人文领域中的学者,陈独秀、胡适、鲁迅都是非常典型的代表。他们对科学的拥护,基于他们对"科学"的理解。胡适特别强调"科学"中的"实证"精神,把"科学"根本上同坚持证据联系在一起。他认为这种精神,适合于其他一切学术领域。在这些学术领域中,一个结论是否可靠,也要看有没有可靠的"证据"。

对"证据"的注重,使他形成了一句"拿证据来"的口头禅,一有机会,就要求人"拿证据来",有一则趣闻是,受实证倾向影响的顾颉刚,在他的老师章太炎面前,大谈实证,引其反感,于是章太炎就问顾颉刚见没见过他的祖父,顾说没有。章太炎接着就反问说,难道你祖父就不存在吗?实证当然重要,但是,我们承认的许多东西虽没有根据实证,逻辑推理,也能为我们提供可靠的结论。

对胡适、陈独秀等人来说,自然科学的方法,可以运用到一切社会领域中,可以用来解决我们所面对的一切问题。如陈独秀认为,社会科学就是把研究自然科学的方法,用在一切社会人事的学问上,如社会学、伦理学、历史学、法律学、经济学等。反过来说,凡是运用自然科学方法来研究、来说明的都是科学。这正是科学的最大效用,而我们缺乏的也正是不知道科学在一切领域中都具有权威,一切都要经过科学的洗礼。他忏悔说:"我们要改去从前的错误,不但应该提倡自然科学,并且研究、说明一切学问(国故也包含在内)都应该严守科学方法,才免得昏天黑地乌烟瘴气的妄想、胡说。"②

对于根本上缺乏近代科学传统和科学精神的中国来说,大力倡导科学,接受西方的科学遗产,使中国科学获得发展,实现知识领域的变革和转型,是中国现代性所必须具备的东西之一。从这种意义上说,《新青年》高举"科学"的旗帜,强烈拥护和传播科学观念和精神,无疑

---

① 《何为科学家?》,见《新青年》第六卷第三号,1919年3月15日。
② 《新文化运动是什么?》,见《新青年》第七卷第五号,1920年4月1日。

具有充分的正当性和合理性。特别是,在中国科学根本上还极其落后的情形下,却出现了对科学的否定态度,对此,《新青年》义无反顾、坚定地维护科学的权威、为科学的存在进行辩护,也体现了一种强烈的道义精神。但是,不能回避的是,《新青年》知识分子群体,在大力倡导"科学"的同时,却对"科学"本身缺乏某种检查的态度。也就是说,他们不能对"科学"本身的"有限性",作出适当的分析,而是把科学方法膨胀为无所不适、无所不能的"万能之药"。如胡适说:"我们也许不轻易信仰上帝的万能了,我们却信仰科学的方法是万能的。"①

"科学"精神包括怀疑精神、批评精神,它并不是一个信仰的领域。但是,《新青年》知识分子,却把"科学"神圣化、偶像化,使之成为一种新的信仰对象,这样,就产生了这样一种悖论:即怀疑的、合理的、批评的、非信仰的科学,却向非怀疑、非合理、非批评、信仰的深渊沉沦。科学最终却成为"非科学"。这种悖论,看来简直不可想象。但事实上,这正是现代中国常有的事。当我们把我们的许多行为都冠以"科学"的时候,我们的所作所为恰恰是极其反科学的。人有多大胆,地有多少产,一亩地能打三十万斤小麦的证言,都是在科学的名目之下招摇过市的。"科学"一旦成为"科学主义"(或"唯科学主义")、"科学论式",它就走向了异化。而这正是中国现代对科学缺乏反省而一味、一再宣扬它的结果。虽然目睹了欧洲"一战"的梁启超,已经不相信科学万能了,虽然文化保守主义者,不时对科学发出疑问,但中国知识界的整体却不能冷静地对待科学,而科学的唯物主义者,更是动辄就称"科学"。我们的一切都被"科学化"了,"科学工作"、"科学生活"、"科学态度"、"科学安排"、"科学指导"、"科学人生",等等。我们就像着了魔一样地张口"科学",闭口"科学"。可是,真正的"科学"就在这轰轰鸣鸣的一片噪声中隐去或消失了。

七

按照《新青年》知识分子群体对待"科学"的态度,我们自然不难想

---

① 《我们对于西洋文明的态度》,载《胡适文存》第三辑,黄山书社,1996年,第7页。

象他们对待"宗教"的态度,那就是基本上拒斥它。"宗教"这一源远流长的人类文化现象,一直伴随着我们的生活、安慰着我们的心灵。但同时它也曾经或不时地给我们的生活带来灾难,成为与我们敌对的东西。在西方中世纪,基督教的角色,有着不光彩的历史。在相当长的时期中,它成为科学的敌人,西方近代科学就是作为宗教的对立物而成长起来的。在这种境况之下,反对宗教,为科学争取地盘;反对宗教迫害,为人性恢复尊严,都是自然的合理之举。

构成中国传统的最强有力因素,一般认为是"儒释道"三教。道教与道家有关,是中国汉代以后土生土长出的宗教。佛教是外来的宗教,传入中国后,逐渐被本土化,成为中国宗教的一个内在部分。儒教是以先秦孔子儒家为基础而成长起来的。在"儒释道"三教中,儒教一直被作为国家的意识形态发挥着教化角色,而"道家"和"佛教"更多的则扮演着为民间生活提供信仰的角色。近代以后,"三教"都面临着何去何从的选择,面临着如何调整自己以适应社会的剧烈变化的任务。同时,明末曾向中国传播过的基督教,又再次开始向中国传播,并很快地扩展了地盘。这样,"宗教"问题作为近代社会转型必须处理的问题,也摆在了中国知识界面前。实际上,近代以来因基督教在中国传播引起的"教案",一直在困扰着中国的政治家和知识分子。但由于中国近代的社会、政治变迁,不断地经历着危机,知识和思想界也处在无所适从的状态中,因此对"宗教"问题一直难以作出恰当的处理。五四新文化运动对"宗教"问题所展开的讨论,是中国近代以来知识界、学术思想界处理"宗教"问题的第一次充分努力。《新青年》与这一脉搏的跳动息息相关。

从1917年左右到1921年,宗教开始受到思想界的深切关注和热烈讨论,这一段时期被认为是宗教思潮的黄金时期,因为人们以非常理智和宽容的态度对待宗教。《新青年》在这一点也非常理智。虽然以"科学"为合理性标准的《新青年》知识分子群体,对"宗教"大都持比较消极的态度,甚至有人把"宗教"看成是"愚昧无知"、"非理知的信仰"和"压抑人性"的东西。但他们大都能以心平气和的方式,客观地讲述所持观念的理由。蔡元培的《以美育代宗教说》,从历史演变过程,说明了宗教将会被美育取代的可能。陈独秀的《科学与基督教》、

《基督教与中国人》，把基督教的许多神话看成是非科学的产物，因而认为应该加以摈弃。但他对基督教所提倡的伦理道德信条、对耶稣的人格作出了相当的肯定。这显然是理性地对待基督教，而不是对它作简单地全面否定。但令人遗憾的是，包括《新青年》在内的对宗教的这种理性化讨论，并没有持续下来。1922年，中国社会里发生了"基督教运动"与"反基督教运动"，对立的双方情绪激昂，互不容忍，诉诸"宣言"、"通电"，充斥着情绪化的攻击。理性讨论宗教的气氛被打断了。

儒家作为中国传统文化最强有力的支点，近代以来受到严重的挑战。但是，对于那些通过恢复传统活力以解决中国问题的人来说，儒家仍是首先选择的对象。康有为这位一直以孔子为革新旗号的人士，强烈要求把"儒教"奉为"国教"。他的主张受到陈焕章最积极的响应。从1912年开始，他先后在上海、北京、曲阜设立孔教会，并于1913年开始编辑出版《孔教会杂志》。与此同时，1913年，严复、夏曾佑等著名知识分子联合签名向民国国会请愿，要求把儒教定为国教，并得到了许多响应。这一要求虽然最终没有成功，但却留下了儒教与宗教关系的尖锐问题。这一问题，引起了《新青年》知识分子群体的高度注目，并展开了大量而又激烈的辩论。作为主导性的观念，是认为"孔教"根本不是宗教，也不能作为宗教。不仅如此，儒家自汉以后在中国文化中一直所处的隆盛地位，由于《新青年》的反叛而一落千丈，"儒家独尊"的历史也被《新青年》一举颠覆。

通观《新青年》围绕"基督教"和"孔教"所展开的讨论，可以看出，它对"宗教"观念本身显然关注不够。但是，它对"宗教"问题的理性化讨论，提供了解决宗教问题的最佳途径。正如人们有批评宗教、有不信教的自由一样，也有信教、维护宗教的自由。对待宗教及其信仰者的健康态度是理解、宽容和开放心灵。可悲的是，在中国现代社会中，宗教在很长时期内被视为"精神鸦片"，受到暴力的打击；宗教作为提升人的道德境界、约束人的行为的内在力量的价值被完全否定。虽然我们现在对"宗教"的态度健康多了，但所留下的历史阴影及其恶果仍未消失。

附带指出，"鬼神"问题成为《新青年》关注的问题之一，并不奇怪。"鬼神"是中国传统文化中富有争议性的问题之一。士大夫和文人阶层,往往采取了"敬鬼神而远之"的态度,中国哲学整体上也否定"鬼神"的存在。但是,在民间社会,人们往往相信"鬼神"的存在,并对"鬼神"赋予了各种文化意蕴。"五四"新文化运动时期,"鬼神"问题重被提出讨论,充分表明了这是一个争鸣的时代,是各种观念和思想竞争消长的时代,一切东西都要经过理性和科学评判才能被认为是合理的,才能获得生存权。易白沙的《诸子无鬼论》,从历史文献中寻找否定鬼神存在的根据;陈独秀的《有鬼论质疑》,从科学立场不承认"鬼神",都是否定"鬼神"强有力的论文。

八

《新青年》在 20 世纪中国思想和文化上的"奠基性",显然是多方面的。以上我们从一些具体的方面,对其进行了大致的考察。另一方面,我们再从总体上,对《新青年》的意义作一概括。

她是自由知识分子群体独立创办的一份民间刊物,充分体现了知识分子作为社会良知的启蒙超越精神。康德曾对"启蒙运动"作过这样一个界定:"启蒙运动就是人类脱离自己所加之于自己的不成熟状态。不成熟状态就是不经别人的引导,就对运用自己的理智无能为力。当其原因不在于缺乏理智,而在于不经别人的引导就缺乏勇气与决心去加以运用时,那么这种不成熟状态就是自己所加之于自己的了。Sapere aude! 要有勇气运用你自己的理智! 这就是启蒙运动的口号。"[①] 照这里所说,《新青年》自由知识分子群体,正是"引导"者,他们不断地向人们呼唤"要有勇气运用你自己的理智"。

她是自先秦百家争鸣之后,又一次真正的思想解放运动,一举打破了儒家政治意识形态的独尊地位。儒家的"三纲"等名教,从思想观念到社会政治实践,一直都是束缚人们的强大力量,在传统社会中,对此的任何反叛,都将受到严厉的制裁。但历史的选择终究是无情的,正是《新青年》,一举使儒家纲常名教威风扫地,从根本上解构了儒家政治意识形态的"独尊"地位。

---

① 康德:《历史理性批判文集》,何兆武译,商务印书馆,1996 年,第 22 页。

与此相应,她开辟了文化和价值的多元时代,使中国重新分享到了思想多样性的蜜果。西方的各种学说和主张,纷纷被引进到了中国。杜威、罗素、柏格森、马克思、易卜生等人,都跃然登上了中国思想文化的舞台;功利主义、现实主义、进化主义、社会主义、个人主义、实验主义等各种主义,都给中国思想文化注入了生机和活力,并成为发展的新资源。

她确定了20世纪中国文化的主导性方向。如把"科学"和"民主"作为两面旗帜,摇旗呐喊,使之成为衡量一切学术思想和价值的砝码;它使白话文取代了文言文,成为中国新的语言形态。

她塑造了几代中国青年。在一般人看来,"青年"往往意味着单纯、幼稚,但是《新青年》却把"青年"作为中国新历史的主体,加以塑造,欲使之承担起现代中国的历史使命。

她引导了一场女性解放运动。在中国传统社会中,儒家"男尊女卑"的观念和礼教,严重压抑和束缚着女性,致使女性受到各种不平等的待遇,难以发展自我的人格和尊严,正是《新青年》强烈要求把女性从儒家纲常名教中解放出来,并在现实层面上为女性带来了福祉。

她非常早地提出了限制人口增加的论点,其远见性,令人惊异。然而如今我们却不得不自食人口庞大压力的恶果,这实在是一个讽刺。

……

《新青年》就以她的这一系列划时代的超越性,获得了永恒和不朽。

当然,正如人间任何事物都不免受其特殊历史时空的影响而有其局限性一样,《新青年》也有其自身的缺失面。因此,当我们从整体上肯定《新青年》的历史性地位和价值的时候,决不意味着要把它的"非合理"的东西也"合理化"或"正当化"。从新的历史视角来审视,《新青年》的确对"传统"的合理性忽视了,把"传统"与"现代性"、把"旧"与"新"视之为完全不相容的两极,认为在二者之间,没有调和的余地。特别是,像钱玄同这位具有深厚中国学术根基的人物,一转对"传统"进行了"极端"的否定,竟提出要废除"汉字",认为只有这样,才能彻底从传统文化的阴影中跳出来。也许正是由于我们对《新青年》的这种激越性过分地敏感,所以就把她指控为"激进主义"或"全盘反传统"。

但是,如果我们能够对中国近代以来文化保守主义的强大有力有直接感受的话,我们可能就会撤消这种指控。稍微注意就会发现,文化保守主义者,特别是顽固守旧派,他们对中国文化向现代转型所作的抗拒不遗余力。因此对其所作的"反动",似乎就不能不采取"矫枉过正"的方式。对于大多数《新青年》自由知识分子来说,对传统的"激烈"反叛,在很大程度上只是一时性的策略,并不是什么最终目的。如陈独秀清楚地意识到,在强大的保守主义面前,如果我们一开始就"调和折衷",那么,我们最终就不能从根本上实现思想文化和观念的更新。因此,如果我们能够同情地理解《新青年》所处的特殊时空,并不为她的一些"特殊性"判断所左右,而是注重她所呈现出的那些"普遍性"价值,那么,站在新的时代境况中的我们,也许才能真正地"激活"她,使之不断成为思想、智识丰收的再生资源。

(原载王中江、苑淑娅选编《新青年》,中州古籍出版社,1999年)

为什么是容忍:胡适的认知

"纪念"是保持历史记忆的重要方式之一,在胡适诞辰一百周年之际,我们开会纪念他,至少具有加强回忆和记忆他的意义,克服失忆和遗忘。大家的发言都提出了许多富有启发性的见解。我必须承认,我对胡适的了解是非常有限的。但我仍然希望提出一个问题来同大家讨论。我想讨论一下胡适为什么强调和坚持"容忍"。我们知道,胡适的容忍观是与他的自由观放在一起思考的,完整地讨论起来肯定是非常繁难的。我只能从一个侧面简略地谈谈。

据我有限的所知,林毓生先生的《两种关于如何构成政治秩序的观念——兼论容忍与自由》和周策纵先生的《胡适之先生的抗议与容忍》,①都是讨论胡适容忍思想的代表性论文。林毓生先生的观点是,胡适用理性的说服力和道德感召力这种儒家的方式来建构自由和法治秩序是有问题的。林氏以洛克宽容论中提出的"政教分离"原则和马基雅维里为了政治目的可以不择手段所产生的多元价值论为例,认为西方的自由秩序是在对"自由"无明确的意识之前逐渐衍生出来的,是通过"制度"建立过程而得以实现的,后来的"自由主义"思想和理论,则是对自由的完善化过程。林氏的结论是,自由政治秩序依赖于制度性安排和政治秩序,无法通过提倡和呼吁个人容忍的道德品性和心理意识建立起来。周策纵认为,在胡适那里一直存在着"容忍"与"抗议"两种相互联系、交互运用的立场。周氏运用许多材料来论证他的观点。

---

① 林毓生:《中国传统的创造性转化》,三联书店,1996年;耿云志编:《胡适评传》,上海古籍出版社,1999年。

不能说我对林毓生先生和周策纵先生的看法没有疑义,但我相信他们对胡适容忍观的讨论都有独特的价值。我关心的问题是,胡适何以强调"容忍",甚至认为它比自由还根本,他为何如此说呢?

胡适所说的"容忍",也就是"宽容",二者都对应于西语的"toleration"。胡适集中讨论"容忍"问题的文章,主要是他晚年发表的《容忍与自由》①和《〈自由中国〉十周年纪念会上讲话》②;除此之外,他涉及这个问题的地方有《自由主义》③、《当前中国文化问题》④等。

容忍或宽容问题,的确很重要。洛克用书信的方式写了三篇论宗教宽容的文章;伏尔泰写过《容忍论》,房龙写过《宽容》。1914年,张东荪与章士钊有一个辩论,章士钊作《政本论》,开篇就说"为政有本,本何在?曰在有容。何谓有容?曰不好同恶异"。在1953年9月的政协会议上,梁漱溟受到毛泽东的不点名批评后,他坚持向毛泽要求"雅量",也就是要求毛泽东能够"容忍"他的不同意见。

胡适所说的容忍,我不能展开谈。简单说,他主张的容忍,一是认为能够容忍的社会,就是自由和民主的社会。在他看来,极权主义和专制主义,都是不能容忍异己的。因此,容忍就是自由和民主;二是,容忍主要指言论上的容忍,即开放言论,不要压制言论;要互相尊重,要互相容忍对方的言论;三是,容忍也是为人处世的一个原则和道德品质。孔子有"六十而耳顺"的说法,"耳顺"怎么解释,胡适说过去的解释都不十分确切。他认为"耳顺"就是容忍,即人到了六十,听了逆耳之言,因为他有容忍的涵养,他不再感觉逆耳了。

具体说,胡适为容忍提出了什么论证呢?第一,作为一个基本原则,在胡适那里,容忍既是心理上、道德上的,又是社会上和政治上的。胡适指出,我们之所以要容忍别人的言论,这是因为我自己不能保证我自己说的就是绝对正确的,不能保证我就是真理的代表和化身。又如,他以经验和实验主义为基础,认为世间没有绝对的真理,正如宋代吕伯

---

① 载《自由中国》第20卷第7期,1959年3月16日。
② 载《自由中国》第21卷第11期,1959年12月5日。
③ 载《世界日报》1948年9月4日。
④ 载《自由与进步》第1卷第10期,1948年10月。

恭所说的"善未易明,理未易察"那样,我们不要独断,要容忍别人的言论。他还强调,即使别人都错了,我们还应该容忍别人,我们还要尊重他的人格,因为他有表达言论的权利。

第二,在胡适那里,"容忍"又是一个面对社会和政治现实而采取的技巧和策略(必须与投机和钻营区分开来),以此去实现和获得实质性的自由和民主。一般来说,"容忍"并非软弱,亦非无原则。我们知道胡适是一个非常有原则和理想的人,他的理想和原则就是自由和民主。为了追求自由和民主,在不少情况下,他采取了像周策纵先生所指出的那样直接地进行"抗议"和"抗争"的策略,比如,30年代他创办了《独立评论》;又如,1951年8月,为反对政府干涉言论自由,他致信雷震,加以声援,并说:"《自由中国》不能有言论自由,不能有用负责态度批评实际政治,这是台湾政治的最大耻辱。"①他要求取消他作为刊物发行人的资格,以示抗议。此信在《自由中国》杂志上刊载后,在台湾地区引起了很大风波,并影响到了《自由中国》杂志的生存。胡适得知后,又写信给雷震,强调"不必因此退缩懊悔",强调"自由中国不可没有自由,不可没有言论自由"②。1954年,他还写了一篇《"宁鸣而死,不默而生"》③的文章。

胡适并非都是这样直截了当地争取自由,有时他又以容忍的方式曲折迂回地去争取。也许是一个有趣的现象,争取自由恰恰是因为不自由,但要去争取和能够进行争取,反过来却又要以某种程度的自由为条件。在政治恐怖和铁板一块的情况之下,任何争取自由的方式都将被整肃和取缔。50年代以后,胡适一直以《自由中国》等刊物的存在为例,认为台湾有言论自由。但是,这种"自由"是在特定条件之下的"自由",即不触犯国民党统治。只要是真正争取自由和民主,演变的结果最终一定要把矛头对准国民党的专制。这就遇到一个难题,就是采取什么合适的方式破除专制,实现自由和民主?《自由中国》杂志的态度,在最后时期,显然都直接对准了国民党,而且越来越激烈。它以

---

① 《雷震全集·雷震书信集》第30册,桂冠图书股份有限公司,1990年,第150页。
② 同上书,第167页。
③ 载《自由中国》第12卷第7期,1955年4月。

"今日的问题",讨论了一些比较敏感的时政问题。特别是像"反攻大陆"问题,这是国民党的一大旗号,是一个完全不能批评的禁区,但是,就像殷海光打出"是什么就说什么"那样,他们进入了这一禁区,甚至不顾忌地批评"反攻大陆"的论调。后来,以雷震为中心,又要组织"反对党",最后的结果大家都知道了,《自由中国》被查封,还发生了震惊中外的"雷震案"。此前,胡适对此采取的是什么态度呢?原则上,胡适肯定认为他们做得都对,没有什么问题,但从争取自由民主的方式来说,胡适都不赞成。他明确表示,反攻大陆是不能碰的问题,他也反对组织"反对党",特别是反对用"反对党"的名字。这从他给雷震的书信中都能看出。但是,雷震等后来并没有听取胡适的劝告。胡适的想法是,当然要争取自由民主,但不要激烈,在一定程度上又要容忍一定的不自由,以使当局对自由的言论也能够达到容忍的程度。对胡适来说,这是一个非常重要而且应该采取的策略。在纪念《自由中国》杂志十周年时,胡适特别强调,话要说得巧,要使说出的话让人能听进去。他还以《论语》记载孔子回答定公"一言可以兴邦"、"一言可以丧邦"的问题为例,说明孔子的态度非常坚定,但说话又非常客气,非常婉转,可以说是最巧妙的。

第三,胡适强调"容忍"还具有社会生活经验方面的原因。作为胡适思想导师之一的詹姆士,认为人有两种不同的心理结构,一种是柔性的,一种是刚性的。柔性的同时也是理性主义的、有宗教信仰的、一元论的、独断论的;刚性的同时也是经验主义的、无宗教信仰的、多元论的、怀疑的。这种分类,也许适合一些人,但用在胡适身上看来行不通。耿云志先生很了解胡适的性格和个性特点,也讨论过胡适的文化心态。在性格上,胡适是否倾向于柔性的一面呢?胡适整体上是一个无神论者,是多元论的、怀疑论的,但他又不是唯物主义者。胡适自豪地称,在他的收藏喜好中,他有一个大家不知道的收藏。他收藏了世界上怕老婆和不怕老婆的故事,并得出了一个很大的结论:"我真正的收藏,是全世界各国怕老婆的故事。这个没有人知道。这个很有用,的确可以说是我极丰富的收藏。世界各种文字的怕老婆故事,我都收藏了。在这个收集里,我有一个发现,在全世界国家里,只有三个国家是没有怕老婆的故事,一是德国,一是日本,一是俄国。……现在我们从这个收藏里可以得到一个结论——凡是有怕老婆故事的国家都是自由民主的国家；反之，凡是没有怕老婆故事的国家，都是独裁的或极权的国家。"①

不知道胡适收藏的故事是不是保存了下来，也不管胡适提供的证据是否能够支持他的结论，我觉得他这个做法很有意思，即把自由民主制度与怕老婆这种看起来不容易联系在一起的事情联系在一起。不知道塔利班人士和萨达姆是否怕老婆，但看起来他们都是相当专制的。胡适没有说，为什么怕老婆和不怕老婆，能够导致两种不同的制度。我猜想，怕老婆可能至少有被老婆监督的意思，男的不能胡作非为。运用在政治上，也许就有监督制衡的意义。譬如，胡适怕老婆，他就不能在家庭生活中搞专制。胡适先生说，董作宾开玩笑地对他和他夫人的生日作了一番考证，胡先生是属兔，胡夫人是属虎，董先生的结论是，兔子见了老虎当然就害怕。胡先生大概有这方面的经验，也有这方面的体会。从这种经验和体会中，他上升到很高的思想高度，就是有了容忍也就有了自由。如，1961年10月30日，胡先生在中研院全体家属"欢迎胡夫人茶会"上说，他的太太来了之后，他不像过去那样感到孤寂了，但同时也给他增加了约束。有了一份约束，就少了一份自由。他太太每星期到城里住一两天，这时他就又自由了。他调侃地说：宁愿不自由，也就自由了。②

胡适的容忍即自由，不能从消极的意义看。在他看来，"容忍"也就是尊重对方。1959年3月，他给浦薛凤的侄子写过贺婚的立轴："晏平仲善与人交，久而敬之"，并说"久而敬之这句话，也可以作夫妇相处的格言。所谓敬，就是尊重。用现在的话来说，就是尊重对方的人格。要能做到尊重对方的人格，才有永久的幸福。"③胡适还举出他母亲的例子，说他母亲气量大，格外能容忍。但有时候也非常有刚气。1962年1月21日，胡适用绿色原子笔写了前人咏弥勒佛的对子："大腹能容，容天下难容之事；此公常笑，笑世间可笑之人。"不知道，他是写给

---

① 胡颂平编：《胡适之先生晚年谈论录》，中国友谊出版社，1993年，第3—4页。
② 同上书，第232页。
③ 胡颂平编：《胡适之先生晚年谈话录》，台北联经出版事业公司，1984年，第12页。

哪位客人看的。①

以上的讨论难免挂一漏万,不当请大家指正。

(原为在纪念胡适诞辰一百周年座谈会上的发言)

---

① 胡颂平编:《胡适之先生晚年谈话录》,中国友谊出版社,1993年,第274页。

"人类关怀"和"圣人人生观"
——从一个具体问题看《论道》与《道、自然与人》之间的不同

  1995年,由金岳霖学术基金会学术委员会编的《金岳霖文集》(共四卷,甘肃人民出版社)出版,这里首次公布了一些金先生的生前手稿,其中以英文的《道、自然与人》(收入文集第二卷)最为重要。后来,胡军教授把它译成了中文,刊载于《金岳霖集》(中国社会科学出版社,2000年)。金先生说得很清楚,他写的这些篇章,大部分是《论道》(初版,商务印书馆,1940年)这部书的节译。他还说《论道》这部书,图书馆里很难找,他自己手头也没有。在节译之外,(金先生称)最后一部分"自然与人"是他新写的。金先生为什么要节译《论道》的英文稿,照金先生的说法,他是为了回报美国国务院对他的邀请。为什么要补充《自然与人》,金先生也有说明。他说:"增加它的目的是使本书的思想多少易为人接受。"我不知道大家是如何理解这句话的。这个问题我觉得比较重要。为什么原书"不易"为人接受呢?我不知道大家有没有这样的感觉,或者有没有这样的问题。在此之前,我确实是存在这样的问题。我想给出一个说明和解释。

  也许让人费解,《论道》这部书恰恰是金先生试图要让其成为最具有"中国味"的一部书。这部形而上学的书可以说与中国古代哲学具有密切的关系。与他的《知识论》和《逻辑》两书相比,《论道》使用了不少中国古代哲学范畴,"道"是一个代表。《论道》这部书《绪论》的后面,金先生对"道"说了一些激动人心的话,这些话常被人引用。金先生也说了他对知识论与形而上学("元学")态度不同的话。说他之

所以使用"道",而不立别的"新名目",是因为"从情感方面说,另立名目之后,此新名目之所谓也许就不能动我底心,怡我底情"。旧版《论道》中,金先生有一个序,可惜的是,这个序没有保留在重印的"新版"(商务印书馆,1985年)中。金先生谈到,他使用《论道》是接受了叶公超先生的建议:"我也要感谢叶公超先生,他那论道两字使一本不容易亲近的书得到很容易亲近的面目。"既然这样,《论道》还有什么不易为人接受呢?其实,《论道》还使用了不少传统哲学的术语,诸如无极、太极、几、数、理、势、性、情、体、用等,虽然他说他是"旧瓶装新酒",但至少从面目上让大家有亲近感,况且金先生对这些术语的用法,与传统又不是格格不入。为什么它不易为人接受呢?

在《理性与浪漫——金岳霖的生活及其哲学》(河南人民出版社,1993年)这部书中,我曾经对《论道》提出过批评,这个批评甚至相当严厉。这个批评的中心观点之一是说金先生对"人类"太悲观了,对人性太悲观了。充分尽性的人,很纯洁,很高尚,但他对于人类是多余,在他个人则是悲剧。金先生说:"大多数的人以为人是万物之灵。这从短期的历史上着想,大概是这样。……我个人对于人类颇觉悲观。这问题似乎不是人类以后会进步不会底问题。人之所以为人似乎太不纯净。最近人性的人大都是孤独的人,在个人是悲剧,在社会是多余。所谓'至人',或'圣人'或'真人',不是我们敬而不敢近的人,就是喜怒哀乐爱恶……等方面都冲淡因此而淡到毫无意味的人。这是从个体的人方面着想,若从人类着想,不满意的地方太多,简直无从说起。人类恐怕是会被淘汰的。"①结果就是,金先生的《论道》,几乎不谈人类的问题。不谈人类的问题,不意味着金先生没有理想。实际上,金先生不仅有理想,而且有"最崇高"和"最完美"的理想,这就是"道"从"无极"演变到"太极"时的情景。这里的情景用金先生的话说就是"至真"、"至美"、"至善"和"至如"。在绝对的真善美三合一之外金先生又加上了一个最自由的境界——"至如"。这是一个最美丽的乌托邦,也是一个终极的宇宙乌托邦。但其中没有人类的存在,因为人类在天演中已经被淘汰了。这种没有人类的乌托邦,大概是金先生独有的想象。

---

① 金岳霖:《论道》,商务印书馆,1985年,第203页。

从积极性的意义上理解，金先生对人类的失望，对人类起到了警告的作用，或者就是利用通常所谓的激将法让人类自觉；从消极意义上来看，人们可能因自己不可救药而破罐子破摔。像形而上学这样的题材，总需要对人类说几句鼓励的话，但金先生太泄气了，以至于他根本不愿意谈人类的问题。这种悲观性根源于金先生的"完美主义"，或者是根源于金先生的"柏拉图主义"。理、理念是完美无瑕的，现实的事物都是粗糙不堪的，人类更是麻烦。我对《论道》的意见甚至是不满的情绪，就集中在这里。

金先生晚年曾回忆说，他一生写了三部书，最糟糕的是《逻辑》，费劲最大的是《知识论》，比较满意的是《论道》。他没有谈他不满意的地方。但他提到了别人的不满，这个别人就是他视之为长者、他非常尊重的林宰平先生。金先生的话是这样说的："我的《论道》那本书印出后，石沉大海。唯一表示意见的是宰平先生。他不赞成，认为中国哲学不是旧瓶，更无需洋酒，更不是一个形式逻辑体系。"金先生还说，林宰平是他遇见的唯一儒者或儒人。"他自己当然没有说，可是按照他的生活看待，他仍然是一个极力要成为一个新时代的儒家。"[①]根据这里所说，林宰平先生"不易接受"的原因，主要是金先生把形而上学逻辑化和用中国哲学的旧瓶装西洋哲学的新酒。这个问题是存在的，但我认为不是主要的。金先生补写的内容主要是有关人与自然的关系，或天人关系。补写这一部分，解决不了林宰平先生所提出的上述问题。林宰平先生当时还有别的感觉，这就是《论道》的"冷漠"，当然是对人类的"冷漠"。从此书的出版到1944年金先生在美国写英文稿，中间没有多长时间，人们不易接受的地方，我想应该就是原书《论道》忽略了人类的问题。

在中国形而上学或玄学中，宇宙和天道，都是社会和人道的背景，或者是人类活动舞台，人类是这个背景下的主角，可是金先生的宇宙和天道演变到太极的理想境界，比天堂还美丽，但却没有了主角。黑格尔曾说过："一个有文化的民族，竟没有形而上学——就像一座寺庙，其

---

① 刘培育主编：《金岳霖的回忆与回忆金岳霖[增订本]》，四川教育出版社，2000年，第29页。

他方面都装饰得富丽堂皇,却没有至圣的神那样。"比拟一下的话,金先生的"太极至境"富丽堂皇,遗憾的是却没有了仙人。金先生正是想弥补一下不谈人类问题的不足,而且通过人与自然的关系来补充,显然这正是中国哲学讨论最多的天人关系问题。

金先生的《道、自然与人》保持了《论道》一书中对人类命运的看法。这个看法就是人类不可能是永恒的,在无限的宇宙演化和道演中,人类不管在这一过程中存在多久,最终都要消亡。人类出现在某一宇宙演化的某一个时期,他也将在未来的某一时刻消失在茫茫的宇宙之中。金先生对人类的这一宿命并不悲观,他不渴望人类会进入一个永恒的最完美的黄金时代。金先生关心的是过程,不是目的。他这样说:"如果任何东西持续存在下去直到永远,那么它们也同样是没有任何价值的。目标并不一定要比过程更有价值,目的也并不一定比手段更重要。只有在过程中所需的工作已经做完,目标才会变得更有价值。整个人类的生命正像个体人的生命一样,盛大铺设的葬礼并不能给个人生命以尊严,真正给他以尊严的是他的生活方式。"①"过程"比最终的"结果"更重要的观点,使金先生对人类并不悲观。在金先生看来,人类作为具有目的和意识的动物诞生在宇宙的某一时刻或进化不是偶然的,也不是最终的,恰恰这样,人类被赋予了必不可少的尊严。追求人类生命永恒存在的思想,对金先生来说是不可能的,也是没有意义的,这是对道教不死信仰的一种根本性否定。金先生说:"希望有一个不老的躯体的想法会夺取一个人应该具有为变化、成长和衰老所带来的种种乐趣。希望有一个永恒的心灵的想法实际上是惩罚一个人使他具有包括排遣上帝样的孤独和寂寞。想要上面的一个或想同时要上面的两个想法都不过是在追求别人所不能具有的一种特权。这样的企图是想要借助于下面的手段来保持自我中心的地位,这一手段就是扩大差异、忽视同一性。"②

人类是一个有限过程的观点,对人类来说是一个机会。但不是纵欲主义者及时享乐的机会,也不是禁欲主义者故意与自己过不去的机会。

---

① 《金岳霖集》,中国社会科学出版社,2000年,第139页。

② 同上书,第105页。

这是一个人类将其本质表现出来的机会,是人类尽到人类责任的机会。他作为个人,就是尽心尽性。金岳霖说:"在人类生命的漫长历史中那些可以被叫作人的人必须活得像个人,他们必须去做孤独的努力和奋斗以完成所期待于他们的那些作用或角色。"①又说:"生活是现实的和能动的,生活方式的本质是按照被给予的或被分配的角色去发挥作用。一个活着的人应该朝着按照活着的人的本质去生活或去努力。亚里士多德就是向着亚里士多德德性而生活或努力的。"②这就向人提出了一个要求,他必须努力发挥出自己的本性,使自己真正作为一个人而生活。

按照人的本性而生活,在金先生那里,也就是按照一种理想的人生观而生活,这种人生观就是圣人的人生观,用中国哲学的术语来说,即是"天人合一"的人生观。金先生说:"最高、最广意义的'天人合一',就是主体融入客体,或者客体融入主体,坚持根本同一,泯除一切显著差别,从而达到个人与宇宙不二的状态。"③从人生观而不是不同的人的类型来说,圣人人生观只是人生观的一种,金先生提出的还有"朴素的人生观"和"英雄的人生观"。朴素的人生观,没有自我中心论,对自我与他人的分化和实在的两分化程度最低。具有这种人生观的人,他具有孩子般的单纯性和质朴性,他有欲望但不被欲望所控制,他保持着心灵平和的境界,用天人关系的术语来说,他处在朴素的"天人合一"状态之中。与朴素的人生观相反的人生观是英雄人生观。英雄的人生观,程度不同地都表现为自我中心论和人类中心论,这种人生观在实在的两分化中达到了最大的程度,坚持这种人生观的人,心中充满着改造和征服自然的热情,并强烈要求达到征服自然的目的;坚持这种人生观的人,也常常追求成为英雄和不同寻常的人。金先生认为,人类文明需要英雄,需要不同寻常的人,但仅有他们是不够的,因为他们往往是战争的胜利者,而不是和平的缔造者。英雄人生观是典型的"天人相分"

---

① 《金岳霖集》,中国社会科学出版社,2000年,第139页。
② 同上书,第168页。
③ 金岳霖:《中国哲学》,见《金岳霖学术论文选》,中国社会科学出版社,1990年,第355页。

的人生观。从一定意义上说,圣人人生观有点类似于朴素的人生观,因为具有圣人人生观的人看上去就像朴素人生观的人那样朴素;说起来,这种人生观也是"天人合一"的人生观,但这种人生观的朴素性和天人合一状态,不是来自自然,而是来自于高级的沉思和冥想。圣人的人生观既不是个人中心,也不是人类中心。具有这种人生观的人,他懂得人类与万物的界限,也知道自我与他人的界限,但他同时又要求人类对万物的同情,自我对他人的同情。金先生分析说:"我们不应该忘记的是一个人同时也是一个动物和一个客体。这是千真万确的。作为一个动物,人是不同于某些客体的,作为人,他又不同于某些动物,作为自我,他又不同于他人。但如果他认识到被认为是自我的东西是渗透于其他的人、其他的动物和其他的客体的时候,他就不会因为自己的特殊自我而异常兴奋。这一认识会引导他看到他自己与世界及其世界中的每一事物都是紧密相连的,他会因此而获得普遍同情。"①

从一方面说,金先生的三种人生观,也可以说是人生的三种不同境界,或者说是人生的三个阶段。当我们在幼年时,我们与自然和他人的分化程度最低,我们都具有与生俱来的朴素性和纯真性;但随着我们的成长,我们与自然和他人的分化程度大大提高,我们不仅增加了控制周围环境的意识和能力,我们也产生了强烈的自我意识;但在经过了前两个阶段之后,我们对人生经验,我们对生活的理解,对处理我们与外部世界和他人的关系的方式,都将变得宽容和达观。从这种意义上说,圣人人生观是一种更理想的人生观。但是,从另一方面来看,金先生的三种人生观,又是各有优点的人生观,特别是与圣人人生观相对照的英雄人生观。人类需要英雄的人生观,因为人类面临着许多生存的问题。在金先生看来,西方占主导地位的人生观一直是英雄的人生观,比如说人是万物的尺度;如认为上帝是根据我们自己的形象创造了人。西方因近代工业文明和技术条件而获得的对自然的力量,只是英雄人生观的一种强有力的形态。英雄的人生观为西方带来了惊人的发展,这确实是它的长处。东方社会就需要这种人生观来补充,因为东方没有很好地解决人类的困难。但是,英雄的人生观也有它的问题,它的无限度

---

① 《金岳霖集》,中国社会科学出版社,2000年,第186页。

的征服,他完全从自己的欲望出发而改造客体,不仅丧失了对自然的基本尊重,而且也使自己成为欲望的奴隶,反过来自己又成为被征服者。因此,金先生强调,英雄的人生观需要圣人的人生观来补充甚至是挽救:"所需要的并不是一些圣人,而是一部分人们起着不同的作用,努力获得圣人观。社会方面和个人方面的麻烦不在于我们所生活于其中的星球,而在于我们自己,而且为了防止社会机体被即将要影响整个世界的英雄观所控制,很有必要以圣人观来救治英雄观。"[1]

正是由于对人类的关心和讨论,我们感觉到金先生的形而上学不仅与中国古典哲学水乳交融了,而且也与我们当下的关切息息相关了。

(原载《哲学研究》增刊,2005年)

---

[1] 《金岳霖集》,中国社会科学出版社,2000年,第189页。

张岱年先生的"天人新学"
——自然、人和价值

今年适值张岱年先生诞辰一百周年,为此而举行的纪念性学术会议又一次把我们的目光集中在张先生的学问、哲学和人生之路上。如果说纪念张先生的最好方式就是承继他的精神遗产,那么接下来我们要做的就是弄清楚他究竟给我们留下了哪些重要的精神遗产。对于这个问题,大家可以从不同的方面来看。整体而论,他是20世纪中国最后的一位哲学家,他在哲学和人格上都为我们树立了典范。这里我想从他的哲学建构和学说上给予具体说明。

智慧的激情和一贯之道

哲学的洞察和智慧是高度理智化的工作,情感常常为这种工作提供不懈的"热情"和"激情"。现代哲学家金岳霖先生曾说,世界上好像有不少哲学动物,他自己就是其中之一,即使把这样的人关在监牢里做苦工,他满脑子里仍然是哲学问题。① 金岳霖的说法,指出了哲学家沉思哲学的入迷状态。如果没有这种痴迷的持久沉思,我们不能想象会产生一种哲学。张岱年先生说,他"思考哲学问题,常至废寝忘食"②。

张先生的哲学建立于20世纪30年代至40年代,这是现代中国哲

---

① 金岳霖:《唯物哲学与科学》,见《金岳霖文集》第一卷,甘肃人民出版社,1995年,第214页。

② 张岱年:《真与善的探索·自序》,齐鲁书社,1988年。

学的体系化时期,现代中国有创造性的哲学家都汇聚在这一个时期。这一时期中国人的物质生活非常匮乏,但哲学家的精神生活却格外丰富。从清末西学东渐,经过新文化运动对西学的大规模引入和东西方哲学的双向互动,再经过20年代的哲学积累,到了30年代和40年代,哲学家从西方哲学的翻译、移植和传播以及对古代中国哲学的反思中,自觉地转变到了新的哲学理论和学说的创建中,纷纷构筑起了自己的体系化哲学,促成了一场划时代的"哲学运动"。张岱年先生的哲学,就是在这一哲学运动的整体氛围中建立起来的体系化哲学之一。对于建立自己的哲学体系和学说,张先生有明确的行动自觉和方法论意识。行动上的自觉是说,他志在成为一位哲学家,"默而好深湛之思",追寻宇宙的奥妙和人生的真谛;方法论意识是指,他尝试通过对现代哲学的融会和综合创造一种新的哲学。张先生说:"30年代中期,有不少学者试图提出自己的哲学观点,我也不甘落后,于是写了《哲学上一个可能的综合》,试图提出自己关于哲学理论问题的系统观点。我大胆提出:'今后哲学之一新路,当是将唯物、理想、解析综合于一。'"①张先生说的当时的一些学者,其中就有熊十力、金岳霖和冯友兰。这三位现代中国著名哲学家从30年代到40年代,先后建立起了"新唯识论"、"新理学"和"新实在论"等哲学体系。

　　哲学家有不同的性格,不管他们是詹姆士所说的硬心肠的还是软心肠的;哲学也有不同的主题和类型,不管它们是以赛亚·伯林所说的刺猬式的还是狐狸式的,或者是罗蒂所说的系统化的还是教化的。按照柏格森的说法,一位哲学家一生只说一个"主题"。《庄子·人间世》篇说:"道不欲杂,杂则多,多则扰,扰则忧,忧而不救。"用孔子的说法是"吾道一以贯之"。张先生哲学的主题和一贯之道是什么呢?张先生的哲学简洁而不模糊,分析而不繁琐,综合而不芜杂,目标是追寻宇宙万物的"最高原理"和"社会人生的最高价值",围绕的基本问题是"天人之故",也就是现代哲学所说的自然与人的关系。张先生在《真与善的探索·自序》中说:"吾昔少时,好作'深沉之思',不自量力,拟穷究'天人之故'。""究天人之际"是古代中国哲学的主题,这一主题在

---

① 《八十自述》,见《张岱年文集》第八卷,河北人民出版社,1996年,第583页。

张岱年先生的哲学中重新得到了点燃,但它是在东西方哲学融会和贯通之上的一次点燃。

张先生名之为《真与善的探索》这部著作,代表了他一生的哲学思想。其中的《哲学思维论》、《知实论》、《事理论》以及《品德论》,整理和写成于1942年至1944年间;1948年,张先生将其又写出了《天人简论》。这"五论"在收入全集时,张先生将其统称为"天人五论"。这说明在形式上张先生也要用"天人关系"来贯通自己的整个哲学。张先生到了晚年,仍然打算写一部以"自然与人"为主题的新的哲学著作。从20世纪30年代到90年代,中间经过了半个多世纪,张先生肯定会有新的考虑和看法。但由于诸多原因,张先生最终没有实现这一愿望。但他晚年仍撰写了不少讨论中国古代天人关系的论文。张先生的哲学不仅是"天人之学",而且是一种新型的"天人之学",称得上是"天人新学"(或"天人新义")。新在什么地方?我想从以下几个方面来谈一谈。

非本体主义的"本"和线性过程

哲学是追根求源之学,东西方哲学中的这个学问,一般称之为本体论和生成论。许多哲学家通过预设最高的本体或最初的根源,以作为万物的本质或万物的生成者。但张先生"天人新学"中的根源意识,既不是本体论意义上的,也不是生成论意义上的。张先生从东西方传统哲学的主流中走了出来,而主张"非本体性的"(类似于古代中国玄学的"崇有论"和西方实证主义哲学等)的根源,他称之为"天人本至"的"本"。这个"本",在张先生那里,不是指最初的"生成者",也不是指决定万物的"本质",而只是"统一"和"包含"。从整体和至大无外的意义上说,"本"是"宇宙"、"天"和"自然",这三个概念在张先生那里是异名同谓。在中国古代哲学中,这三个概念特别是"自然"和"天"的意义是很复杂的。张先生选择了中国古典哲学中作为"物理客体"(即"自然界")的"自然"(最早是阮籍的用法)的意义,同西方近代意义上的"自然"结合了起来,选择了作为总括一切事物的"天"(非主宰之天和最高原理之天)的意义,选择了作为时空及其含有一切事物的"宇宙"的意义,用这三个概念共同指称万物之"本"。这是一个无限的、独立自存的客观实在世界之本,人和万物都统一于此、内含于此。张先生的这种非本体主义之本,否定了决定万物的绝对本体,也打破了西方主流哲学"自然之两分"的思维方式。进一步,张先生又将这一客观世界之本,化约为"物质"和"气",认为物质和气是客观世界中"最基本"的存在。在这一点上,张先生受到了科学的影响,认为最小的物质是质量和能量的统一,是粒和波的统一。据此,"天"和"自然"之本,更具体说就是"物本"和"气本"。同样,这里的"本"是"统一"的意思,而不是"主宰"和"生成者"的意思。

现代哲学程度不同地都受到了进化世界观的影响。按照这种世界观,宇宙和万物都是演化的,而且是线性的,人类社会同样如此。张先生的"天人新学"反映了进化的世界观,也反映了怀特海的"过程哲学"。"天"、"自然"是以历程和过程来展现的,物和气以内在于自身的动力演化和进化。对于自然和社会的变化,哲学家有退化论的立场,也有循环论的观点。张先生拒绝循环论和退化论,认为自然和天、物质和气的演化是有方向的、不可逆的。在张先生的天人新学中,物和气虽然是最基本的存在,但却又是最低级的存在。如果自然和天的演化只是复制和重复性的活动,世界就不能进化。为了说明自然演化的方向性和进步性,张先生相信演化是一种创造性的活动。作为创造性的活动,演化是从低级到高级的过程,更具体地说是从无机物到有机物、从有机物到生物、从生物到生命、从生命到人和人的心灵的发展。张先生称之为"一本而多极"、"一源而多流"。"流"和"极"是说世界向多样化("种类")的分化和展开过程,由此世界变得丰富多彩、千姿百态;同时,分化又是一个从粗到精、从卑到高的发展,这样万物比较起来就有了高低、等级之不同,张先生称之为"品级"。直到自然和天演化出人类,宇宙和世界中就有了最高的存在,张先生称之为"至"。但这个最高的存在,不等于就是最完满的存在。看得出来,张先生普遍意义上的进化论和过程论,是同近代哲学思想中的进化、进步整体精神气质相吻合的,又是对怀特海的过程哲学和创造观念的转化。张先生不接受怀特海的整体有机论,也没有把创造力委之于上帝;也看得出来,张先生的普遍进化论,否定了最初的就是最好的原始自然主义,也否定了最高的本质和生成者就是最高的价值和意义的主张。但张先生没有想象未来的超人,也没有想象终极性的进化目标。

人同自然的双重关系

人是自然和天演的产物,从这种意义上说,人统一于天和自然。但人不同于万物,他是宇宙和万物中最特异的存在。人的特异之处在于他有心灵和辨别能力,他不仅能够辨别万物的"自然",也能够辨别人应该如何的"当然"。由此,根源意义上的天人统一,就变成了人类自我意识意义上的"天人之分"。张先生的这种"天人之分",同荀子的"天人相分"有一定的可比性,而同庄子把天人相分看成是分裂、异化不同。从动态上说,天人相分之中的"人"是主体性的人,是通过行动实现人的生活目标和价值的人。人的主体行动,主要有两个方面,一是人通过知识和技术认识自然、适应自然和改造自然,从中获得人类生活所需要的物质条件,满足人的生存需要;二是人对自身自然人性的改造,以成就自己的道德价值和人格。人的这两种主体行为,用中国传统哲学的术语说,是"利用厚生"和"正德"的统一;按韦伯的说法,是"工具理性"和"价值理性"的统一。

在东西方文明中,程度不同地都有美化自然的自然主义者,如中国古代的庄子和法国近代的卢梭,但张先生不是自然主义者。他不认为万物之间都是弱肉强食的关系,但他确实认为宇宙万物之间、生物之间、人与人之间,存在着矛盾和冲突,他称之为"乖违"。他认同《中庸》说的"万物并育而不相害,道并行而相悖",相信宇宙万物是"广大而和谐的境界"[①],但实际上并非如此。他说:"就实际情状言之,万物并育而更相害,道并行而亦相悖。"[②]面对世界的冲突和矛盾,人类的生存是争取生存的过程,人类的生活即是争取生活。为了争取生存,人类必须认识自然和天,认识万物,一方面遵循自然和天的法则,适应环境;另一方面又必须改造自然、改变环境和利用自然。近代以来发展起来的科

---

① 《真与善的探索》,齐鲁书社,1988年,第199页。
② 同上。

学和技术,解决的就是这一个问题。人在改造外在客观自然的同时,也需要改造人自身的人性自然。张先生不主张性善论,也不主张性恶论。在他看来,人类由其他生物进化而来,既有好的性质,也有不好的性质。人要尽力发挥其善性,克服其不善性。他谈到这一点时说:"人性常在改进之中,亦常在创造之中,人不惟应改造物质自然,更应改造其自己的自然。人类不惟是自然的创造物,且应是自己的创造物。人所以异于禽兽,在于能自觉的创造自己的生活。"①

张先生刚健有为的人生观主要就体现在他所说的对客观自然和人性自然的这种双重改造之中。张先生说:"生之本性为健……健者胜物而不屈于物。"②改造"自然"的过程,是人的生命力充分发挥的过程,是人的理性与生命统一的过程。张先生希望人类通过对自然和对人性的双重改造,既达到人与自然的和谐,又达到人的身心的和谐,用张先生的说法就是"胜乖以达和"、"充生以达理"。张先生把他的这种"天人合一观"称之为"动的天人合一观",以别于传统的静的天人合一。他这样说:"所谓动的天人合一是对静的天人合一而言。静的天人合一指古代道家、儒家'与万物为一体'的神秘境界。动的天人合一是以行动调整自然以达到天人的和谐。"③人与自然、人类之间的冲突及克服冲突的战斗观念,在张先生后来思想的发展中有所调整,他先是把他早期所改的"万物并育而实相害,道并行而亦相悖",改为"万物并育,虽相害而不相灭;道并行,虽相悖而亦相成",最终又接受"万物并育而不相害,道并行而不相悖"这一古老信条的真理性。对于"万物一体"同样,后来他更多地强调其正面的意义。张先生的这种变化在现代中国社会史中可以得到解释。他强调冲突和战斗观念的时候,正是世界处于"二战"和中国处在后起日本帝国的强权践踏之时;他强调"万物并育而不相害"和"万物一体"意义的时候,正是中国的生态环境开始恶化的时候。

---

① 《真与善的探索》,齐鲁书社,1988年,第278页。
② 《我与中国20世纪》,见《张岱年全集》第八卷,第513页。
③ 同上书,第509页。

"合群"的"社群哲学"

对于个人与社会、群与己的关系,哲学家往往有原子式的以个人为本位的主张和整体性的以社会为本位的主张。古代哲学家多主张社会本位,而现代哲学家则更喜欢提倡个人本位,但张先生则提倡"合群"的社会本位。从这种意义上说,他的哲学可以说是一种社群哲学。张先生相信,个人发展的最高意义和价值是同群体和社会合而为一。他认为,"人类"作为一个类,本来就是作为社会的一员而存在的。在自然世界中,人类以"群体"同其他万物区别开,人是合群性的存在。诚然,个人需要爱护自己的生命,需要发展自我,实现自我的价值,完善自己的人格,但人的最高发展是将一己之"小我"融入到社会的"大我"之中,人的最高价值是与群为一。公就是"爱己而更爱群"[①]。人类生活在不同类型的共同体之中。张先生所说的"群"有不同的层次,小到家庭、家乡、社团,大到国家、天下。张先生的"合群哲学",是对荀子"合群"思想的发展,也预示了社群主义哲学。

由于以"合群"("与群合一")为人生的最高意义和价值,张先生对"万物一体"的意义评价不高。他早年还专门写过《辟万物一体》一文,后也指出"万物一体"并非人生的最高境界。在他看来,"万物一体"作为个人的神秘性精神体验有其美妙之处,它"能令人心境扩大,令人不为目前的小烦恼所缚所困,令人充满好生的仁意。可以说是一种内心修养术,然而非人生之鹄也"[②]。张先生的想法是,"万物一体"是一个人自我的内省经验,它反映的只是人的主观态度上的改变,而不是促成自然和世界客观上的变化,而且这种体验是短暂的。一个人真正努力的价值目标是更高也更困难的"与群一体"。他说:"与别人感同一难,与万物感同一易;与人群感一体难,与天地感一体易。"[③]

人类追求社会本位的理想,走到极致就是设想各种各样的无何有

---

① 《我与中国20世纪》,见《张岱年全集》第八卷,第513页。
② 《人与世界》,见《张岱年全集》第一卷,第393页。
③ 《真与善的探索》,第283页。

之乡的乌托邦或者大同世界。但张先生与群一体的理想,没有走向乌托邦。他是一位谨慎的乐观主义者,他认为人类社会最终达到圆满的理想是不可能的。一方面说变化和创造的生命力是不断追求完善,另一方面又说社会有一天会达到圆满,这是自相矛盾。世界中的冲突和矛盾,不可能完全消除,人类社会的发展只能追求最大多数人的最大利益。人类通过改变自然、改变自我的人性以及改变社会的不合理制度来实现天人的和谐,这也只能达到较高的程度,而不能达到彻底的完满。关于张先生合群哲学的朴实真理性,我们可以用一个小故事来加以说明。在一个小学的课堂上,一位信仰佛教的老师了解学生对"未来"的期望,他先是向同学们讲述了地狱的恐怖,然后问他的学生,将来想下地狱的请举手。当然没有一个学生举手,没有人愿意下地狱;然后老师又讲述了极乐世界的美妙,又问,将来想进极乐世界的请举手。可以想象,同学们一下子都举起了手。但有一个学生没有举手,老师深感不解。他把这位学生叫过来,问"为什么你既不想下地狱,也不想去极乐世界呢?"那个孩子很平静地回答:我妈妈说,放学后哪儿也不去,要直接回家。① 张先生的合群哲学,很平实,就是"回家"的哲学——回到家庭之中,回到社群之中,回到族群之中。从小家到大家,一层又一层,但始终处于人类的同心圆之中。在大部分情况下,"回家"确实比下地狱好,比进天堂也不差。

(原文部分内容刊于《光明日报》,2004 年 8 月 24 日)

---

① 林清玄:《眼前的时光》,载《视野》2007 年第 1 期。

转变中的中国哲学范式的
自我反思和期望

从1995年到1996年的"社会科学规范化与本土化"的讨论①,到近来的对中国哲学正当性的反省和检讨②,都显示了一种我们对自身所从事的中国哲学这项工作的性质和状况的不安和困惑。我们不愿再安逸于中国哲学的研究现状和已有结构之中了,我们要求改变局面的呼声和期望也变得越来越强烈了。从事中国哲学这一领域研究的学人们,越来越意识到我们确实需要进行一次自我反思和自我检讨了。我把这称为中国哲学一次新的"自我意识"或者"自检工作"。这种"反观"自我、反身于"自我"的"自我意识"和"自检工作",在通常情况下是不会发生的。只有当我们严重地失衡,或者发生自身意义危机的时候,我们才会回过头来认真看看我们"自身",审查一下我们所处的境况了。我首先想问的是,中国哲学领域中究竟发生了什么事,竟让我们如此不安和不满。我们需要作出冷静的观察和思考。

首先需要强调的是,在反省和检讨中国哲学的过程中,我们要尽量避免一味对"哲学"、"中国哲学"进行"本质主义"的界定和讨论,因为如果这样我们将会陷入"打破砂锅问到底"的无限后退。实际上,我们常常拥有一些大家心照不宣但又非常模糊的重要观念,这样既清楚而又模糊的重要观念,一般就构成了我们的基本前提。如果我们希望作出一种大致的界定,那么最好的选择方式,是在如同"辞典序列"或循

---

① 见《中国书评》总第3期至总第10期
② 见《江汉论坛》2003年第7期。

环圈上来处理他们(比如可以依据权威性的辞典或提出一个临时性的"工作定义"作为参照)。除此之外,我们最好把"哲学"、"中国哲学"放在变化着的时空和境况中来理解,看看人们在不同时期中是如何理解哲学和中国哲学的。比如,在我为第八届国际中国哲学大会(1993年北京)提交的《新道家哲学论纲》这一长篇论文(第一部分是"哲学一说")中,我基于哲学解释学为"偏见"正名的前提条件,为哲学真理的性质和特点提供了一个解释,提出了"哲学不过是不同的偏见"这一见解(当时参加会议的石峻先生敏锐地向我提问说:那你对哲学的说法,是不是也是一种偏见呢? 我作出了按照我的逻辑很容易得到的一个回答:当然是偏见)。近几年我发表的《论日常语言中的"用"——并论哲学的"用"》[1]和《作为何种意义上的哲学的用》[2]继续阐述了这一观念。这种主要基于"哲学认知方式和哲学真理性质"而对哲学进行的阐述,并没有论及各种哲学偏见中所展现出的各种根本性理念、信念和价值核心。不管这种阐述在作者看来是多么重要,无疑这也是在变化过程中对哲学所作出的一个解释。同样,"中国哲学"的性质和特征,它的如其所在和如其所是,是在我们如何解释和理解之中发生变化的。我们如何思考和研究中国哲学,中国哲学就为我们显示出何种面貌。因此当我们反省新时期20多年来甚至百年以来中国哲学的时候,我们也需要从一个变化的立场来观察。

伴随着20世纪70年代末改革开放新时期以来中国从"政治中心取向"向"经济中心取向"的巨大转变,中国哲学研究所发生的一个最大变化,可以说是从"政治化的写作方式"转变为"学术化的写作方式",这当然也是发生在其他学术领域的共同事态。我们必须承认,20多年来中国哲学确实取得了20年前大家所无法想象的变化。我们在许多方面开始重新有所积累,在不少具体问题的研究上也取得了许多新的进展。这样说绝不是出于调节我们不平衡心理的一种自我安慰,它也是一种客观的实情。毫无疑问,献身于这一领域的不少中国哲学

---

[1] 见《哲学门》第二卷第二册,湖北教育出版社,2001年。

[2] 见《传统与创新——第四届冯友兰学术思想研讨会论文集》,北京大学出版社,2002年。

研究者,都提供了自己在这方面的有说服力的例子。在此,我想简单提示一下我比较清楚的我自己的例子。总体上说,我是带着反传统的意识进入到中国传统哲学的。这使我在一个时期中,把中国哲学不适切地与我过于强烈的意识形态联系在一起。当然不是说这种联系都是错的,而是简单化了。但是,当我从反传统立场转到同情地理解传统的时候,我试图努力进入中国哲学的深层结构和内在意识之中,这样做的结果使我加深了对中国哲学的认识。

为了比较清楚地理解我们取得的变化和遇到的问题的性质,我们需要从一种更宽广的视野来观察中国哲学的变化。实际上,20年来中国哲学的变化又是更大的中国人文和社科领域许多观念、立场和出发点所发生的整体变化的一部分。简要地说,这种整体性的变化主要体现在以下几个方面:一是我们从"单一的欧洲或西方的一元立场"转变到了"多元的立场"。也就是从黑格尔的"一极世界文明观"转到了雅斯贝尔斯的"多极世界文明观"。大家现在都乐意接受雅斯贝尔斯的"轴心时代"的观念,而不是黑格尔的只在西方推演、东方则凝固不变"绝对理念"的观念。与此相应,二是我们从作为"标准性"的西方文明观转到了作为参照物和对话资源的西方文明观;三是,从注重化约论转到了注重非化约论,也就是从注重普遍主义的化约意识转到了注重具体主义的差异性的非化约意识;四是从传统与现代性的不相容立场转到了双向互动的立场,或者说从传统叙事与启蒙叙事的对立转到了化解二者紧张的立场。在这种广大的立场和背景之下而发生的中国哲学的转变,总体上可以说是中国哲学返回"自身"的运动,是中国哲学"自我意识"和"自我认同"不断增加的过程,当然也是中国哲学研究者自身重新识别自己和确定自己的过程。因为不管如何,我们在塑造中国哲学的同时,也在不断地塑造着我们自己;因为不管我们如何把中国哲学对象化,我们一旦进入到中国哲学领域,中国哲学就构成了我们生活和存在的方式,成为确定我们是"谁"的一个重要向度。

坦率而言,上述中国学术思想和文化领域宏观视野上的变化,在促使中国哲学研究走向建设性方向的同时,也为我们带来了一些新的危险和困惑。我想特别指出几点:第一,我们在肯定传统的相反立场上变得对传统"隔膜和疏离"。一个最典型的表现就是在我们为传统正名、要求重新激活传统、为传统赋予活力和检讨反传统及启蒙叙事的过程中,我们不自觉地或多或少地陷入到了没有经过系统反思的保守主义或传统主义之中。这样,"传统"恰恰就在我们"回到传统"的过程中变得单调和贫乏,由此对传统造成的伤害,使我们在守卫传统的情形下变得与传统陌生,甚至埋下再次反传统的引子。只要我们缺乏张力并简单地把传统视之为可恶或者完美的时候,我们都失去了对传统的认知和转化能力,传统对我们就丧失掉了丰富多彩的复杂内涵。最典型的例子就是把"和谐"、"天人合一"、"万物一体"等中国哲学观念公式化和口号化。当我们把这些作为中国哲学的核心价值和信念的时候,我们高度简单化的不仅是这些符号,而且也是中国哲学。当中国哲学被这些空洞的"和谐"、"天人合一"、"万物一体"所笼罩的时候,中国哲学不是由此而变得更加充实和丰富,而恰恰显得苍白和贫乏。这种花架子式的摆设,这种自我推销和兜售反而加重了中国哲学的意义危机。我决不是反对这些符号,我只是说当我们要把这些符号作为中国哲学核心价值的时候,我们必须对其进行理论化和体系化的建构,使之成为一个复杂的、丰富的具有立体感的伟大信念。

第二,"未加充分反思的本土主义诉求"正在使我们的心灵变得狭隘起来。对传统认同感的增加,对文化差异的强调,对地区性知识的注重,也正在使我们走向孤立主义、自我中心论和对可公度性知识的拒绝。粗暴性的化约当然要拒绝,但是如果我们不承认一个相对的知识共同体,不承认知识一定的可公度性,我们得到的差异就只能是无限性的还原,最终我们将丧失任何意义。特别是,当我们一味强调文化差异的时候,当我们把不同的文明对立起来的时候,我们同时恰恰也陷入了化约论的困境。因为我们不仅设定了一个无差别性的西方世界,而且也设定了一个无差别的东方世界或中国世界。但实际上,文化差异既存在于东西方或中西之间,也存在于西方文化和中国文化自身之中。这就要求我们在观察文化差异的时候,既要有微观的观察,同时也要有宏观的视野,不要因为对文化差异的强调而限制了我们的视野。

第三,对翻译术语的形式化拒绝实际上是在拒绝一百多年来我们形成的新传统。近代中国引入和翻译了大量的西方人文和社科术语、名词(相当一部分是通过日本这一桥梁),经过百年来的解释、理解和运用,它们已经融化并成为中国学术和思想文化的一个有机部分(就像翻译过来的大量佛教术语早已成为中国文化和思想的有机部分那样)。作为一则逸话,张之洞担任学部长的时候,非常反感从日本流传过来的许多新"名词",他在使用新名词的奏折中不满地批上"日本名词",当有人指出他使用的"名词"就是日本翻译的名词时,他自以为得意地把"日本名词"说成是"日本土话"。这种拒绝除了是一种情绪化的表达之外还有什么积极意义呢?越过了初期翻译阶段已被"中国化"了的大量术语,决不能再简单地说它们只是"西方的"术语(除非是在"起源"上说),它们也是"中国的"术语。一百多年来我们对这些术语的理解和运用,显然不能等同于西方对它们的理解和运用。"哲学"和"中国哲学"术语同样,它们作为百年来中国所形成的新传统术语,在中国化的过程中,本身也在发生着变化。我们无法放弃这一新传统,况且即使能并马上换成中国传统固有的术语(如"义理学"、"理学"或"玄学"等),这也不能为我们带来什么实质性的变化。观念和概念当然也是名词符号,但它们绝不是可以随意换来换去的符号,因为它们包含着复杂和丰富的意义和意味。问题的关键是立足于中国不断重新理解哲学和中国哲学,以丰富哲学和中国哲学的意义。

第四,我们在有意和无意之中显示出了"过剩的中国哲学研究的自身优越意结"。居于海外的非中国学人的汉学研究者,一直是站在"旁观"的"他者"立场从事中国哲学研究的。当沟口雄三说日本的汉学研究是"头脑中没有中国的中国研究"[1]时,当柯文提出"在中国发现历史"的"中国中心观"[2]时,他们都是在身居中国之外的另外一个世界中反省他们的中国研究。身居中国之外,对他们来说虽然天然地构成了与中国的距离,但身居之外也有他们的优势,他们能够以"旁观"的姿态观察中国。相比之下,身居中国之中,或者说以我们"自己的"历史和思想作为研究对象的时候,这虽然构成了天然的一体感,但这是否

---

[1] 《中国思想史研究在日本》,《学术思想评论》第三辑,辽宁大学出版社,1998年。
[2] 参见《在中国发现历史——中国中心观在美国的兴起》,中华书局,1989年。

意味着我们比别人更加了解我们自己？我们也许不加反思地自以为是地认为，作为中国人的我们研究我们自己的中国哲学，这本身就体现了我们的"优越性"，构成了我们能够比别人更好地理解中国哲学的条件。从一方面来说，我们研究自己母国的历史，当然拥有不少有利的条件。但有谁能够保证，身在此中的我们恰恰也有不识中国哲学真面目的情况呢？特别是，当我们的伟大使命感，需要通过研究中国哲学来担当的时候，我们不就因使中国哲学承载沉重的负担而限制了它的自由伸展吗？正如艾尔曼（Benjamin A. Elman）恰当地指出的那样："当我们身为本地人来研究'我们'自己的国家历史时，似乎会出现一种特别的情愫，在面对有关'我们'的外国学术时，我们立刻一方面变得具有防卫性，一方面突然无所不知。我们失去了'从他人处学习有关自身的事物'所应有的自我批评的平衡。"①我们需要承认，我们不一定总是比别人更了解自己。许多人去找心理医生进行心理咨询的例子说明，有时候我们需要别人来帮助我们了解自己。据说，曾有一本关于美国政府和政治的最好的书是英国人写的，曾有一本关于英国政府和政治的最好的书是美国人写的。这就要求我们不要过分把研究自身历史文化作为我们自身的优越感的来源，而要以真正的"原创性研究"来彰显我们自身。

第五，作为最突出的问题，是我们缺乏震撼性的"宏大叙事"和宏大的"主题性建构"。我们越来越精细化，但我们却越来越不知道一个整体性的中国哲学，或者只是知道一个空洞的中国哲学。借用韦伯所说的"专家们没有灵魂，纵欲者没有心肝"，我们现在的中国哲学失去了伟大的灵魂和伟大的灵性。我们要在中国哲学研究中获得"突破"，我们必须发现中国哲学的伟大灵魂和灵性。虽然我们可以从不同方面批评胡适、冯友兰、侯外庐、张岱年等人的中国哲学研究工作，但我们相信他们在中国哲学研究中都建立了不同的"典范性"。他们之所以能够做到这一点，除了他们分别具有一些不同的因素外，他们都得益于两个最基本的途径，一是他们在"方法论"上具有高度的自觉性并拥有一

---

① 《中国文化史的新方向：一些有待讨论的意见》，《学术思想评论》第三辑，辽宁大学出版社，1998，第439页。

套"系统的方法";二是他们本身就有一套一以贯之的理论和信念,这就是他们从整体上诠释中国哲学的"一贯之道"。简单地说就是他们都从一种哲学范式和深度视点中获得了真正和持久的力量。现在,在一些具体问题的研究上,我们可能取得了许多积累并超越了他们,但是在对中国哲学的"整体理解"上,比起他们来我们实际上显得极其无力,甚至是无能。我想这也许是我们对中国哲学现状不满意的最主要原因吧。我们现在迫切需要的是具有震撼性和再生性的"宏大叙事",我们需要在新的重大范式和深度视点上建立起中国哲学研究的新"典范"。据称"小说家编造谎言以便陈述事实,史学家制造事实以便说谎。"①但是,哲学家既不说谎,也不陈述事实,他只是站在至高点上,俯察一切,洞察真理,建立伟大的信念。假如真正体会到了信念的力量,建立中国哲学的宏大叙事,其实并非可望不可及。

对中国哲学范式的反思,决不能仅仅以撒娇的方式引起人们对我们的关注。如果我们真正希望激活中国哲学,那么我们在对中国哲学进行严肃反省的同时,就必须转入到对中国哲学进行千方百计的开拓性转化中。没有一个人是在水外学会游泳并成为游水高手的。

(载《河北学刊》,2004年第1期)

---

① 艾尔曼:《中国文化史的新方向:一些有待讨论的意见》,《学术思想评论》第三辑,辽宁大学出版社,1998年,第419—420页。

何种意义上的思想史
——境况、描述与解释

随着人们对中国思想史研究现状不满足感的增加,试图改变它的期望也变得强烈了。这首先促使我们清醒地反思中国思想史这门专业所处的实际境况。我愿意列出一部分也许是属于整体性的问题。

第一,作为专业分类中的一门专业,在一般所说的历史学范畴中,中国思想史似乎处于一种难以"界定"的位置上。特别是它的"对象"和"范围"模糊不清,有时它广泛得使人觉得它可以无所不包,但有时它又狭隘得使人感到它的内容过于贫乏。如广义的中国思想史要求我们思考前人所留下的各种思考,建构起范围广大的整体性的中国思想史体系;但经过学科建制的细致分类,"中国思想史"在"中国政治思想史"、"中国法律思想史"、"中国经济思想史"、"中国科学技术思想史"、"中国哲学思想史"、"中国宗教思想史"、"中国伦理思想史"、"中国美学思想史"等一系列的分化中似乎又被分解掉了。这样,令我们感到困惑的不仅是我们如何建立起一个"整体性"的中国思想史,而且是我们从事这种建构工作具有何种"正当性"基础。

第二,"引导"我们观察中国思想史的"有效范式"贫乏、"问题意识"薄弱。20世纪以来我们主要运用外来的"西方范式"来观察中国思想史,这种以思想的"可比较性"和"可公度性"为基础的思考中国思想的方式,"原则上"并没有完全"失效",虽然现在有人试图要求一劳永逸地抛弃这种方式。但这种因噎废食的解决问题的办法,在我们的精神世界需要日益扩展的趋势中却显得更加不明智。毫无疑问,忽略中国思想史的复杂性和它的特征而一味进行"化约"和"规制"的粗暴行为必须被检讨和停止。在范式的运用中,我们必须时时谨慎小心。我们需要充分认识和理解范式的意义,以使思想史的内容与所运用的范式之间形成真正的共鸣。问题的实质不在于所运用的范式是被"谁"和在"哪里"提出,而在于你把它运用到你的"对象"上是否有效,就像你买来的衣服是否合身一样。直到现在,人们还为无以立足于中国自身经验和理性而进行系统的理论和学说创建而感到焦虑,更别说为我们提供研究中国思想史所需要的有效"范式"了。如果姑且接受并不令人满意的中国学术"本土化"的提法,那么我不认为在"自创"和"自制"学说之外还有别的什么"根本性"方法。与有效"范式"的缺乏相连,我们的"问题意识"非常薄弱。我们缺乏充分的想象力和敏锐的思维力,不能展现出中国思想史的丰富性和无限活力。一方面,我们常常在老问题上就地打转,陷入惊人的低层次重复中;另一方面,我们常常不能发现新的问题和领域,导致惊人的历史遗忘。

第三,对思想史方法论常常处于一种"无意识"的状态中。缺乏思想史方法论的自觉意识和认知,不能不影响到中国思想史的研究。中国思想史研究难以形成"典范"性,不能说与此没有关系。丸山真男的《关于思想史的思考方法——类型、范围、对象》、史华慈的《关于中国思想史的若干初步考察》、狄尔泰的《历史中的意义》、舍勒的《知识社会学问题》、曼海姆的《意识形态与乌托邦》、柯林武德的《历史的观念》、拉瑞·劳丹的《进步及其问题》、吉尔伯特的《思想史目标与方法》等论著,在思想史方法的探讨上都具有一定的代表性。相比之下,我们在这方面还没有做出具有一定影响的工作。

第四,从事思想史的研究者和教学者们,还没有形成一个有关它的专门学术团体,我们至今还没有一个"中国思想史学会",也没有一个"思想史"或"中国思想史"的专门刊物。这就使中国思想史的研究难以形成充分的合作与整合,彼此之间的交流也受到很大限制,大家基本上是分散经营和各自为战。

思想史是广义的历史的一部分,研究历史的动机和目的也可以说就是研究思想史的动机和目的。如果相信古人想的与古人做的一样有趣,那么我们就要设法了解古人想什么与如何想,这可以说是"思想史"的描述工作。古人所想所思主要保留在文献记载和他们的著作中,要了解先人的思想,首先是要阅读这些文献和著作。"描述"实际上是一种展示,展示得越充分越好,目的是把古人所具有的"怎样的"思想及其来龙去脉、结构、中心和影响关系充分地展示出来。从这种意义上说,我们必须依据可靠的文献,要虚心地跟随着古人的想法走,要避免不以文献为基础的先入为主。这也许就是思想史之谓"史"的道理吧!如果我们是借"思想史"而"立论"或者发挥道理,那就是"思想史论",而不能叫做思想史了。当然,"描述"不是"复述",更不是"复制"。就连我们所称作的"摄影",它之所以能够成为一门"艺术",就是因为它超越了"照拍"的意义,摄影师具有捕捉形象的"主动性"和独特"视角",他能够在瞬间抓住对象的"典型性"。从这种意义上说,思想史研究与摄影具有类似之处。它是通过思想史家的视角和立场来展现前人的思想的。相应于思想史家的视角和立场的不断变化,思想史就会不断地被重新描述。在这一过程中,只有那些具有"典范性"的描述才会被引用,并能够继续参与到新的描述中,而一般性的描述慢慢地就被遗忘了。

与"描述"可以构成相对关系的思想史研究的另一项工作是进行"解释"。这里所说的"解释",是指寻找促成思想出现和造就了它的那种东西。如果说"描述"是尽量如实地展现一种思想是"什么样"的一种思想,那么,"解释"则是寻找这种思想为什么会是这样的缘故。照拉瑞·劳丹的看法,西方思想史研究一直偏于"注释"而忽略"说明"。用我们的术语,就是偏于"描述"而忽略"解释"。这种情形,在我们的中国思想史研究中可能更为严重,大量的描述性著作不断出现,而解释工作却非常不够。把思想的出现与促成它出现的因素两者的关系概括为"结果"与"原因",容易陷入机械的因果决定论之中。思想史中可能没有或很难找到类似于自然现象的严格因果关系。我们不求在这种意义上去对思想史进行"解释"。自从知识社会学产生之后,通过思想史自身内部解释思想的形成和通过思想史的外部社会环境解释思想形成,构成了思想史解释的两种主要方式。与海外思想史研究的"社会史化"倾向相连,国内强调思想与社会关联的意识也在增长。思想史的内部解释,是从某一思想在时空上的纵向、横向关系,来寻找影响思想产生的条件和因素。思想史中的"问题"及其解决问题的方式,可能会有逐步更加"合理"的一种线索,并主要表现在科技思想史中。在其他人文和社会科学领域,黑格尔所说的"绝对理念"的逻辑展开过程,可能是不存在的。某一思想的形成完全可以是"纵横关系"中某种思想偶然刺激的结果,而且比较起来也不一定更进步、更合理。

思想史的外部解释,是寻找影响或决定思想形成的社会环境和背景。照知识社会学的观点,知识和思想是由社会决定的,因此要解释一种思想,就要寻找决定它的社会条件和社会状况。对此,舍勒和曼海姆进行了系统性的论述。如舍勒把五种价值等级(可感觉的、功利性的、生命、精神、绝对)与五种群体(大众、社会、生活共同体、文化共同体和教会共同体)对应起来,把不同的思想与不同的阶层对应起来。照曼海姆的说法,社会的进程影响思想的进程,社会进程在本质上渗透到了观察问题的视角。我们当然不接受思想和观念纯粹由社会决定的这种一般"决定论"观念,原则上我们承认思想和观念往往具有社会史的背景和原因,它们或者确实是决定了某种思想的出现,或者只是作为一种因素促使了某种思想的产生。思想史的社会解释对研究者所具有的历史知识的要求显然很高,这就要求思想史研究者不能限于思想史的范围,他还要进入到社会史的领域中。这种艰苦的结合,是改善中国思想史研究状况的一个重要途径。

(原载《中国社会科学院院报》2003年4月22日)

人和事：一往情深

哲学殿堂的故事

这本文选缘起于一个非凡历史时刻的到来和蓦然回首那曾经的一切,由我来担任它的编选工作,我深感荣幸。这样,我就有了一个机会,在很短的时间内,去接触盛大哲学殿堂中的那些先哲和贤人们。但一旦着手从事这项工作,我首次遇到的是选择取舍的问题,我希望有更多的先哲们的作品出现在这本文集中,可它的篇幅又受到很大的限制,那留恋和割舍的矛盾心情,犹如在五颜六色的珍珠中我只能选择有限的几颗那样。同时,当我意识到还要为这本文选写点什么时,我也感到了其中的难处,它关乎着哲学的一般性,可当前它又是如此的分化和多样;它关乎着我们编选这本文集的特殊意义,而这里蕴藏着的因缘际遇、动人故事和历史记忆何可胜计。

在人类迄今所从事的各项活动中,哲学称得上是头号需沉思冥想的一项古老而又常新的活动。在好奇、怀疑和自由独立的思考中,哲学家们不断地超越它的过去,用智慧的链条造就了不同的伟大理智传统,其中一个我们把它叫作"西方的",另一个我们把它叫作"中国的"。在过去的大部分时间里,这两个伟大的理智传统彼此都是独立发展的。但到了现代,这一切都发生了变化,犹如大西洋的水汹涌澎湃地侵入太平洋,西方的理智传统终于同中国的理智传统会合了。这在过去是完全不可想象的,对此感到惊异是非常自然的。东西方哲学在现代中国的空前接触和相遇,首先是扩大了中国哲学的外延,更重要的是,它使既不同中国过去也不同于西方的一种新的哲学的出现成为可能。不要被两者之间一时发生的纷争所困扰,要知道,真正的批评从来就是促进哲学变化的动力。亲眼目睹了这一过程初期的罗素,他是现代最早踏入中国这块土地的当时头牌的西方哲学家,对这两种理智传统合流之后的结果,抱有很高的期待。他希望一个新生的中国能够吸收两者的长处同时又能够避免它们各自的短处,造就出一种新型的文明。罗素说人类有一种经验,即不同文明之间的接触,常常成为人类进步的里程碑。现在这种情形最有可能在中国发生。

显然,这是一个长期性的目标,要在短期内就能摄取、消化、吸收另一个巨大理智传统的精义,其中大大小小的困难可想而知。张之洞这位保守的晚清官僚,他一度担任学部的主管,对来自日本翻译的许多西学新名词深感厌恶,尤其是其中的"哲学"。因为张之洞忧虑它会对已有的秩序构成威胁,好像哲学的追问和沉思在中国从来就没有发生过。这种短视的目光导致的一个直接结果,是哲学被排除在清末学堂章程和大学的学科之外。不过,这一不幸的局面没有持续多久。张之洞的做法一开始就受到了王国维的有力批评,王氏是最早对哲学提出真知灼见并为哲学进行有力辩护的哲学家之一。他说哲学原本就是中国古代学问的一部分,它只有益处而没有害处。明智的人都愿意接受王国维的看法。1912 年,清帝国刚刚被革命的洪流所淹没,中国的第一个哲学系就在中国近代的第一所国立大学——京师大学堂应运而生,它当初叫作"哲学门":一个专门出产和供应智慧的地方,一个令人神往的爱智和明哲的殿堂。在这里,人们可以自由地品尝智慧的果实而不必担心会受到什么惩罚。在时代的巨大变迁中,北大哲学门以它的沉着、刚毅和不懈精神,耐心地开启着现代中国的智慧之源。至今,它已走过了一个世纪的历程。

在一个世纪之中,哲学门里的哲学故事丰富多彩,塑造这些故事的主角是身居其中的哲学家和他们的追随者。这些故事是北大的,也是属于整个现代中国哲学共同体的。有人说,历史本质上是对过去各种各样事物的保存和记忆,我赞成这一说法。哲学门中保留下来的大量记忆,是一部热爱智慧的历史。它是现代中国理智新传统成长过程的见证者,又是这一新传统的缩影和标尺,这是千真万确的。在这里生活、工作和学习过的人们,忠实于他们自己的选择,以哲学为天职,痴迷于精神的绿洲,津津乐道宇宙和人生的奥妙。有人说"最是文人不自由",我倒是觉得"最是哲人真风流"。人类天生都是程度不同的哲学家、科学家和艺术家。如果说兴趣是最好的导师,那么我们每个人都可以自己指导自己。哲学的沉思始于好奇和着迷,终于好奇和着迷。一个真正按照兴趣生活和思考的人,他还有什么更高的奢望。进行哲学思索的人不必像歌德《浮士德》中的魔鬼墨菲斯特利斯说的那样:"有如在绿色的原野上吃枯草的动物",或者像黑格尔所说的那样:"命里注定罚我思考哲理"。他们是类似于金岳霖所说的世界上的哲学动物,这样的人即使身陷囹圄,他们仍念念不忘心中的哲学问题。金岳霖说他自己就是其中的一位。我将这本文集命名为"守望智慧的记忆",就是想以此来表现哲学家们对智慧这一特殊事务的热爱和执著精神。

哲学家在自身领域的创造都凝聚在了他们的著述里,其他领域也大多如此。一百年来,北大哲学家群体留下了大量的著述,这是北大哲学门和现代中国哲学共同体的一笔宝贵的精神遗产。这里我们选择的虽然只是其中非常有限的一部分,但同时希望它又能够高度呈现出哲学家们对哲学的洞察以及他们在这一领域中建立的典范性。根据论文的不同内容,并为了便于大家的阅读和思考相关的问题,我们将这些论文分别置于相对不同的主题之下。其中第一部分的"哲学门中的人和事",所选的是几位哲学家对他们身处其中的哲学门的回忆,从中我们可以了解到当年哲学门的沧桑巨变、逸闻趣事,并间接地去感受一下这座智慧殿堂的氛围。在这些回忆中,蔡元培先生的名字一再出现,他是现代意义上的北京大学的真正奠定者,也是现代中国哲学的先驱者之一。他从事的专业领域是哲学和伦理学,北大哲学门的兴盛,同他具有直接的关系。陈独秀、李大钊、胡适等先生都是由他揽聘的,他还聘任了只有中学学历的梁漱溟先生。梁漱溟先生谦虚地回忆说,其他一些人来到北大是教育别人的,而他来到北大则是学习的。梁先生为人矜持,陈先生性格豪放。据冯友兰先生回忆,在民国八年的毕业合影中,梁先生和陈先生前排坐在一起,陈先生将自己的双脚伸到了梁的前面。照片出来后,学生们让陈先生看照片,陈先生说照得很好,只是梁先生的脚伸得太远了。学生们告诉他,那是您的脚,陈先生大笑不止。这里会聚的哲学家,风格如此各异。人们爱说哲学家与众不同,殊不知他们之间也是那么不同。

在第二部分的"新文化:中国与世界"中我们可以看到,北大及其哲学门是现代中国文化成长过程中的引导者。事实上,真正领导现代中国人进步的是知识分子和哲学家。在现代中国经济、社会、政治和文化等各项革新中,哲学起着强烈的催化作用。只要我们想到"新文化运动",我们同时就会想到北京大学,想到哲学门。这场运动的灵魂人物就是北大的哲学家们——蔡元培、胡适、陈独秀、李大钊、梁漱溟等先生,还有他们的追随者傅斯年、罗家伦、顾颉刚等年轻学子们,当时他们已初露头角。这里是现代中国大学精神的发源地,蔡元培先生把这个精神概括为"思想自由,兼容并包";这里是现代中国文化精神的大本营,陈独秀将它概括为"德先生"和"赛先生";这里是现代中国新思潮的重镇,胡适把这个新思潮称之为"研究问题,输入学理,整理国故,再造文明";这里还熏陶出了一位奇人毛泽东,他是新文化运动之子,在破坏一个旧世界上所起的作用无与伦比。但这里也是老文化的复兴阵地,梁漱溟先生致力于揭示孔子仁爱的真谛,在世界不同文化的对比中发现了中国文化的独特价值;似乎是顽固的辜鸿铭先生,也在这里获得了发表自己言论和思想的讲台。今天再来观察他当时对西方文明的反思和对国文化的辩护,反而有孤明先发之感。蒋梦麟先生描述当时新旧派别共存于北大的情形时说:"背后拖着长辫、心理眷恋帝制的老先生与思想激进的新人物并坐讨论,同席笑谑。"① 这里是如此开放和多元,又是如此具有活力和创造性,这也就是为什么我们能够说"新文化运动"是中国历史上又一次伟大的自由思想运动。在这里,我们看到了哲学的力量,看到了哲学对于推动中国革新的力量。正如贺麟先生所说:"哲学的知识或思想,不是空疏虚幻的玄想,不是太平盛世的点缀,不是博取科第的工具,不是个人智巧的卖弄,而是应付并调整个人以及民族生活上、文化上、精神上的危机和矛盾的利器。哲学的知识和思想因此便被认为是一种实际力量——一种改革生活、思想和文化上的实际力量。"②

第三部分的"哲学:它的本性和价值",是现代中国哲学家对他们从所事的哲学的本性及其价值的认识,如果我们想知道哲学是什么以

---

① 蒋梦麟:《西潮》,辽宁教育出版社,1997年,第108页。
② 《五十年来的中国哲学》,辽宁教育出版社,1989年,第1页。

及它对人类的作用,阅读这些文本是一个很好的阶梯。对于什么是哲学,我们一直有着不同的解释。但要真正认识哲学,不能靠辞典或教科书上的定义。我们要关注的是哲学家眼中的哲学是什么,特别是要透过他们在哲学上具体做了哪些工作来了解。在西方,对于亚里士多德来说,哲学的本质是寻求智慧;对于马克思来说,哲学主要在于改造世界;对于罗素来说,哲学是介于科学与宗教之间的东西;对于石里克来说,哲学是服务于科学的;对于海德格尔来说,哲学是"对超乎寻常的东西作超乎寻常的发问";对于默尔多赫(Iris Murdoch)来说,哲学的目的在于澄清,在于从思想上发掘最深刻和最一般的观念。在现代中国哲学家眼中,哲学也被不同地界定。在胡适那里,哲学是对人生切要问题从根本上去着想并寻找一个根本的解决;在金岳霖那里,哲学是一种按哲学规则来进行的游戏;在冯友兰那里,哲学是对人类精神生活进行系统性的反思。哲学"到底是怎么一回事"的答案,就在这些千姿百态的不同答案中。

任何哲学总要从某种假定出发,这在科学中也不例外。人们为什么乐意选择某一假定而不选择别的,部分原因是出于他们的个性。张岱年先生曾同金岳霖先生谈到熊十力的哲学,金岳霖先生说:"熊十力的哲学有一个特点,就是他的哲学背后有他这个人。"[1]在这一点上,詹姆士走得很远,他断言"哲学史在极大程度上是人类几种气质冲突的历史"[2]。但他并不孤立,卡尔纳普诊断热衷于形而上学哲学家的心理之后说:"一元论的形而上学体系可以是表达一种和谐的与平静的生活方式,二元论的体系可以是表达一个把生活看作是永恒的斗争的人情绪状态;严肃主义的伦理学可以表达一种强烈的责任感,或者表达一种严厉的统治欲。实在主义常常是心理学家称之为外向的那种性格类型的征象,它是以容易与人和物发生联系为特征的;唯心主义是一种对立的所谓内向的性格类型的征象,这种性格倾向于从不友好的世界退

---

[1] 张岱年:《忆金岳霖先生》,《金岳霖学术思想研究》,四川人民出版社,1987年,第37页。

[2] 詹姆士:《实用主义》,陈羽纶、孙瑞禾译,商务印书馆,1979年,第7页。

却而生活在它自己的思想和幻想之中。"①

哲学令人疑惑的地方,一是它的不确定性,二是它的价值和作用究竟如何体现。表面上看起来,哲学家的工作是徒劳的,他们从来没有真正解决一个问题。后来的哲学家来到哲学的队伍中,"不过是"先破坏一座先前建立起来的大厦,然后再建立一个属于自己的世界。但更加真实的情况是,哲学提供的是各种高级的沉思和智慧。每一种哲学体系都具有自身的"一贯之道",它是哲学家殚精竭虑、慎思明辨之后对世界所作的不同旨趣的深度洞察、高超直觉和美妙体悟。就一方面而论,每一种整全性解释都不是最终性的;就另一方面而论,它也不是"最终性"的没有解决。因为我们总是在一种深度的洞察中获得了智慧。"梦"是人人都熟悉的现象,但正是弗洛伊德充分发现了梦的奥妙,建立了梦的哲学;"现象"是人人见到的"现象",但正是胡塞尔率先建立起了"现象学";"解释"在日常生活中经常发生,但正是加达默尔建立起了"哲学解释学"。这正是哲学家之所以被称之为哲学家的理由,也是我们不轻易把哲学家的称号赋予给一个人的理由。比起其他知识体系来,哲学知识的这种不确定性,既是哲学知识的常态,也是哲学知识和智慧多样性的体现。我们没有"统一的"原创性的哲学体系,就像我们没有"一样"的原创性小说作品那样。如果不同的原创性小说作品各有不同的美感和诱惑,那么不同的原创性的哲学体系也各有不同的智慧和魅力。哲学之所以能够发挥作用,正是由于它的多样性和丰富多彩性能够满足人们的不同精神需求。

有人抱怨说,哲学是不结果实的花;也有人抱怨说,哲学家喜欢躲在象牙塔里。这样的抱怨同哲学的价值毫不相干,同哲学家的工作性质毫不相干。对于那些只知道眼前利害关系的人,他们的心灵只能被幽闭在洞穴中,他们无法享受智慧的阳光。据说,有人被批评为不知天高地厚,他说我为什么要知道天高地厚。有许多事务是非常务实的,相比于这些事务,哲学的事务确实是务虚的。它不能给人供应食物,但它却能够塑造人的灵魂。进入哲学,我们就进入到了自由之地,进入到了

---

① 怀特编:《分析的时代——二十世纪的哲学家》,杜任之译,商务印书馆,1981年,第222页。

无限的精神之旅中。它令人冥想,令人深刻,令人多智,令人明辨,令人安详,令人达观。要不,拥有哲学也就获得了一种教养,即便不能由此而变得温文尔雅,起码也是一种装饰。能够用哲学进行装饰自己的人,已经是在享用一种特殊的奢侈品。哲学家需要的是宁静和沉思,老子早就道出了这一点:"不出户,知天下,不窥牖,见天道。"一些人对科学家与技术工程师之间的分工习以为常,但却经常混淆哲学家和行动家之间的界限。《周礼·冬官考工记》的作者已清楚社会需要分工:"或坐而论道;或作而行之……坐而论道,谓之王公;作而行之,谓之士大夫。"哲学家的本职工作就是"坐而论道"。由此,现代中国产生了职业性的哲学家和各种不同的哲学体系。他们中大部分人都在北大哲学门留下了各自独特的身影。

在第四部分的"现代思潮和观念"中,我们可以看到现代哲学的一些思潮、观念和趋势,也可以看到哲学在专门之下的分工和发展。现代中国哲学发生的最独特事件,是西方哲学的涌入为中国哲学的发展注入了大量的新因素。对于当时的许多中国知识人来说,这些因素都是非常新颖的,他们迫切想从中为中国一系列的革新找到向导和指南,于是各种哲学、思潮和观念都在中国有了它们的用武之地。现代中国思想文化运动中的自由主义、激进主义和保守主义思潮,不管是多是少,都同外来的各种思潮和观念息息相关。在直接运用这些外来新哲学和观念解决中国当前的危机时,它们纷纷都变成了方法和"主义",变成了信仰和"意识形态"。就是强调"研究问题"的胡适,也在实验主义中找到了他尝试改变中国的法宝。与此同时,哲学作为一门专门学问和学术的兴趣也增长起来了,它的结果是造就了哲学各个领域和部门的专家。除了中国哲学外,这些领域和分支大都是仿照哲学在西方的分化而建立起来的。这是十分必要的,因为没有这种专门化,哲学的研究就不会变得如此丰富和细密。我们在每一个方面都比过去知道得更多、更详细。现代中国哲学的这一新发展,首先发端于北大哲学门,一代又一代的人在这里建立了他们的学术典范。目前的一个新趋势是,哲学领域的交叉研究变得迫切起来,某种程度的贯通也有必要了。

最后,第五部分的"古典哲学的活力",一看便知,它是一组有关中国古典哲学讨论的论文。在这些讨论中,你将会观察到中国以往的哲学在世界哲学中的独特魅力以及它对人类理智传统做出过的贡献。在古典中国理智传统的复兴中,西方的理智传统确实起到了"它山之石"的作用。严复惊呼,没有料到西方的智慧之光竟照出了我们固有的智慧宝藏。有许多中国古代理智传统的探索者一直致力于揭示中西理智传统中的一些类似的东西,以此来证明中国理智传统的普遍性意义,他们不能想象人类的理智传统会相异到没有可比性的地步。但也有一些人,他们侧重于从中西理智传统的不同中来观察中国哲学,其结果是对中国哲学独特性和个性的发现。不管如何,儒学、佛学、道学或者广义的中国子学都得到了复兴,不同于历史上的现代新儒家、新佛家或新道家也出现了,这是十分可喜的。在这些不同的方向上,北大哲学门都躬逢其盛。在经历了一个世纪之后,如何再一次创造性地转化中国哲学,这是我们面临的新课题,北大哲学门中的人们牢记着他们的应有角色。

总而言之,现代中国哲学建立起来了,它不同于历史上任何一个时期的哲学,它是东西方哲学相互接触、相互融合和创造的产物。冯友兰先生说:"在中国现在进行的转变中,哲学家们特别幸运,因为自本世纪初以来,他们重新审查、估价的对象,不仅有他们自己的过去的观念、理想,而且西方的过去和现在的观念、理想。欧洲、亚洲各个伟大的心灵所曾提出的体系,现在都从新的角度,在新的光辉照耀下,加以观察和理解。随着哲学中新兴趣的兴起,老兴趣也复活了。在这种形势下,如果当代中国思想竟无伟大的变革,倒是非常可怪了。"①在现代中国哲学的这场变革中,北大哲学门不折不扣地具有里程碑的意义。

如果这本文集促发人们对哲学的浓厚兴致并带他走向哲学,或者促发人们对哲学问题的进一步思考,它就不限于庆贺的意义,它将我们引向未来。我们这样期待。

(原为《守望智慧的记忆:北大百年哲学殿堂文选》所写的"编者的话")

---

① 冯友兰:《中国哲学与未来世界哲学》,见《冯友兰全集》第十一卷,河南人民出版社,2000年,第588—599页。

忆往期新：清华哲学系与"中国哲学"

某一事物的特征越鲜明，它就越能给人们留下深刻的记忆。在现代中国的大学哲学系中，清华大学哲学系的鲜明特征之一，是它为"中国哲学"新范式的建立作出了划时代的贡献。我想以两位哲学家和他们的两部书为例来说明这一点。这两位哲学家的其中一位是冯友兰先生，另一位是张岱年先生；他们的两部书，一部是冯友兰先生的两卷本《中国哲学史》；一部是张岱年先生的《中国哲学大纲》。

现代中国哲学界的整体期望和趋势，一是按照新的学科建制和方法，以"中国哲学"或"中国哲学史"为范式，对古代中国学问中的思想和学说进行系统化的描述和阐释；二是广泛输入外来的哲学和思想，特别是西方哲学、知识论、逻辑学等，建立新的学术领域；三是在东西方哲学高度融合和贯通的基础之上，创建新的哲学体系。冯先生的《中国哲学史》和张先生的《中国哲学大纲》是适应第一个期望和趋势而诞生的。

出身于清华大学的胡适先生，后在北大哲学门讲授中国哲学史，撰写了《中国哲学史大纲》（卷上，1919 年出版），在现代中国哲学界开创了以新方法写"中国哲学史"通史风气之先，蔡元培先生对此书的贡献三致其意焉，其影响一个时代似可比之于洛阳纸贵，可惜没有卷下。出身于北京大学的冯友兰先生，后到清华大学讲授中国哲学史，他继胡适之后，先写了《中国哲学史》上册（1931 年，由上海神州国光社出版）；后又写出了下，分上下册，1934 年由商务印书馆出版。陈寅恪和金岳霖先生为此书所写审查报告，盛赞此书的优点，可谓是后来居上。冯先生横断截流，以"子学时代"与"经学时代"之二分通中国哲学古今之变。他特别为这部书的两点感到自豪,一是把名家区分为主张"离坚白"的公孙龙派与主张"合同异"的惠施派;二是区分宋明道学人物小程(程颐)为理学开山与大程(程颢)为心学先驱。这部两卷本的《中国哲学史》,不仅一直执中国哲学界中国哲学史教材之牛耳,而且西方大学讲中国哲学史,也多以此书为依据(英文本1952年由普林斯顿大学出版社出版)。

张岱年先生原考入清华大学(1928年暑假),但对清华严格的军训不习惯,旋即退学,又考入北京师范大学(1928年秋),毕业后即到清华任教。在胡、冯之后,张先生独辟蹊径,不再写中国哲学通史,而是以中国哲学的重要问题特别是概念、范畴为中心从整体上阐明中国哲学。张先生说:"近代来,中国哲学史的研究颇盛,且已有卓然的成绩。但以问题为纲,叙述中国哲学的书,似乎还没有。此书撰作之最初动机,即在弥补这项缺憾。"(《自序》)张先生把此书的特点概括为四项——"审其基本倾向"、"析其辞命意谓"、"察其条理系统"、"辨其发展源流"。这部书开创了以新方法研究中国哲学概念和范畴的先河,已成为学习和研究中国哲学的经典,在海内外也产生了广泛的影响。

顺便说一下,中国哲学界在20世纪20年代以后,开始从对西方哲学的翻译、移植和传播以及对古代中国哲学的反思中,自觉地转变到创建新的哲学学说和体系,在30年代和40年代卓然建立了一些体系化的哲学,以新的立场回答了宇宙、社会和人生的根本问题,促成了一场划时代的"哲学运动"。作为这一趋势的一部分,冯友兰生先后撰写出了代表自己"新理学"体系的六部书《新理学》、《新事论》、《新世训》、《新原人》、《新原道》、《新知言》,合称"贞元六书";张先生在40年代先后也写出了《哲学思维论》、《知实论》、《事理论》、《品德论》、《天人简论》,简称"天人五论",建立起了自己的"新唯物论"哲学体系。

20世纪末,清华哲学系复建,清华哲学系的"中国哲学"也迎来了新的历史使命,在东周哲学、新出土文献所见子学、佛教哲学、宋明理学、近现代哲学等领域中,都取得了突出的成就,谱写了新的历史篇章,展望未来,我们期待着新的突破。

(载《新清华》2010年5月13日)

从京都的"哲学之道"谈起

生活给每个人留下的记忆,是不计其数的。它们大都处在一种无意识的状态中,一旦遇到偶然的刺激,就会涌现出来,使我们感到新鲜,并引发出更多的回味和联想。

一次,我翻阅报纸,《光明日报》(1994年4月25日)上的一篇散文吸引了我。这篇散文的题目叫《"哲学之道"赏樱花》,作者是日本京都大学的一位中国进修生。从题目就可知道,这篇散文讲的是在"哲学之道"上观赏樱花的事。樱花是日本的国花,日本谚语说:"花数樱花,人数武士",可以说,樱花已成为日本文化的象征。到日本的外邦人,如果赶上樱花盛开的季节,恐怕都要去观赏观赏樱花,感受一下这非同一般的日本自然风光。我在日本居留期间,当然也没有错过这种难得的机会,虽没有从南方看到北方,但只就是东京的樱花,就使我大饱眼福。所以,一提到在日本观赏樱花,我也很感亲切。

不过,散文更引起我回忆的则是"哲学之道"。散文的作者是在京都的"哲学之道"上观赏樱花的,他特别钟情"哲学之道":

> 然而,我却特别喜欢京都市东山脚下那条幽雅的散步道——"哲学之道"。说不清是由于我的美学艺术专业与哲学有着不解之缘,因而一见到这冠以"哲学"之名的小路便倍感亲切,还是由于这条小道本身的优雅风韵深深吸引了我,一有空,我往往就会信步来到这条离我所进修的京都大学并不很远的"哲学之道",从它的起点走到它的终点,再从它的终点走到它的起点。

但这位如此热爱"哲学之道"的作者,在下文说的一句话却令我愕然不已:"至于它当初为何叫做'哲学之道',却是无从查考了。"好一个"无从查考",一下子就把"哲学之道"的历史记忆和真实意义抛到了九霄云外。

实际上,要查考"哲学之道"的由来,易如反掌。如果你是一位旅游观光者,只要带上一本稍微详细的京都旅游指南就可查到。散文的作者在京都大学进修人文学科,他就更有条件知道"哲学之道"的来历。因为,"哲学之道"恰恰与京都大学一位教授的名字联系在一起,他就是日本近代著名哲学家西田几多郎(1870—1945)。

一般来说,西田几多郎是日本近代哲学从"移植"走向"创造"的关键人物,他的处女作《善的研究》就是这转折的标志。正如论者指出的那样:"它在日本思想史上是一个划时期的事件。"在这本著作中,"明治伊始所接受的哲学,开始脱离单纯的翻译、介绍阶段,而形成了依靠自己本身的思维来进行综合与统一的主体。"① 说到具有创发性的"西田哲学"何以诞生,固然有诸多因素,其中尤跟他对哲学的"投入"、跟他在哲学中"体验宁静和思索"的生活密不可分。

从西田早年的人生经历来看,他并不幸运。家道没落,大学毕业后找不到工作,被父亲逼迫离婚,被解聘等等,一连串的折磨,先后向他袭来。为了摆脱这些不幸的痛苦和纷扰,并寻求心灵的宁静,好专心投入到哲学研究中,西田毅然"参禅",并在东方的"禅"中获得了智慧。1891年,他在京都的妙心寺坚持了两个月的"坐禅"生活,为的是要"断绝妄念"。1903年,西田又在京都大德寺悟得了"真正的自我"。从1897年到1907年西田的日记中,可以发现他内心世界的"不安"和"参禅"的毅力。如,1901年2月6日的一则日记里写道:

> 大丈夫任何事都要靠自己的力量,不可求诸他人。哲学也应摆脱功名等卑鄙之念,以自安己心为本,安静进行研究,使之与自己的安心相一致。

---

① 近代日本思想史研究会:《近代日本思想史》第二卷,商务印书馆,1991,第130页。

西田"参禅"的目的,就是要在世俗的"噪音"面前保持安宁的心境,能埋头于思索,以求在"精神"上达到超拔。《近代日本思想史》写道:

> 他通过"禅"的修炼所追求的东西是"以任何怀疑也打不动、拉不动、摇撼不了的精神上的事实"。①

的确,在西田任第四高等学校(位于金泽市)教授的十年中(1901—1910),他逐渐达到了"不动心"的境界,体验了宁静和思索的生活,并形成了其以"纯粹经验"为核心的哲学思想。1911年出版的《善的研究》②,就是他在这一时期哲学思索的结晶。在该书初版的《序》中,西田叙述了他的"思索"体验:

> 进行思索的人,也许会被墨菲斯特利斯嘲笑为"有如在绿色的原野上吃枯草的动物"。但是,就像黑格尔所说的"命里注定罚我思考哲理"那样,人们一旦吃了伊甸乐园的禁果,就不得不受这种折磨。

在《新版序》中,西田还回忆说:

> 费希纳自己说过:有一天早晨,他坐在莱比锡玫瑰谷的凳子上休息,在春天晴朗的阳光下眺望着鸟语花香、群蝶飞舞的牧场,心中一反过去那种无声无色的自然科学式的黑夜般的看法,而沉迷于当前现实的真实的白昼的思考。我不知受了什么影响,很早以前就抱有这样的想法,即认为实在就是现实原样,所谓物质世界也不过是从这种现实思考出来的。现在还可以回忆起我在高等学校学习时期,一边在金泽市的大街上走着路,一边像做梦似的沉湎于

---

① 近代日本思想史研究会:《近代日本思想史》第二卷,商务印书馆,1991年,第134页。

② 《善的研究》,何倩译,商务印书馆,1989年。

这种思考的情景。

1910年,西田被聘为京都帝国大学文学院副教授,教授伦理学。这样,他就从金泽来到了京都,在此又展开了被认为是他的思想发展第二个时期的思索。在《善的研究·再版序》中他说:

> 来到京都以后,获得专心读书和思索的机会,使我的思想多少得到了一些洗练和充实。

离京都帝大不远,在永观堂北边,从东山山麓的若王子神社到银阁寺,有一条沿着疏水渠延伸的长约两公里的南北小道,这是一条极好的散步之道。由于西田经常沿着这条小道一边散步,一边进行哲学思索,这条小道后来就被命名为"哲学之道"。

"哲学之道"不仅环境幽静,而且风景怡人。在这条沿着疏水渠的小道上,有一排绵延不断的樱花树。一到春天,树上的樱花竞相开放,"哲学之道"就成了一条一眼望不尽的樱花道。这条道上的樱花,被称之为"关雪樱"("关雪"即桥本关雪,他是近代日本的著名画家。他的作品《玄猿》、《寒山拾得》,蜚声画坛)。在樱花盛开的季节,关雪樱的花瓣飘落于疏水渠中,覆盖在水面上,随着水流缓缓移动,这就形成了一道樱花流。到了秋天,"哲学之道"则别有一番景致,放眼尽是鲜红或红里透黄的叶儿(日本秋天的红叶以京都附近的岚山为最),使人流连忘返。正是在这红叶的季节(1987年11月),我与日本朋友马渊昌也好友、兵藤明美小姐一同到京都旅游,那时我曾到过"哲学之道",并拍下照片留念。

现在看看当时的照片,再回想一下,除了"哲学之道"上的风景让我怀念外,哲学家在"哲学之道"上所体验到的宁静思索,更令我神往。至今仍同"人文"为伍的人,愈来愈感到被紧紧笼罩在周围各种各样的噪音中,外面世界的诱惑使人躁动不安、心神不定。由此,我们不难理解海德格尔为什么要置身于一座山顶的小屋中,因为那里"山峭谷深,空气清寒;四周宁静,罕见人迹;人到了那种地方,隔世之感油然而起。"①显然,海氏从现实世界中抽身,是为了要充分地体验宁静和思索。柯克尔曼(J. Kockelmans)在其《马丁·海德格尔:他的思想入门》一书中作了这样的揭示:

> 他还说他不喜欢大城市及其生活方式。他怕熙熙攘攘的社会生活以及各种成规俗约会干扰他对重大哲学问题的独创性思考。他表示渴望宁静、沉寂、独处,渴望对人、事物和环境的了解。因为只有这样,才会获得高度集中的注意力、深刻的洞察和独创性地表达的时机。②

同样,我们不难理解中国古代何以有那么发达的"归隐"文化。

但是,生活给我们的压力太大了,筹划生存的"烦忙",使我们忘记了应有的"自己"。用黑格尔所说的一段话来描述我们时代的精神处境也许更为合适:

> 那些孤独的人们,被他们的同胞所抛弃,被隔绝于世界之外,而以沉思永恒和专门献身于这种静思生活为目的——不是为了有用,而是为了灵魂的福祉——那样的人们消失了;……于是,在昏暗被驱散以后,也就是返观内照的、幽暗无色的精神劳作消散以后,存在好像化为欢乐的花花世界了,大家知道,花没有是**黑色的**。
>
> 由于外在的必需,由于时代兴趣的巨大与繁多而无法避免的分心,甚至还由于日常事务的杂闹和以纠缠于日常事务为荣的眩人耳目的虚妄空谈,使人怀疑是否还有在没有激动的平静中一心从事思维认识的余地。③

---

① 俞宣孟:《现代西方的超越思考——海德格尔的哲学》,上海人民出版社,1989年,第55页。

② J. Kockelmans, *Martin Heidegger: A first Introduction to His Philosophy*, Duquesne University, 1965.——译文引自上书,第55—56页。

③ 黑格尔:《逻辑学》上卷,贺麟译,商务印书馆,1981年,第2、21页。

面对此情此景而能臻至"不动心"的境界,对我们来说可能已成为更难达到的理想。今天,寻找"清静"会被视之为"失落",而不再会被认为是保持"高洁";"投入"和"入世",按理说更应与改造社会相联系,而现在则往往意味着"同流合污"。但现在"出世"似也不可能了,因为已无"世外"可出了。在这一点上,古人比我们幸运得多,他们很容易找到一片清静的地方,隐而不现。而现在所有的空间却已经被充满和占有。看来,我们现在只能是在"世"中而"超世",只能是"视而不见"而"独得独乐"了。

最后,让我们用黑格尔的话来告别精神上的不幸,并对未来哲学创造作出期望,那也正是"哲学之道"留下的永久联想:

> 愈彻底愈深邃地从事哲学研究,自身就愈孤寂,对外愈沉默。哲学界浅薄无聊的风气快要完结。而且很快就会迫使它自己进到深入钻研。但以谨严认真的态度从事于一个本身伟大的而且自身满足的事业(Sache),只有经过长时间完成其发展的艰苦工作,并长期埋头沉浸于其中的任务,方可望有所成就。①

(原载香港《二十一世纪》,1994年12月号)

---

① 黑格尔:《小逻辑》,贺麟译,商务印书馆,1981年,第30页。

金岳霖素描

金岳霖常常与冯友兰、熊十力等一起被称为 20 世纪大陆三大哲学家之一，冯友兰在《中国哲学史新编》第七册中，把他们都称为"新理学"，这大概不是一个合适的概括，他们的哲学应该在他们各自的"界定"中加以理解和把握。作为一位哲学家，金岳霖的哲学也许最合乎"纯粹哲学"的标准，他建立了最为体系化的知识论体系和形而上学体系。

他的知识论体系主要是在西方知识论传统影响下而构建起来的，他的整个努力方向是通过融会经验和理性为知识的客观性寻求一个坚实的基础，以克服种种唯我论和主观论。

他的形而上学体系，可以说是中西传统形而上学融合的产物，是在他自觉抵制现代西方反叛形而上学意识中展开的，他起用了不少中国传统形而上学的重要范畴，并为它们赋予了新的意义。他的形而上学，确实玄之又玄。他声称他要站在他的形而上学之中，怡情乐性，但他对人类的悲观性，又使他的形而上学"不近人情"。

在知识论和形而上学之外，金岳霖还对逻辑情有独钟，在这个最难触景生情的领域中，他体会了"好玩"。他较早向中国输入了一个数理逻辑系统，他提出了一个与他的知识论和形而上学具有密切关系的逻辑哲学，他对最抽象的逻辑所能为我们生活提供最直接的便利作出了非常有力的说明。

同他的抽象的哲学相比，金岳霖的生活非常具体，充满着诗意和浪漫情调。在难以缝合的时代变化中，金岳霖发生了难以想象的转变，他必须适应与以往生活迥然不同的生活，必须思考与以往哲学迥然不同的哲学。

  以上这些就是我认识到的金岳霖的形象,也算是我为他作的一幅画像。

张岱年先生之境

我读大学哲学系时,始与中国哲学发生接触一位授课先生,出自北大名门,学问根深叶茂,气象安然恬适,堂上堂下,与其相处,颇有春风化雨之感,他使我知道中国哲学界有一位张岱年先生,学问人品俱佳,德高望重,遂合我生敬仰之心,向往之望,可谓是读其书,欲受其教诲;开其事,想见其为人。于是乎,不自量力,投考了北大中国哲学史研究生,结果意外地被录取了,得以从张先生之门。

受学承教,饱享甘美,真乃乐莫大焉。记得头一次访问先生,"望之俨然,即之也温,听其言也厉,"趣之苦不及之情,油然而起,言其治学,先生云:"欲尽天下之奇美,必古今中外无不通晓,新与边缘科学,诸如三论(控制论、系统论和住处论),亦要了解。"嘻!好一个学问气魄,叫我怎不生出那河伯望洋向若之叹。先生又云:"为学不要忘了修身,立个人。甚或不妨练练拳术,舞舞刀剑,借以健体防身。"大概先生觉得,做个学者,也免不了有走南闯北的时候,万一遇上不测,会点武功,不为多余。先生之教乃智、仁、勇三者皆备也,巍乎高矣哉!

其后,接触先生渐多,语默行止,时有体察,愈能识其深微。中国传统作诗绘画,讲究意境、境界。岂唯诗画,治学立身何誉不是如此,先生学问为人自成高格,为学林敬仰,究其故,即是有个境界在那里。

先生之学问追求,算到现在,已有七十多个春秋,贯而通之者,即先生落到实处的八个字——"好学深思,心知其意"(先生终生受用的治学要谛)。大家名流康有为,学有早就,誉语人,"吾学三十岁已成,此后不复有进,亦不必有进,"而失之停顿;博学才子梁启超,则常处于"今日之我与昨日之我"的作战状态,而流之怪易("有为太有成见,启超太无成见。"①)先生为学,与之不同,他孜孜以求,进无止境,在他那里,既有研究老子道德的历程,亦有探索孔子精神的甘苦,他寻立实处,直捣实底,其《中国哲学大纲》,历经半个多世纪,至今不衰,成为研究中国哲学的必读书。先生治学,贵独得独见,习"矮人观戏,随人论短长"。结论总是自家体贴出来,方亲切有味,于心为安。为讨个真实,先生从不苟且,含混两可。有时竟会因一学术问题,争论得不可开交,牵动肝火。先生岂好辩哉!岂好辩哉!不得不然也。在先生看来,学问之事,应慎之如循法理案,不能怪易据下断语,后生我辈,胆大妄为,有时竟谈论那大而无当的题目,先生闻之,即教之曰:"仍当虚心体会,虚心体会。"待反身而求,深以先生话为然。

《周易》言:"刚健笃实辉光,日新其德","天行健,君子以自强不息"。先生每论中国文化精神,辄以此言举之(概括为"刚健有为,自强不息"八字),并立为座右铭,激励自己,不息地探寻和追求,时代的艰辛,环境的多变,生活条件的不便,常使一些人陷入俗务,不能超脱。正如黑格尔所言:"时代的艰苦使人对于日常生活中平凡的琐屑与兴趣予以太大的重视,现实上很高的利益和为了这些利益而作的斗争曾经用大大地占据了精神上一切的能力和力量以及外在的手段,因而使得人们没有自由的心情去理会那较高的内心生活和较纯洁的精神活动,以致许多较优秀的人才都为这种艰苦环境所束缚,并且部分地牺牲在里面。因为世界精神太忙于现实,所以它不能转向内心,回复到自身。"先生的可贵,即在于不为俗屈,不为世牵,尽管过着粗茶淡饭、简装陋居的物质生活,又仍能潜心于理性天地,在无限的精神世界驰驱遨游,流连忘返,先生的书房,一直简陋狭小,当我谈及此状,先生便轻描淡写道:"就这样吧,就这样吧。"这使我想起了《论语·子罕》中的一句话,"子欲居九夷。或曰:'陋,如之何?'子曰:'君子居之,何陋之有?'"物质生存空间和精神活动空间不是生来就同步的,而先生则是要在那有限的物质领地去拓展那无限的精神。

先生有心脏病,且随着年事的增长,身体更为虚弱。常语我曰:

---

① 梁启超:《清代学术概论》,见《梁启超论清学史二种》,复旦大学出版社,1985年,第70、73页。

"我是衰老了,过去只是冬天怕冷,现在是冬天怕冷,夏天怕热。"但先生的研究和著述生活,仍在紧张地进行着。就是住在医院里,也休息不住,还拿着像萨特的关于人道主义的著作,细细品味。最近十年,先生身兼中国哲学学会会长和其他不少学术团体的职务,事多繁忙,但出版的著作和发表的文章,加在一起,竟有百万字之多,其超人的毅力,着实叫我惊讶。50年代末,先生在"双百方针"的感召下,天真善良地说了几句拥护的话,就轻易地中了伟大人物所设置的小小"阳谋",从此受到格外特殊的"照顾"。漫漫岁月,只能在不断的思想改造中逝去。先生要弥补那能量无端空耗的损失,强化生命的冲动,鼓足精神的张力,"穷理尽性以至于命。"

一次,某同志与先生叙谈,话及几十年政治冲击的风风雨雨,做人艰难,只能行得个"取象于钱外圆内方",先生默然思之,乃挥毫疾书"直道而行"四字相赠。这位同志即以"直道而行"四字,刻一印章赠与先生。我闻之自语,不亦宜乎,先生乃"直道而行"者也。郑板桥论竹体与画竹曰:"盖竹之体,瘦劲孤高,枝枝傲雪,节节干霄,有似士君子豪气凌云,不为欲屈。"(《郑板桥集·补遗》)故板桥画竹,不特权势,道隐道现,本心一也。我心目中的先生形象与体悟到的板桥所言有之而即,相与辉映,互为写照。

先生不唯刚直,且敦厚,与先生交识者,莫不有此感受。人有求于先生者,先生无不竭力相助,予以提携。后学若华,多请先生示教,先生欣然,诲之不倦,某大学有一讲师,中年矢折,且有老母妻子,家贫生活几不能支,先生常以一书稿酬相助。《周易》言:"地势坤,君子以厚德载物。"可为先生咏矣!

高山仰止,景行行止!我辈不敏,先生之境,身不能至,然心向往之,愿执鞭从其后焉。

哲人其萎：追思最后时日的张岱年先生

那是一个周末,我从外地出差回来,刚一坐下就闻知先生住院的消息,颇有出乎意料的感觉,心中顿生酸楚和凝重。

这次出差前,我才去看望过先生,先生依然精神矍铄,行走虽略有不便,但身影中仍显示出步伐的坚定和沉稳。师母摔伤之后卧床休养已经有一段时间了,此前身子骨一直比先生更硬朗的师母,现在反过来还要依靠先生的帮助。这次,我希望到内室问候师母,是先生带我进出的,我扶先生坐在师母床边的椅子上,然后我站在床边问候和安慰师母,先生看我站着,还一个劲地请我坐下。师母与先生同岁,也是世纪老人,我看着背靠床而半坐的师母和坐在床边关心师母的先生,身临其境,油然而生一种深深的感触,原来这才是非说说而已的相依为命、相濡以沫和白头偕老啊!

此次拜见,看得出先生很高兴,也很欣慰,他正期待着参加筹备中的祝贺会和学术讨论会,也想看看研究和讨论他的学术思想的一些新的论文。他还第一次向我讲了这样一件事,说熊十力先生晚年,有一次曾在陈毅元帅面前大哭,陈毅元帅惊异,问熊先生何故这样,熊先生说:我学无传人。张先生说,与熊先生比起来,我很满足,我有弟子,我学有传人。听到这话,我想这是先生对他的弟子们的一种最高的奖掖和鼓励吧。忝列师门之一的我也很感动,我从心底里向先生说,能够得到先生的栽培是我们终生的荣幸。

得知可以探视的时间,我还带着代表清华哲学系的任务,前往先生所住的北医三院。走进病房,先生正在睡觉,我不想让先生马上醒来。

但照顾先生的护工,也许觉得有人来看先生,还没等我反应过来,她就把先生叫醒了。先生还没有立即看清我是谁,我向先生通报了我的名字,先生马上说,你来看我,我很高兴。这也是先生在家里遇到有人访问常说的话。缓了一下,先生似乎又有点沮丧地说,我不需要再活了,太麻烦了,还要人照顾。活到九十五岁,我已经很满足了。听到先生这样说,我赶紧安慰先生,请他安心和放心治疗。我知道先生从来不愿麻烦人,住院之前在家里,先生的生活一直都是自理的,现在他突然之间生活不能自理,一切都要人照顾,他感觉过意不去。

先生这回住院,是他接连两次摔伤之后影响了心脏造成的。看到先生前额因摔倒而肿起的两个一大一小的包,谁都会心疼的。让人惊异的是,先生说话声音洪亮,也非常清晰,虽然他记不清前后发生的事了。稍后,师兄陈来和李中华也赶来看望先生,向先生说了安慰的话,先生说这次他恐怕挺不过去了,陈来兄以一种幽默的口吻说:张先生,马克思还没有向您发请帖呢!我当时也有了一个小灵感,我想向先生说,到上帝那里的队排得很长很长,还根本轮不上先生呢,但我没说出。先生听了我们的劝告,很刚毅和坚定地说:我不放弃了,我听从组织的安排。当先生知道他住院已经一星期时,他说我还想着是昨天的事呢,然后他几次重复说:唉呀!真是出乎意料之外!真是出乎意料之外!听到先生有力地说出这话,你不会有任何的焦虑和不安,你反而变得十分轻松。你会有一种清新之感,仿佛一个人睡了一个长觉,解除了所有的疲倦和苦恼,一觉醒来,一切都变好了。我们都觉得先生身体素质真好,也真坚强,短时间之内能够经受住两次摔伤的打击,头脑和神智的反应还这么快。我们都坚信先生一定会病愈出院的,我甚至相信先生还能出席不久就要召开的会议呢,这不只是期望。

然而,更让人出乎意料的是,我正等待着到家中去看望先生,却惊闻先生已在医院逝世的消息,我就像挨了一闷棍,眼睛一下子发黑了。虽说人到了九十多岁,生命很容易从我们身边逝走,但我总觉得先生还不到走的时间,还不应该走。我真没想到,在医院的这次探望,竟会成为与先生永诀的纪念和象征。悲哉!衰哉!先生之逝!一下子涌上心头的话很多很多,一时都不知从何说起,谨向先生敬献挽联:志道立言,驰播一纪之弘声,创哲学和文化之典式,垂恒久之盛业;据德从善,操守百年之独行,树心性和人格之风范,传不休之表仪。唯愿先生安息,斯文薪传,我们将当仁不让。

（原载《光明日报》2004 年 5 月 11 日）

祭岱年张先生文

承蒙先生之公子张尊操先生的雅意，我作为先生的弟子，也作为步先生之后尘先供事清华哲学系的一员，在今天敬迎先生骨函并入土安葬这一庄重的日子，非常荣幸地与大家一起共同缅怀先生的事迹，追思先生的风范，绍述先生的伟业，光大先生的遗志。请允许我宣读"祭岱年张先生"文：

维去岁仲春先生仙逝，今已一年半载。时光默然而去，其思念而不已。

如先生之享九五之仁寿者，盖已稀矣。然吾辈仍歔欷、嗟叹而情不自禁者，岂非痛失先生亲临祝贺盛会之机缘、而先生亦抱憾而别哉？

国家多难，人生不济。先生时运多乖而终不可掩者，端赖自强不息、刚健有为之浩气。板桥诗云："咬定青山不放松，立根原在破岩中；千磨万击还坚韧，任尔东西南北风。"可谓先生之写照。

穷则善其身，潜默而思大道；达则善天下，言传而著华章。先生困踬，厥有"大纲"；期于邦兴，乃有"六论"。晚岁争时光，笔耕尤为勤；陋室写新篇，会通而创新。

好学而深湛之思，先生治学之法门；儒雅而君子之风，先生为人之境界。先生之智，大智也；先生之仁，大仁也；先生之勇，大勇也。大智，故道通天地，学贯古今中西而不惑；大仁，故悲天悯人，厚德载物而不忧；大勇，故忍辱负重，寡怨从命，直行其道而不惧。

呜呼，先生之逝也！

欲言而词穷,欲述而文拙。志道立言,驰播一纪之弘声,创哲学和文化之典式,垂恒久之盛业,可为先生颂矣;据德从善,操守百年之独行,树人格和精神之风范,建不朽之表仪,可为先生赞矣。

高山仰,景行行。弟子不敏,然心向往之。先生之愿,乃吾辈之愿;先生之念,乃吾辈之念。斯文薪传,前哲后哲一脉承;大德川流,希圣希贤代有人。惟愿先生安息!

临风而望,先生不复见。先生之身别而去,先生之魂巍然在。侍立陈辞且荐花,祈望先生而慰藉。

呜呼尚飨!

(原在2005年10月举办的张岱年先生的骨函安放天寿园的仪式上宣读)

默以思道　淡泊宁静
——我所敬仰的张岱年先生

我不相信我有足够的能力,刻画出我所敬仰的张岱年先生的形象。先生博大精深的学问和温良敦厚的人格境界,都超出了我所能认知和感受的程度,虽然我忝列师门,心向往之。不过,我还是十分乐意谈谈我的恩师,我所最为敬仰的先生,他不仅言传身教了我做学问和治学之道,他的人格魅力和境界也使我受益无穷。

朴实的学问之道

以考据和朴实为特性的清乾嘉之学,注重证据,注重文献的考证和引用,在胡适看来,这种方法与近代科学精神是相通的,胡适的史学研究自然也体现了乾嘉之学的特点。哲学史介于史学和哲学理论之间,它既具有史学的特点,又有很强的理论性。从作为史学意义上的哲学史来说,它也需要对哲学史文献进行考辨和求证,这是保证哲学史成为信史的一个重要基础。20世纪三四十年代,在中国哲学界有所谓北大重哲学史、清华重哲学理论(特别是像金岳霖)的说法。重哲学史实际上就是重视哲学的历史发展和哲学史史料。当然,这是一个相对的说法。冯友兰先生出身北大,后在清华讲授哲学史,他就重视哲学史,在方法上也同样重视哲学史文献及其引证。张先生毕业于师大,后到清华任教,他注重的同样是哲学史。注重哲学史,就要注重哲学史的文献,这既是中国传统史学方法的一种体现,也是"五四"新文化强调科学实证精神影响的结果。30年代,先生蛰居北京撰写的《中国哲学大纲》,其中一个突出特点,就是大量引用哲学史文献。先生之所以这样做,他是有明确的目的和意识的。他说:"在现在,中国哲学的研究,尚没有脱离考证的阶段。此所谓考证,是广义的,不只是指史实的考据,而兼指学说的考订。现在讲中国哲学,对一个哲学家的学说有所诠释,实必须指出证据,实必须'拿证据来'。因此今日讲中国哲学,引哲学家的原文,实不只是引,而亦是证;不是引述,而是引证。"①实际上,不限于当时,就是至今,"引证"仍是治中国哲学史的一个重要方式。在此,所谓持之有据,就是要以哲学家的文本为根据来立论。正是对哲学史史料和文献的重视,先生不仅著有《中国哲学史史料学》,用力辨析、考证哲学史重要史料的真伪、版本、年代及其价值,而且在所著的《中国哲学史方法论发凡》中,还特辟两章(上下)专门论述"整理史料的方法"。总之,先生的中国哲学史研究,始终保持着"引证"的朴实气质。

通常大家所说的治学严谨、学风扎实,其实也就是强调游谈有根,笃实可信。"根"就是有根据,根据越充分越好,具体到历史就是立论要有充分的文献佐证。有一次在先生家请教治学之道,先生说养成良好的治学态度非常重要。没有充分的根据不要做结论,一旦得出就要使人推不翻。否则,轻易得出了许多结论,后被人推翻了,就很糟糕。得出的结论虽少,但如果不被推翻,也很可贵。陈垣先生是个大学问家,治学态度特别严谨,他一生在学问上得出的结论不多,但推不翻。不足之处是,得出的结论太少了。王国维先生也是如此。郭沫若先生地位很高,在哲学史上得出的结论很多,但不少缺乏充足的根据,被大家否定了。最好的办法是调和一下,既不要太多,也不要太少。对于自成体系和自圆其说的,先生指出,做学问不要穿凿,说不通的地方硬是牵强附会,打个洞通过,就是让理论迁就体系。黑格尔的哲学有不少地方穿凿。当然也不是说一点都不能穿凿,但还是少穿凿为好。

从事哲学理论研究要读书,从事哲学史研究更需要读书。先生主张多读书,范围包括古今中外,也主张读一点自然科学方面的著作。先生赞赏司马迁所说的"好学深思,心知其意",引以为治学的座右铭。这八个字的中的"好学"和"深思"是方法,"知其意"是目标。"好学"

---

① 张岱年:《中国哲学大纲·自序》,中国社会科学出版社,1985年。

和"深思",正好兼顾了孔子强调的"学"与"思"的结合。"好学"的根本意义就是多读书,也就是"博学于文",但同时也要多加思考,领会其意旨,达到真正的理解。"知其意"说起来很简单,做起来并不简单。中国哲学史中的"意",有文字上的意义,有义理上的意义;有表面的意义,也有深层的意义。中国哲学包括了中国哲学家对宇宙、社会和人生的苦心思考,但语言非常简洁,往往是言有尽而意无穷,要用一句话清晰地概括出其深刻的意义,非常不易。在思考中,先生特别强调"虚心体会"。记得1988年我在念博士期间,当时传统文化往往受到质疑和批评,受此影响,我曾经写过一篇文章,大意是说中国哲学和文化中有一种"传统主义"的倾向。所谓"传统主义"就是强调固守传统及其权威的思维方式和价值立场。先生看过后,对"传统主义"这一提法不以为然,并指出传统文化也是不断发展变化的,要求我"虚心"加以"体会",融会贯通,不要轻易地做出这种单一的判断和结论。

儒家注重"诚"的观念,从人生修养说,"诚"就是为人处世要做到"诚实"、"真诚",仰不愧于天,俯不怍于人,堂堂正正。儒家还提出了"修辞立其诚"的重要命题,强调立言为文也要坚持"诚"。坚持"诚",就是发言立论要以事实为根据,是什么就说什么,达到真实可信。冯友兰先生晚年总结自己一生著书立说的道路,以自省的方式谈论了"修辞立其诚"的意义,他在为先生文集所写的《序》中,赞赏先生的治学之道就是"修辞立其诚"。先生也专门就"修辞立其诚"撰文,指出"立其诚"包括三层意义:一是名实一致;二是言行一致;三是表里一致。名实一致是言辞或命题与客观实际一致;言行一致是理论与实践、思想与行动一致;表里一致是心口一致,即口中说的与心中想的一致。这不仅是先生对"修辞立其诚"的一个深刻的理解,也是先生自身治学修身的一个最好的注脚。先生的中国哲学范畴和概念研究,其独特的贡献就是"深思"和"明辨",用简明的语言恰当地概括其意义,令人信服。荀子提出"信信,信也;疑疑,亦信也"的重要观点(《荀子·非十二子》),胡适提出"做学问要在不疑处有疑,做人要在有疑处不疑",也都是强调做学习要"诚"。在一般情况下,"修辞立其诚"就不容易,但如果受外在条件甚至是恶劣条件的制约,"修辞立其诚"就更加困难。对于荀子所说的"言而当,知也,默而当,亦知也"(《荀子·非十二子》),先生不无感叹地说,"言而当"不易,"默而当"亦难。

我们常说"文如其人",先生之文,朴实无华,简明扼要,字斟句酌,遒劲有力,亦如先生之为人。先生谦称:"我平日习于抽象思维,不会写文艺作品。"①然先生之文,自有其意境。他撰写的短小文字,如收入到全集第八卷中的"文史漫笔"和"回忆录",读起来平实可亲,别有滋味。陆机论文章之要说:"要辞达而理举,故无取乎冗长。"(《文赋》)赵秉文亦说:"文以意为主,辞以达意而已。"(《闲闲老人滏水文集·竹溪先生文集序》)先生之文,贵达其意旨耳。

不息的探寻和追求精神

先生毕生追求哲学的真理和智慧,津津乐道,自强不息。如果说哲学起源于人们的好奇,那么先生进入哲学之门则是欲探究宇宙和人生的根本。先生回忆说:"我研究哲学的起因主要是对于宇宙人生的根本问题很感兴趣。少年时期,不自量力,对于天地万物的本原、人生的究竟、人生理想的准则,经常加以思考,想穷究其所以然。"②哲学离不开沉思和冥想,先生自从对哲学产生了浓厚的兴趣之后,他就养成了一种沉思和冥想的习惯。他说:"当时对于哲学有所了解之后,于是对于宇宙人生的一些重大问题深感兴趣。常常独自沉思:思天地万物之本原,思人生理想之归趋。每日晚上经常沉思一二小时,养成致思之习。"③《汉书·扬雄传》说扬雄"口吃不能剧谈,默而好深湛之思",先生思慕子云的"默而好深湛之思",引为同道。有趣的是,先生亦略微口吃,正所谓"刚毅木讷"。

我曾应李振霞老师之约,写过一篇介绍先生人生历程和学术追求的文章,题目是《张岱年:不息的追求与探寻者》④,我特意使用"不息"这个词汇,是想强调先生奉持"刚健有为"、"自强不息"的信念,坚韧不

---

① 《张岱年全集》第八卷,河北人民出版社,1996年,第551页。
② 同上书,第462页。
③ 张岱年:《八十自述》,见《张岱年全集》第八卷,河北人民出版社,1996年,第575页。
④ 载《当代中国十哲》,华夏出版社,1991年。

懈地追求学问和真理。经过"反右"和"文革"之后的先生,虽然已经步入晚年,但对于先生来说,恰恰是他重新开启学术生命的契机,他要把浪费掉的大量宝贵时间弥补回来。大家注意到,先生大量的论文都是在80年代以后陆续发表的;先生还撰写出版了多部重要的著作,如《中国哲学史史料学》,《中国哲学史方法论发凡》(这也是第一部探讨中国哲学史研究方法的著作)、《中国伦理思想研究》等。可以说,晚年的先生,恰恰渡过了一个旺盛的研究和写作高峰,真令人不可思议,可谓是"老骥伏枥,志在千里"。先生的生活很有规律,知道他的生活习惯的人,都知道下午是拜访先生的合适时间。上午和晚上先生都在集中精力工作。1990年,先生在《研习哲学过程杂忆》中亦明志说:"吾今已届耄耋之年,渐就衰损,但生命不息,工作不止,还要向理论深处进行求索。"①晚年的冯先生,思维非常清楚,他从事中国哲学史新编工作,采取的是口述方式,因为冯先生的眼睛已经看不清了。晚年的张先生思维也很清楚,他的视听虽然有所减退,但未丧其目聪,手一直也不颤抖,写字还刚健有力。据说邓广铭先生晚年由于手颤抖得厉害,已经不便于写字了。

当然,年老体衰也使先生有力不从心之感。最后一些年头,我到先生家去,往往都是先问先生身体状况。先生多说身体不太好,冬天怕冷,夏天怕热,称什么事也做不了。此时,我总是请先生多保重,能做点就做点,不要累。但先生总还想多做点事,有时似乎显得悲观,甚至觉得活着无法做事,还不如结束生活。搬到蓝旗营的新家,对先生来说是一个很大的挑战,但先生还是坚强地适应了过来。

作为一位百年哲人,先生在哲学理论、哲学史和文化等领域都多有创造和发明,建立了以"范畴"和"问题"为骨干的中国哲学史独特研究范式和体系,提出了以"新唯物论"为中心的哲学学说和以"综合创新"为主旨的文化观,卓然成为一代宗师。但先生从不故步自封,一旦有了新的想法和见解,就毫不掩饰地修正自己已有的观点。如,先生对老子的研究,前后就几次改变或修正已有的看法。还有不少有趣的小例子。如先生说,年轻时他认为庄子与惠施的"濠梁之辩",庄子称"鱼乐"不

---

① 《张岱年全集》第八卷,河北人民出版社,1996年,第464页。

过是主观的臆断,但晚年先生则指出:"近年以来,我参照中国思想史的情况,我的观点改变了。我认为庄子肯定'鱼之乐'是正确的,乃是一个比较深刻的观念。"先生还举出两首诗来说明他的新见,一首是诗陶渊明的"望云惭高鸟,临水愧游鱼,真想初在襟,谁谓形迹拘"(《始作镇军参军经曲阿》);另一首是程明道的"闲来无事不从容,睡觉东窗日已红。万物静观皆自得,四时佳兴与人同"。先生指出,陶渊明和程明道从"鸟鱼"和"万物"中分别感受到了"乐"和"自得之意",庄子肯定"鱼之乐",就是"以类比为根据的直觉",是以人追求自由自在的乐趣来感受鱼的"出游从容"的快乐。对庄惠的辩论,一般也以为惠施逻辑一贯,庄子是诡辩。但仔细考虑,惠施推论的前提是难以成立的。按照惠施的逻辑,我们只有是鱼才能知道鱼之乐,但是,人类能够认识万物恰恰因为他不是其他万物。再一个有趣的例子,是先生对"万物并育而不相害,道并行而不相悖"的看法。早期,先生把这一名言改为"万物并育而实相害,道并行而亦相悖"。后来,他又改为"万物并育,虽相害而不相灭;道并行,虽相悖而亦相成",最后先生则又肯定"万物并育而不相害,道并行而不相悖"的真理性。这不是一个简单的复归,它所反映的不仅是历史和时代的变化,也是先生不断思索的经历。类似的例子还有不少。在先生那里,我们看到的是一个不知疲倦的拓荒者和精神苦旅者。

厚道待人

熟悉先生的人,都会为先生的敦厚和平易所感染。我到北大念书不久,有一次与哲学系的一位老师说到先生,那位老师非常真诚地说"德高望重"。这给我留下了深刻的印象。

先生晚年还有重要的计划要做,时间对他来说极其宝贵,况且他还受身体条件的限制。但先生还是抽出时间处理不少事务和接待来访者。比如,对于人们的来信,先生总要写回信,特别是对于那些向他问学的年轻人,他总是热情地回信加以鼓励。作为学生,向先生写贺年片是完全应该的,以先生的年事他完全可以不回,但他总是回寄。

由于慕名访问先生的人太多,给先生造成不便。为此哲学系在先生家门上贴了一个告示,意思是说访问先生要先与系里联系。但还是有人直接上门访问先生,不管是熟人还是生人,先生依旧热情接待。客人要走时,往往都劝先生不要动,但先生总要送到门口,哪怕是他最后几年走路已经非常困难,他也坚持这样做。

作为先生的学生,我自然得到了先生的许多帮助,如请先生写序或者请先生写推荐信,先生总是欣然答应,从不推辞。先生前后为我写过不少推荐信,只要需要,先生总是有求必应,想起来真是麻烦先生了。十分惭愧的是,我没能为先生做什么事,甚至在先生最后住院的时候,也没有为先生尽上守护之情。一想起这事,我就深感内疚,愧对先生。

晚年时,请先生写序的人很多,有的作者先生也不认识,著作的内容与哲学的关系也不密切,但如有请求,先生也欣然应允。这里所体现的恰恰是先生与人为善、乐于助人的品格。为此,先生花费了许多时间和精力,还牺牲了他自己的事。也许不少人知道,先生晚年一直想写一部更系统的哲学理论著作,中心问题是讨论"自然与人"的关系。我最早知道先生这个打算,是在 1986 年的夏天我进行硕士论文答辩的时候。我的硕士论文写的是金岳霖先生的知识论中的"意念论",论文由楼宇烈先生指导。当时请周礼全先生担任答辩委员会主席,先生也出席了答辩会。论文答辩之后,周先生和先生都一起到燕南园的食堂吃饭,吃饭的时候,先生和周先生都讲出了自己的一个重要计划。先生的计划是写一部有关自然与人的哲学理论书,周先生的计划是写一部伦理学著作。先生一直希望实现这个计划,但他的时间都被分割掉了,以至于最终没法完成了。主要原因就是先生不愿拒绝人们的请求,他把不少时间都用掉了。在这一点上,我们也为先生略感遗憾,觉得他太好说话,把重要的事都耽误了。

淡泊的生活

20 世纪 80 年代以后,张先生搬过两次家。我 83 年刚到北大哲学系读硕士研究生时,先生还住在北大蔚秀园的一个狭小的房子中,后来张先生得到了北大中关园的新房子。我也经历了帮助张先生搬家的事,当时搬家公司还少,这方面的服务比较缺乏。这两个地方当然很近,但搬家所费的事并不少。大的物品好像是用学校的卡车运送的,小物品和一部分书,是用三轮车拉的。记得中华兄,还有当时我们同专业的同学学智、宗昱和天成等,都帮助先生搬家。一个人骑,两三个人帮忙推。从西向东穿过北大的校园,大家说说笑笑,当时觉得很愉快,一则先生换了新房子,二则我们觉得能为先生做一点小事。从搬家中,我发现张先生的家具都很旧了,除了像书桌、书柜反而显示出古旧的美外,有的确实应该更新了,但先生好像一点都不在意,只是非常有限地增添了东西,比如有一个书架是刘笑敢兄帮先生买的。

我们原以为张先生换了一个新的大家,应该很宽敞了。没有想到,生活用品和书籍一放,卧室一占用,新家立即就显得非常小。说是三室一厅的新房,但那时房子的厅都非常小,摆放一个饭桌后,厅里就没有多少地方了,勉强能够吃饭用。说是三室,但其中的一间也很小,其实就是两室半。这也是当时北大资历深的教授才能住上的房子,虽然先生的资历更深。两间大点的房子,先生的大公子张尊操他们夫妇用一间。张公子当时是北大年轻的教师,他还没有资格分到房子;先生和师母用一间做卧室。先生的书房就只好用那半间了,还是朝北的方向。房间里靠近窗户放一个书桌,一边从下到上摆放的是书箱子,这些书箱子里放的是先生比较珍贵的线装书。先生晚年写的一篇回忆文章《我和书的故事》,特意谈到他早年购买到好几种明刻本的《张子正蒙》版本,他还购买到了据说北京只有两部的《王氏家藏集》的其中一部(另一部藏科学院图书馆)。①

相对窗户的一面墙放着一个新书架,里面摆放了部分新一点的书。另一面墙旁边放了一个小桌子。这样,这个屋子所剩下的空间就非常有限。如有客人来,或我们学生到张先生家访问,张先生就在这个小房间里接待。超过三个人,就只好坐在外面了。到过张先生家的客人,不管是从外地远道而来的,还是北京的,都为张先生竟有如此的小书房惊讶不已,甚至愤愤不平,大家不能想象北大竟让张先生住这么小的房子。即使像我这样已经习惯了张先生书房的人,到先生家仍不免感到太小,有时还发出感叹。但我从没听过张先生有所抱怨,看起来先生很

---

① 《张岱年全集》第八卷,河北人民出版社,1996年,第499—450页。

满足,也很习惯。① 先生在此居住了近20年,正是在这个狭小的书房中,张先生完成了许多重要的著作和大量论文。

先生的生活简朴,让许多人感到意外。曾经作为《光明日报》"摄影撰稿客座主持"的牛群访问先生之后写道:"当我们去先生府上拜访时,看到这位可敬的老人家里到处是书,却无一件像样的家具,都哭了。而八十八岁的张老和同样八十八岁的老伴却笑声朗朗。"(见《光明日报》第七版,1996年2月9日)先生的衣着非常简朴,他经常穿着对襟的棉布衬衣。冬天,先生外出时,喜欢戴上一顶深蓝色的呢绒帽,外穿一件也是深蓝色的毛大衣。多年来一直如此,没有变化。

先生的饮食也非常简易,可以说是粗茶淡饭。先生有一个一天喝四大杯水的习惯,这是他在江西劳动改造时形成的。先生回忆说:"在劳动时,两手都是泥土,喝水不易,于是养成习惯,早饭后喝一大杯,即参加劳动,午饭前一大杯,午眠后一大杯,晚饭前一大杯,各段中间不喝水。这一习惯仍保留至今。"② 说到这里,真让我们联想到"孔颜之乐"了。

纯朴的性情

先生虽然去世了,但他亲切的音容笑貌,却不时浮现在我眼前。我真希望还像原来那样有机会再去访问先生,感受先生慈父般的温厚和纯朴之情。

在先生家里,我从来没有局促和拘谨之感。先生非常温和,让人感到轻松自在。说到有趣的事情,先生也爽朗地大笑。听到有的事情,先

---

① 先生在回忆他从两间住房搬到蔚秀园的小三室时,曾因书籍没地方放和难找而有无奈之感:"1978年又由两间改为名义上的三室一厅,实际是二间半和一间小厅。书籍勉强存放,找起来非常困难,又兼年老体衰,无力多买书了。偶然到琉璃厂旧书店游览,难免望书兴叹。因为没有放书的空间,也就轻易不买书。有时起想清末学者孙诒让、现代史家陈垣先生都有几间大书房,不无羡慕之意。明知其不可求,也就安于陋室了。"(张岱年:《我和书的故事》,见《张岱年全集》第八卷,河北人民出版社,1996年,第500—501页)

② 张岱年:《八十自述》,见《张岱年全集》第八卷,河北人民出版社,1996年,第609页。

生也感到惊讶,甚至反问说"还有这样的事"。和先生谈话,不需要事先刻意准备,话题可以很广。先生的话并不是很多,但很透彻。可惜再也没有机会聆听先生的亲切教诲了。

先生性情纯朴、笃实,不假外饰。1928年,先生在师大附中高中毕业后,暑假报考了此年正式改制为大学的清华大学,并被录取了,但开学之后,先生很快又退学了。有一次在先生家谈到此事,我问其中的原因,师母说,先生不喜欢上课,清华上课比较严格,特别是清华重视体育课,还开设军事训练,先生受不了,于是就退学了。正好师大开始招生,先生报考后就又被录取了。据先生回忆,师大实行的是学分制,不计年限,修够了学分就可毕业。先生在师大念书时,"深喜自学,不爱听课"①,因此上了四年后学分仍不够,不得不补了一年学分。

1969年,先生到江西鄱阳湖畔鲤鱼洲进行劳动改造,生活和环境条件艰苦自不待言,先生还因雨天泥泞的道路而经常摔跟头,有一次摔伤了左腿胫部而疼痛一百多天才好。先生有值夜班的经历,在寂静的深夜,仰望天空,享受到了一种独特的乐趣:"八连常让老年人值夜班,夜间坐在草棚外守望。我经常值夜班,夜阑人静,万籁俱寂,一片宁静,颇饶静观之趣。仰望天空,星云皎然。多年以来,我住在城内或近郊,房屋比栉,很难见到星斗,今一片空阔,仰望天空,北斗俨然在目,另有一番乐趣。"②在苦涩和无奈状态之下感受到的这种乐趣和情致,其实也就是面对宇宙的达观和乐观。

先生曾告诉我,他在生活上有两个长处:一是睡眠好;二是胃口好。睡眠常常很好的人,自己也许不觉得这是一件特别好的事,但对于那些睡眠不好甚至是经常受失眠折磨的人来说,睡眠好似乎就像是一件天大的好事。我的朋友中就有人向我诉苦失眠给他带来的烦恼,他也对我睡眠好感到吃惊和羡慕。但是,先生晚年的一次事情,却使他产生了失眠症,一下子改变了他以往睡眠好的习惯。据先生说,北大组织体检,要求大家早上按时集合。先生担心起床晚、行动慢,造成不便,第二天一大早就醒了。正是这次偶然的事情,从此先生的睡眠就不好了,常

---

① 张岱年:《八十自述》,见《张岱年全集》第八卷,河北人民出版社,1996年,第576页。
② 同上书,第609页。

常失眠,白天精神不好。先生试图调整过来,但很困难。为了休息好些,先生开始服安眠药。为了帮助先生改变,据说脑白金有效,我特意送先生一盒,希望能够起点作用。体检本来是一件好事,但对先生来说反而变成了一件坏事。

这件事也使我能够理解先生为什么不愿意搬家,他怕不习惯新的居住环境。在从中关园寓所迁往蓝旗营新宅这件事上,先生一直思想不太通。照常理常情,能够获得一个新的大住房那是件大好事,对我们这些过了不惑之年的人来说,还想着有机会再改善改善住房条件。但先生非常安逸于他所居住的旧房子。他直言说他不想搬家,说搬家他会不习惯的。而我们则担心以先生这样的年事,他能不能受得住搬家的折腾,俗话说"老人重迁"。家最终还是搬了,我也很高兴先生经受住了一次大的考验。但入住新住宅后已经有些日子了,先生仍适应不了。我去看望他,他还后悔地说,他不应该搬家,他感觉不便。先生所说的不便,一是他已经非常习惯于原来的居住空间了;二是他的书被重新摆布后,要找一本书很难。一次他向我说,他要找一本书,找了半天也没有找到。我们完全能够想象先生的心情,就是我们年轻人,有时要找一本书费半天劲还找不到,又着急又无奈。

先生偶尔也发脾气。其实,人都有发脾气的时候。湖北倔强的小青年殷海光,到北京后有一次拜访熊十力先生,熊十力先生当着他的面,大骂了几位当时哲学界的名流。熊先生的举动使这位这年轻人甚为惊愕。他把这件事告诉他的亲爱的老师金岳霖,金岳霖对他淡淡地说:"呃!人总是有情绪的动物。是人,就难免打人骂人的。"①

随着哲学界年长于先生的几位先生(如金岳霖先生、冯友兰先生、朱谦之先生)和老朋友(如张恒寿先生)等,一个又一个先后离去,先生不免感到悲怆和孤独,益发增加了对他们的思念之情,感到他们的"音容笑貌就宛如昨日"②,只好在梦中梦见同他们相见了。先生说:我"也常常想,故人已逝,无由晤对了。能在梦中相见,亦足慰怀!但醒来益

---

① 陈平景:《殷海光传记》,见《春蚕吐丝——殷海光最后的话语》,陈鼓应编,台北远景出版社,1979年,第191页。

② 张岱年:《忆旧说梦》,见《张岱年全集》第八卷,河北人民出版社,1996年,第550页。

觉酸楚耳。"①

　　先生曾回忆他一生经历中令他最难忘怀的许多第一次,如一生中第一次发表文章,一生中撰写的最大的一部书,都令先生高兴,但先生说令他一生最为高兴的事则是抗战的胜利:"最有意义的第一次是1945年8月15日听到日本投降的消息,第一次感到最大的快乐。这是平生感到最大快乐的第一次。七七事变以后,天天盼胜利,年年盼胜利,经过八年,终于盼到了。当时听广播听到日本投降,我感到无比的欢欣,高兴得跳了起来,当时朋友们奔走相告,莫不感到最大的快慰。"②我相信,这是先生发自内心的肺腑之言。八年之中,先生一直生活在沦陷的北京,他是多么渴望祖国的回归,终于胜利了,先生怎能不欣喜若狂。

　　先生令我神往,令我敬仰,我永远忘不了先生的恩德。

（原载陈来主编的《不息集》,北京大学出版社,2005年）

---

① 张岱年:《忆旧说梦》,见《张岱年全集》第八卷,河北人民出版社,1996年,第551页。
② 张岱年:《记忆中的第一次》,见《张岱年全集》第八卷,河北人民出版社,1996年,第566—567页。

张岱年先生的"为学之道"
——"心知其意"和"虚心体会"

在现代社会中,人的生活越来越复杂了,人要做的事越来越多了,人生的道路也愈来愈长了,这让我们的人生感到压力很大,而且持续的时间很长。也许有简化人生的作用,我想,人的一生很漫长,要过的生活和要做的事情说起来很复杂,但其实也很简单,也许就是做两件事:一件事是如何做一个人,另一件事是如何做一项事业。同学术打交道的人,这两件事一般就是所说的"做人"和"做学问",或"为学"和"为人"。在这两件事上,都能做得好并能成为后人的典范,从内心里说,张岱年先生就是这样的人。我十分乐意再次谈谈我敬仰的导师张先生。在其他场合我从总体上谈过先生,这次我想只谈谈先生言传身教的"为学之道",我把它限制在先生终身服膺并教诲我们的"好学深思,心知其意"和"虚心体会"这两句话上。

"好学深思,心知其意"这句话出自司马迁的《史记》。《史记·五帝本纪》记载远古帝王事迹,司马迁恐其为无知者所疑,说"非好学深思,心知其意,固难为浅见寡闻道也"。先生取其"好学深思,心知其意",并同"虚心体会"结合起来,作为做学问的座右铭,一生身体力行,与人共勉,教诲弟子。孔子说过"学而不思则罔,思而不学则殆"的话,强调"学思"结合,两者不可偏废;司马迁主张博学多思,注重"心知其意"。所谓"心知其意",就是真正理解和懂得对象的意义和旨趣。在人文领域,作为对象的"意",主要是指经典和文本所表达的真实的、确切的含义。对于经典和文本,要真正做到"心知其意"是很不容易的。张先生一生除了20世纪40年代建立哲学学说和理论外,主要精力都用于中国哲学史研究,构建了中国哲学研究的范式,这个范式的核心是诠释中国哲学的概念和范畴。

相对于印度哲学和西方哲学,中国哲学自身有一套独特的概念和范畴。这些概念和范畴意蕴深奥多歧,富于暗示,彼此界限很不分明。中国古代哲学家多不喜辨名析理,即便使用同一概念或范畴,用法也各有千秋,这在为人们提供丰富想象的同时,也让人有扑朔迷离之感。运用一种什么新的方法,系统地究明中国哲学概念、范畴的含义、旨趣,察其演变源流和脉络,是重建中国哲学史的一个重要课题。胡适、冯友兰两位先生开"中国哲学史"撰述风气之先,与此有别,张先生则开"中国哲学概念范畴"研究之新路。20世纪30年代,先生完成的《中国哲学大纲》就是其代表。此书又名为"中国哲学问题史",所说的问题虽不光是概念和范畴,但基本上是以贯通于中国哲学的核心概念和范畴来构筑中国哲学的体系。先生细分此书的方法为四点,即"审其基本倾向"、"析其辞命意谓"、"察其条理系统"和"辨其发展源流"。

20世纪80年代末,先生又积多年之功,撰写了简明的《中国古典哲学概念范畴要论》(中国社会科学出版社,1989年)。在《自序》中,先生说:"三十年代以来,我研习中国哲学史,比较注意对于中国古典哲学概念范畴的考察与分析。……中国古典哲学的概念范畴的范围很广,这里着重论述其中意义比较深奥难解,歧义较多的,至于意义浅显易懂的名词术语就略而不论了。"注重人与人之间的差异、古与今的不同,走到极端就会认为人与人之间不能相喻、古与今之间也无法相通。现在更有一种轻率的习气,讲文化差异,进而认为不同文化之间完全不能翻译,完全不能互相理解和对话,"自己的"只能是自己的,别人完全不能理解和分享;"他者的"也只能是"他者的","自己"也无法进入和认识。这种"封闭主义"和"孤立主义"的文化差异立场,忘记了不同文化之间交往和融合的历史,也罔顾人与人之间通过沟通和理解共同生活的事实。张先生说:"如果人与人之间不能相喻,社会生活就成为不可能的了;如果古与今不能相通,人类历史就成为不可理解的了。社会的存在足以证明人与人之间可以相喻;历史研究的存在足以证明古与今之间可以相通。司马迁说:'好学深思,心知其意'。我认为这是研究哲学史的指导方针,虚心求之,还是可以做到的。"基于这样的治学原则和方法,张先生探赜索隐、撮其要旨,又总结、概括了中国古典哲学基本概念和范畴的意义,称之为"要论"。其诠释言简意赅,了然于心。

学问靠积累,思考贵明辨,"心知其意"非一时之事,亦非一日之功。先生常告诫说,做学问要"虚心体会",不能遽下结论。记得20世纪80年代末,当时我刚跟先生读博士学位,作为学习的心得,我写了一篇文章,说中国古代思维方式中有一种"传统主义"的倾向。这个问题很大,我的论述也比较空泛,反映了80年代批评传统文化的立场,我请求先生指教。先生很认真地阅读了文章,然后就跟我说,中国古代的学问博大精深,要多虚心体会,方能得到确切的理解。先生说的"虚心体会"的"虚心",一是指"谦虚的态度",二是指排除"先入为主"的主观性,直接面对事物本身而思考。学问和知识无限,一个人的所知、所识总有不足,不能限于一偏、囿于一隅,固执己见。先生说:"古典哲学著作都表现了哲学家努力探索真理的苦心深虑。首先要虚心加以体会,然后才能理解其学说中的奥蕴。司马迁说:'好学深思,心知其意。'这应该是哲学史家的座右铭。"①举一个例子,一般说到程伊川对学生的严格,都会讲"程门立雪"的故事,有的刊物和书籍还刊登有"程门立雪"的图画,画面上的伊川坐在屋中,弟子杨时和游酢站在门外的雪地上,身上落着雪花。细心的先生根据《河南程氏外书》卷十二的记载,指出这是误解,说伊川教授弟子虽然以严毅著称,但"程门立雪"的图画不符合事实。实际上,两位弟子是在屋内侍立,"及出门,门外之雪深一尺"。又如,有人写文章引用庄子评论儒家的话"明乎礼义而陋于知人心",说"人心"是指"情"和"欲"。先生指出,庄子是主张"无情"的。我们也知道,庄子反对人为物役。庄子说的"人心",决非指"情"和"欲"。联想到现在的一些做法,解释古典术语和文本,望文生义,不求甚解,还自我标榜,名之曰新解,既误古人,也误今人,实不可取法。

有的古典哲学概念艰深、繁难,要求得训诂,需反复咀嚼,仔细玩味,始能有获。如"格物"一语,出自《礼记·大学》,郑玄解"格"为"来",以"格物"为"来物"。宋明儒学又大加阐发,歧解丛生。朱熹训"格"为"至",以"格物"为"至物";王阳明训"格"为"正",以"格物"为

---

① 张岱年:《好学深思,心知其意——如何步入中国哲学的殿堂》,见《张岱年全集》第八卷,河北人民出版社,1996年,第386页。

"正物"。先生初取程朱之解,释"格物"为"至物"。"至物"即"就物而考察之"。后来,先生发现"格物"之"格",有确切的训释,说"依据程朱之说为解,实未精审"。《文选》录李萧远《运命论》,李善注引:"《仓颉》篇曰:'格,量度之也。'"先生说《仓颉》篇为最古之字书,其训实可依据。据此之训,"格物"意为"量度物",即"对物加以审核而分辨其本末先后"。这个解释,先作为《中国哲学大纲》新版的"补遗"附录于后(第603—604页),后又吸收到《中国古典哲学概念范畴要论》中(第241—242页)。严复翻译西方术语,为了找到一个合适的译名,"旬月踟蹰",先生为"心知其意",前后经历多年。其间的甘苦,惟亲身体验则可深知。又如《老子》的"道",究竟是指什么,有许多不同的解释。先生一直在探究"道"的意义。有人说老子的道是超时空的,但先生指出,老子的"道"不是超时空的,因为《老子》说"域中有四大",其中一大是"道"。"道"在"域"中,故不超空间。《老子》又说"道乃久"。"久"是一个时间概念。"道"是"久",也不超时间。一般又认为《老子》的"道"是"无",但先生指出,《老子》的"道"是"有"与"无"的统一。《老子》第一章说:"故常无,欲以观其妙;常有,欲以观其徼。此两者同出而异名,同谓之玄。玄之又玄,众妙之门。"先生说:"有与无皆谓之玄,玄之又玄即道。有无同出于道。道一方面是无,一方面是有。"①先生认为,老子的"道"是指万物的总规律,又是指最高的实体。

不同于古代哲学,现代中国哲学是在同西方哲学的交流和融合中形成的。中西两种哲学,在先生看来,都是哲学共名之下表现在不同地域的哲学。中西哲学既然都是哲学,它们就有共同的地方,既然又分别是"中西的"哲学,两者肯定又有差异和不同。先生不赞成以西方哲学为标准来衡量中国哲学,也不认为中国哲学同西方哲学不能互相理解和对话。先生对西方哲学有很高的造诣,在其兄长张申府先生的影响下,很早就直接阅读西方哲学大家的著作。先生的方法和哲学受到了罗素和怀特海等明显的影响。先生回忆说:"关于西方哲学,在吾兄申府之引导之下,读了一些英文哲学著作。最喜读罗素(B. Russell)、穆尔(C. E. Moore,译摩尔)、怀特海(A. N. Whitehead)、博若德(C. D.

---

① 《老子哲学发微》,见《张岱年全集》第五卷,河北人民出版社,1996年,第245页。

Broad)之书,对于此派学者的逻辑分析方法甚为赞赏。"① 北大哲学系培养中国哲学的研究生,一直重视学生对西方哲学的学习,先生也要求我们对西方哲学多了解。我曾同先生谈到过怀特海,先生告诉我说,年轻时他读过英文怀特海的著作,怀特海的著作很难,要读懂不容易。开始时读得非常慢,一天只能读一两页。有一位现代学者,自称读书很多,说把一个图书馆的书都读完了。先生闻之,不以为然地淡淡一笑说,读懂了吗? 在先生看来,读书不能太少,但读书的主要目的是为了"心知其意"。如果只求多,不求理解,读再多,对自己的帮助也不会有多大。只有读懂了,书中的精义才能真正变成自己的东西。

先生诠释中国哲学的概念、范畴,常注重同西方哲学概念和范畴的对比,可以称之为"双向格义"。如先生指出,概念和范畴都是翻译语,中国哲学中与此相当的是"名"和"字"。中国古代哲学家对"名"有很多讨论,《墨经》将名分为"达"、"类"、"私"。《经说上》解释"达名"说:"名,物也,达也;有实必待之名。"荀子提出"共名"和"别名"之分。先生分别说,"达名"、"类名"相当于概念;"达名"和"有实必待之名"相当于范畴。宋明清时期,哲学概念称之为"字"。陈淳的《字义详讲》,后人称之为《北溪字义》;戴震著《孟子字义疏证》,亦用"字义"一词,专门解释孟子的哲学用语。先生说,这里的"字"不是普通的文字,而是指哲学概念和范畴。先生更具体地列出了中西哲学新旧相近、相当的一些概念:存在(有)、思维(思)、历程和过程(行)、物质(气)、精神(心、精神)、规律(理、法则)、必然(必然)、关系(关系、相与)、发展(进)、本质(本性、本质)、属性(性)、机能(用、能)、绝对(独、无待)、对立(两、对待)、统一(一、合一)、矛盾(矛盾)、无限(无穷)、系统和体系(理统)、普遍(周遍)、特殊(分殊)、主体(内、主)、客体(外、宾)、形式(文)、内容(质)、认识(知)、意识(灵明、意识)、实践(行、实践)、经验(见闻)、理性(德性、义理之性)、权利(分)、义务(责)、自由(自适)、平等(平)、价值(贵、良贵)。

这种对比,只有建立在对中西哲学概念和范畴意义的确切认识和理解之上才有可能。正是由于先生"心知其意"、"虚心体会"的不懈工

---

① 《八十自述》,见《张岱年全集》,第八卷,第 577 页。

夫，先生对中西哲学概念和范畴的"双向格义"，可谓是言之凿凿、深切著明。先生还专门商榷和纠正过一些哲学译名，认为翻译不恰当，不准确，如"自在"、"自为"、"为我之物"、"思辨哲学"、"机械"、"有机"、"质量"、"辩证法"，等等。对有的译名，先生反复切磋，以求确译。先生在《漫谈正名》中，认为应根据文化的变化使"名"也相应变化。如"英雄"一词，原属于男性。对于历史上杰出的女性，过去称之为"女英雄"，这是自相矛盾。说今后"英雄"应称之为"英杰"，不分男女。先生还指出，现在的外交礼节，对于外国国君来访，我们的翻译称之为"陛下"，这不合中国的实际。清代对皇帝称皇上，久已不用陛下。中国不是君主制，对外国的君主不能过于卑躬足恭，将 your majesty 译为"陛下"，这没有道理。先生建议译为"钧座"或"威座"。其释名、正名的苦心，可见一斑。

今年是张先生诞辰一百周年、逝世五周年。承蒙《博览群书》王正编辑的雅意，撰就此文，以寄托对先生的深深思念之情。

（原载《博览群书》2009 年第 8 期）

痛悼可敬可亲的朱先生

讳伯崑朱先生不幸逝世的消息,我是辗转得知的。四月的最后一天,我到了台湾,我的爱人在我到台湾后给我的第一个邮件里,告诉我她接到了"老万"(就是那位并不老的俊人教授)的电话,说朱先生逝世了,时间是5月3日。看到这个消息,凝重和伤痛之情一下子笼罩在心头,良久独自欷歔,仿佛是沉思之后才意识到,再也没有机会目睹令我十分可敬可亲的朱老夫子的音容笑貌和聆听先生的教诲了,哪怕只是一次。要知道一次是一点都不奢侈的,可是现在,这一次已经奢侈到永远无法实现了。

先生住在北医三院已经有一段时间了。先生住的病房楼层很高,规格也高,可谓是高高在上,但北医三院的医生还是没有治好朱先生的病。尊师和恩师张(岱年)先生也是在三院离开我们的,当时说张先生在医院的待遇不好,可是朱先生的待遇应该算是好的吧。我曾对医院有一个极端性的评说,特别是对那些职业道德差的医院,说医院就是给病人的死说出一个正当理由的地方。对于老人来说,就更容易说出一个理由。我是春节前夕去医院探望朱先生的,那时朱先生的变化虽然已经让我有判若两人之感,但我心里想的是,朱先生正在顽强地同疾病在战斗,他是一位倔强的老头,他不会轻易服输的。朱先生一看见我,稍微缓了一下,就认出了我,他用力张口欲言,但他身上带着吸氧管和导管,说话需要取下一个管子。我生怕短暂时间都会影响到先生的"正常"治疗,就不让取下。先生知道我的意思后,很明显地点头同意。我向陪护先生的家人询问了一些情况,当时我们一起得出的结论是,只要先生的"痰"被控制住了,先生就可以回家了。不就是有

"痰"吗,而且据说那一天,朱先生的痰少了。我对先生病愈回家有一种信心。也许是性情所致,对于很多事情我们常常有往好处想的倾向,这也许就是所谓乐观主义的特征吧。对于朱先生回家,我有乐观的感觉,甚至于认为不需要什么奇迹。人最终要离开这个世界,这是"理有固然",但什么时候离开这是不确定的,就是"势无必至"。朱先生为什么就一定不能再痊愈回家,我不太服气。但最后的结果,出乎了我的预料,先生竟然在我刚离开北京后就逝世了,我为失去先生而深感悲怆。

在我师从过的先生中,朱先生是我最可亲近的恩师之一。我很喜欢电影《月亮湾的笑声》中那位倔强而又可亲的老头。多年之前,我曾奇怪地将先生比之为那位老头,可先生是有大学问的老夫子啊,怎么可以相比呢。我只是从先生的形象和可亲上生此联想。我想师从过先生的人,都会有先生温暖可亲的感受。在我的印象中,我在先生面前没有紧张过,这不是因为我胆子大,而是因为先生平易、和蔼和厚道。北大哲学系一直有一个定见,就是都说先生学问好、学问大、娴熟史料;我们同时还认识到先生的西学也非常好。先生善于分析,又善于概括。如,先生在冯友兰先生的学术会议上,对冯先生学术思想的整体概括,在我看来是最好的概括。北大哲学系的中国哲学一直注重中西哲学并重,这在先生那里也得到了最好的印证。先生在学生答辩和面试的场合,以多提疑难问题并加以追问而闻名,这使得有人觉得先生严格可怕。但我的体会是,先生是"提问难"而"结果宽"。在学问上,先生是希望我们真正弄清问题,疑难的问题更要弄清,决不能似是而非。如果停留在似是而非上,那是治学的大忌。张岱年先生欣赏"好学深思,心知其意",道理也在这里。但要真正做到"心知其意",是不容易的。先生追问就是要看我们是否真的"心知其意"。如果不是,那就要承认。如果是,那就要说清。记得在我的硕士论文答辩时,我说金先生的知识论有不协调的地方,先生加以质疑并追问,我感到先生的严格,但由于对这个问题事先有思考,我还是坚持这个说法,先生也不以为忤,宽容了我的说法。这是先生严格而又宽大的一个小例,也是先生的令人可敬之处。

无论是为人师表,还是奖掖和教诲后学,先生都给我留下了终生难忘的记忆,也使我一生获益。今先撰此小文,聊作对先生的一个纪念。愿先生安息!

2007 年 5 月 10 日夜
于台湾政治大学研究大楼研究室

在"情"与"礼"之间

我们今天的会,其实有两个主题:一个是蒙培元先生的七十寿辰,这是一个非常重大的事情,非常令人高兴!给蒙先生祝寿,这是旗帜鲜明的。另一个实际上是与第一个联系在一起的,就是研讨"儒学中的情感与理性"问题。其实这两个主题是完全可以合在一起来讲的,蒙先生治学中的重大问题就是理性与情感,这些讨论是非常有意义的。所以呢,利用这个机会,我想围绕这个主题简单地谈一谈。

蒙先生今年是七十寿辰,按孔子的讲法,就是"从心所欲不逾矩",蒙先生肯定是达到了这个境界,我相信他六十岁就达到了。(笑)我是"从心所欲"就"逾矩"了。所以达到这种境界确实很难。我想蒙先生早就已经达到"从心所欲不逾矩"了。这是一个值得庆贺的寿辰。

实际上我跟蒙先生的交往、问学是从 90 年代后期才开始的,但是和蒙先生相识、问学以后,我们建立的情感是非常深厚的。所以从某种意义上讲,当然是胆大妄言啦,我自以为是蒙先生的忘年交了。为什么呢?就是在与蒙先生的交往过程中,我觉得蒙先生有一种童心、一种真情。因此,我在蒙先生面前是直言不讳的,有时甚至是放肆的。在开这次会之前,我就想:在北京有两位长辈学者、老师,我敢在他们面前直言不讳、甚至放肆,一位是余敦康老师,我可以在他面前随随便便开玩笑;另一位就是蒙先生,不管是有其他人在场,还是我们俩单独在一块,我们都相互调侃、开玩笑。或许这对蒙先生是不尊敬的,但我觉得这是对他最大的尊敬,因为这是我们发自内心的一种自然而然的情感,大家都觉得很愉快。所以我觉得蒙先生确实有一种童心、一种情感,这一点我印象特别深。真情感并不是外在的那些形式化的东西。当然,蒙先生也讲了,这种情感也是有理智的,不是随随便便的。

另外就是对于蒙先生的治学,我有特别深的感受,一个明显的感受就是:蒙先生的学问是"日日新、又日新"的,用现在时髦的话说就是"与时俱进",或者说"与学俱进"。什么意思呢?你看蒙先生抓的问题。例如理性与情感,这个问题,在我的印象中还没有其他人把它作为一个重大的问题来讨论过。蒙先生写的《情感与理性》是一部系统研究中国哲学、中国思想、中国儒家哲学的著作,他是抓住了这个重大的问题,应该说这是十分新颖的。第二个就是生态问题。生态问题这两年人们谈了很多,论文也很多,但是在我的印象中,我不知道在蒙先生之前有没有人专门做过这种研究。蒙先生写了《人与自然——中国哲学生态观》,这也是一个非常重大、非常前沿的问题,我觉得我是赶不上的。蒙先生总是追寻、探讨最前沿的问题,这是值得我们学习的地方。

这就是我的两个印象:第一个是在与蒙先生的交往中,我觉得他有童心、真情;第二个就是蒙先生治学与时俱进、与学俱进。这是我讲的第一个意思。

第二个意思是说,"儒学中的情感与理性"确实是一个大问题,很有意思。其实我也没有什么很好的思考。我首先讲一下:情感是一个很复杂的问题。拿先秦哲学来讲,情感就是很复杂的,包含非常多的层面。比如,孟子在情感意义上谈"情"就并不是那么多,如果我们不把"心"看作"情"的话;但实际上,"心"和"情"是联系在一起的。荀子讲的"情",《礼记》里面讲的"情",也都是相当复杂的。包括黄玉顺讲的"情",也是相当复杂的。我们说儒家讲"情",是以"理"、以"文"、以"礼"、以"乐"来促进这个"情"的,而这就构成一个相当复杂的人文教育、礼乐教化的传统。

在这里面,我们理解为情感的两性之情——爱情、人的自然性情、"食色"之情,这个情感我们讨论得比较少,而这一部分实际上也是一个大问题。《孔子家语》里面有一个例子,我把它举出来,看一看儒家是如何处理两性之间的爱情这个"情"的。故事是说鲁国有一个人,也许是单身汉吧,他旁边住了个年轻的寡妇,他们平常不怎么交往。有一天晚上突然下暴雨,寡妇的房子被冲坏了,没地方住了,于是她就敲邻居的门,希望能进去避一避雨。但是这个鲁人坚决不开门,不让她进去,然后这个寡妇就从窗户对鲁人讲:你这个人怎么这么不仁呢?大雨把我的房子冲坏了,你却不让我进去避雨!她的理由就是鲁人"不仁",因为儒家讲"仁爱",你应该有同情心,让我进去避雨。可是鲁人这时也给出了自己的理由:男女六十不同居,意思就是说,男女六十岁之前,如果不是婚姻关系,是不能随便住在一起的。后来他还是不让寡妇进去。然后寡妇又提出:你应该学习柳下惠,坐怀不乱。而鲁人却说:柳下惠的行为我做不到,我是以不让你进来这种方法来学习柳下惠的那种境界的。这件事就这么过去了。后来孔子对这件事有一个评价,他说:这个人这样来学习柳下惠,其实他的行为与柳下惠不一样。柳下惠可能会和这个女子露宿一晚上,而不发生任何事情,两个人可能还非常好,这就是柳下惠坐怀不乱;而这个鲁人却不让寡妇进去。孔子说,这是一个善的行为,你不要去学柳下惠,人与人不一样,你不能照他那样去做。

不管这个记载是否真实,从这个例子来看,孔子认为鲁人的做法是对的,是善的,是肯定这个行为的。因为,尽管从"仁"、从同情心来看的话,他应该让寡妇进去,但是如果让她进去,他控制不住自己,发生了问题,那就是"失礼"了,而这在儒家看来是一个大问题:不合乎礼。在这里,同情心这个"情"就和"礼"产生了不一致的矛盾,而孔子的意思,大概就是认为鲁人遵循"礼"是对的。但是我们现在如果从人道主义来考虑,是应该让她进去的。由此我们想到:儒家在处理这个问题时是以"礼"来引导的。当然,这就与孟子的讲法不一致了,孟子讲,虽然"男女授受不亲",但是当嫂子掉进水里的时候,还是应该"援之以手"的。但是"援之以手"原则上是不合乎"礼"的,显然,孟子这里是主张要变通的,而变通就是一个道德问题。所以呢,道德与情感有时候不一定能统一起来。孔子在这一点上可能就放弃了同情心这一层面,寻求"合乎礼"这一面。

我这里想要表达的意思是:不能说儒家是完全压制自然情感的。比如孔子讲的"好德"与"好色",他恐怕不是说人不能好色,只不过是说好德更重要。所以他说,年轻的时候事业未成,应该"戒之在色",但是成年之后,就应该有正常的婚姻关系、夫妻关系。《孟子》里边,齐宣王说"寡人有疾,寡人好色",孟子也并没有说好色是错的,他认为这个情感是应该肯定的,只不过你不能一个人好,而是应该与民同好,也就是说,在合理的婚姻关系下,做到"内无怨女,外无旷夫"。

因此,在儒家看来,男女有别是"礼",但是男女之间正常的合理的两性关系,即两性之间的自然性情也是应该肯定的。所以说,在某种意义上,儒家是不鼓励或者是反对单身主义的。我们现在很多人主张单身主义,而这在儒家看来是不合乎"情"的,也是不合乎"礼"的。所以,并不能说儒家一开口便是"存天理,灭人欲",事实上,人欲是合理的,是合乎"义"的,是应该保护和发展的。

我这里主要是讲了儒家在处理自然情感上的一些智慧和看法。事实上,儒家还处理更广泛的道德情感,比如说亲情方面的"孝"的情感、血缘情感等等,非常广泛。我在这里只是提出了自己的一些非常简单的想法,大家也可以讨论。

最后,祝贺蒙先生的七十寿辰,祝蒙先生健康长寿!

知心话

  同学们,在清华大学给你们上中国哲学史的课,这是我平生的第一次,有一年的时间能与同学们在一起,对我来说也是第一次。它给我留下的印象新鲜而又生动,强烈而又深刻。我非常感谢你们,也深深地爱你们。

  我再向你们讲一个故事,这是一个古老的故事,是有关一位哲学家和他的朋友的故事。一次,一位哲学家和他的朋友一起到野外郊游,他们游览得很愉快,但他们突然发现一只大黑熊,哲学家和他的朋友不约而同地撒腿就跑,他的朋友告诉这位哲学家说,你不要跑了,你跑不过大熊的,但哲学家对他的朋友说,我不需要跑得比熊快,我只要超过你就可以了。这可能是哲学家中的一个偶然的例外,如果我与你们一起去郊外游览而遇到大熊,我当然不会采取躺下去装死的办法来欺骗熊,虽然这很符合熊的习性,也很符合柏拉图所说的研究哲学就是练习死亡。我冷静地向大熊说了一句话,大熊立即浑身哆嗦,我接着向大熊说了第二句话,大熊突然跪倒在地,然后我向大熊说了第三句话,大熊很高兴地站了起来,我们互相拥抱并难舍难分地告别了。我相信同学们能够猜到我向大熊说了什么。

  我向大熊说的第一句话,北大的学生马上到;第二句话,清华的学生来了;最后,人类现在开始爱你们了。

  祝同学们过一个非常愉快的暑假,也希望以后能不时听到你们的声音,看到你们灿烂的笑容!